中外文学交流史

钱林森　周宁　主编

中国－西班牙语国家卷

赵振江　滕威　著

山东教育出版社

目 录

第二部分　译介篇

总序

一

中外文学关系的研究，是中国比较文学学术传统最丰厚的领域，前辈学者开拓性的建树，大多集中在这一领域的研究，如范存忠、钱锺书、方重等之于中英文学关系，吴宓之于中美，梁宗岱之于中法，陈铨之于中德，季羡林之于中印，戈宝权之于中俄文学关系的研究，等等。20 世纪中国比较文学研究前后两个高峰，世纪前半叶的高峰，主要成就就在中外文学关系研究上。20 世纪后半叶，比较文学在新时期复兴，30 多年来推进我国比较文学学科发展的支撑领域，同时也是本学科取得最多实绩的研究领域，依旧在中外文学关系研究。中外文学关系研究所获得的丰硕成果，被学术史家视为真正“体现了‘我们自己的比较文学’的特色和成就”[1]，成为我国比较文学复兴发展的一个重要标志[2]。

学术传统是众多学者不断努力、众多成果不断积累而成的。在中外文学关系研究领域，从 20 世纪 80 年代中期开始，先后已有三套丛书标志其阶段性进展。首先是乐黛云教授主编的比较文学丛书中的《中日古代文学交流史稿》（严绍璗著）、《近代中日文学交流史稿》（王晓平著）、《中印文学关系源流》（郁龙余编）。乐黛云教授和这套丛书的相关作者，既是继承者，又是开拓者。他们继承老一辈学者的研究，同时又开创了新的论题与研究方法。

其次是 20 世纪 90 年代初，北京大学和南京大学联合推出《中国文学在国外》丛书（10 卷集，乐黛云、钱林森主编，花城出版社），扩大了研究论题的覆盖面，在理论与方法上也有所创新。再其后就是经过 20 年积累、在新世纪初期密集出现的三套大型比较文学丛书：《外国作家与中国文化》（10 卷集，钱林森主编，宁夏人民出版社）、《跨文化沟通个案研究》丛书（乐黛云主编，北京出版社）、国别文学文化关系丛书《人文日本新书》（王晓平主编，宁夏人民出版社），这些成果细化深化了该研究领域，在研究范式的探究和方法论革新方面，也取得较大进展。

从某种意义上说，中外文学关系研究带动了整个中国比较文学研究。从“20 世纪中国文学

1. 王向远：《中国比较文学研究二十年 · 前言》，南昌：江西教育出版社，2003 年版。

2. 王向远教授在其 28 章的大著《中国比较文学研究二十年》中，从第 2 章到第 10 章论述国别文学关系研究，如果加上第 17、18“中外文艺思潮与中国文学关系”、“中外文学关系史的总体研究”两章，整整占 11 章，可谓是“半壁江山”。

的世界性因素”的讨论，到中外文学关系探究中的“文学发生学”理论的建构；从中外文学关系的哲学审视和跨文化对话中激活中外文化文学精魂的尝试，到比较文学形象学与后殖民主义文化批判……所有这一切探索成果的出现，不仅推动了中国比较文学学科深入发展，反过来对中外文学关系问题的研究，也有了问题视野与理论方法的启示。

二

在丰厚的研究基础上，如何进一步推进中外文学交流研究，成为学术史上的一项重要使命。2005 年 7 月初，南京大学比较文学与比较文化研究所与山东教育出版社在南京新纪元大酒店，举行《中外文学交流史》丛书首届编委会暨学术研讨会，正式启动大型丛书《中外文学交流史》的编写工作，以创设一套涵盖中国与欧洲、亚洲、美洲等世界主要国家及地区的文学交流史。

中外文学交流史研究既是一项研究，又是关于此项研究的反思，这是学科自觉的标志。学者应该对自己的研究有清醒的问题意识，明确“研究什么”、“如何研究”和“为何研究”。

20 世纪末以来，国际比较文学研究一直面临着范式转型的问题，不同研究范型的出现与转换的意义在于其背后问题脉络的转变。产生自西方民族国家体系确立时代的比较文学学科，本身就是民族国家意识形态的产物。影响研究的真正命题是确定文学“宗主”，特定文学传统如何影响他人，他人如何从“外国文学”中汲取营养并借鉴经验与技巧；平行研究兴盛于“冷战”时代，试图超越文学关系的外在的、历史的关联，集中探讨不同文学传统的内在的、美学的、共同的意义与价值。“继之而起的新模式没有一个公认的名称，但是和所谓的后殖民批评有着明显的关系，甚至可以把后殖民批评称为比较研究的第三种模式。这种模式从后结构理论吸取了‘话语’、‘权力’等概念，致力于清算伴随着资本主义扩张的帝国主义和殖民主义，尤其是其文化方面的问题。这种批评的所谓‘后’字既有‘反对’的意思，也有‘在……之后’的意思。”“后殖民批评的假设前提是正式的帝国 / 殖民主义时代已然成为历史。在第二次世界大战之后这一点已经成为普遍的共识，当时不同政治阵营能够加之于对方的最严厉的谴责莫过于‘帝国主义’了。这种共识是后殖民批评能够立于不败之地的先决条件。”[1]

1. 陈燕谷：《比较文学与“新帝国文明”》，载《中国社会科学院院报》，2004 年 2 月 24 日。

伴随着后殖民主义文化批评在 1970 年代后期的兴起，西方比较文学界对社会文本的关注似乎开始压倒既往的文学文本。翻译、妇女、生态、少数族裔、性别、电影、新媒体、身份政治、亚文化、“新帝国治下的比较研究”[2] 等问题几乎彻底更新了比较文学的格局。比如知名文化翻译学者苏珊·巴斯奈特在 1993 年出版的专著《比较文学批评导论》（*Comparative Literature：A Critical Introduction*）中就明确指出：“后殖民”用最恰当的术语来表达，就是近年来出现的新跨文化批评，而“除此之外，比较文学已无其他名称可以替代”。[3]

2. 陈燕谷指出：“现在我们也许有理由提出比较研究的第四种模式，也就是‘新帝国治下的比较研究’。……当‘帝国’去而复返……自然意味着后殖民批评不再具有不证自明的有效性。今天这种情况正在发生，比较研究必须在新帝国条件下重新界定自己的任务和方向。”陈燕谷：《比较文学与“新帝国文明”》。

3. Susan Bassnett, *Comparative Literature：A Critical Introduction*. Oxford and Cambridge: Blackwell, 1993, p.10.

本世纪初，比较文学的学科理论建设工作似乎依然徘徊在突围西方中心主义的方向和路径上。2000 年，蜚声北美、亚洲理论界的明星级学者 G.C. 斯皮瓦克将其在加州大学厄湾分校的“韦勒克文学讲座”系列讲稿结集出版，取了个惊世骇俗的名字《一门学科的死亡》（*Death of A Discipline*），这门学科就是比较文学。其实斯皮瓦克并无意宣布比较文学的终结，而是在指出当前的欧美比较文学的困境，即文学越界交流过程中的不均衡局面，以及该学科依然留存着欧美文化的主导意识并分享了对人文主义主体无从判定的恐惧等问题后，希望促成比较文学的转型，开创一种容纳文化研究的新的比较文学范型，迎接全球化语境的文化挑战。[4]

4. Gayatri C. Spivak, *Death of A Discipline*, New York: Columbia University Press, 2003.

然而，我们也要清楚地看到，后殖民主义文化批判试图颠覆比较文学研究的价值体系，却没有超越比较文学的理论前提。因为比较研究尽管关注不同民族、不同国家文学之间的关系，但其理论前提却是，不同民族、国家的文学是以语言为疆界的相互独立、自成系统的主体。而且，比较文学研究总是以本国本民族文学为立场，假设比较研究视野内文学之间的关系是一种自我与他者的关系，只不过影响研究表示顺从与和解，后殖民主义文化批判强调反写与对抗。对于“他性”的肯定，依然没有着落。

坦率地说，中外文学关系研究仍属于传统范型，面临着新问题与新观念的挑战。我们在第三种甚至第四种模式的时代留守在类似于巴斯奈特所谓的“史前恐龙”[5] 的第一种模式的研究领域，是需要勇气与毅力的。伴随着国际学术共同体间的密切互动与交流，北美比较文学的越界意识也在 20 世纪末期旅行到了中国。虽然目前国内比较文学也整合了文化批评的理论方法，跨越了既往单一的文学学科疆界，开掘了许多富于活力和前景的学术领域，但这些年来比较文学领域并不景气：一方面是研究的疆界在扩大也在不断消解，另一方面是不断出现危机警示与

5. Susan Bassnett, *Comparative Literature：A Critical Introduction*, p.5.

研究者的出走。在这个大背景下，从事我们这套丛书写作的作者大多是一些忠诚的留守者，大家之所以继续这个领域的研究，不是因为盲目保守，而是因为“有所不为”。首先，在前辈学人累积的深厚学术传统上，埋头静心、勤勤恳恳地在“我们自己的比较文学”领地里精心耕作，在喧嚣热闹的当下，这本身就是一种别具意味的学术姿态。同时，在硕果纷呈的比较文学研究领域，中外文学关系问题始终是一个基础但又重要的问题，不断引起关注，不断催生深入研究，又不断呈现最新成果，正如目前已推出的这套丛书所展示的，其研究写作不仅在扎实的根基上，对中外文学交流史的论题领域有所拓展，在理论与方法探索上也通过积极吸收、整合其他领域的成果而有所推进。最后，在中国作为新崛起的世界经济大国的关键历史节点上重新思考中外文学关系问题，直接关涉到中外文学关系研究的学科自觉。这事实上是一个如何在世界文学图景中重新测绘“中国文学”的问题，也即当代中国文学如何在世界中重新创造自己的身份和位置。通过中外文学关系研究，我们可以重新提炼和塑造中国文学、文化的精神感召力、使命感和认同感，在当代世界的共同关注点上，以文学为价值载体去发现不同文化之间交往的可能和协商空间，进而参与全球新的世界观的形成。

三

中外文学关系研究，就学科本质属性而言，属实证范畴，从比较文学研究传统内部分类和研究范式来看，归于“影响研究”，所以重“事实”和“材料”的梳理。对中外文学关系史、交流史的整体开发，就是要在占有充分、完整材料的基础上，对双向“交流”、“关系”“史”的演变、沿革、发展作总体描述，从而揭示出可资今人借鉴、发展民族文学的历史经验和历史规律，因此它要求拥有可信的第一手思想素材，要求资料的整一性和真实性。

中外文学关系研究的开发、深化和创新，离不开研究理论方法的提升与原理范式的探讨。某种新的研究理念和理论思路，有助于重新理解与发掘新的文学关系史料，而新的阐释角度和策略又能重构与凸显中外文学交流的历史图景，从而将中外文学关系的研究向新的深度开掘。早在新时期我国比较文学举步之时和复兴之初，我国前辈学者季羡林、钱锺书等就卓有识见地强调“清理”中外文学关系的重要性和必要性，把它提到中国比较文学特色建设和拥有比较文学研究“话语权”的高度。[1]30 年来，我国学者在这方面不断努力，在研究的观念与方法上进行了深入的探讨。钱林森教授主持的《外国作家与中国文化》丛书，曾经就中外文学关系研究中的哲学观照和跨文化文学对话的观念与方法进行过有益的尝试与实践。其具体思路主要体现在如下五个方面：

1） 依托于人类文明交流互补基点上的中外文化和文学关系课题，从根本上来说，是中外哲学观、价值观交流互补的问题，是某一种形式的精神交流的课题。从这个意义上看，研究中外文化、文学相互影响，说到底，就是研究中外思想、哲学精神相互渗透、影响的问题，必须作哲学层面的审视。2） 考察两者接受和影响关系时，必须从原创性材料出发，不但要考察外国作家、外国文学对中国文化精神的追寻，努力捕捉他们提取中国文化（思想）滋养，在其创造中到底呈现怎样的文学景观，还要审察作为这种文学景观“新构体”的外乡作品，又怎样反转过来向中国文学施于新的文化反馈。3） 今日中外文学关系史建构，不是往昔文学史的分支研究，而是多元文化共存、东西哲学互渗时代的跨文化比较文学研究重构。比较不是理由，比较中达到对话并且通过对话获得互识、互证、互补的成果，才是中外文学关系研究学理层面的应有之义。4） 中外文学和文化关系研究课题，应以对话为方法论基点，应当遵循“平等对话”的原则。对研究者来说，对话不止是具体操作的方法论，也是研究者一种坚定的立场和世界观，一种学术信仰，其研究实践既是研究者与研究对象跨时空跨文化的对话，也是研究者与潜在的读者共时性的对话，通过多层面、多向度的个案考察与双向互动的观照、对话，激活文化精魂，进一步提升和丰富影响研究的层次。5） 对话作为方法论基点来考量的意义在于，它对以往“影响研究”、“平行研究”两种模式的超越。这对所有致力于中外文学关系的研究者来说，都是一种富有创意的、富有挑战性的学术探索。

从学术史角度看，同一课题的探讨经常表现为研究不断深化、理路不断明晰的过程。中外文学关系史研究在中国比较文学界已有多年的历史，具有丰厚的学术基础。《中外文学交流史》丛书是在以往研究基础上的又一次推进，具有更高标准的理论追求。钱林森主编在 2005 年编委会上将丛书的学术宗旨具体表述为：

> *丛书立足于世界文学与世界文化的宏观视野，展现中外文学与文化的双向多层次交流的历程，在跨文化对话、全球一体化与文化多元化发展的背景中，把握中外文学*

1. 20 世纪 80 年代初，钱锺书先生就提出：“要发展我们自己的比较文学研究，重要的任务之一就是清理一下中国文学与外国文学的相互关系。”季羡林在《资料工作是影响研究的基础》一文中强调：“我们一定先做点扎扎实实的工作，从研究直接影响入手，努力细致地去收集材料，在西方各国之间，在东方各国之间，特别是在东方与西方之间，从民间文学一直到文人学士的个人著作中去搜寻直接影响的证据，爬罗剔抉，刮垢磨光，一定要有根有据，决不能捕风捉影。然后在这个基础上归纳出有规律性的东西。”他明确反对“那些一无基础，二无材料，完全靠着自己的‘天才’、‘灵感’，率而下笔，大言不惭，说句难听的话，就是自欺欺人的所谓平行发展的研究”。参见王向远：《中国比较文学研究二十年》，第 9 页，南昌：江西教育出版社，2003 年版。

相互碰撞与交融的精神实质：1）外国作家如何接受中国文学，中国文学如何对外国作家产生冲击与影响？具体涉及到外国作家对中国文学的收纳与评说，外国作家眼中的中国形象及其误读、误释，中国文学在外国的流布与影响，外国作家笔下的中国题材与异国情调等等。2）与此相对的是，中国作家如何接受外国文学，对中国作家接纳外来影响时的重整和创造，进行双向的考察和审视。3）在不同文化语境中，展示出中外文学家就相关的思想命题所进行的同步思考及其所作的不同观照，可以结合中外作品参照考析，互识、互证、互补，从而在深层次上探讨出中外文学的各自特质。4）从外国作家作品在中国文化语境（尤其是 20 世纪）中的传播与接受着眼，试图勾勒出中国读者（包括评论家）眼中的外国形象，探析中国读者借鉴外国文学时，在多大程度上、何种层面上受制于本土文化的制约，以及外国文学在中国文化范式中的改塑和重整。5）论从史出，关注问题意识。在丰富的史料基础上提炼出展示文学交流实质与规律的重要问题，以问题剪裁史料，构建各国别语种文学交流史的阐释框架。6）丛书撰写应力求反映出国际比较文学界近半个世纪相关研究成果和我国比较文学 20 多年来发展的新成果。

四

在已有成果基础上从事中外文学关系史研究，要求我们要有所反思与开辟。这是该丛书从规划到研究，再到写作，整个过程中贯穿的思路。中外文学关系研究，涉及基本概念、史料与研究范型三方面的问题。

首先是基本概念。

中外文学关系，顾名思义，研究的是“关系”，其问题的重心在中国文学的世界性与现代性问题。在此前提下进行细分，所谓中外文学关系的历史叙述，应该在三个层次上展开：1）中国与不同国家、地区、语种文学在历史中的交流，其中包括作家作品与思潮理论的译介、作家阅读与创作的“想象图书馆”、个人与团体的交游互访等具体活动等。2）中外文学相互影响相互创造的双向过程，诸如中国文学接受外国文学并从与外国文学的交流中获得自我构建与自我确认基础，中国文学以民族文学与文学的民族个性贡献并参与不同国家、地区、语种文学创造等。3) 存在于中外文学不同国家、地区、语种文学之间的世界文学格局，提出“跨文学空间”的概念，并将世界文学建立在这样一种关系概念上，而不是任何一种国家、地区、语种文学的普世性霸权上。

中外文学关系研究“中外文学”的关系，另一个必须厘清的概念是“中外文学”：1) 中外文学关系不仅是研究“之间”的关系，更重要的是研究不同国家、地区、语种文学各自的文学史，比如研究法国文学对中国现代文学的影响，真正的问题在中国现代文学，反之亦然。2) 中外文学关系在“中”与“外”二元对立框架内强调双向交流的同时，也不能回避中国立场。首先，中外文学研究表面上看是双向的、中立的，实际上却有不可否认的中国立场甚至可以说是中国中心。因此“中外文学”提出问题的角度与落脚点都应是中国文学。3) 中国立场的中外文学关系研究的理论指归在于中国文学的世界性与现代性问题。它包括两个层次的意义：中国在历史上是如何启发、创造外国文学的；外国文学是如何构筑中国文学的世界性与现代性的。

中外文学关系基本概念涉及的最后一个问题是“史”。中外文学关系史属于文学史的范畴，它关系到某种时间、经验与意义的整体性。纯粹编年性地记录曾经发生过的文学交流事件，像文学旅行线路图或文学流水账单之类，还不能够成为文学交流史。中外文学交流史“史”的最基本的要求在于：1) 文学交流史必须有一种时间向度的研究观念，以该观念为尺度，或者说是编码原则，确定文学交流史的起点、主要问题、基本规律与某种预设性的方向与价值。2) 可能成为中外文学关系史的研究观念的，是中国文学的世界性与现代性问题。中国文学是何时、如何参与、如何接受或影响世界文学的，世界性因素是何时并如何塑造中国文学的。3) 中外文学交流史表现为中国文学在中外文学交流中实现世界性与现代性的过程。中国文学的世界化分两个阶段，汉字文化圈内东亚化与近代以来真正的世界化，中国文学的世界化是与中国文学的“现代化”同时出现的。

其次是史料问题。

史料是研究的基础。研究的成败，从某种意义上说，取决于史料的丰富与准确程度。史料是多年研究积累的成果，丰富是量上的要求；史料需要辨伪甄别，尽量收集第一手资料，这是对史料的质上的要求。史料自然越丰富越好，但史料的发现往往是没有止境的，所以史料的丰富与完备是相对的，关键看它是否可以支撑起论述。因此，研究中处理史料的方式，不仅是收集，还有在特定研究观念下剪裁史料、分析史料。

没有史料不行，仅有史料又不够。中外文学关系史研究在国内，已有多年的历史，但大多数研究只停留在史料的收集与叙述上，丛书要在研究上上一个层次，就不能只满足于史料的收集、整理、叙述。中外文学关系的研究与写作应该分为三个层次：第一个层次，掌握资料来源并尽量收集第一手的资料，对资料进行整理、分析、阐释，从中发现一些最基本的“可研究的”问题。第二个层次是编年史式资料复述，其中没有逻辑的起点与终点，发现的最早的资料就是起点，该起点是临时的，随着新资料的发现不断向前推，重点也是临时的，写到哪里就在哪里结束。第三个层次是使文学交流史具有一种“思想的结构”。在史料研究基础上形成不同专题的文学交流史的“观念”，并以此为线索框架设计文学交流史的“叙事”。

最后，中外文学交流研究的第三大问题是研究范型。学术创新的途径，不外乎新史料的发现、新观念与新的研究范型的提出。

研究范型是从基本概念的确立与史料的把握中来的。问题从何处来，研究往何处去。研究模式包括基本概念的确立、史料的收集与阐发、研究方法的选择等内容。任何一项研究，都应该首先清醒地意识到研究模式，说到底，就是应该明确“研究什么”和“如何研究”。研究的基本概念划定了我们研究的范围，而从史料问题开始，我们已经在思考“如何研究”了。

中外文学交流作为一个走向成熟的研究领域，必须自觉到撰写原则或述史立场：首先应该明确“研究什么”。有狭义的文学交流与广义的中外文学交流。狭义的文学交流，仅研究文学与文学的交流，也就是说文学范围内作家作品、思潮流派的交流，更多属于形式研究范畴，诸如英美意象派与中国古典诗词、《雷雨》与《俄狄浦斯王》；广义的文学交流史，则包括文学涉及的广泛的社会文化内容，文本是文学的，但内容与问题远超出文学之外，比如“启蒙作家的中国文化观”。本书的研究范围，无疑属于广义的中外文学交流。所谓中外文化交流表现在文学活动中的种种经验、事实与问题，都在研究之列。

但是，我们不能始终在积极意义上讨论影响研究，或者说在积极意义上使用影响概念，似乎影响与交流总是值得肯定的。实际上，对文学活动中中外文化交流的研究，现有两种范型：一种是肯定影响的积极意义的研究范型，它以启蒙主义与现代民族文学观念作为文学交流史叙事的价值原则，该视野内出现的问题，主要是一种文学传统内作家作品与社团思潮如何译介、传播到另一种文学传统，关注的是不同语种文学可交流性侧面，乐观地期待亲和理解、平等互惠的积极方面，甚至在潜意识中，将民族主义自豪感的确认寄寓在文学世界主义想象中，看中国文学如何影响世界。我们以往的中外文学关系研究，大多是在这个范型内进行的。另一种范型关注影响的负面意义，解构影响中的“霸权”因素。这种范型以后现代主义或后殖民主义观念为价值原则，关注不同文学传统的不可交流性、误读与霸权侧面。怀疑双向与平等交流的乐观假设，比如特定文学传统之间一方对另一方影响越大，反向影响就越小，文学交流往往是动摇文学传统的霸权化过程；揭示不同语种文学接触交流中的“背叛性”因素与反双向性的等级结构，并试图解构其产生的社会文化机制。

中外文学关系研究的开发、深化和创新，离不开研究理论方法的提升与原理范式的研讨。某种新的研究理念和理论思路，有助于重新理解与发掘新的文学关系史料，而新的阐释角度和策略又能重构与凸显中外文学交流的历史图景，从而将中外文学关系的“清理”和研究向新的深度开掘。以往的中外文学交流研究，关注更多的是第一种范型内的问题，对第二种范型内的问题似乎注意不够。丛书希望能够兼顾两种范型内的问题。“平等对话”是一种道德化的学术理想，我们不能为此掩盖历史问题，掩盖中外文学交流上的种种“不平等”现象，应分析其霸权与压制、他者化与自我他者化、自觉与“反写”（Write Back）的潜在结构。

同时，这也让我们警觉到我们的研究范型中可能潜在着的一个矛盾：怎能一边认同所谓“中国立场”或“中国中心”，一边又提倡“世界文学”或“跨文学空间”？二者之间是否存在着某种对立？实际上在中国文学的世界性与现代性问题前提下叙述中外文学交流，中国文学本身就处于某种劣势，针对西方国家所谓影响的“逆差”是明显的。比如说，关于中国文学对西方文学的影响，我们可以以一个专题写成一本书，而西方文学对中国现代文学的影响，则是覆盖性的，几乎可写成整部文学史。我们强调“中国立场”本身就是一种“反写”。另外，文学史述实际上根本不存在一个超越国别民族文学的普世立场。启蒙神话中的“世界文学”或“总体文学”，包含着西方中心主义的霸权。或许提倡“跨文学空间”更合理。我们在“交流”或“关系”这一“公共空间”内讨论问题，假设世界文学是一个多元发展、相互作用的系统进程，形成于跨文化跨语种的“文学之际”的“公共领域”或“公共空间”中。不仅西方文学塑造中国现代文学，中国文学也在某种程度上参与构建塑造西方现代文学。尽管不同国家、民族、地区的文学交流存在着“不平等”的现实，但任何国家、民族、地区的文学都以自身独特的立场参与塑造世界文学，而世界文学不可能成为任何一个国家、民族或语种文学扩张的结果。

我们一直在试图反思、辨析、确立中外文学交流研究的基本概念、方法与理论范型，并在学术史上为本套丛书定位。所谓研究领域的拓展、史料的丰富、问题域的明确、问题研究的深入、中外文学交流整体框架的建构，都将是本套丛书的学术价值所在。我们希望本套丛书的完成，能够推进中国比较文学界中外文学关系研究领域走向成熟。这不仅是个人研究的自我超越问题，也是整个比较文学研究界的自我超越问题。

五

钱林森教授将中外文学交流研究的问题细化为五大类，前文已述。这五大类问题构成中外文学交流史的基本问题域，每一卷的写作，都离不开这五大类基本问题。反思这套丛书的研究与写作，可以使我们对中外文学交流史的研究范型有一个基本的把握。在丛书写作的过程中，钱林森教授不断主持有关中外文学关系史的笔谈，反思中外文学关系研究的基本问题与理论范式，大部分参与丛书写作的学者都从不同角度发表了具有建设性的思考，引起了国内学术界的关注。

其中，王宁教授从国家文化战略的高度理解中外文学关系史研究，认为：“探讨中国文化和文学在国外的接受和传播，应该是新世纪中国比较文学学者研究的一个重要课题，通过这一课题的研究，不仅可以从根本上打破中外文学关系研究领域内长期存在的西方中心主义思维定势，使得中国学者的民族自尊心和自豪感大大地提升，而且也有助于中国文化走出去战略的实施。在这方面，比较文学学者应该先行一步。”王宁先生高蹈，叶隽先生务实，追问作为科学范式的文学关系研究的普遍有效性问题，他从三个方面质疑比较文学学科的合法性：一是比较文学的整体学术史意识，二是比较文学的思想史高度，三是比较文学作为一门具体学科的“文史根基”与方寸。葛桂录教授曾对史料问题做过三方面的深入论述：一是文献史料，二是问题域，三是阐释立场。“从比较文学学科的传统研究范式来看，中外文学关系研究属于‘影响研究’

范畴，非常关注‘事实材料’的获取与阐释。就其学科领域的本质属性来说，它又属于史学范畴。而文献史料的搜集、鉴辨、理解与运用，是一切历史研究的基础性工作。力求广泛而全面地占有史料，尽可能将史料放在它形成和演变的整个历史进程中动态地考察，分辨其主次源流，辨明其价值与真伪，是中外文学关系研究永远的起点和基础。”缺少史料固然不行，仅有史料又十分不够。中外文学关系研究“问题意识”必不可少，问题是研究的先导与指南。葛桂录教授进一步论述：“能否在原典文献史料研究基础上，形成由一个个问题构成的有研究价值的不同专题，则成为考量文学关系研究者成熟与否的试金石。在文学关系研究的‘问题域’中进而思考中外文学交往史的整体‘史述’框架，展现文学交流的历史经验与历史规律，揭示出可资后人借鉴、发展本民族文学的重要路径，又构成中外文学关系研究的基本目标。”

文献史料、问题域、阐释立场是中外文学关系研究的三大要素。文献史料的丰富、问题域的确证、研究领域的拓展、观念思考的深入，最终都要受研究者阐释立场的制约。中外文学关系研究，理论上讲当然应该是双向的、互动的。但如要追寻这种双向交流的精神实质，不可避免地要带有某种主体评价与判断。对中国学者来说，就是展现着中国问题意识的中国文化立场。“中外文学”提出问题的出发点与归宿都指向中国文学。这样看来，中外文学关系研究的理论关注点，在于回答中国文学的世界性与现代性问题。也就是，中国文学（文化）在漫长的东西方交流史上是如何滋养、启迪外国文学的；外国文学是如何激活、构建中国文学的世界性与现代性的。这是我们思考中外文学交流史的重要前提，尤其是要考虑处于中外文学交流进程中的中国文学是如何显示其世界性，构建其现代性的。

六

乐黛云先生在致该丛书编委会的信中，提出该丛书作为中外文学关系研究的“第三波”的高标：“如果说《中国文学在国外》丛书是第一波，《外国作家与中国文化》是第二波，那么，《中外文学交流史》则应是第三波。作为第三波，我想它的特点首先应体现在‘交流’二字上。它不单是以中国文学为核心，研究其在国外的影响，也不只是以外国作家为核心讨论其对中国文化的接受，而是要着眼于‘双向阐发’，这不仅要求新的视角，也要求新的方法；特别是总的说来，中国文学对其他文学的影响多集中于古代文学，而外国文学对中国文学的影响却集中于现代文学。如何将二者连缀成‘史’实在是一大难点，也是‘交流史’能否成功的关键。”

本套丛书承载着中国比较文学百年学术史的重要使命，它的宏愿不仅在描述中国与世界主要国家的文学关系，还在以汉语文学为立场，建构一个“文学想象的世界体系”。中外文学交流史的研究要点在“文学交流”，因此研究的核心问题是“双向阐发”，带着这个问题进入研究，中外文学关系就不是一个简单的译介、传播的问题，中外文学相互认知、相互影响与创造才是问题的关键。严绍璗先生在致主编钱林森的信中，进一步表达了他对本丛书的学术期望，文学交流史研究应该“从一般的‘表象事实’的描述深入到‘文学事实’内具的各种‘本相’的探讨和表达”：

我期待本书各卷能够是以事实真相为基础，既充分展现中华文化向世界的传播，又能够实事求是地表述世界各个民族文化对中华文化和中华文明丰富多彩性的积极的影响，把“中外文学关系”正确地表述为中国和世界文化互动的历史性探讨。“文学关系”的研究，习惯上经常把它界定在“传播学”和“接受学”的层面上考量，三十年来比较文学的研究，特别是中国比较文学研究，事实上已经突破了这样一些层面而推进到了“发生学”、“形象学”、“符号学”、“阐释学”和“叙事学”等等的层面中。在这些层面中推进的研究，或许能够更加接近文学关系的事实真相并呈现文学关系的内具生命力的场面。我期待着新撰的《中外文学交流史》各卷，能够从一般的“表象事实”的描述深入到“文学事实”内具的各种“本相”的探讨和表达。

2005年南京会议之后，丛书的编写工作正式启动，国内著名学者吕同六、李明滨、赵振江、郁龙余、郅溥浩、王晓平等先生慷慨加盟，连同其他各位中青年学者，共同分担《中外文学交流史》丛书的写作。吕同六先生曾主持中意文学交流卷，却在丛书启动不久仙逝，为本丛书留下巨大的遗憾。在丛书编写过程中，有人去了有人来，张西平、刘顺利、梁丽芳、马佳、齐宏伟、杜心源、叶隽先生先后加入本套丛书，并贡献出他们出色的成果。

在整个研究写作过程中，国内外许多同行都给予我们实际的支持与指导，我们受用良多。南京会议之后，编委会又先后在济南、北京、厦门、南京召开过四次编委会，就丛书编写的具体问题进行讨论，得到山东教育出版社的一贯支持。丛书最初计划五年的写作时间，当时觉得已足够宽裕，不料最终竟然用了九年才完成，学术研究之漫长艰辛，由此可见一斑。丛书完成了，各卷与作者如下：

(1) 《中国-阿拉伯卷》（郅溥浩、丁淑红、宗笑飞 著）

(2) 《中国-北欧卷》（叶隽 著）

(3) 《中国-朝韩卷》（刘顺利 著）

(4) 《中国-德国卷》（卫茂平、陈虹嫣等 著）

(5) 《中国-东南亚卷》（郭惠芬 著）

(6) 《中国-俄苏卷》（李明滨、查晓燕 著）

(7) 《中国-法国卷》（钱林森 著）

(8) 《中国-加拿大卷》（梁丽芳、马佳 主编）

(9) 《中国-美国卷》（周宁、朱徽、贺昌盛、周云龙 著）

(10) 《中国-葡萄牙卷》（姚风 著）

(11) 《中国-日本卷》（王晓平 著）

(12) 《中国-希腊、希伯来卷》（齐宏伟、杜心源、杨巧 著）

(13) 《中国-西班牙语国家卷》（赵振江、滕威 著）

(14) 《中国-意大利卷》（张西平、马西尼 主编）

(15) 《中国-印度卷》（郁龙余、刘朝华 著）

(16) 《中国-英国卷》（葛桂录 著）

(17) 《中国-中东欧卷》（丁超、宋炳辉 著）

本套丛书的意义，就在于调动本学科研究者的共同智慧，对已有成果进行咀嚼和消化，对已有的研究范式、方法、理论和已有的探索、尝试进行重估和反思，进行过滤、选择，去伪存真，以期对中外文学关系本身，进行深入研究和全方位的开发，创造出新的局面。

钱林森、周宁

前言

西班牙位于欧洲西南的伊比利亚半岛，是一个多民族、多文化相互交融的国家。伊比利亚半岛最早受腓尼基人和迦太基人的侵扰。公元前8世纪，凯尔特人从中欧经比利牛斯山迁移至此。公元前2世纪，罗马人又将其霸权扩展到这里。公元4世纪，日耳曼部族入侵，西哥特人在半岛的大部分地区建立起自己的王国。公元8世纪初，穆斯林从北非入侵，占领了南部的广大地区，从此开始了天主教徒与伊斯兰教徒之间长达800年的“光复战争”。1469年，卡斯蒂利亚的女王伊莎贝尔一世和阿拉贡的国王费尔南多二世联姻，十年后两国合并，史称“天主教双王”。于是，他们的王国强大起来，逐渐吞并了其他的王国，并于1492年攻克了穆斯林的最后堡垒格拉纳达，使西班牙成了统一的国家。

就在攻克格拉纳达的同时，伊莎贝尔女王接见了意大利籍的航海家哥伦布，支持他的远航计划。1492年8月3日，哥伦布受西班牙国王派遣，带着给印度君主和中国皇帝的国书，率三艘帆船，从西班牙帕洛斯港扬帆起航。经过70昼夜的艰苦航行，终于在同年的10月12日凌晨发现了陆地，哥伦布误以为自己到达了印度。其实，他登上的这块土地，属于现在中美洲加勒比海中的巴哈马群岛，当时命名为圣萨尔瓦多（萨尔瓦多是“拯救者”的意思）。

哥伦布的地理大发现震惊了世界。此后，西班牙远征军占领了从墨西哥到阿根廷和智利（巴西除外）的广大地区以及加勒比海诸岛（海地除外），后来又征服了北非的部分地区和亚洲的菲律宾。到了卡洛斯一世（1500—1558）时期，西班牙成了名副其实的“日不落帝国”。卡洛斯一世同时是西班牙国王（1516—1556）、德意志国王（1519—1556）、尼德兰君主（1506—1555）和神圣罗马帝国皇帝（1520—1556）。这个处于大航海时代和文艺复兴时期的国王，他的“日不落帝国”比维多利亚的大英帝国早了300多年。

西班牙当年从拉丁美洲掠夺了大量的财富，但并未用于发展经济和改造社会，而是醉心于穷兵黩武和奢侈享乐。俗话说，“人无远虑，必有近忧”。1588年，西班牙的“无敌舰队”在英吉利海峡全军覆没。从此，这个不可一世的海上霸主渐渐失去了往日的威严。虽说“百足之虫，死而不僵”，但到了19世纪，当年的“日不落帝国”已是日薄西山，积重难返。19世纪20年代，拉丁美洲独立运动风起云涌，各地区纷纷摆脱了宗主国的统治，变成独立的国家。至 1898 年，西班牙失去了全部的海外殖民地。这一年，恰恰是中国历史上戊戌变法遭到镇压的一年。在此，之所以要简略地叙述一下西班牙的历史，是因为这与本书的内容有关。本书的三个关键词就是前奏、交流、互动。中国与西班牙之间的文化交流始于 16 世纪，正值西班牙强盛时期。在征服了菲律宾之后，政教合一的西班牙统治者对富饶的中国并非没有染指的奢望。出于政治和宗教的双重目的，西班牙传教士通过菲律宾来到了中国，成了中国与西班牙文化交流的先驱，其中有的人还成了出类拔萃的汉学家。这便是中国与西班牙文学交流的历史背景，即本书“前奏篇”的内容。但是随着西班牙的江河日下，这些传教士后继乏人，几近销声匿迹。直至 20 世纪，才有了真正意义上的文学交流，而文学交流的兴旺，则是中国与西班牙建交（1973 年 3 月 9 日）以后的事情了。第二部分的内容是“交流”，即汉语与西班牙语文学的互译。本书将汉语与西班牙语文学互译的情况作了较为全面的介绍，但只限于作家和作品，至于每一部书译介的背景和过程，除《堂吉诃德》和《红楼梦》以外，就难以一一介绍了。此外，这两部分的介绍方式也不相同，前者是按文学门类介绍的，后者是按译介的年代介绍的。严格说来，这种不规范实属无奈之举，“非不为也，而不能也”，只好把丑话说在前面。“互动”这一部分的内容就更加零散了，挂一漏万，不成系统，权作抛砖引玉吧。

赵振江

2013 年 10 月 9 日

第一部分　前奏篇

中国与西班牙文化交流的开拓者——西班牙传教士

首先，应该指出的是，西班牙传教士来华是出于政治和宗教目的，但他们的行动与著述引起了中国与西班牙的相互关注，客观上起到了促进双方文化交流的作用。因此，我们将这一段交往看作中国与西班牙文学交流的前奏。

第一章　西班牙传教士来华的历史背景

基督教最早于唐朝传入中国，时称“景教”。到了元朝，蒙古大军的西征导致了东西方文明的碰撞与交流，基督教再次进入中国。随着世事的变迁，到14世纪下半叶，“马可·波罗时代”建立起来的中国同西方文化的直接交往几乎完全中断。这种衰落的趋势一直保持了近两个世纪，直到15世纪末和16世纪初，欧洲与远东之间的海上航线开通后，情况才有了根本的改变。在基督教第三次传入中国的过程中，葡萄牙和西班牙传教士一般被视为先驱者。

天主教双王攻克格拉纳达

1492年，西班牙取得了“光复运动”的胜利，形成了统一的国家并向外扩张。同年，在伊莎贝尔女王的支持下，哥伦布开始了自己的海上探险活动并“发现了新大陆”。（哥伦布至死都以为自己到达了东方的印度，所以称那里的居民为印第安人。另外，所谓“哥伦布发现新大陆”是一个极富殖民主义与欧洲中心主义色彩的描述，事实上他踏上的那片大陆早已有了高度发达的文明，比如印加文明和玛雅文明）在征服了后来被称作“拉丁美洲”的广大地区之后，它又开始向远东扩张。

1565年，莱古斯比（Miguel Lopez de Legazpi，1510—1572，中国文献中亦称黎牙实比）率西班牙军队征服了菲律宾。随同他一起来的还有西班牙奥古斯丁会的传教士，他们在建立和巩固菲律宾殖民地的过程中，起到了举足轻重的作用。1574年，在菲律宾成立了“奥古斯丁会中国传教省”[1]。

1.［法］裴化行：《天主教十六世纪在华传教志》，萧濬华译，第142页，北京：商务印书馆，1936年版。

哥伦布向女王献海图

哥伦布到达美洲

在征服菲律宾之后，西班牙曾试图用武力征服中国。相关内容的书信、报告，甚至是作战计划，频频被送往墨西哥总督府和西班牙宫廷。但除极少数人外，包括菲利普二世（Felipe Ⅱ）在内的大部分人均对此持审慎态度，希望先探明中国情况，然后再采取相应的军事行动。这就是西班牙传教士们千方百计进入中国的根本原因之一。但同样需要指出的是，这些传教士在客观上起到了促进中西文化交流的作用。

据粗略统计，1600年以前，入华耶稣会士（包括准备进入中国传教而未能如愿的耶稣会士）共有77人，其中葡萄牙籍40人，西班牙籍19人，意大利籍11人，中国籍6人，比利时籍1人。[1]

1. 根据《入华耶稣会士国籍统计表》统计，参见[法]荣振华《在华耶稣会士列传及书目补编》，耿昇译，第956—997页，北京：中华书局，1995年版。

在组织上，耶稣会实行军事化的严格的等级制度，世界各地的耶稣会均由总会长在教皇之下统一领导，为了保持其宗教目的的纯洁性，耶稣会尽量避免与欧洲各国政治纠缠在一起。相反，方济各、多明我和奥古斯丁等托钵修会与各国政府关系则十分紧密。

中世纪后期，欧洲各国君主纷纷通过一系列外交手段，甚至不惜动用武力，逐渐将本国教会纳于王权的统治之下，葡萄牙和西班牙就是绝好的例子，两国的国王与罗马教廷之间相互支持彼此的利益，国王负责向各自的海外殖民地派遣传教士，建设传教区；同时，国王在本国教会机构人事权上拥有极大的权力，他们可以将自己中意的人选安插在教会中，而教廷一般也不会对人选提出异议，因此各托钵修会均隶属于本国政府，在传教活动中，与本国的政治利益保持一致。

1575年，由于菲律宾的西班牙殖民军队帮助明王朝围剿海盗林凤，第一个西班牙官方使团得以进入中国福建。这个使团由奥古斯丁会修士马丁·德·拉达(Martín de Rada)、杰罗尼姆·马林（Jerónimo Marín）和另外两名西班牙士兵组成，他们希望大明王朝允许西班牙传教士进入中国内地传教，并得到一块像澳门那样的商埠，以便同中国开展贸易活动。此次出使最终因为林凤的突围逃跑而以失败告终，但西班牙人却实现了他们想近距离了解中国的目的。

1578 年，在菲律宾殖民者的请求下，佩德罗 · 德 · 阿尔法罗（Pedro de Alfaro）带领 15 名西班牙方济各会士来到菲律宾，在马尼拉建立了第一所方济各会修道院。第二年，阿尔法罗就迫不及待地带领另外两名传教士，在 3 名士兵的陪同下，骗过菲律宾总督桑德（Francisco de Sande），潜入中国，在广东居留 5 个月之后，阿尔法罗等人被驱逐出境。1582 年和 1589 年，菲律宾的方济各会士还曾两次试图进入中国传教，但均无功而返。

1576 年，在菲律宾总督桑德的一份相关报告上，西班牙宫廷批示道："现在讨论关于征服中国一事，不合时宜。相反，他（指桑德）必须努力与中国人保持友好的关系，而绝不能与仇视中国人的海盗有任何牵连，或给中国以任何敌视我们的借口。"[1]

1.E. H. Blair & J. A. Robertson, *The Philippine Islands*, 1493—1898, Cleveland, 1903—1909, vol. 4, p.94.

1580 年，菲利普二世亲自派胡安 · 冈萨雷斯 · 德 · 门多萨（Juan González de Mendoza）、杰罗尼姆 · 马林和弗朗西斯科 · 德 · 奥尔特加（Francisco de Ortega）作为特使，携带国书和礼品出使中国，但这个使团因在墨西哥受阻，最终未能完成使命。

1581 年，葡萄牙并入西班牙版图，在马尼拉的西班牙殖民者、商人和传教士一度曾经想介入澳门事务，但澳门当地葡萄牙人组织的地方自治机构议事会有效地抵制了西班牙势力向澳门的渗透。西葡两国在远东的矛盾并没有因为两国的合并而化解，为了拉拢葡萄牙国内的反西势力，西班牙国王菲利普二世反而不得不在远东事务上一再让步。16 世纪末，西班牙曾几次试图与中国交往，但由于葡萄牙的掣肘与阻挠，都在萌芽状态就被扼杀了。

1586 年，驻菲律宾的西班牙殖民者在马尼拉召集政治、军事、宗教各界人士，商讨菲律宾殖民地的问题，与会者也就武力征服中国的可行性进行了讨论，并草拟了一份内容详尽的征服中国的计划，由西班牙籍耶稣会会士阿隆索 · 桑切斯（Alonso Sánchez）送往西班牙宫廷。[2]1588 年，经菲利普二世的授意，在马尼拉市民会议备忘录的基础上，马德里特别委员会制订了武力征服中国的计划。[3]但此时的西班牙帝国已是江河日下，征服中国一事成了名副其实的"纸上谈兵"。17 世纪，在菲律宾和西班牙，仍不时掀起武力征服中国的声浪，只是昔日的"日不落帝国"已是内忧外困，再也无暇东顾了。

2. 严中平：《老殖民主义史话选》，第 320—325 页，北京：北京出版社，1984 年版。E.H.Blair & J.A.Robertson, vol.6, pp.157—234.

3. 沈定平：《明清之际中西文化交流史》，第 78—82 页，北京：商务印书馆，2001 年版。

1587年，15名西班牙多明我会修士从墨西哥来到菲律宾，建立了多明我会菲律宾圣玫瑰省。在菲律宾的多明我会士主要的工作是在旅菲华人中间传教，并借此机会向他们学习汉语。

远东的西班牙籍托钵修士在传教过程中，也受到葡萄牙人和耶稣会士的排挤。1585年，教皇格里高利十三世（Gregorio XIII）在范礼安（Alessandro Valignano）的请求下曾颁布通谕，禁止耶稣会之外的其他修会到中国和日本传教，但这道通谕不久便被废止。1586年，三名西班牙籍奥古斯丁会士来到澳门，建立起一座修道院。但在葡萄牙人的压力下，1589年，菲利普二世要求他们离开，由葡萄牙籍奥古斯丁会士代替他们继续主持修道院。1587年，多明我会士安东尼奥来到澳门，建立了玫瑰圣母会院，同样也在葡萄牙人和耶稣会的压力下，不得不将其转交给葡萄牙籍多明我会士。更有甚者，葡萄牙人居然能阻止被驱逐的西班牙多明我会士前往菲律宾，他们只能搭乘葡萄牙商船返回欧洲。1587年，在菲利普二世和教皇格里高利十三世的支持下，方济各会士马丁·伊纳爵·德·罗耀拉（Martín Ignacio de Loyola）率领一个传教团来到澳门，准备从这里进入中国传教。尽管他是耶稣会会祖伊纳爵·德·罗耀拉的侄子，而且是受皇帝和教皇的派遣，但同样遭到了葡萄牙人和耶稣会士的阻拦，未能成行。即使同为耶稣会士，西班牙人有时也会受到葡萄牙人和其他耶稣会士的猜忌和排挤。1583年，意大利籍的天主教耶稣会传教士利玛窦（Matteo Ricci，1552—1610）在肇庆安顿下来后，在菲律宾传教的耶稣会士桑切斯想通过他的帮助获得中国官方同意，前往北京觐见皇帝，以请求在全国范围内传教，但澳门的葡萄牙人以“保教权”为由，禁止利玛窦与其合作。1589年，菲利普二世迫于压力，还不得不禁止菲律宾的西班牙籍传教士进入中国传教。

1631年，菲律宾总督胡安·德·阿尔卡拉索（Juan de Alcarazo）指派在台湾地区传教的多明我会修士安赫洛·高琦（Angelo Cocchi）出使福建，与中国当地官员商谈菲律宾与中国的通商问题。在路上，高琦搭乘的船只遭到了海盗的洗劫，他本人虽幸免于难，但丢失了官方委任状。因此，中国当地官员不承认其使节身份，并命令他立即返回菲律宾。然而高琦却设法留在了中国，开始在福安地区传教，并取得了一些成果。1633年，在菲律宾的天主教会看到高琦已在中国内地站稳脚跟，便决定再派遣几名传教士到福建去，以增加高琦的力量。在这样的背景下，多明我会修士黎玉范（Juan Bautista de Morales，1597—1664）和方济各会修士利安当（Antonio de Santa María Caballero，1602—1669）来到中国协助高琦，这样，多明我会和方济各会开始在中国建立自己的传教区。

1680 年，在方济各菲律宾省会长的推荐下，奥古斯丁会修士白望乐（Alvaro de Venavente）和胡安·德·里维拉（Juan de Rivera）来到广州，开始了奥古斯丁会在中国内地的传教活动。

同在华的耶稣会相比，天主教各托钵修会在中国的势力十分微弱，但它们在中西文化交流史上却起了重要作用。

利玛窦和徐光启

从上述情况不难看出，在整个 16 世纪，准备进入中国的天主教传教士遇到了前所未有的抵制，明王朝始终对他们紧锁国门，仅仅在澳门一处可以滞留。在这种情况下，如何进入中国，并顺利开展传教工作，是这些来华的天主教传教士急需解决的问题。当时占主流的一种观点是，希望首先借助武力打开中国的大门，然后再在西方军事力量的保护下在中国传教。这种观点不仅在天主教各托钵修会中很有市场，耶稣会中的响应者也大有人在。与这种方法相反，利玛窦却实行了一套和平的“适应性”传教策略。他学习汉语，研习中国文化典籍，脱掉教士服，改穿中国士大夫的“儒服”，结交中国名士，传播西方先进的科学技术，消除中国人对欧洲人的排斥心理，同时积极寻找中国文化与西方基督教文化之间的契合点，使基督教伦理道德观和教义适合中国传统的主流文化，尽量缩小二者之间的差异。在这一点上，最主要的工作有三个方面：首先，他淡化基督教的宗教特点，而力主宣传其中的伦理道德观念，并将其与中国传统的儒教伦理道德观相融合，实现“合儒”、“补儒”的目的；其次，他用中国典籍中的一些概念诠释基督教中的概念，如用“天”和“上帝”来翻译《圣经》中的天主；最后，他对中国文化中一些半宗教半习俗性的礼仪采取容忍的态度，主要表现在允许中国的天主教徒继续从事尊孔祭祖活动。在利玛窦的不断努力下，到17世纪初，天主教传教士终于在中国站稳了脚根。应当指出的是，在利玛窦采取“适应性”传教策略的过程中，西班牙籍天主教传教士发挥了重要作用。

第二章　　五位重要的西班牙传教士

第一节 沙勿略：第一个意识到中国重要性的西方传教士

方济各 · 沙勿略

方济各 · 沙勿略（Francisco Javier，1506—1552）出生于西班牙纳瓦拉地区一个富有的贵族家庭。18 岁那年，沙勿略来到法国，就读于圣蒲万公学，因为成绩优异，四年后便开始主持该校亚里士多德哲学讲座，两年后获博士学位。1529 年，后来成为耶稣会会祖的伊纳爵 · 德 · 罗耀拉（Ignacio de Loyola，1491—1556）进入巴黎圣女巴尔伯公学攻读哲学课程，并搬入沙勿略的宿舍，与其一同居住，在共同生活的过程中，两人结为挚友。在罗耀拉的影响下，沙勿略逐渐放弃了继承贵族爵位、戎马一生、享受荣华富贵的打算，甘愿将自己的身心奉献给天主教事业。1534 年，在罗耀拉的带领下，沙勿略成了耶稣会早期创始人之一。

1542 年，受葡萄牙国王若望三世和罗马教皇保罗三世的派遣，沙勿略来到葡萄牙在印度的殖民地果阿，开始了他在东方的传教生涯，并成为耶稣会第一任印度省会长。在果阿，他不辞辛劳，每日走街串巷，向当地的葡萄牙侨民宣讲天主教教义，重塑他们对天主教的信心，在短短的半年时间里，当地葡萄牙侨民的宗教素质就有了很大提高。之后，他又来到印度西南部的马拉巴尔海岸，在当地土著居民中传教，同样也取得了很大的进展。此后，他的足迹遍及锡兰、马六甲和摩鹿加群岛，为当地的天主教事业作出了巨大贡献。1549 年，沙勿略来到日本九州的鹿儿岛，开始了他在日本 27 个月的传教活动。1551 年，沙勿略返回果阿筹备出使中国的使团，以实现天主教进入中国的计划，但使团在马六甲受阻，以致半途而废。但沙勿略并未灰心，1552 年 7 月，他携带一名翻译和一个伙伴，离开马六甲抵达中国珠江口外的上川岛。在岛上，他搭建了简易的教堂，向岛上的葡萄牙商人布道，同时计划潜入中国。沙勿略的计划始终未能实现，同年年底在上川岛病逝，时年 46 岁。

虽然沙勿略没能够实现他进入中国传教的愿望，但他却在天主教中国传教史上占有重要的位置，对后世来华传教的天主教传教士产生了深远的影响。沙勿略是第一个意识到中国重要性的西方传教士，也是第一个努力想进入这个封闭的大帝国的西方传教士。在他的精神的感召下，一批又一批的耶稣会士来到远东，想要叩开中国的大门。在沙勿略逝世 30 年后，中国的大门终于向耶稣会士敞开了。但更重要的，是沙勿略在天主教传教策略上的改进对后世来华的耶稣会士们的启示和影响。1547 年，在摩鹿加群岛传教的沙勿略曾经写信向一位葡萄牙朋友询问有关中国的情况，不久这位朋友就写信回答了沙勿略关心的诸多问题。在此之前，到远东来的商人和殖民地官员更多地是关心诸如中国的物产、商业以及政府管理等，沙勿略的问题则显示出他对中国的教育、文字、知识分子和官员的社会地位等深层问题的关心，并希望由此入手采取一套适合中国实际情况的传教方略。在日本传教的过程中，他也表现出与东方高层知识分子交往的愿望，并认为与这些拥有崇高社会地位的知识分子交往，是在日本和中国传教的最有效的途径。

1619 年，罗马教廷为沙勿略行“升天宣福礼”。1622 年，教皇格里高利十五世封他为“圣徒”。此前，在耶稣会士中，只有罗耀拉有过这样的荣耀。

第二节　高母羡与《明心宝鉴》

高母羡的西班牙文全名叫胡安·科沃（Juan Cobo，约 1546—1592），生于托莱多地区的孔苏埃格拉（Consuegra），成年后入多明我会，1587 年赴墨西哥传教，1588 年抵达菲律宾。他对中国与西班牙文化交流的贡献有三：一是翻译了《明心宝鉴》[1]；二是与另一位传教士米格

1.*Beng Sim Po Cam o Espejo rico del claro corazón*.

尔·贝纳维德斯（1550—1605）合作，用中文撰写了《基督教教义》[1]；三是用中文撰写了《辩正教真传实录》[2]（1593）。

1.*Doctrina Cristiana en Letra y Lengua china*.　　2.*Apología de la verdadera religión*.

西班牙文版的《明心宝鉴》于1593年在马尼拉出版，1595年由贝纳维德斯带回西班牙并呈献给国王菲利普二世。人们一般认为，最早被翻译成欧洲文字的中文书籍是《论语》，它于1662年被译成了拉丁文，但却很少有人知道，在这之前70年，西班牙传教士高母羡就把《明心宝鉴》翻译成了西班牙语。这是第一部被翻译成西方文字的中文书籍，它在欧洲的传播为后来的“适应性”传教策略提供了理论根据，对西方人了解中国发挥了重要作用。

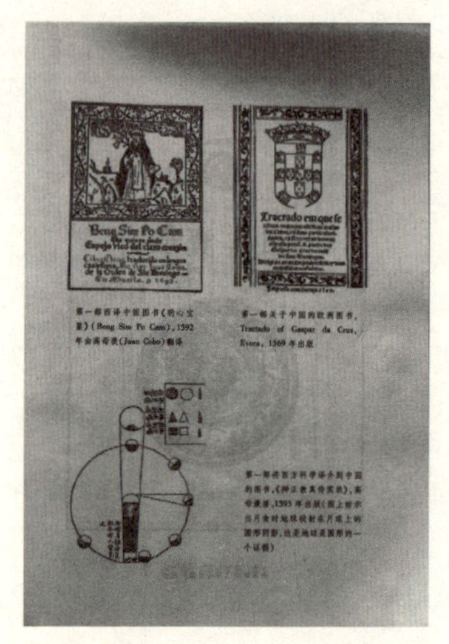

高母羡翻译的西班牙文《明心宝鉴》封面

从严格的意义上讲，《明心宝鉴》算不上什么文学经典。它是明朝洪武二十六年即1393年由范立本辑录而成的一本劝善书和童蒙书。它网罗百家，将儒、释、道三教学说糅合在一起。全书分为“继善”、“天理”、“顺命”、“孝行”、“正己”、“安分”、“存心”、“戒性”、“博学”等20篇（其中“存心”有前后两篇），共726条。这是一本宣扬儒家思想和封建礼教的读物，内容多是四书五经中的语录以及民间流传的关于齐家治国、修身养性的格言。今天，这本小册子已鲜为人知，但当年却曾在中国的周边地区（如日本、朝鲜、越南等地）广为流传。

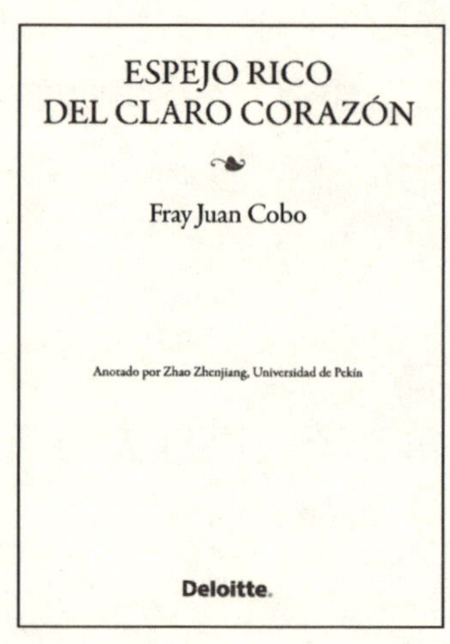

德勤会计师事务所的豪华版《明心宝鉴》封面

高母羡的译本是一个手抄的双语本，正面是西班牙语，背面是汉语。书中提到了辑录者范立本（Lipo—Pun Huan）。扉页上印着一位老者的形象，他一手拿着一本书，另一只手拿着一根树枝。此手抄本现收藏于马德里西班牙国立图书馆。2005年，马德里大学再版了该书的校印本[3]。

3. 西班牙文为 *Espejo rico del claro corazón*，Letrúmero，Madrid，2005。

校印本封面是一幅风景画，内页左面是西班牙文，约占四分之三，右面是汉语（含校勘文字）。在高母羡之后，另一位多明我会的西班牙籍传教士纳瓦雷特（Fernández Navarrete，1618—1689）又于 1676 年前后翻译了《明心宝鉴》并加了评注，作为其《中国历史、政治、伦理与宗教概论》[1] 的组成部分。

1. 原文为 *Tratados históricos, políticos, éticos y religiosos de la monarcha de China*。

2012 年，西班牙德勤（Deloitte）[2] 会计师事务所出版了豪华版《明心宝鉴》，作为馈赠客户的圣诞礼物。这一版《明心宝鉴》堪称精美，淡黄色羊皮封面，印有高母羡的画像，封底有龙的图腾，书中有数十幅插图，取自清代大画家石涛（1642—1718）的画作。

2. 德勤（Deloitte）是全球四大会计师事务所之一。

值得一提的还有高母羡用中文写的《无极天主正教真传实录》，在论述天主本性的同时，用相当的篇幅介绍了西方的科学，是第一部将西方科学译介到中国的图书。

第三节　马丁·德·拉达：西方第一位汉学家

马丁·德·拉达（Martín de Rada，1553—1578）出生于西班牙潘普罗纳的一个名门世家，青年时代曾在巴黎学习达 6 年之久。1557 年，作为一名奥古斯丁会士，他去了墨西哥。1565 年，他参加了莱古斯比的远征军，来到菲律宾。在此期间，他不知疲倦地传教布道，并进行科学研究，而且在天文学、数学和语言学方面均有建树。但同时要指出的是，他是一位不折不扣的殖民主义者。他不仅是武力征服菲律宾的参与者，也是武力征服中国的最坚定的支持者。为此，他于 1575 年带领一支西班牙使团前往中国。拉达的出使活动没有取得预期的目标，但却得到了难得的了解中国的机会。使团在中国待了两个多月，其间拉达等人与福建当地的官员频繁接触，并有机会游览泉州和福州这样的城市。1578 年，他参加了菲律宾总督桑德的远征军事行动，病死在远征途中。

在出使中国之后，拉达撰写了大量的书信和报告，分别送回墨西哥和西班牙，作为政府制定对华政策的参考。这些文本大多已散佚，但对其内容，门多萨（《中华大帝国史》的作者）和罗曼（《世界各国志》的作者）曾多有引述。我们现在所见的《菲律宾群岛奥古斯丁会神甫马丁·德·拉达与其同伴杰罗尼姆·马林以及随行士兵在中国体察到的事物》[3]（简译为《中国

3. 原文为 *Las Cosas que los Padres Fr. Martín de Rada, Provincial de la Orden de S.Agustín en las Islas Filibinas, y su compañero Fr.Jerónimo Marín y otros Soldados que Fueron con ellos Vieron y Entendieron en quel Reyno*。转引自张铠《中国与西班牙关系史》，郑州：大象出版社，2003 年版。

纪行》）是后来重新搜集整理并编辑出版的。全书包括《出使福建记》和《中国即大明诸事实录》两部分。前者叙述了 1575 年西班牙使团出使福建的经过，后者则介绍了明王朝各方面的情况。拉达借此次出访的机会，从中国带回了大批的图书，它们涉及到中国文化的各个方面。拉达曾经借助在菲律宾的华人的帮助，将这些图书中的一些内容翻译成西班牙文。

马丁 · 德 · 拉达

《中国即大明诸事实录》分 12 章，对明王朝的官僚等级、行政区划、军事编制、历史变迁、官场习俗、世间百态等均有涉猎。尤其值得一提的是，他澄清了一个自马可 · 波罗以来常被西方人混淆的概念，即指明了“契丹”和“震旦”是同一个地理概念，是同一个国家即中国。除《中国纪行》外，拉达还著有《中国的语言与艺术》。正因为如此，我们才认为他是西方第一位汉学家。

第四节 门多萨和《中华大帝国史》

胡安 · 冈萨雷斯 · 德 · 门多萨（Juan González de Mendoza，1545—1618）出生于卡斯蒂利亚的托莱多。17 岁那年，门多萨从西班牙来到墨西哥，并于 1564 年在墨西哥城加入了奥古斯丁会。此后的九年，门多萨在墨西哥城的奥古斯丁会修道院学习神学、语言学和文学，同时也参加奥古斯丁会在当地的传教活动。

1573 年，门多萨返回西班牙。1583 年，门多萨来到罗马，成为红衣主教的学生。在罗马期间，应教皇格里高利十三世的要求，他完成了《中华大帝国史》的写作，此书于 1585 年在罗马出版。

1586 年，门多萨前往美洲从事传教工作。1589 年，他再一次返回西班牙，三年后前往意大利。1607 年，门多萨被任命为墨西哥恰帕斯的主教，一年后改任哥伦比亚波巴扬的主教。1618 年，门多萨在波巴扬病逝。

虽然门多萨没有到过中国，甚至连远东地区也没到过，但他在中国与西班牙文化关系史上却占有重要的位置，这主要是因为他撰写并出版了《中华大帝国史》。该书全名为《大中华王国最杰出事物及其礼仪、习俗史》[1]，是一部关于中国的百科全书式的专著。据研究，门多萨写作《中华大帝国史》，主要依据的是加斯帕尔 · 达 · 克路士（Gaspar da Cruz）的《中国志》[2]和马丁 · 德 · 拉达的《中国即大明诸事实录》，但同时他也直接或间接地使用其他葡萄牙人和西班牙人的著作。这样，虽然门多萨并没有到过中国，但他著作的内容却远比其他同时期的作品更加丰富。《中华大帝国史》一出版就受到了广泛的关注，在 16 世纪的最后 15 年中，成为欧洲同类书籍中最畅销的一本。根据不完全统计，16 和 17 世纪，《中华大帝国史》被翻译成 7 种欧洲文字（包括弗莱芒语），在欧洲有 43 种版本，其中大部分版本是在 1600 年之前出现的（共有 35 个版本）。17 世纪初期，《中华大帝国史》在欧洲仍然有一定的影响力。1621 年出版的弗朗西斯科 · 德 · 埃莱拉 · 马尔多纳多（Francisco de Herrera Maldonado）的《中华王国历史概要》[3]和 1624 年出版的米歇尔 · 鲍狄埃（Michel Baudier）的《中国王廷史》[4]都曾以它为重要参考资料。

1. 原文为 *Historia de las cosas más notables, ritos y costumbres del gran Reino de la China*。

2. 原文为 *Tratado das Coisas da China*。

3. 原文为 *Epítome Historial del Reyno de la China*。

4. 原文为 *Histoire de la Cour du Roy de la Chine*。

《中华大帝国史》在中西文化交流史上的地位是不容忽视的。16 世纪，葡萄牙人和西班牙人是中西文化交流中

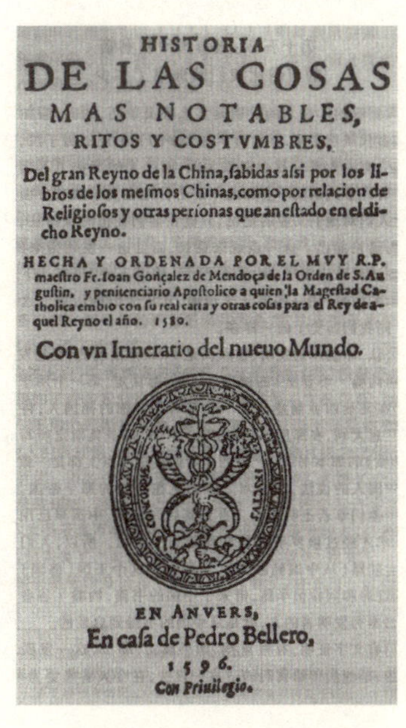

HISTORIA
DE LAS COSAS
MAS NOTABLES,
RITOS Y COSTVMBRES,
Del gran Reyno de la China, ſabidas aſsi por los libros de los meſmos Chinas, como por relacion de Religioſos y otras perſonas que an eſtado en el dicho Reyno.
HECHA Y ORDENADA POR EL MVY R.P. maeſtro Fr. Ioan Gonçalez de Mendoça de la Orden de S. Auguſtin, y penitenciario Apoſtolico a quien la Mageſtad Catholica embio con ſu real carta y otras coſas para el Rey de aquel Reyno el año. 1580.
Con vn Itinerario del nueuo Mundo.
EN ANVERS,
En caſa de Pedro Bellero,
1596.
Con Priuilegio.

西班牙文版《中华大帝国史》封面

中文版《中华大帝国史》封面

的主要媒介，欧洲人想要了解有关中国的情况，主要是通过伊比利亚人出版的书信、报告和专著，其中葡萄牙人的作用更加突出。但是，葡萄牙在欧洲的政治和经济地位并不高，欧洲主流社会懂葡萄牙语的人也不多。因此，虽然在 16 世纪中期之后曾经出版过多部有关中国的葡萄牙文著作，但它们在欧洲的传播范围并不广，知道的人也不多。相反，西班牙在 16 世纪的欧洲是举足轻重的大国，它的一举一动都会影响欧洲的政治和经济命运。用西班牙文出版的《中华大帝国史》在材料方面是 16 世纪关于中国的集大成之作，它的出版受到了欧洲公众的普遍关注，在短时间内便被翻译成多种文字，并在欧洲各主要国家出版，这无疑大大增加了欧洲公众对中国的了解，激发了他们对中国的兴趣。和其他西班牙人不同的是，门多萨并不赞成以武力征服中国。在《中华大帝国史》中，无论是对中国的物质文明还是精神文明，都流露出他的仰慕之情。

在《中华大帝国史》中，值得一提的是门多萨对中国宗教信仰的态度和看法。他并没有像同时代的其他天主教传教士那样，对中国的宗教信仰采取“全盘否定”的态度。相反，通过对中国宗教的介绍和阐释，他向欧洲公众证明，中国宗教信仰中有与基督教文化相契合的地方。在这一点上，他与利玛窦的观点不谋而合，他们二人属于同一个时代。当《中华大帝国史》在欧洲出版的时候，利玛窦刚刚进入中国，正是他实施“适应性”传教策略的关键时期，虽然我们还没有发现足够的证据表明他们之间发生过相互影响，但这种偶然性背后未必就没有必然性的存在。

谈到《中华大帝国史》，还有一件事值得一提：它是欧洲从 17 世纪中叶到 18 世纪中叶关于中国古代史和《圣经》编年史的大论战的源头。在《中华大帝国史》中，门多萨有关中国历史的介绍主要有两个要点：（1）中国人是诺亚的后代；（2）中国第一位国王大约在公元前 2592 年登基。此后，来华的耶稣会士们也认为中国人是犹太遗民，中国的历史一直可以追溯到公元前 3000 年前后。17 世纪上半叶，问题似乎并不十分严重，中国悠久的历史，正如它富庶的物质文明和严谨的政治制度一样，只是对“欧洲中心主义”造成了一些冲击，还不足以动摇欧洲人思想中的基本观念。直到 1650 年左右，欧洲的神学家们和世俗学者们才感到问题的严重性。1650 年，爱尔兰大主教乌瑟（1581—1656）发表了他的《〈旧约〉编年史》。在这部书中，乌瑟经过考证认定，“创世纪”发生的时间是在公元前 4000 年左右，而大洪水发生的时间是在公元前 2350 年。于是，门多萨和耶稣会士们提供的古老的中国纪年对《圣经》的权威性提出了挑战。

但奇怪的是，挑起论战事端的并非是维护希伯来—拉丁版《圣经》的神学家和卫道士，而是对《圣经》普适性和权威性均持怀疑态度的学者拉佩雷尔（1596—1676）。他的论著将《圣经》还原为一部犹太人自己的民族史，而并非整个人类的历史。正如霍恩所说，“这种学说将直接导致无神论，因为他否认世界是上帝创造出来的”[1]。17世纪正是欧洲思想界发生巨大变化的时代，原有的宗教信仰正在逐渐衰弱，宗教神学在各方面受到了挑战。但是，宗教的权威还没有被彻底击垮，它仍然保持着原有的尊严，仍然在一定程度上控制着整个欧洲的思想界；而另一方面，理性和科学之火已经点燃，并开始驱逐旧时代的阴霾。如果没有这场论战的话，关于中国上古史与《圣经》之间的矛盾或许会逐渐得到解决，最终人们会接受中国拥有悠久历史的事实。不过，我们还是应该感谢拉佩雷尔，他挑起的这场论战在客观上激发了欧洲学者和民众对中国历史的兴趣，促使他们对中国历史进行深入研究，从而扩大了中国文化在欧洲的传播。

1. 转引自［法］维吉尔·毕诺《中国对法国哲学思想形成的影响》，耿昇译，第233页，北京：商务印书馆，2000年版。

质疑和争论对科学研究来说并非坏事，怀疑的风气引发对相关知识的进一步研究与核实。从18世纪30年代开始，无论是耶稣会士还是世俗学者，都将研究的重点放在对中国古代史的考证上。他们的立场（无论是倾向于中国，还是倾向于《圣经》）变得越来越模糊。就在这一阶段，一批具有汉学研究味道的专著先后出版[2]，从而将有关中国编年史的讨论引向了一个新的阶段。

2. 如宋君荣（Antoine Gaubil，1689—1759）的《中国天文学简史》（1732，巴黎）、冯秉正（de Mailla，1669—1748）的《中国通史》（1777—1783，巴黎）、弗莱雷（Nicolas Fréret，1688—1749）的《一位十八世纪的人文主义者对中国的思考》（1739，巴黎）等。

在20世纪，随着科学技术的发展和全球“一体化”进程的加快，门多萨的《中华大帝国史》又重新引起人们的关注。西班牙于1944和1986年先后再版了门多萨的著作。在《中华大帝国史》问世400年之后，中华书局又于1998年翻译出版了此书。

第五节　出类拔萃的汉学家庞迪我

17世纪以后，欧洲对中国的了解日渐深广，来华的传教士越来越多。与此形成鲜明对照的是，西班牙传教士却逐渐淡出了历史舞台。然而就在16世纪末、17世纪初的时候，有一位西班牙传教士在中西文化交流中发挥了重要作用。此人的中文名字叫庞迪我，他是著名的意大利传教士利玛窦的得力助手，是一位名副其实、出类拔萃的汉学家。

庞迪我原名迭戈·德·潘多哈（Diego de Pantoja，1571—1618），出生于西班牙马德里附近的巴尔德莫罗。18 岁那年，庞迪我来到托莱多，进入当地的托莱多修道院，成为一名耶稣会士。1597 年，庞迪我与意大利籍耶稣会士龙华民（Nicolas Longobardi）经印度来到澳门。1599 年，庞迪我与郭居静（Lazare Cattaneo）一同潜入中国内地，并于第二年初与利玛窦在南京会合。此时，利玛窦正准备赴京觐见中国皇帝，庞迪我遂加入了利玛窦北上的队伍。利玛窦北上京城是耶稣会在华传教的一个转折点。当时，由于他的努力，耶稣会在南中国已经有了不小的影响，在肇庆、南昌和南京都设有会院。到北京后，利玛窦的传教活动得到了万历皇帝的默许。在整个过程中，庞迪我始终是利玛窦的得力助手。1610 年，利玛窦积劳成疾在北京逝世，庞迪我代理传教团会长一职，在中国士大夫的帮助之下，他成功地为利玛窦在北京申请到一块墓地，并为其举行了葬礼。从某种意义上讲，此事说明耶稣会传教士在中国的社会地位得到了承认，也为此后耶稣会在中国的传教活动铺平了道路。但急功近利的龙华民接任会长后，不再实行利玛窦原来的“适应性”传教策略，引起了中国士大夫阶层和普通民众的不满，这不能不说是引发 1616 年“南京教案”的原因之一。1617 年，万历皇帝颁布“禁教令”，在华耶稣会传教士一概在被驱逐之列，庞迪我也不得不离开生活了 17 年的北京，经广州来到澳门，并于 1618 年在那里病逝。

古往今来，在西班牙的汉学家中，庞迪我堪称出类拔萃。他的汉语著述主要有《七克》、《庞子遗诠》、《天神魔鬼论》、《人类原始论》、《受难始末》、《天主实义续篇》、《辩揭》等，其中最负盛名的是《七克》（又名《七克大全》），该书于 1614 年在北京出版。当时的名士杨廷筠、曹于汴、郑以伟等曾为其作序，并曾得到著名学者徐光启的润色。《七克》出版后受到好评，相继于 1629 年、1643 年、1798 年、1833 年、1849 年、1873 年和 1910 年再版。《七克》是一部宣扬基督教道德修养的伦理学著作，其宗旨是要人们克服七种滋生罪恶的意念：傲、妒、贪、忿、饕、淫、怠。庞迪我提出要以谦伏傲、以仁平妒、以施解贪、以忍息忿、以淡塞饕、以贞防淫、以勤策怠。当然，在庞迪我看来，欲做到“七克”，要靠上帝之赐，非人类自身的力量可及。庞迪我将中国儒家的道德观与天主教教义有机地结合起来，因而受到当时中国知识分子的欢迎，人们尊称他为“庞子”或“庞公”。可以说，《七克》是利玛窦“适应性”传教策略的全面体现。《人类原始论》是介绍《创世纪》的，即亚当和夏娃的故事；《天主实义续篇》是对利玛窦名著《天主实义》的补充。“南京教案”发生后，庞迪我又完成了《辩揭》一文的写作。在这篇文章中，庞迪我力图再次论证基督教教义与中国传统儒学之间并不存在矛盾和相悖之处。他一方面批驳龙华民的做法，另一方面也试图缓解反教风潮给耶稣会在华传教事业造成的损害。

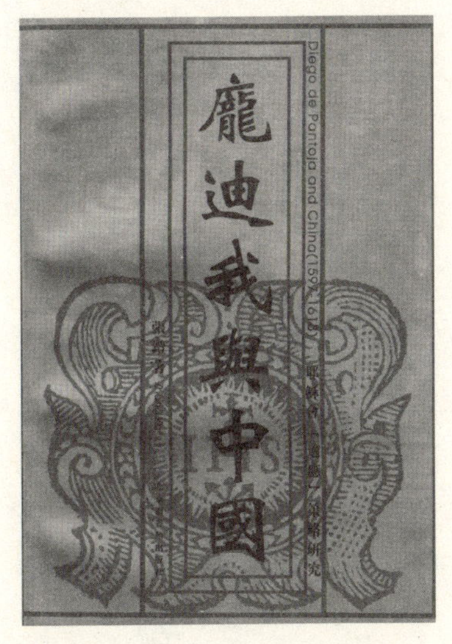

《庞迪我与中国》封面

纵观庞迪我在华传教的经历，始终是与利玛窦和他的“适应性”传教策略分不开的。在利玛窦生前，庞迪我是其得力的助手，也是制定和实施“适应性”传教策略的参与者；利玛窦死后，在与龙华民的争论中，他始终坚持并维护“适应性”传教策略。虽然实践证明“适应性”传教策略是有效的，但并不是每一位来华的天主教传教士都认同这种做法。在利玛窦生前，耶稣会中国传教团内部矛盾就已经产生，但迫于他的威望，冲突并没有显露出来；利玛窦死后，龙华民接管了耶稣会中国传教团，他本来就是利玛窦“适应性”传教策略的反对者，于是矛盾迅速升级，关于“中国礼仪”的争论扩大到整个耶稣会内部，并最终导致了“南京教案”的发生，使耶稣会在华传教活动惨遭重创。但问题并没有就此解决，托钵修会的介入使原来耶稣会的内部矛盾升级为天主教各修会之间的矛盾。此后，虽然还有西班牙传教士在华活动，如多明我会修士黎玉范和方济各会修士利安当，但已无法与庞迪我相提并论，况且与文学交流联系甚微，在此无须赘述。由张铠著，北京图书馆出版社 1997 年出版的《庞迪我与中国》对其一生作了详尽的评述。

第三章　　16 世纪伊比利亚作家笔下的中国形象[1]

1. 这一部分主要根据《十六和十七世纪伊比利亚文学视野里的中国景观》、《〈十六世纪中国南部行纪〉导言》和《〈1583—1584 年在华耶稣会士信简〉序言》的相关内容编写而成。

第一节 概述

16 世纪，中国的商品开始大量进入欧洲，这些商品主要包括丝绸、香料、药材和瓷器。西班牙国王卡洛斯一世曾经专门向中国定制印有王室纹章的瓷器，菲利普二世也拥有大量的中国收藏品，其中仅瓷器就有三千多件。[1] 当时，中文书籍也已经被带到了欧洲，在西班牙的宫廷图书馆和罗马的教廷图书馆中，都收藏有中文图书。但是，当时的欧洲公众主要还是通过在欧洲传播的有关中国的作品了解中国及其文化的。这些作品包括书信、报告和书籍，它们的作者主要是葡萄牙和西班牙的殖民地官员、士兵、商人和传教士。这些人中的大部分没有到过中国，甚至个别的人连亚洲都未到过。他们主要在葡萄牙占领的印度、马六甲、摩鹿加群岛和西班牙占领的菲律宾群岛一带活动，从当地的土著和在当地经商的中国人那里获取有关中国的知识；那些到过中国的人，也主要是在东南沿海的福建和广州一带活动，只有极少数人曾经深入中国的内地，而他们在中国停留的时间一般也都很短暂。

1. 张铠：《中国与西班牙关系史》，第 145 页，郑州：大象出版社，2003 年版。

16 世纪，只有少数关于中国的作品得以在欧洲出版，大多数作品则以手稿的形式出现，其中一些因在同类文本中经常被引用而得以传播。那些出版的文本主要用葡萄牙文和西班牙文写成，也有一些被翻译成意大利文、英文或法文，因此只有少数作品在欧洲范围内广泛传播。

在前面的一章中，我们曾提到西班牙的第一位汉学家马丁 · 德 · 拉达（Martín de Rada，1553—1578）。在出使中国（1575 年）之后，他撰写了大量的书信和报告，分别送回西班牙和墨西哥，作为政府制定对华政策的参考，但大多已散佚。在 16 世纪，门多萨的《中华大帝国史》和罗曼的《世界各国志》曾经引用过这些报告的内容。现在所见的这些报告分为两个部分，是不久前才搜集、整理出版的。第一部分《出使福建记》叙述了 1575 年西班牙使团的出使过程；第二部分《中国即大明诸事实录》则介绍了中国各方面的情况。值得注意的是，拉达借此次出访的机会，从中国带回了大批的图书，它们涉及到中国文化的各个方面。拉达曾经借助菲律宾华人的帮助，将这些图书中的一些内容翻译成西班牙文，写进了自己的报告中，这一点可以通过《中国即大明诸事实录》中有关中国的纳税人口、军队等方面的内容看出来。

在此，有必要叙述一下耶稣会有关中国的材料。虽然前面我们已经指出，耶稣会基本上是属于一个国际性宗教组织，即使是葡萄牙籍或西班牙籍的耶稣会士，也不应该划在葡萄牙和西班牙这两个概念之下。但在16世纪，耶稣会士与远东地区的伊比利亚人关系密切，特别是在1583年之前。即使到后来耶稣会在中国站稳脚跟之后，也因为澳门的联系而与葡萄牙有割舍不断的关系。

罗耀拉创建耶稣会的时候，便在会宪中规定，到世界各地传教的耶稣会士必须及时与罗马的总会联系，通过书信和报告的形式反映传教区当地的情况和传教的进展。1552年，沙勿略有关中国的书简在欧洲发表，这是在耶稣会的著作中首次出现有关中国的内容。从1552年到1582年，耶稣会在欧洲共出版了16本印度书简集，其中有一些书简是关于中国的。1570年出版的葡萄牙文日本书简集和1575年出版的西班牙文日本书简集中，也有关于中国的书简。在1586年出版的耶稣会日本书简集中，包括了4名在华耶稣会士的8封中国书信，这4个人是罗明坚（Michele Ruggieri）、弗朗西斯科·卡布拉尔（Francisco Cabral）、巴范济（Francisco Pasio）和利玛窦。这8封信是1583—1584年间在澳门、广州和肇庆写成的，1585年12月才被送到罗马，这是在欧洲出版的第一批在华耶稣会士的书信。从此以后，在华耶稣会士的书简不断被送回欧洲，为了保险，当时的信件都是一式两份，一封从葡萄牙控制的远东航线寄回，另一封则从西班牙控制的航线寄回。需要指出的是，在1583年之前，耶稣会士对中国的了解也多依靠葡萄牙人和西班牙人。1547年前后，沙勿略就曾向一位葡萄牙朋友询问有关中国的情况，后来在耶稣会发回欧洲的报告书中，也常将葡萄牙人或西班牙人的相关材料作为附录一并送回。进入澳门后，耶稣会士有机会亲自接触中国人和中国文化。1583年之后，耶稣会在获取有关中国的情况上处于有利的位置，完全能够独立获得有关的材料。

第二节 《中华大帝国史》中的中国形象

《中华大帝国史》可以说是一部有关中国的“百科全书”，在这部作品中，门多萨系统地总结了当时欧洲有关中国的各种材料，对中国各方面的情况均有涉及。限于本文的篇幅，在这里不可能将其中的内容一一加以介绍，好在这部著作国内已有中译本，又有张铠和吴孟雪的相关论文和著作，[1] 因此本书仅就《中华大帝国史》中与本论题有关的内容进行简单的介绍和梳理，大致勾勒一下《中华大帝国史》所展现的中国形象。

1. 见“参考文献”的相关内容。

一、　中国的正面形象

1．疆域辽阔、人口众多、资源丰富、商业繁荣。

中国给门多萨留下的最初和最主要的印象之一是疆域辽阔、人口众多。门多萨说：“中国据说是世界上面积最大、人口最多的国家。”[2] 中国东西跨度大约有 1800 里格（legua），从位于最南端的省到东北角大约有 600 里格。它由 15 个省组成，“其中任何一个都要比我们所知的欧洲最大的国家还要大”[3]。在这些省中，每一个都有众多的城镇，中国共有 591 座城和 1 593 座镇；在《中华大帝国史》中，门多萨提供的全国纳税人数为 40 610 000 人，但他也指出，中国实际人口要比这个数字大得多，因为在中国，不纳税的人也一样多，那里有不计其数的老爷和法官，这些人都不纳税，海军和陆军的士兵也不纳税。[4]

2.Mendoza, *Historia del Gran Reino de la China*, Madrid, 1990, p.42；[西班牙]门多萨：《中华大帝国史》，何高济译，第 18 页，北京：中华书局，1998 年版。（此后简称“西班牙文本”和“中译本”）

3. 西班牙文本，第 43 页；中译本，第 20 页。

4. 西班牙文本，第 91 页；中译本，第 78 页。

中国不仅疆域辽阔、人口众多，而且资源丰富、物美价廉，是“全世界最富饶的国家”，中国人拥有“全世界最肥沃的土地”。[5] 中国有丰富的金、银和其他金属矿藏；粮食作物包括稻米、小麦、大麦、裸麦、燕麦和玉米；中国的水果品种繁多，味道鲜美；在纺织材料方面，中国“产大量优质的丝，染以极完美的色彩，远远超过格拉纳达出产的丝，尽管它是该国最大的一宗贸易，但价格仍然十分便宜”，[6] 另外还有大量的亚麻和棉花；中国的糖和蜂蜜产量丰富，因而蜡的供应充足；在香料方面，有大量的麝香、肉豆蔻、丁香、胡椒和肉桂；还有上等大黄和一种叫做“中国”的药材；中国人饲养大量的牲畜和家禽；沿海和内河有大量的鱼类和贝类。所有这些东西，不但质量上乘，数量巨大，而且价钱便宜。

5. 西班牙文本，第 36、37 页；中译本，第 7、9 页。

6. 西班牙文本，第 38 页；中译本，第 10 页。

门多萨认为，中国资源丰富的原因首先是因为中国处于温带地区，气候适宜，土壤肥沃。其次，中国人口众多，天性勤劳，“在整个国内，人们绝不容忍流浪汉和懒汉”[7]，所以国内的土地被大量开发，“在全国你几乎看不到任何荒地或是不产东西的土地”[8]。第三，在中国，国

7. 西班牙文本，第 37 页；中译本，第 9 页。

8. 西班牙文本，第 38 页；中译本，第 10—11 页。

泰民安，没有战争。此外，中国人对自己的财产享有自由支配权，这也调动了人们的生产积极性。

2．奇特有效的生产技术和先进的科学技术。

在《中华大帝国史》中，门多萨认为，中国人“无论男女都心灵手巧”，“是大发明家”。[1]

1. 西班牙文本，第 51 页；中译本，第 31、32 页。

中国人用加温的方法孵化鸭雏，不仅数量大，而且成活率高；他们还利用鸭子为稻田除草，既经济又省力；人们驯养鸬鹚捕鱼，用衬纸的竹篓运送活鱼，即使是内地的人也能吃到鲜鱼。中国制瓷的工艺十分精湛，“人们把硬土块打碎，碾磨，放进石制的水池里，充分搅拌。他们用上层最好的泥浆制作精细的瓷器，越往下质料越粗糙（制出的瓷器质量也越差），他们制作瓷器的方法和这里（指欧洲）的一样，要对瓷器进行装饰，画上他们喜欢的颜色，这种颜色永不褪色，最后是放在窑里烧”[2]。中国的瓷器精致美丽，尤其江西出产的最好，中国的瓷器远销马尼拉、

2. 西班牙文本，第 52 页；中译本，第 32 页。

秘鲁、新西班牙（即墨西哥）、印度和葡萄牙。

门多萨惊叹于中国的建筑技术，“在中国的任何地方，都有擅长建筑艺术的人”[3]。中国

3. 西班牙文本，第 46 页；中译本，第 26 页。

的城墙坚固结实，城内的道路宽阔、整洁、卫生，官员和贵族的宅院美观、舒适；全国的道路，在已发现的国家中，似乎是铺设得最好、最美观的，它们十分平坦，即使是在山上，也有用锄头开凿，并铺以条石，修砌得很好的道路；最能够体现中国人建筑技术的要算抵御鞑靼人的长城。[4]

4. 西班牙文本，第 48 页；中译本，第 27 页。

门多萨认为，最早发明印刷术的是中国人，他们使用这种技术要早于欧洲 500 年。“根据一般人的观点，印刷术在 1458 年开始在欧洲使用，它的发明者是德国人古腾堡（Joan Gutenbergo）。但中国人声称，最早是他们国家发明的印刷术，发明者是一个被他们尊为圣人的人，他们从他那里学会了使用印刷术。很多年后，印刷术经俄罗斯传入德国，人们确信，那里有一条陆路通道。另外，从德国经红海和阿拉伯的拉费里斯到中国的商人带回一些书籍，古腾堡由此得到了灵感，历史将他作为印刷术的发明人。这是事实，正如他们证实的那样，显然，这项发明是他们传给我们的；还有证据可以帮助我们相信这一点，现在他们那里还有很多书，它们印刷的时间比德国开始出现印刷术的时间早五百年。”[5]此外，中国在制炮上也要早于欧洲，

5. 西班牙文本，第 127 页；中译本，第 121 页。

“根据他们的和我们的史书的记载，火炮在中国使用的时间要早于在欧洲的使用时间。在欧洲，火炮第一次出现是在 1330 年，是一位在历史上没有留下姓名的德国人发明的，但根据中国人

的说法，显然这个人只能被称为发现者，而不能被称为发明者。中国人说，第一个发明火炮的是这个王国的第一位国王，叫 Vitey”[1]。

1. 西班牙文本，第 125 页；中译本，第 118 页。

3．礼仪之邦、社会风气纯正。

门多萨说，中国是个礼仪之邦，“中国人的礼节要超过世界上的任何国家，正如与他们打过交道的人说的那样，他们的礼节是如此之多，又要经常使用，以至于有专门的书来告诉你有哪些礼节规范，并教会你怎么用它们，对什么人要用什么样的礼节”[2]。中国人对朋友和客人都很热情。

2. 西班牙文本，第 133—134 页；中译本，第 129—130 页。

在中国的城市中，很少能够看见乞丐，这是因为中国的法律禁止穷人在街道上或是在寺庙里行乞，任何行乞的人都要受到处罚，那些施舍的人也同样受到处罚。对于那些身体残疾但仍然有工作能力的人，政府责令他们的父母教会他们某种技能；对那些没有劳动能力的人，则责令他们的父母或亲戚供养他们。在每个城市都有国王出钱建的王家医院，收养那些无依无靠又没有能力自己谋生的人，政府供给住在里面的人一切生活所需，并且经常派官员检查医院的运行情况。

4．国家统一、官吏清廉、执法公正。

在中国，国王是国家的最高首脑，他像神一样被国人尊敬和礼拜。“在他并不驻跸的各省，总督或长官所在的省城，有一块金牌，绘有当今国王的肖像，盖着华丽的帷幔，每天都有老爷、司法官员按要求前去敬拜，就好像国王亲莅一样。”[3] 整个王国都在他的控制之下，“就像在土耳其一样，国内的绅士没有一个人拥有臣属，也没有私人审判权。他们世袭的东西和动产，国王因他们的服务所赏赐的东西，因在政府中服务和因其他原因得到的东西，在他们死后，都要还给国王；除非国王把它赐给死者的儿子，这是作为恩宠，而不是法律规定的和他们应得的”[4]。“为了防止叛乱，他将王位继承人以外的所有的儿子都送到其他地方去居住，让他们在当地过着衣食无忧的奢华生活，但却禁止他们擅自离开，否则将被处死。中央政府对地方政府的控制也非常严格，各省都要通过驿传将各地发生的事情无论大小如实上报，没有国王和他的内阁的命令不能擅自从事，无论是总督、省长，还是法官，在没有得到国王和内阁的批准之前不能处

3. 西班牙文本，第 88 页；中译本，第 74 页。

4. 西班牙文本，第 90—91 页；中译本，第 77 页。

死任何人。”[1]

1. 西班牙文本，第 105 页；中译本，第 95 页。

中国官吏接受诉状（17 世纪西班牙版画）

中国官吏赶去审案（17 世纪西班牙版画）

国王是通过一个由 12 人组成的内阁来处理各种事务的，“作为内阁的成员，不仅是该国的法律、道德和自然哲学方面的专家、博士和学士，还要求精通占星术和预言术”[2]。国王的内阁拥有最高的权力，国家所有的事务都必须通过它来解决，所有的官员也都是国王在得到内阁的同意之后任命的。国家为了确保官员们廉洁奉公、公正无私，制定了一系列的法律和规定。首先，在选择官员的时候很注意他们的品德和行为；其次，规定所有的官员都不得在本乡任职，以免执法时徇私舞弊；第三，官员上任时的一切花销都由政府承担，在任职期间，国王不仅为他们提供足够的俸禄，而且还为他们提供宽敞舒适的宅院；此外，在审理案件的时候，官员们要对口供进行认真笔录，遇到重要的案件，笔录工作甚至由官员自己来担任；宣判必须在公堂上进行，所有的吏员和当事人必须在场；甚至还规定，开庭前官员需要斋戒，不能够饮酒，以保持头脑清醒；最重要的是，政府配有一套监察制度来约束官员们的行为。官员们每三年要向察院述职，中央每年也秘密地向地方派出御史，这些巡访使都是值得信任的人，为官廉洁、作风正派、执法公正，他们被秘密地派往各地，通过暗中查访了解官员们的真实情况，然后对政绩卓著的官员进行褒奖或提拔，对那些玩忽职守的人则斥责或罢黜。巡访使被赋予很大的权力，遇到违法的行为，不必上报国王和内阁就可以根据情况自行处理。

2. 西班牙文本，第 103 页；中译本，第 93 页。

5．历史悠久、易于归化。

门多萨认为，中国人是诺亚的后代，他们是在大洪水后到中国定居的。他说："我确信，在这个国家的居民中，第一批到达并定居该地的是诺亚的孙子们，他们来自亚美尼亚，上帝为拯救他们的祖父而使用的方舟在大洪水之后就停靠在那里。"[1]

1. 西班牙文本，第 36 页；中译本，第 8 页。

在《中华大帝国史》中，门多萨还提供了一个简单的中国历史年表。门多萨说，中国共有 243 位国王曾经在位。第一个国王（在位 100 年）至始皇帝，经历了 2257 年，共有 116 位国王。他还列举了从汉高祖到汉献帝之间每位国王的名字和他们在位的时间，甚至精确到了月。此后的各个朝代，他只介绍了其统治时间，以及第一位和最后一位国王的名字。书中还介绍了几位国王的事迹，如刘备、武则天、朱元璋等。根据门多萨所提供的时间表推算，至 1585 年前后，中国大约持续了 4177 年，即可以追溯到公元前 2592 年前后。

门多萨认为，中国人的宗教信仰在很多方面都有与基督教文化相似的地方，因此他相信，圣多默（Santo Tomás）曾经在中国传教，并使基督教在中国文化中留下了痕迹。"在这个王国中，有一些道德方面的事情和我们基督教的十分相似，这一方面使我们知道中国人对自然有很好的理解力，另一方面也证实了圣多默在这里传过教，由于他的工作，他们有机会学习与美德有关的事情。"[2] 门多萨说，中国有一幅画像，上面的神有三个头，"根据基督教教义，可以被理解为反映的是我们基督徒崇拜和信仰的圣三位一体的神秘"[3]。此外，在中国还"发现"了一幅绘有十二使徒（los doce Apóstoles）形象的画和一尊怀抱婴儿的女神像。"通过这些证据，我们很容易会相信圣多默曾经到过这个王国，并在此传过教。因此，在中国人的传统中，这么长时间以来一直有迹象表明，他们知道真正的天主（Dios）。"[4] 此外，中国教士的生活方式也和基督教教士的相似，他们禁欲、剃发，在祷告的时候使用念珠，以化缘和布施为生，并且主持葬礼和新船的启航仪式。

2. 西班牙文本，第 70 页；中译本，第 57 页。

3. 西班牙文本，第 57 页；中译本，第 36 页。

4. 西班牙文本，第 59 页；中译本，第 38 页。

更主要的是，中国人相信灵魂不死，也相信因果报应。门多萨说："中国人确信，灵魂来自于天，它是不灭的，因为天赐给了它永生的力量；当神（Dios）将灵魂放入人的身体的时候，如果他们依法行事，不做伤害他人的事情，他们将会升天，在那里得到快乐的永生，成为天使（ángel）；相反，如果他们活着的时候作恶多端，他们将随魔鬼（demonio）一起到黑暗的监狱中去，在那里他们将受折磨，永远也不能结束；他们相信也有这样一个地方，灵魂在那里洗涤掉他们在肉体中的时候所犯的所有过错，人们还相信，父母和朋友们行善会有助于这种洗涤。”[1]

1. 西班牙文本，第68页；中译本，第55页。

门多萨在书中还指出，因为中国人对他们所崇拜的神十分不尊敬，所以要使中国基督教化并不是一件十分困难的事情，“这些可怜的偶像教徒是那样不尊重他们的神，我相信，只要福音一进入这个王国，他们就会立即放弃迷信”[2]。

2. 西班牙文本，第62页；中译本，第45页。

二、 中国的负面形象

1. 闭关锁国。

中国的法律禁止国民私自出国，甚至在省与省之间流动也有严格的规定，同时也不允许外国人进来。“在没经国王及他的内阁许可的情况下，在任何地方挑起战争的人都将被处死；同样，在没有许可的情况下，任何航行出这个王国的臣民也将受到同样的惩罚；在省与省之间谈生意、做买卖的人也受这条法律的约束，他们必须保证在规定的期限内返回，否则将被剥夺公民资格；同样，任何外国人，不论他是从海路来的，还是从陆路来的，在没有得到国王或要去的港口及地方官员的许可的情况下，一律不准进入中国，地方官在给予这种特许时很慎重，并要通报国王。”[3]另外，中国人也不接受新的信仰，这不利于基督教在中国的传播。“在这个国家中，不能够介绍新的东西，他们也不接纳外国人和新的教义，除非有国王和内阁的许可，否则将付出生命的代价，中国人对这项规定执行得很严格。”[4]

3. 西班牙文本，第101页；中译本，第90页。

4. 西班牙文本，第63页；中译本，第45页。

2. 奢华享乐。

中国人经常举行宴会，这些宴会一般都会持续很长时间，有时会一直持续很多天。在宴会上，每位客人都有一张属于自己的桌子，上面罗列着各色的珍馐美味，排场铺张讲究。在吃饭的同时，还有女演员在一旁演唱助兴。门多萨对中国人这种享乐的风气表示不满，他说：“中国人举行宴会的次数大大超过世界上其他的民族，因为他们富有，而且无忧无虑，更没有上天之光的照临，虽然他们承认并相信灵魂的不朽和来世的奖惩。他们尽自己所能来满足暂时的快乐，用各种办法来消磨时间，在这些消遣娱乐中，他们总是做得清洁和有条不紊。”[5]

5. 西班牙文本，第131页；中译本，第126页。

3．卖儿鬻女、容许私娼。

门多萨说，在中国，由于生活所迫，一些人将自己的子女出卖为奴，男孩子们一般要学一门手艺，以后可以获得自由，成家立业；女孩子则被卖到妓院，终生受到奴役。为了使社会免受影响，妓院都开在城外，妓女们不允许随便外出。妓女们将所赚的钱的一部分交给管理的官员，等她们老了以后，由这些官员给她们提供所需。

4．语言文字难学。

门多萨认为，中国的语言文字学习起来十分困难，这首先是因为汉字是由图案构成，而不是字母，“每个词都是一个字”，因此数量极大，“他们使用六千多不同的字”；其次，汉语的口语不利于交流，它“写出来要比念出来更好理解”，“因为一个字多几个点就与另一字不同，用说的话，不容易分辨”；另外，在中国，方言众多，“人们说好几种语言，这些语言彼此不同”，但“通过书写，大家能够相互理解”。[1]

1. 西班牙文本，第 120 页；中译本，第 112 页。

5．刑罚残酷。

在审理案件的过程中，为了获得口供，中国的官员可以使用刑具，受刑的人会感到令人难以想象的疼痛，甚至是手脚的关节断裂。

在中国，每个省有 13 座监狱，其中有 4 座是关押死刑犯的。轻罪犯的监狱面积很大，里面有鱼塘、广场和庭园，犯人可以在里面散步，还有饭店和商店，他们会在监狱中待很长的时间，等待最后的定刑；关押死刑犯的监狱则是另一番样子，“这种监狱是那样令人感到痛苦，犯人大批地死亡或是不堪忍受而自杀”[2]。

2. 西班牙文本，第 117 页；中译本，第 109 页。

6．军队软弱。

门多萨说，中国骑兵的马具很差，士兵的骑术也很糟糕；中国炮的质量不是很好，但据说在内地有制造精良的大炮；中国士兵在勇气和胆量方面也不如欧洲的军队。“如果中国的士兵能和欧洲的士兵一样勇敢的话，他们的军队足以征服全世界。然而，尽管中国的军队在人数上超过欧洲，在智谋上和欧洲不相上下，但他们在勇气和胆量上却远远落在后面。”[3]

3. 西班牙文本，第 99 页；中译本，第 88 页。

7．迷信的偶像崇拜者。

门多萨认为，中国人是偶像教徒，他们崇拜众多的神祇。“在庙宇的祭坛上，中国供奉着大量的偶像，这些偶像体积庞大、装饰华丽。根据教士杰罗尼姆·马林的说法，他们的偶像数量巨大，单是在 Ucheu 的一座庙里就有 112 尊这样的偶像。此外，在这个国家的道路两旁和大门口，人们也都供奉着很多偶像。”[1] 中国人还崇拜魔鬼，“不是因为他们不知道魔鬼是邪恶的，

1. 西班牙文本，第 62 页；中译本，第 42 页。

应该被诅咒，而是因为他们这样做可以使恶魔不损害他们的性命和财产”[2]。

2. 西班牙文本，第 60 页；中译本，第 40 页。

中国人不仅是偶像教徒，而且还从事大量的迷信活动。门多萨说：“这个王国中的人不仅迷信，而且他们也十分相信预兆，他们将预兆看成确实可信的东西。他们特别喜欢一种算命方法，当中国人要做某一样事情的时候，或是外出，或是某些重要的事情，如为子女办喜事、借债买地、做买卖等，只要是他们对想要的结果不太确定或是疑惑，他们每次都要使用这种算命方法。”[3]

3. 西班牙文本，第 64 页；中译本，第 46 页。

中国人还相信灵魂的转世，“普通大众认为，作恶多端的灵魂在进入地狱之前（中国人错误地认为，直到世界灭亡的时候，他们才会进入地狱），为了惩罚他们所犯的罪，天把他们塞进牛或是其他动物的身体；而那些行善的灵魂，天则将他们放进国王或是老爷们的身体中，在那里他们会受人服侍，过着愉快的生活”[4]。为此，每年八月的某一天，全国都要举行为死者祈

4. 西班牙文本，第 69 页；中译本，第 56 页。

福的仪式，人们相信这样可以尽快使灵魂洗涤掉罪恶，成为天使。

第三节 门多萨与其他作家笔下的中国形象之比较

16 世纪，在中西交往的过程中，伊比利亚人通过自己的作品向欧洲公众描述了中国的形象。总体上看，在 16 世纪西方人的笔下，中国形象并不是固定不变的，在每个阶段，中国形象都有不同的特点。16 世纪初期，因为葡萄牙人在中国的不愉快经历，他们不仅将中国塑造为一个人多地广、物产丰富、商业繁荣的国家，同时也将中国人描写成一个软弱、道德败坏和残忍的民族。16 世纪中叶，在西方人的作品中，中国形象已经发生了转变，这种转变主要表现在对中国行政司法制度的态度上。在这一阶段的作品中，中国被塑造成为政府办事高效、官员公正廉

洁的国家。但与此同时，仍然可以发现对中国阴暗面的描写，可以说，这一阶段虽然中国的形象仍然游移不定，但从总的趋势上看，还是正面形象多于负面形象。门多萨正是在这样的语境中开始创作他的《中华大帝国史》的。在塑造中国形象方面，门多萨顺应了 16 世纪中叶以来西方人笔下的中国形象的发展趋势，并将它进一步向前推进。这主要表现在门多萨对待中国宗教信仰的态度上，他并没有对中国的宗教信仰“全盘否定”，而是着手开始寻找中国宗教与基督教文化之间的契合，而这种趋势正是以利玛窦为代表的在华耶稣会士们制定对华传教策略的切入点和中心内容。在华耶稣会士的“适应性”传教策略在他们塑造中国形象的过程中起到了关键的作用，他们所塑造的中国形象又直接促成了 17、18 世纪欧洲的“中国热”，在中西文化交流史上留下了浓墨重彩的一章。

要想知道门多萨笔下中国形象的特点，我们有必要首先回顾一下在 16 世纪葡萄牙和西班牙的作品中中国形象的变化过程和发展趋势。

16 世纪初期，来到远东的葡萄牙人与中国接触的主要目的是通过对华贸易获取巨大的经济利益，因此这些葡萄牙人在描述中国的繁荣富庶方面毫不吝惜自己的笔墨。皮雷斯在《东方纪事》中说：“据东方国家讲，中国物产很多，土地辽阔，人口众多，宝藏丰富，讲究排场，铺张奢华，使人以为那是我们葡萄牙而不是中国。”为了获得对华贸易机会，葡萄牙人除了想通过正式的外交途径外，也相信借助武力可以轻易占领中国沿海的一些地区，作为自己的贸易基地。在早期葡萄牙人眼中，中国不过是一个软弱可欺、轻易便可以被征服的民族。皮雷斯说：“马六甲总督要征服中国，并非像人们说的那样困难，因为那里的人非常瘦弱，轻易就能打败他们。多次去过那里的船长们断言，曾夺取马六甲的印度总督用十条大船就可以征服整个沿海。”但在与中国的初次交往中，葡萄牙人吃尽了苦头，被囚禁在广州监狱里的维埃拉和卡尔沃在他们的信中大事渲染中国官员的道德败坏和中国刑罚的残酷野蛮。他们说，中国的官员都是“强盗”，他们通过虚报的方法私吞葡萄牙囚犯的财物；中国的监狱阴森恐怖，犯人们忍饥挨饿，还不时受到酷刑的折磨，随时都面临着死亡的威胁。中国人处死犯人的方法更是野蛮和血腥。“中国的死刑，最残酷的是钉十字架。在这里把人割成 3 000 片而人仍然活着，然后把他剖开，取出内脏，让刽子手去吃，把全部切成碎片，扔给那里为此准备的狗。”[1] 当时的葡萄牙人似乎并不太关心中国人的宗教问题，他们仅仅知道中国人既不是基督徒，也不是穆斯林，而是偶像崇拜者，

1.［葡萄牙］克利斯多弗·维埃拉：《广州葡囚书简》，何高济译，载《国际汉学》，2004 年第 10 辑。

用他们自己的话讲，就是“不信教者”。

16世纪中叶，无论是对已经在澳门定居的葡萄牙人来说，还是对新来乍到的西班牙人来说，中国的财富仍然是他们来到远东的主要目的，因此在这段时期，地大物博、繁荣富庶的中国形象并没有改变，反而被进一步渲染。葡萄牙人现在已经不再奢谈武力占领中国了，他们在亚洲的势力已经开始衰落，有限的军事力量难以长期维持漫长的亚洲贸易线的稳定。澳门主要是靠葡萄牙人与当地中国政府的巧妙周旋，而非靠武力恫吓得到的，而且看来，维持澳门定居点的继续存在也只能通过与中国政府的良好关系才能做到。此时的葡萄牙人对军事问题讳莫如深，唯恐刺激中国当地官员敏感的神经，而失掉辛苦得来的成果。但在菲律宾的西班牙人却在鼓吹军事占领中国，并紧锣密鼓地搜集情报，制订作战计划，因此早期形成的中国软弱可欺的形象在这段时期并没有什么改变，反而因为西班牙人的介入而得到了加强。菲律宾皇家司库官胡安·包蒂斯塔·罗曼（Juan Bautista Román）在其《中国风物志》（*Relación de las Cosas de la China*）中，就极力描写中国舰队的华而不实和士兵素质的低下：“这些看起来浩浩荡荡的舰只和水师，如果再仔细看一下，只不过是俗语所说的薄雾浮云而已，因为它们十分脆弱，（中国人）只注意给舰只打扮装饰，吹牛皮，华而不实，他们是不敢驾舰出海三里格之遥的”；“谈到中国这些兵丁们的行为，真使人难为情。这是一些很坏、死气沉沉、没有心肝、耍流氓的人，即使成千上万，也不必害怕他们”；“陛下只消出动不到五千名西班牙人，就可以平定这些王国，成为它们的主人，至少可以占领沿海地区，这些地区在全世界也是最重要的领地，只消派出几艘战船，加上几艘苦役划桨船，就可以控制中国沿海及附近的省份以及自中国至摩鹿加的整个南海及其群岛，沿着海岸线及诸岛”。[1]

1.（澳门）《文化杂志》编：《十六和十七世纪伊比利亚文学视野里的中国景观》，第122、123—124、127页，郑州：大象出版社，2003年版。

这段时期，有关中国官员道德败坏和中国刑罚严酷的描写还时常可以看到。克路士在《中国志》中曾谈到中国官员的贿赂行为：“因为分配官职要听宦官的意见，老爷就常常向他们行重贿以图晋升”；“察院对老爷既然有管辖权，可追究他们的行为，所以当他进入他们的辖区前，他们拼命打听他可否受贿，如果他们发现他接受贿赂，他们便宽下心来”；“他们贿赂衙门的文书和吏员，因为后者是审核中提供证明的主要人物”。[2]伯来拉也曾绘声绘色

2.［英］C.R.博克舍编注：《十六世纪中国南部行纪》，何高济译，第92、109、110页，北京：中华书局，1990年版。

地描述过中国司法审判中的酷刑：“行刑人使劲用竹板打他的屁股，旁观者看见他们的凶劲都发抖。十下就打出大量的血，二十或三十下打得皮开肉绽，五十或六十下要长期疗治，如打

上一百下，那就没救。”[1] 但中国在这方面的形象正在发生转变，伯来拉和克路士的描述要比

1.［英］C.R. 博克舍编注：《十六世纪中国南部行纪》，何高济译，第 12 页，北京：中华书局，1990 年版。

维埃拉等人的描述柔和得多。另外，在他们的作品中，对中国行政司法制度的赞美和崇拜有效地冲淡了这些负面形象给人带来的不愉快感觉。伯来拉虽然也曾在中国遭受过牢狱之灾，但他却对中国的行政司法制度赞不绝口。在他的眼中，中国是“世界上治理得最好的一个国家”，在司法方面，“超越基督徒，比他们更讲公道和事实”，他们的“审判是没有匹敌的，胜过罗马人或任何其他民族”。[2] 而中国官员不道德的形象，此时也得到了纠正。1548 年前后，

2.［英］C.R. 博克舍编注：《十六世纪中国南部行纪》，何高济译，第 2、11、13 页，北京：中华书局，1990 年版。

一位在果阿的葡萄牙人给方济各·沙勿略写了一封长信，专门回答对方提出的一些与中国有关的问题。在这封信中，这位葡萄牙人讲述了一件发生在自己身上的事情：“我曾到过广州的旧港码头，那是 1533 年，我先交了关税，接着准备给来向我收税的官员一个价值四十克鲁扎多的红宝石戒指和其他一些随身带去的耳环，可是他不但不收，而且说他想知道是谁叫我这样做的，他要下命令惩罚他；他还对我说，中国的正直官员是不收任何贿赂的，尤其不收外国人的贿赂。”[3] 葡萄牙人对中国行政司法制度态度的这种转变主要是基于他们对两个事

3.（澳门）《文化杂志》编：《十六和十七世纪伊比利亚文学视野里的中国景观》，第 31—32 页，郑州：大象出版社，2003 年版。

实的认识：首先，在中国，政府通过考试的方法选拔有学识的人担任官职，这似乎使一些西方人认为，中国实行的是一种近乎柏拉图的“理想国”的行政制度。杰罗尼姆·奥索里奥（D. Jerónimo Osório）在《光荣之歌》（*Tratado da Glória*）中就说，中国人的学问里虽然充满错误和迷信，但“他们仍值得钦佩，因为他们把最高权力交给那些被认为其智慧出类拔萃的人”[4]；其次，为了保证官员的公正廉洁，政府实行一系列的防范措施，其中最有效的一种

4.（澳门）《文化杂志》编：《十六和十七世纪伊比利亚文学视野里的中国景观》，第 40 页，郑州：大象出版社，2003 年版。

办法就是派遣监察官随时检查地方的施政情况，而中国的官员必须异地任职。在当时的作品中，有很多这方面的描述。

16 世纪 50 年代，天主教传教士开始着手进行中国福音化的工作。这些传教士在对待宗教问题上与早期的葡萄牙人不同，对于后者来说，中国人的宗教信仰主要关系到他们在远东地区的商业利益。因为如果中国人信奉基督教，信仰上的认同将有助于他们对华贸易的开展；而如果中国人是穆斯林，从印度的经验而知，他们将会成为葡萄牙人在远东贸易中的竞争对手。中国人的偶像崇拜并没有过多地影响葡萄牙人在华的商业活动，所以在这个问题上，他们缺乏深入了解的热情。但天主教传教士则不然，他们要在中国传播天主的福音，为此他们必须深入了解中国当地的宗教信仰，以便制定相应的传教策略和方法。16 世纪中叶，在这些传教士笔下，

中国的宗教信仰主要有以下几个特点：首先，中国人是偶像教徒，他们崇拜众多的神祗，但他们并不尊敬这些神祗；其次，中国人非常迷信，做任何事都通过占卜来决定；第三，中国人相信灵魂不灭、善恶有报，但同时也相信灵魂转世。对于当时的西方人来说，他们对劝化中国人皈依天主教抱有很大的信心。克路士认为，中国人"有很好的资质皈依正教"，他的理由是"他们不怎么尊敬他们的神和教士"，"他们很喜欢听真理的教导"和"他们不挑食"。[1]

1.［英］C.R. 博克舍编注：《十六世纪中国南部行纪》，何高济译，第152、153页，北京：中华书局，1990年版。

从总体上看，16世纪中叶，在伊比利亚人笔下，中国的形象还并不十分稳定，因为创作主体身份的不同，对中国文化的异趣，造成对中国形象中的正反两个侧面的描述各有偏重，但总的趋势却是，对待中国文化的态度正在向更加积极正面的方向发展。那时，到处可以听到对中国文化的赞美之声，甚至在那些远离中国的作家的作品中，情况也是一样，像杰罗尼姆·奥索里奥和巴洛斯，在他们的作品中充满了对中国文化的赞美。奥索里奥在《光荣之歌》中说："我们中间那些曾经同中国人有过某些接触的人说，在城市的雄伟方面，在建筑物的华丽方面，在生活水平和文明程度方面，或在对各种艺术的浓厚兴趣方面，在如今的世界上很难找到某个民族能同中华民族匹比。"[2] 巴洛斯也在《亚洲数十年》中表达了相同的看法："谁懂得中国的

2.（澳门）《文化杂志》编：《十六和十七世纪伊比利亚文学视野里的中国景观》，第38页，郑州：大象出版社，2003年版。

宗教，目睹过其寺庙、道士僧人，见过其求神拜佛、斋戒和祭祀的盛况，了解其对自然科学和伦理道德的研究以及学位的授予，消除贿赂的措施，文字的古老，特别是治国之道和在金属、陶瓷、木工、纺织、丝绸织造方面的技术，必然会感到这个世俗国家的一切皆可与希腊和拉丁媲美。"[3] 这些足以说明中国的美好形象在欧洲的影响程度，但另一方面，我们也不应过分夸

3.（澳门）《文化杂志》编：《十六和十七世纪伊比利亚文学视野里的中国景观》，第64页，郑州：大象出版社，2003年版。

大这种影响力，正如前面所说，16世纪伊比利亚作家的作品在欧洲的传播范围十分有限，远远没有达到17世纪耶稣会士们的作品所达到的广度和深度。

门多萨就是在这样的语境下开始撰写《中华大帝国史》的，可以说，他顺应了16世纪中期伊比利亚人塑造中国形象的总体趋势，并将中国形象推到了一个新的高度。

在《中华大帝国史》中，门多萨更加着力于塑造一个地大物博、繁荣富庶、政治清明的完美的中国形象，而对中国的负面形象，他或者根本不涉及，或者在提到时尽量用简短的语言加以介绍，并设法消除这些形象所造成的不良影响。在书中，门多萨根本没有提到中国官员受贿和宗教人士地位低下的问题，而这些内容都曾在伯来拉、克路士和拉达的作品中出现过。在描写中国司法审理中使用酷刑的时候，门多萨反复强调，只有在"不能通过巧妙的方法获得事实

的情况下”，才会动刑，而施刑时，官员们总是“小心而谨慎”。[1]在介绍中国有关闭关锁国的法律时，他说：“毫无疑问（在治理国家的谨慎和智慧的机敏方面），中国人要超过希腊人、迦太基人和罗马人，古代和现在的历史著作有关这些人已经讲得够多了，他们为了征服邻国的土地，离开自己的国家，结果却将他们的家园丢掉了。中国人从自己的经验而知，离开自己的王国去征服邻近的地区，这会消耗他们自己的大量人力和财力，而且因为害怕失掉，还要投入大量日常防护工作来维护他们所得到的土地，而在他们进行征服的时候，他们的敌人，鞑靼人和周围的国家，就会胁迫他们，给他们造成伤害。”[2]可以说，在每一个中国的负面形象中，门多萨都看到了它积极的一面，即使是在有关中国容忍私娼存在这个问题上，他也认为，这些妓女受到很好的照顾，当她们年老色衰时，政府会赡养她们，并且为了消除她们的行为对社会的不良影响，政府将妓院安排在远离城市的地方，并禁止妓女离开那里。

1. 西班牙文本，第 113 页；中译本，第 104 页。

2. 西班牙文本，第 100 页；中译本，第 89 页。

16 世纪大多数西方作家，特别是西班牙人，对中国的军事实力抱有很深的成见。在《中华大帝国史》中，门多萨虽然也认为，中国的士兵，如果和欧洲的士兵一样勇敢的话，他们足以征服全世界，然而尽管他们在人数上超过欧洲的军队，和欧洲的士兵一样富于智谋，但在勇气和胆量上却不如欧洲的士兵。但他明确表示，自己并不赞成使用武力征服中国，而应该用基督教归化中国人，他说：“我不谈凭借计谋和努力，在上帝的帮助下用什么方法可以征服这么强大的力量，因为这不是本书的目的，而且我已经按要求讲得够多了，更何况我的职责是通过和平的方式劝说，而不是激起战争，我想要从事的战争是用天主的教义，它就像是能刺穿心脏的宝剑。我相信在我们天主教国王菲利普统治的极其幸福时代，天主会看到它的实现，我们的国王已经付出极大的热情要实现它，并且将一直坚持下去，直到有所收获，他不愧为一名勇敢的、真正的天主教徒。”[3]如果考虑到门多萨的西班牙奥古斯丁会士身份，并且曾经作为菲利普二世的特使准备前往中国，而此次出使背后或许隐藏着某种军事目的的话，那么门多萨的这种态度确实是难能可贵的。

3. 西班牙文本，第 99 页；中译本，第 88 页。

门多萨并不像同时代的其他西方作家那样，将中国的宗教信仰放在天主教文化的对立面上，极力宣扬中国人在信仰上的迷信和无知，从而向欧洲人证明归化中国的必要性，而是试图将中国的宗教信仰纳入到天主教文化的理解模式中去，极力寻找两者间的契合点，在深层次上证明使中国基督教化的可行性。有关这方面的内容，我们在前面梳理门多萨笔下的中国形象时，已经介绍过了，现在，我们将门多萨的文本与同时代其他西方作家的文本作一下比较，来看一下两者的不同之处。

在《中华大帝国史》中，门多萨曾经用一整章的篇幅叙述和介绍了中国人自己对于世界的起源和人类的创造的认识，这一段材料在拉达的《中国即大明诸事实录》中也有叙述，但门多萨与拉达注重的角度不同，态度也相异。拉达仅将这段记述看成是中国上古历史的一部分，因为他藐视中国文化。他认为，除了在草药方面稍有成就外，中国人“在所有别的方面都不值一顾，因为他们只知道事物的皮毛，其他一无所知”[1]，所以他将这些内容都斥为“无稽之谈”。

1.［英］C.R. 博克舍编注：《十六世纪中国南部行纪》，何高济译，第211页，北京：中华书局，1990年版。

而门多萨则是从宗教信仰的角度进行考察的，他对中国的文化抱有好感，认为中国人既有“自然和道德哲学”的知识，也懂得“占星术”，只是因为没有“上帝的帮助”和“天主教信仰的灵光”，才会在“有关世界的起源和人类的创造的叙述上犯很多的错误”。

例证（1）

拉达的文本[2]：

2.［英］C.R. 博克舍编注：《十六世纪中国南部行纪》，何高济译，第198页，北京：中华书局，1990年版。

在记他们国家人民起源的编年史（我们已得到）中，他们讲了许多神话。他们说天、地和水自太初就结合一起，一个叫Tayhu的，把天地分开，后来又诞生了一个叫Pancou的人，既不婚配又无子女，他之后又诞生了Tionho及他的十三个兄弟，这一支占据了一万八千年大地。接着是Teyoncon，有七个兄弟，这支家族差不多生存了同样长的时间；再就是Cimhon，有九个兄弟，他们也活了很久。因此，从开天辟地直到现在的人类部族，一共生存了九万多年，所有这些人都被他们尊为圣人。继这些人之后，一个叫Ochiçalan的男人和一个女人从天上降到Santon，他们受天的养育，从这两人传下来世上所有的人类。

门多萨的文本[3]：

3. 西班牙文本，第66—67页；中译本，第49—50页。

他们说，起初，天、地和水是混沌一片，有一个叫Tayn的，住在天上，很有学问，他根据天地轻重的自然倾向，把天地分开，将天置于高处，将地放在低处，就是现在天地所处的位置。人们说，这个Tayn从“无”中创造了一个叫Panzón的男人和一个叫Panzona的女人。Panzón凭借着Tayn给他的力量从“无”中又创造了一个叫Tanhom的男人和他的十三个兄弟。Tanhom是个有学问的人，他不仅为所有被创

造出来的事物命名，而且根据 Tayn 的教育知道这些事物的特性，并知道如何使用它们医治各种病痛。Tanhom 和他的兄弟有很多儿子，其中最大的一个叫 Teyencom，他有十二个儿子，长子叫 Tuhuncom，他有九个儿子，其他的儿子也有很多孩子。人们相信，这些世系延续了九万多年，之后，所有人都被消灭了，因为这是从“无”中创造了第一对男女的 Tayn 的意思，他这样做是为了报复人类给他造成的伤害；也是因为嫉妒人类拥有了他教给的知识因而懂得的跟他差不多一样多，因此不愿承认他的权威，当初在 Tayn 把知识传授给人类时，人类答应服从他的权威。此后，天掉了下来，Tayn 将天抬了起来，并在地上又创造了一个叫 Lotzitam 的男人，这个人有两只角，从他的角里发出香味，从这些香味中生出男人和女人。Lotzitam 在世上留下许多的男人和女人之后就死掉了，现在世上所有的人都是他的后代。人们说，Lotzitam 生的第一个人叫 Azalan，他活了九百岁，之后，天又创造了一个叫 Atzión 的人，他的母亲叫 Lutim，只因为看见天空中有一颗狮子头而怀了孕，Atzión 生在 Sauton 的 Truhin，活了八百岁。

从例证（1）我们可以看出，门多萨的文本与拉达的文本之间不仅仅有详略的差别，更主要的是，门多萨的文本在拉达的文本上增加了以下三个方面的内容：（1）在开天辟地之后，Tayn 不仅创造了第一个男人 Panzón，还创造了一个叫 Panzona 的女人；（2）从 Panzón 和 Panzona 两个人开始的世系，在持续了九万年之后，被 Tayn 消灭了；（3）在这之后，天掉了下来，Tayn 将天重新举起，并重新创造了一个叫 Lotzitam 的男人，他成为现在人类的祖先。因为这三方面的内容的增加，使门多萨的记述与《圣经》的《创世纪》之间，在“原型”结构上有了某种相似性。

在《中华大帝国史》中，门多萨从中国人崇拜的神祇、教义、宗教仪式和教士生活方式中发现了与基督教文化相类似的地方，因此确信圣多默曾经在中国传过教。门多萨在这方面的材料主要来自克路士和拉达，但显然，两人与门多萨在对待这个问题上的态度不同。

例证（2）

拉达的文本[1]：

1. [英] C.R. 博克舍编注：《十六世纪中国南部行纪》，何高济译，第 218、219 页，北京：中华书局，1990 年版。

在福州的庙里有一百多个各种不同的偶像，有的偶像有六只、八只或更多的手臂，

另一些有三个脑袋（他们说那是鬼王），再有的是黑色、红色和白色，有男有女。

他们经常把同一人的三幅像放在一起，当问到为什么这样做时，他们说那三幅实为一人。

门多萨的文本[1]:

1. 西班牙文本，第57页；中译本，第36页。

在中国人崇拜的偶像中，有一幅奇特而迷人的画像，人们对它倍加崇敬。这幅画像画的是一个有三个头的人，他的三个头彼此相望，人们解释说，它的意思是说，这三个头只有一个意志和一个愿望，使其中的一个头高兴，另外两个也会高兴，反过来，使一个头生气，另外两个也会生气。用基督教教义来解释，这幅画像可以被理解为反映的是我们基督徒崇拜和信仰的圣三位一体的神秘。这幅画像和其他的一些似乎与我们神圣的天主基督教有联系的事物证明了使徒圣多默确实是在这个王国中传过教。

例证（3）

克路士的文本[2]:

2. ［英］C.R. 博克舍编注：《十六世纪中国南部行纪》，何高济译，第150页，北京：中华书局，1990年版。

我在这座寺院内看见一个修得漂亮的高大礼拜堂，前有几级涂金阶级，木雕而成，堂内是一尊精美的女人像，一个小孩抱着她的脖子，前面点有一盏灯，我怀疑那是基督教的一些形迹，就向在那里遇到的俗人及几个偶像教师打听那女人像是谁，但没人能告诉我，也说不清楚。它可能是圣母像，由圣·托马斯（即圣多默）留在那里的古基督徒所制，或者为他们制造的，而结果都通通给忘记了，它也可能是异教的像。

门多萨的文本[3]:

3. 西班牙文本，第58、59页；中译本，第37、38页。

他们还有一幅画像，绘的是一个怀抱婴儿的漂亮妇女，据说她是一位国王的女儿，以处女之身生下了孩子，人们对她非常尊敬，在她的画像前祈祷，但却不知道其中的奥义，只说她过着圣洁的生活，一生都没有犯过错。

所有这些似乎很容易让人相信，圣多默曾经到过这个王国，并在这里传过教，因此可以看到，这里的人知道一些关于真正上帝的事情，并在他们的传统中保持了这么多年。

例证（4）

4. ［英］C.R. 博克舍编注：《十六世纪中国南部行纪》，何高济译，第149页，北京：中华书局，1990年版。

克路士的文本[4]:

我听说一位可敬的亚美尼亚人出于对使徒（指圣多默）的虔诚，从亚美尼亚到那里（指摩列波尔）去朝圣，他发誓为证说（这是在使徒家充当大管家的葡人确实告诉他的），亚美尼亚人在他们的真实无伪的圣书中写到，使徒在摩列波尔殉教前，曾赴中国传播福音，居留若干天后，觉得他不能在那里做出什么来，就返回摩列波尔，留下在那里收的三四名弟子——所有这些都载在家册中。使徒留下的这些弟子，是否在该国收获有果实，该国是否通过他们认识了上帝，我们不知道。因为总的说在他们当中没有关于福音律法、基督教、唯一上帝的消息，一点影子都没有。

门多萨的文本：

在这个王国中，有一些道德方面的事情和我们基督教的十分相似，这一方面使我们知道中国人对自然有很好的理解力，另一方面也证实了圣多默在这里传过教，由于他的工作，他们有机会学习与美德有关的事情。

通过以上例子我们看出，门多萨在借用克路士和拉达的文本时，按照自己的意愿对这些文本的相关内容进行了修改。其实，对于克路士和拉达来说，两个人可能也意识到了中国人的宗教信仰与基督教文化之间的某种相似性，但他们二人的态度是审慎的，最后给出的答案是否定的，这或许与其对中国文化的态度有关。克路士和拉达都认为中国人在自然科学和道德哲学方面远远没有达到欧洲人的认识水平，克路士曾经说：“这支民族没有关于上帝的认识，也没有在他们当中发现有这种认识的形迹，这表明他们确实没有去思考自然事物，更缺乏对自然哲学的研究。”[1] 拉达在这个问题上也持有相同的态度，而门多萨的态度正好与他们相反，他不仅

1.［英］C.R. 博克舍编注：《十六世纪中国南部行纪》，何高济译，第 148 页，北京：中华书局，1990 年版。

认为中国的科学技术在某些方面超过了欧洲，而且还相信中国人在道德哲学方面具有很高的水平。这种对中国文化的态度直接影响到他们对中国宗教信仰的态度和认识。

门多萨对中国宗教信仰的这种态度在当时是十分罕见的，我们不得不承认他的洞察力，也正因为如此，以门多萨的《中华大帝国史》的出版为标志，在西方人的笔下，中国形象出现了新的转机，这种转机预示了中西文化交流史上一个新的时代——耶稣会时代——的到来。但是，在庞迪我之后，西班牙传教士已没有了昔日的“风采”，并渐渐淡出了历史舞台。

第二部分　译介篇

汉语与西班牙语文学互译

第一章　　中国文学在西班牙及西班牙语美洲

从严格的意义上说，中国与西班牙语国家的文学交流是从 20 世纪才开始的。由于资料的零散与匮乏，讲西班牙语的国家和地区又如此众多，很难对其进行系统的梳理和总结，只能作一般的归纳与介绍，而真正意义上的文学交流史，只好作为未来继续研究的课题了。

第一节　对儒家经典与老庄哲学的译介

众所周知，在我国古代，文、史、哲是融为一体的，很难将它们完全分开。因此，我们在此将诸子百家的典籍视为文学作品。如今，随便走进一家西班牙书店，见到最多的有关中国的书籍就是《论语》、《易经》和《道德经》了，足见西班牙人对华夏古老文明的仰慕与重视。

首先，我们介绍几本有关中国哲学的译著。1968 年，胡安 · 赫多与海梅 · 乌亚合作，主要从英文和德文转译了《东方哲学（孔夫子及其他）》[1]。本书由两部分组成，第一部分包括《大学》、《中庸》和《论语》；第二部分是老子的《道德经》。前言中有关于这二位古圣贤的介绍。虽是转译，却不失为一部严肃认真的译作，因为译者参考了不同语言的版本。

1.*Filosofía oriental(Confucio y otros)*, trad. indirecta de J. Gedo y J. Uyá, Barcelona, Zeus,1968, 355 pp.

1948 年，我国著名哲学史家冯友兰先生的《中国哲学简史》[2]被译成了英文。1987 年，该书在墨西哥经济文化基金出版社出版[3]，对西班牙语国家了解中国哲学发挥了重要作用。

2.Fun Yu-Lan, *A Short History of Chinese Philosophy*, New York, The Macmillan Publishing, Co. Inc., 1948.

3.Fun Yu-Lan, *Breve historia de la filosofía china*, trd. desde el inglés de J. J. Urtilla, México, Fondo de Cultura Económica, 1987, 517 pp.

1985 年，《东方智慧：道教、佛教与儒教》[4]在哥伦比亚首都波哥大出版，作者是维克多 · 加西亚。该书的第一部分对中国、印度与日本的历史和文化进行了回顾，题为“智慧的地理分布”；第二部分对印度教、佛教、儒教和道教进行了评介，题为“智慧在思想与宗教上的体现”。书后附有西方与近东、印度、中国和日本相互对照的历史—哲学—宗教大事年表，并列举了 50 本参考书目。该书于 1986 和 1988 年再版。

4.Víctor García, *La sabiduría oriental: taoísmo, budismo, confucianismo*, pról. de Ceferino Santos Escudero, Bogotá, Cincel, 1985, 1986, 1988, 199 pp.

1995 年，《中国美学智慧：儒教、道教与佛教》[5]在马德里出版，作者是西班牙女诗人昌达尔 · 麦亚德(Chantal Maillard)。她于 1951 年出生在布鲁塞尔，曾在印度瓦拉纳西大学学习哲学与宗教，后曾教瑜珈达十年之久。她的诗歌作品曾数次获奖，主要有《为了一个身体的种子》(1987 年)、《彼岸》（1990 年）、《献给我的死神的诗篇》（1994 年）等。《中国美学智慧：儒教、道教与佛教》分为“传统”、“儒教”、“道教”、“佛教”和“美学”等五章。第一章介绍中国经典的起源、神话、礼仪等；第二章介绍孔子及其弟子的主张，如中庸、仁政等；第三章介绍道家的学说与政治主张，诸如无为而治、顺乎自然等；第四章介绍佛教，尤其是佛教的戒律、因果报应、流派等；最后一章是作者个人的观点，将东方的智慧看作一种美学。作者是在阅读英文、德文与西班牙文材料的基础上撰写此书的。此书曾于 1968 年、1985 年、1987 年、1993 年和 1995 年

5.Chantal Maillard, *La sabiduría como estética china: confucianismo, taoísmo y budismo*, diseño de Sergio Ramírez, Madrid, Akal, 1995, 75 pp.

出版了 5 次，并于 1986 年和 1988 年增印了 2 次。

昌达尔 · 麦亚德

值得一提的还有一本《墨子》的译文《兼爱之治》[1]，该书于 1987 年出版，译者是卡麦罗 · 埃洛杜伊神父。长期旅居海外的著名作家林语堂曾说，墨子的兼爱说比基督教传教士们传播的“福音”早得多，因为他比耶稣早生了 500 年。（在西方）“这令人如此沮丧，就像好容易到了南极，却发现别人早已在那里了。”[2]

对儒家经典翻译与介绍的版本很多，难以尽述，即便对其中比较重要的也只能点到为止。据西班牙学者伊多娅 · 阿尔比亚加（Idoia Arbillaga）[3]的初步统计，西班牙文版的儒家经典有 21 个版本之多，其中只有 3 种是从中文直译的：《儒家的政治社会哲学》[4]（1945，布宜诺斯艾利斯）、《孔子 · 孟子 · 四书》[5]（1981，马德里）和《论语：思考与教育》[6]（1997，巴塞罗那）。

在这三个直译的版本中，第二个更有竞争力，2002 年已在巴塞罗那再版。译者华金 · 佩雷斯 · 阿罗约于 1944 年出生在马德里，法律和历史学硕士，20 世纪 70 年代曾在中国台湾师范大学学习汉语和历史，并在淡江大学教授西班牙历史和西班牙文学。1976 年回国后，他曾在马德里公立语言学校教汉语。他翻译的《四书》先后于 1999 年和 2002 年在读者圈出版社（Círculo de Lectores）和帕伊多斯（Paidós）出版社再版。译者在前言中说，在西班牙和其他的西班牙语国家，缺乏名副其实的汉学（只在 16、17、18 世纪有过几位出类拔萃的学者），以致无法对“如此复杂与奇异、在时间与空间上又与我们相距遥远的中华文化进行研究，这实在是一个不幸”，因为中国文化是

西班牙文版《四书》封面

1.Mo Ti, *Política de Amor Uuniversal*, estudios preliminar de F. Mateos, trad. desde el chino y notas de Carmelo Elorduy, Madrid, Tecnos, 1987, 193 pp.

2.Lin Yutang, *La Sabiduría china*, Buenos Aires, Biblioteca Nueva, 1959, p. 217. En Víctor García , op. cit. p.61.

3. 伊多娅 · 阿尔比亚加是《中国文学翻译在西班牙》(*Literatura china traducida en España*) 一书的作者，本文中的许多资料是从该书中选译过来的。

4.Juan Bautista Se-Tsien Kao, *La filosofía social y política del Confucianismo*, trad. desde el chino Alfonso Enrique Jascalevich, pról. Isidoro Ruiz Moreno, Buenos Aires, Poblet, 1945, 300 pp.

5.Confucio.Mencio, *Los cuatro libros*, ed.y trad.desde el chino de Joaquín Pérez Arroyo, Madrid, Alfaguara, 1981, 401 pp.

6.Confucio, *Analectas: reflexiones y enseñanzas*, ed.y trad. desde el chino Pérez Arroy, Barcelona, Círculo de Lectores, 1999, 259 pp.

“人类最完美、最新颖、最持久的创造之一”。另一本 1997 年出版的《论语：思考与教育》[1] 是曾在北京大学留学的安娜 · 艾莱娜 · 苏亚雷斯从中文直译的。她撰写了 20 多页的前言，对《论语》的内容进行了分析，并注明了自己注释的出处。

应当说，自 20 世纪下半叶以来，尤其是 80 年代以来，西班牙不仅在汉学方面有了长足的进步，对中国典籍的兴趣更是经久不衰。就目前而言，不仅是四书五经等儒家典籍，就连《三字经》[2] 都有人翻译出版。

在诸多转译的文本中，比较重要的有：胡安 · 贝尔瓜与何塞 · 贝尔瓜于 1954 年翻译的《中国经典》[3]，全书 424 页；同年出版的《中国关于政治、哲学、道德的四书》[4]，全书 313 页；卡尔多纳 · 卡斯特罗于 1980 年翻译出版的译自法文的版本《智慧的四书》[5]，全书 653 页；1969 年胡安 · 贝尔瓜又翻译了《书经、大学、论语、春秋、孟子：古代中国关于哲学、政治、道德的五本伟大的图书》[6]（与我们所说的《五经》不同），同前面列举的译作一样，有序有注，全书 635 页。这些译著由于是转译，故对翻译标准一般都避而不谈，这是可以理解的。需要指出的是，在这些书中，有时不同的版本是同一个译者，有时同一个版本又在不同的出版社面世，这里就不一一列举了。另外，与英、法等欧洲国家相比，当代西班牙的汉学基础相对薄弱，因此不仅汉语著作多是转译的，就连为数极少的有关汉学的专著也是转译的，如 1960 年出版的《孔夫子与中国人道主义》[7] 就是从法文转译过来的。

1.Confucio (Maestro Kong), *Lun Yu. Reflexiones y enseñanzas*, trd. desde el chino, introd. y notas de Anne-Hélène Suárez, Barcelona, Kairós, 1997, 193 pp.

2.Wang Yinglin, *Sanzijing. El clásico de tres caracteres: el umbral de la educación china*, trd y notas de Daniel Ibáñez Gómez, Madrid, Trotta, 200, 138 pp.

3.Confucio y Mencio, *Los libros canónicos chinos*, trad.de Juan y José Bergua, Madrid, Editorial Ibéricas,1954, 424 pp.

4.Confucio, *Los cuatro liibros de Filosofía, Moral y Política de China*, trad.de J. Farrán y Mayoral, Barcelona,José Janés, 1954, 313 pp.

5.Confucio, *Los cuatro libros de la sabiduría*, trd. francesa, notas y pref. del P. Seraphin Convreur, trd. indirecta a esp. de Francisco Cardona Castro, Madrid, Editora de los Amigos del Círculo Biblió-filo, 1980, 653 pp.

6.Confucio, Mencio, *El Chu-King. El Ta hio. El Lun-yu. El Tchung-gung.El Meng-Tseu Los cinco libros de política, moral y filosofía de la antigua China*, trad., nota preliminar y notas de Juan B. Verruga, Madrid, Clásicos Verruga, 1969, 635 pp. (按汉语拼音：El Chu-King 应为 Shi Jing, El Ta hio 应为 Da Xue, El Lun-yu 应为 Lun Yu, El Tchung-gung 应为 ShuJing, El MengTseu 应为 Meng Zi)

7.Pierre Do-Dinh, *Confucio y el humanismo chino*, trd.esp. de Domingo Lagunilla del fr. *Confucius et l humnisme chinois*, Madri, Aguilar, 1960, 220 pp.

相对于儒家经典而言，西方人对《易经》的兴趣可谓有过之而无不及。据统计，西班牙文的《易经》至少有 23 个版本，但其中只有一个是从汉语直译的，译者是卡麦罗 · 埃洛杜伊[1]，其余版本都是从英文、德文、法文或意大利文转译的。在《易经》的诸多译本中，以德国人里查德 · 魏尔曼（Richard Wilhelman）、英国人里特西玛（Ritsema）和卡尔切（Karcher）的版本影响最大，后者自称其依据的是 1715 年康熙钦定的版本。他们的版本分别由博赫尔曼[2]与埃迪特 · 兹里[3]翻译成了西班牙文，前者 355 页，后者 812 页。无论把《易经》作为科学还是作为玄学，西方人对这类神秘的、形而上的抽象思维都有着浓厚的兴趣，这就是《易经》在那里广泛传播的原因。从他们给《易经》题写的书名就可以看出他们对这部书重视的程度：《易经：如何探知变化之天意》[4]、《易经：中国神谕、变化之书》[5]、《如何用易经预卜未来》[6]、《易经：对命中之变的预言与奉告》[7]、《易经：成功秘诀之首选》[8]、《易经：中国的圣经》[9]、《易经：无所不及》[10]、《日常生活中的易经：亲情关系、职业生涯与生意场上的 64 卦之含义》[11]，诸如此类，不一而足。

1. *El Libro de los Cambios*, trd. desde el chino, intrd. y notas de Carmelo Elorduy, Madrid, Editora Nacional, 1983, 313 pp.

2. *I Ching. El libro de las mutaciones*, trd. al. de Richard Wilheman e indirecta a esp. D. J. Vogelmann, pról. de C. G. Jung, Barcelona, Edhasa, 1991, 355 pp.

3. *I Ching. El clásico oráculo chino*, trad. ing. de Rdolf Ritsema y Stephen Karcher, trad. esp. de Edith Zilli, revisión especializada de Leonor Calvera, Buenos Aires, Vergara, 1995, 812 pp.

4. *I Ching: cómo consultar el 《oráculo del cambio》*, trad. ing. de Alfred Douglas, Barcelona, Bruguera, 1980, 250 pp.

5. *I Ching. El Oráculo chino. El libro de las Mutaciones*, trd. esp. de Miguel Jiménez Sales, Barcelona, Aura, 1986, 179 pp.

6. *Cómo predecir el futuro con el I Ching*, ed. De Swami Dewasayant y Máximo Rocchi, Barcelona, De Vecchi, 1988, 155 pp.

7. *I Ching. Predicciones y consejos para todos los acontecimientos de la vida*, Barcelona, DeVecchi, 1994, 174 pp.

8. *I Ching. La fórmula número uno para el éxito*, trad. indirecta a esp. de Ramón Alonso Pérez, Barcelona, Apóstrofe, 1994, 286 pp.

9. *I Ching: la Biblia china*, trd. fr. De Michel Gall e indirecta a esp. de Juana Bignossi, Barcelona, Gedisa, 1994, 315 pp.

10. *I Ching al alcance de todos*, Ponzuelo de Alarcón, Libro Latino, 1997, 175 pp.

11. *I Ching en la vida cotidiana. El significado de los 64 hexagramas en las relaciones afectivas, la vida profesional y los negocios*, Barcelona, RBA, 1998.

在西班牙，对老子《道德经》的翻译比《易经》还多，至少有40个版本，还有29个与“道”相关的著作的译本。在40个《道德经》的译文中，有37个是原文文本的翻译，其余3个是介绍性的著作，只翻译了其中的相关段落。在29个与“道”相关的译作中，有9个是研究道家哲学理念的作品，其余20个是与道家相关的其他哲学家的作品。在《道德经》的40个版本中，有7个是从汉语直译的，而且只有5位译者，因为卡麦罗·埃洛杜伊神父与胡安·伊格纳西奥·普雷西亚多各翻译了两个版本。卡麦罗·埃洛杜伊神父（《诗经》、《易经》与《墨子》的译者）的译文发表于1961年，题为《道家箴言》[1]，到1996年再版时，就改为《道德经》了。胡安·伊格纳西奥·普雷西亚多的译本题为《老子：道之书》[2]，于1978年出版，后来至少又再版过四次（1978、1996、1999、2000），并曾于1979年获西班牙国家翻译奖（原来的修士路易斯·德·莱昂奖）。

1.Lao-Tse, *La gnosis del Tao Te Ching*, anál. y trd. desde el chino Carmelo Elorduy, Oña, Imprenta de Teología, 1961, 225 pp.

2.Lao Tse, *Lao Zi: el libro del Tao*, trd., pról. y notas de Juan Ignacio Preciado, ed. Bilingüe, Madrid, Alfaguara, 1978, 278 pp.

不同版本的西班牙文版《易经》封面

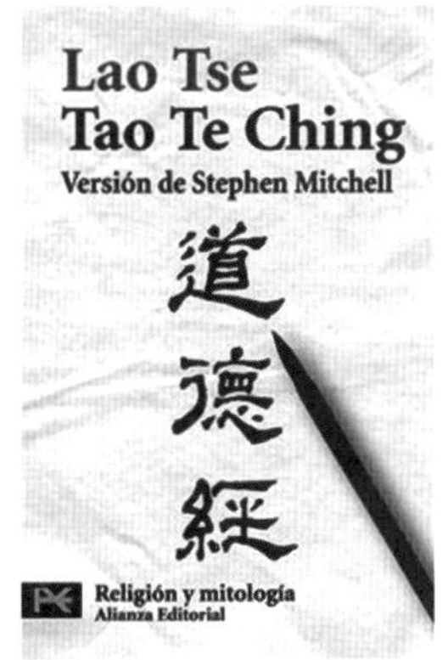

不同版本的西班牙文版《道德经》封面

1985年，马德里一位华人在自己的出版社翻译出版了《道德经》[1]，他就是米格尔·萧（Miguel Hsiao，1934—1995）。他的中文名字是萧祭銮，祖籍山东青岛。他是第一批从中国台湾去西班牙的中国留学生，1956年在马德里大学攻读教育学专业，边打工边求学，并于1962年获教育学硕士学位，1965年又获文学博士学位。由于他当时没有西班牙国籍，无法在西班牙政府担任公职，只能经商，他生前是西班牙华人商界公认的领袖之一。为了促进中西的文化交流，萧先生还开了书店，而且每年都自费参加马德里的书市，直至去世为止。除了《道德经》之外，他还翻译出版了《孙子兵法》、《十二生肖》、《中国谚语》等书籍。此外，在西班牙国王胡安·卡洛斯一世、前首相费利佩·冈萨雷斯访华期间，他曾为他们做过汉语翻译。这个版本也再版过，遗憾的是译者没有撰写关于《道德经》及其翻译的序言，因此只有94页。

1.Lao-Tse, *Tao Te king*, trd. desde el chino de Miguel Shiao, Madrid, Miguel Shiao, 1985, 94 pp.

《论语》的译者安娜·艾莱娜·苏亚雷斯也翻译过《道德经》，题为《道与德之书》[2]，出版于1998年，全书130页。她的版本与众不同，她没有像其他译者那样，音译“道德经”三个汉字，而是按意思进行翻译。她也没有将“dao”译为“道路”、“道理”、“道德”之“道”，而是译为“过程”、“流程”、“教程”之“程”（curso），也算作独辟蹊径吧。

2.Lao Zi, *El libro del curso y de la virtud*, pról. de Francois Julián, trd. desde el chino de Anne-Hélène Suárez, Madrid, Siruela, 1998, 130 pp.

最后一个直接译自汉语的《道德经》[3]出版于1999年，译者是奥诺里奥·费雷罗，写有较长的前言和注释，对道家的基本思想以及自己的翻译过程进行了阐释，全书251页。

3.Lao Tzu, *Tao Te Ching*, trd. desde el chino, pref. y notas de Onorio Ferrero, Barcelona, Azul, 1999, 251 pp.

其余西班牙文版《道德经》都是转译的，大多是在上个世纪八九十年代出版的，其中介语言主要是英文。最早的转译本出现在1931年，题为《道的福音：圣贤之书——道德经》[4]，译者是佩德罗·吉拉奥。第二个译本直到1959年才在马德里出版[5]，是从英文转译的，1975年又在巴塞罗那再版过。其余31个转译的版本，在此难以一一介绍。但有一个版本值得一提，即安东尼奥·梅德拉诺的《老子的道德经：道与永恒》[6]，该书于1996年再版时，题为《道之光》[7]。在这个版本中，有梅德拉诺撰写的长达150多页的论文《道与永恒》，论文的小标题分别是“何谓道”、“道之源”、“哲学之道与宗教之道”、“老子：中国伟大的智者与法师”、“道教与儒教”、“无政府的个人主义”、“道：最高的神秘”、“德：永恒的品行”、“伟大的三元”、“阴与阳”、“神圣的宇宙观”、“宇宙的寺庙——花园”、“作为生活方式的道教”、“真正与完美之人”、“善与恶的背后”、“自然、自发、朴实”、“人类的多面性”、“无为”、“天人合一”、“智者的博爱与魔力”、“诗歌与快乐的神秘”、“道教幽默的含义”和“危机时代的信息”。

4.Lao Tse, *El evangelio del Tao: del libro sagrado Tao Te Ching*, trd. Pedro Guirao, Barcelona, Bauzá, 1931, 156 pp.

5.Lao-Tse, *Tao Te King (El libro del recto camino)*, trd. de Caridad Díaz-Faes, Madrid, Morata, 1959, 128 pp.（该版本的英文译者是 Ch'u Ta-Kao）

6.Lao-Tse, *Tao-Te-King de Lao-Tse. El Taoísmo y la inmortalidad*, trd. y estudio de Antonio Medrano, Madris, América Ibérica, 1994, 255 pp.

7.Lao Zi, *La luz del Tao*, trd.ing. de Thomas Cleary e indirecta a esp. de Alfonso Colodrón, Madrid, Yataí, 1996, 255 pp.

三个介绍性的译本（其中包括《道德经》）是《老子与道教》[1]、《老子的教诲》[2]和《道之箴言》[3]。尤其要指出的是第一本，出版于1926年，原作者是德国人里查德·魏尔曼，他是《易经》的译者，西班牙文译者是加西亚·莫林斯。全书分为“老子及其著作”、“老子的学说”和“老子的影响”三个部分。

至于有关老子与道教的论著，可谓见仁见智，众说纷纭。从下面的书名即可见一斑：《道教瑜珈：炼丹术与长生》[4]、《爱与性之道：中国古老的消魂之路》[5]、《健康之道：中国的长寿艺术》[6]、《性之道：道家性学的经典》[7]、《南华经、道与长寿：心灵与躯体之变》[8]、《自我按摩——气：返老还童的道家体系》[9]、《炼丹之书与道家医学》[10]、《爱的道家秘诀：男性养精术》[11]、《返本归源：关于道的思考》[12]、《伊斯兰神秘主义与道家：哲学基本概念比较研究》[13]、《日常生活之道：

1.Richard Wilhman, *Laotse y el taoísmo*, trd.desde el al. de A. García Molins, Madrid, Revista de Occidente, 1926, 136 pp.

2.Iñaki Preciado, *Las enseñanzas de Lao Zi*, Barcelona, Cairos,1998,167 pp.

3.Lao Zi, *Palabras del Tao*, selec. y presentación fr. de Marc de Smedt, trd esp. de René Palacios Mora, Barcelona, Ediciones B, 1999,50 pp.

4.Pi Ch'en Chao, *Yoga taoísta: alquimia e inmortalidad*, trd. ing. de Lu Kuan Yu(Charles Luk) e indirecta a esp. de J.Martínez Aragón, Madrid, Altalena, 1982, 224 pp.

5.Jolan Chang, *El Tao del amor y del sexo: la antigua vía china hacia el éxtasis*, prol. y epíl. de Joseph Needham, trd. desde el ing. de Lorenzo Cortina, Barcelona, Plaza & Janés, 1984, 25 pp.

6.Chee Soo, *El Tao de la salud:el arte chino del Chang Ming*, trd.esp. de Jordi Fibla, Barcelona, Cairos, 1986,217 pp.

7.AA.VV., *El Tao de la sexualidad: los textos clásicos de la sexología taoísta*, introd. de A. Embid, trd. de Teresa Sans Morales y Alfredo Embid, Madrid, Mandala, 1988, 90 pp.

8.Nan Hual-Chin, *Tao y larga vida: transformación de la mente y el cuerpo*, Madrid, Edad. 1989, 174 pp.

9.Mantak Chia, *Automasaje-chi: sistema taoísta de rejuvenecimiento*, trd. desde el ing. de Raúl Aguado Saiz, Málaga, Sirio, 1990,153 pp.

10.Bichen Zao, *Tratado de Alquimia y Medicina taoísta*, trd.fr., introd.y notas de Catherine Despeux, trd esp. de Francisco F. Villaba, Madrid, Miraguano, 1990, 142 pp.

11.Mantak Chia, *Secretos taoístas del amor: cultivando la energía sexual masculina*, Madrid, Mirach, 1991, 324 pp.

12.Hung Tzu Cheng, *Retorno a los orígenes: reflexiones sobre el Tao*, trd.ing.de Thomas Cleary e indirecta a esp. de Alfonso Colodrón , Madrid, Edad. 1993, 115 pp.

13.Toshikito Izitsu, *Sufismo y Taoísmo: estudio comparativo de conceptos filosóficos clave*, trd. de Anne-Hélène Suárez, Madrid, Siruela, 1997, 2vols.

充分发展人格指南》[1]等。

众所周知，在提到老子的时候，不能不提到中国古代的另一位大哲学家——庄子。在西班牙，涉及到庄子的译作至少不下 10 部，如《道家的两位大师——老子与庄子》[2]、《庄子之路》[3]、《道家的神秘主义者》[4]、《完美虚无之书》[5]、《平衡与和谐之书》[6]、《庄子思想》[7]、《庄子——大师》[8]、《道家的教诲：庄子、列子、老子》[9]、《庄子内在的议题》[10]等。其中，《道家的两位大师——老子与庄子》的译者就是《诗经》、《易经》、《道德经》与《墨子》的译者卡麦罗·埃洛杜伊神父，全书 646 页，出版于 1977 年。所列其余版本有 4 个译自中文，4 个译自英文。其中，《庄子——大师》、《道家的教诲：庄子、列子、老子》都曾再版过。

1. Hua-hing Ni, *El Tao de la vida cotidiana: una guía para el pleno desarrollo personal*, Barcelona, Oniro, 1998, 202 pp.

2. Carmelo Elorduy(ed.), *Dos grandes maestros del taoísmo: Lao-Tse, Chiang Tzu*, Madrid, Editora Nacional, 1977, 646 pp.

3. Chiang-tzu, *Por el camino de Chiang Tzu*, trad. ing. de Thomas Metron e indirecta a esp. de Antonio Resines, Madrid, Visor, 1978, 165 pp.

4. AA.VV. *Los místicos taoístas*, selecc. y trd. ing. de Howard Smith e indirecta a esp. de Jorge A. Sánchez, Barcelona, Teorema, 1983, 155 pp.

5. Lie Zi, *El libro de la perfecta vacuidad*, trd. desde el chino, introd. y notas de Iñaki Preciado, Barcelona, Cairos, 1987.

6. Li Daoqun, *El libro del equilibrio y de la armonía*, trad. ing. de Thmas Cleary e indirecta a esp. de Javier Martín Lalanda, Susan Fraser y Fernando Gaona, en El Paseante, Número triple sobre el taoísmo y arte chino, 20–22, Madrid, Siruela(1993) pp. 20–29.

7. Zhuang Zi, *Pensamientos*, trd. desde el chino de Enrique P. Gantón e Imelda Hwang, en El Paseante. Número triple sobre taoísmo y arte chino, 20–22, Madrid, Siruela, 1993, pp. 15–19.

8. Chiang-tzu, *Zhuang Zi =Maestro Zhuang*, trd. desde el chino, intr. y notas de Iñaki Preciado Ydoeta, Barcelona, Cairos, 1996, 477 pp.

9. Enseñanzas taoístas. *Chiang Tse, Lie Tse, Lao Tse*, introd. trd. y notas de P. H. Delcius, Barcelona, MRA, 1992, 117 pp.

10. Zhuang Zi, *Los capítulos interiores de Zhaung Zi*, trad. desde el chino de Pilar González España y Jean-Claude Pastor.-Ferrer, Madrid, Trotta, 1998, 148 pp.

第二节　对中国诗歌的译介

据不完全统计，截至2003年，中国诗歌在西班牙大约有34种译本。其中，不分朝代的通选本14种，唐诗选本5种，个人选集15种，当代诗歌1种。

在14种通选本中，有5种是从中文直译的。其中，马德里国家出版社于1984年出版的《中国谣曲》[1]（即《诗经》）的译者卡麦罗·埃洛杜伊也是《易经》、《道德经》与《兼爱之治》（即《墨子》）的译者。该译本共收诗作305首，题目用汉西双语，全书507页，是一个《诗经》的全译本。译者在书名中用了“谣曲”一词，虽不十分贴切，但便于西班牙语读者理解，并使他们感到亲切。该书曾于1986年获西班牙国家翻译奖。

1. *Romancero chino*, trd. de Carmelo Elorduy, Madrid,Editora Nacional, 1984, 507 pp.

在直接通过汉语介绍中国诗歌的译者中，有一位令人尊敬的女士黄玛赛（Marcela de Juan），曾于1948、1962和1973年出版过三本关于中国诗歌的译著。她精通多国语言，曾长期在西班牙外交部任职，并应邀到欧洲各地演讲，介绍古老的中国文化。她的前两个译本都是首先在颇具影响力的《西方》杂志上发表的。1948年出版的是《中国诗歌简集》；1962年出版的《中国诗歌续集》比简集的篇幅增加了一倍，尤其是增加了中华人民共和国成立以后的作品；1973年由马德里的联盟出版社出版的第三个译本，题为《中国诗歌：公元前22世纪至“文化大革命”》，基本上还是续集的内容，即《诗经》和汉、唐、宋、明、清以及共和国时期的诗歌，但补充了对元朝诗歌的介绍，增

西班牙文《中国诗歌续集》封面

加了毛泽东的12首诗词，并附有“文化大革命”期间的5首歌曲。译者在《中国诗歌简集》的序言中不无感慨地说：

> *“现在看来如此简明的诗篇，在原文中竟是如此的复杂，有时不仅令欧洲的汉学家们莫名其妙，即便对中国文人来说，也十分艰难。”*

对文学翻译的苦衷，这倒是一语中的。在第三个版本的序言中，译者对中、西诗歌进行了比较，并进一步阐明了自己的翻译标准：在忠于原文的前提下，尽量顾及一点韵味和节奏。

1983年在巴塞罗那出版社出版的《中国古代诗选》[1]和1997年在马德里出版的《超现实主义与佛教禅宗 · 融合与区别 · 中、日、朝禅宗诗歌选评与比较研究》[2]里面的中国诗歌也是从汉语直译的。《中国古代诗选》实际上是《诗经》的一部分，全书183页，译者是玛利亚 · 克里斯蒂娜 · 达维耶；《超现实主义与佛教禅宗 · 融合与区别 · 中、日、朝禅宗诗歌选评与比较研究》全书238页，译者是胡安 · W. 贝克，书中选译了唐朝几位诗人的诗歌，其中以寒山的为最多（30首）。这位译者后来又出版了《中国禅宗诗歌选评》的单行本。

1.*Antiguas canciones chinas*, selec.y trd.desde el chino de María Cristina Davie, Barcelona, Teorema, 1983, 187 pp.

2.Juan W. Bahk, *Surrealismo y Budismo Zen. Convergencias y diferencias. Estudio de literatura comparada y antología de poesía Zen de China, Corea y Japón*, trad.desde el chino, coreano y japonés de Bahk, Madrid, Verbum, 1997, 238 pp.

在转译的版本中，有如下几个比较受人关注：

《中国诗选》[3]，译者是胡安 · 鲁易斯 · 德 · 拉里奥斯。我们对这个在巴塞罗那发行的版本知之甚少，译者在序言中只是承认自己对中文一无所知，连译自何种文字、哪个版本都没有作具体的说明。

3.*Antología de la poesía china*, selec., trad. y pról. de Juan Ruiz de Larios, Barcelona, Tartesos,s.f.

《中国诗人选集（十四至二十世纪）：附文、史、哲注释》[4]，译者是佩德罗 · 吉拉奥（也是《道德经》的译者），是从法文版转译来的（法文译者是华尔特，曾任法国驻华副领事）。译者虽标明选译的时间范围在公元14—20世纪，但只选译了6位诗人，全书不过69页。法文译者在长达21页的序言中，对中国古典诗歌及其翻译难度作了介绍，并强调自己在翻译过程中更注意“神似”；西班牙文译者也写了3页的序言。书的字数虽不多，却也不失为严肃认真的译作。该书作为研究类著作，在马德里出版。

4.*Antología de los poetas chinos (siglos XIV al XX) : con notas literarias, filosóficas e históricas*, trd. desde el fr. De C. Imbault-Huart e indirecta al esp. de P. Guirao, Madrid, Ediciones Estudio, s.f. 69 pp.

从法文转译的还有《中国诗歌》[5]，译者是桑切斯·塔巴龙，1982年在巴塞罗那出版，全书118页。

5.*Poesía china*, trd. de J.Sánchez Trabalón, Barcelona, Adiaxs, 1982, 118 pp.

《玉笛》[6]是在墨西哥城肯陶洛斯出版社出版的一部中国诗选，从法文转译，译者是西班牙流亡女诗人艾尔内斯蒂娜 · 德 · 昌布尔辛（1905—1999）。全书212页，有多门奇纳撰写的前言。

6.*La flauta de jede*, trd. de Ernestina de Champourcin, pref. de J. J. Domenchina, México, Centauro,s.f., 212 pp.

墨西哥著名诗人、1990年诺贝尔文学奖获得者奥克塔维奥 · 帕斯（Octavio Paz，1914—

1998）也是中国诗歌的译者。他于1993年在西班牙《漫步者》杂志“道教与中国艺术”专号上发表了自己转译的韩愈、王维、李白、杜甫、苏轼等人的诗作。这些译作曾收入他的《翻译与消遣》一书，并出版过单行本。

《中国诗人：透过双重迷雾的风景》[1]，译者是阿尔瓦罗·永克，该书也是从法文转译的。第一版是1966年在布宜诺斯艾利斯发行的，2000年在巴塞罗那的阿苏尔（Azul）出版社再版。

1972年，《东风：毛泽东与中国诗歌》[2]在秘鲁的海滨重镇特鲁希略出版，译者是诗人、记者费尔南德斯·阿尔塞（A. Fernández Alce）。全书只有33页，收录了屈原、陶渊明、李白、杜甫、陆游、毛泽东和郭沫若等人的诗作。从序言可以看出，由于职业的原因，译者来过中国，并对中国历史有较深入的了解。书虽小，却不失为严肃认真之作。

在中国诗歌发展史上，唐朝诗歌无疑占有最显赫的地位，因而在国外也有最广泛的传播。在西班牙文唐诗选集的译者中，首先应该介绍的是一对中国—西班牙的夫妻组合：保莉娜·黄与卡洛斯·德尔·萨斯—奥罗斯科。他们在西班牙的中国文学翻译史上占有重要的一席。他们翻译的《唐诗选》[3]是以我国广泛流传的清代孙洙（1711—1778）编选的《唐诗三百首》为原本的，于1983年在巴塞罗那出版。译者在序言中不仅说明了自己是直接从中文版本翻译的，而且也说明了自己是如何翻译的，并对唐诗的内容和形式作了较为详尽的介绍。正因为如此，他们的译本也更为读者所认同。

值得一提的是，在介绍唐诗的译者中，有两位是20世纪80年代移居西班牙的国内学者。一位是原外贸学院和广州外语学院的西班牙语教师陈国坚，另一位是原社科院外文所的研究员陈光孚。前者于1992年在马德里的卡特德拉出版社出版了《唐诗：中国诗歌的黄金时代》[4]，由他本人编选并作序，全书182页；后者与戈麦斯·希尔合作，于1999年在马德里出版了《唐诗选：第一个黄金时代》[5]，全书197页。

另外两个唐诗选本，一个是1996年由哈维尔·亚古埃翻译的《唐朝离别诗10首》[6]，全书只有14页；另一部是由莫拉尔编译的《唐诗选》[7]，1997年在马德里的维索尔出版社出版，全书167页。

在个人专集中，介绍的诗人主要有李白、杜甫、王维、苏轼、毛泽东等，其中介绍最多的是李白和毛泽东。

1.*Poetas chinos. Paisajes a través de una doble niebla*, trd. desde el fr. De Álvaro Yunque, Barcelona, Azul, 2000, 125 pp.

2.*Viento del Este. Mao y la poesía china*, trd. y pról.de A. Fernández Arce, Trujillo(Perú), Diego E. Natal 1972, 33 pp.

3.*Poetas de la Dinastía Tang*, selec. de Heng Tang Tui Shi, trd. desde el chino introd. y notas de Pauline Huang y Carlos del Saz-Orozco, Barcelona, Plaza & Janés, 1983.

4.*Poemas de Tang. Edad de Oro de la poesía china*, selec., trd. desde el chino, intr. y notas de Chen Guojian, Madrid, Cátedra, 1992, 182 pp.

5.*Antología poética de la Dinastía Tang. Primer período de oro*. trd. desde el chino de Gómez Gil y Chen Guang Fu, Madrid, Edad. 1999, 197 pp.

6.*Diez despedidas de la dinastía Tang*, trd.dedes el chino de Javier Yagüe, s.l., La Moderna, 1996, 14 pp.

7.*Poetas chinos de la dinastía Tang*, selec. y trd. desde el chino de C. G. Moral, Madrid, Visor, 1997, 167 pp.

克拉拉·哈内斯与胡安·伊格纳西奥·普雷西亚多合作，翻译出版过王维和杜甫的诗歌。前者是当代颇有名气的女诗人，但不懂汉语，后者不是诗人，但曾在北京语言学院留学。他们的合作倒不失为翻译中国文学的捷径，弥补了西班牙汉学家的不足。他们翻译的王维的诗集题为《辋川诗抄》[1]，是一本王维与裴迪的唱和之作（各 20 首）。克拉拉在序言中对王维以及唐诗韵律作了简要的介绍。他们合作翻译出版的另一本书是杜甫的诗作《燕子斜飞》[2]，共 50 余首，序言中有对诗人生平与创作的介绍，所选作品基本涵盖了杜甫各个时期的代表作。他们的译本装帧古朴，西汉对照，而且是手写体中文，并配有古典风格的国画插图，很受西班牙读者的欢迎。当然，也有美中不足之处，如在杜甫诗选中，就把《阁夜》的译文配上了《登高》的原文，并因而导致了此后的译文与原文不相对应。

1.*Poemas del Río Wang*, trd. desde el chino y estudio preliminar de Clara Janés y Juan Ignacio, Madrid, Ediciones del Oriente y del Mediterráneo, 1999, 87 pp.

2.*El vuelo oblicuo de las golondrinas*, trd. desde el chino y estudio preliminar de Clara Janés y Juan Ignacio, Madrid, Ediciones del Oriente y del Mediterráneo, 2001, 155 pp.

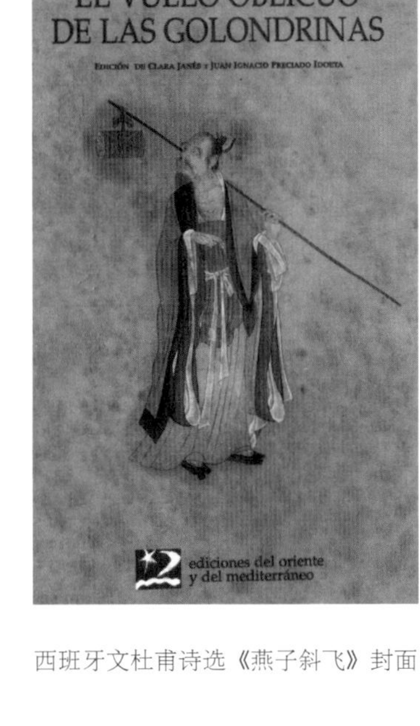

西班牙文杜甫诗选《燕子斜飞》封面

另一位中国古典诗词的译者是安娜·艾莱娜·苏亚雷斯，她也是《论语》与《道德经》的译者。1988 年，她翻译出版了《李白诗 50 首》[3]，书中对这位闻名遐迩的诗人作了介绍。1992 年她翻译出版了《赤壁怀古及其他诗作》[4]，全书 114 页，选译了苏轼的诗作百余首，书中配有中国古代名画和苏轼的书法作插图。2000 年，她又翻译出版了《王维及其友人绝句 99 首》[5]，全书 293 页。

3.*Cincuenta poemas de Li Po*, trad.desde el chino y notas de Anne-Hélène Suárez, Madrid, Hiparión, 1988.

4.*Recordando el pasado en el Acantilado Rojo y otros poemas*, trad. Desde el chino presentación y notas de Anne-H. Suárez, Madrid, 1992.

5.*99 cuartetos de Wang Wei y su círculo*, edición y trad.desde el chino de A.-H. Suárez, Valencia, Pretextos, 2000.

对其余的译者，我们就不再一一介绍了，但有一点是值得我们注意的，那就是国外对毛泽东的诗词非常感兴趣。除了前面提过的黄玛赛（Marcela de Juan）在她的第三本中国诗歌翻译中选取了 12 首毛泽东诗词之外，在上个世纪末至少还有 5 个不同的译本。

1968 年，杰罗米·陈在巴塞罗那出版了《毛泽东诗词 37 首》[1]，这是从一个英文版本转译的。这个版本后来（1987）又收入两卷本的《毛泽东与中国革命》[2]。

1.*37 poemas de Mao Tse-tung*, trd. indirectamente desde el ing. (de I. Molas y L. Ortega) de Jerome Ch'en, Barcelona, Oikos-Tau, 1968.

2.*Mao y la revolución china. Seguido de treinta y siete poemas de Mao Tse-tung*, trd. indirectamente desde eling. (de I. Molas y L. Ortega) de Jerome Ch'en, Barcelona, Orbis, 1987, 2 vols.

1974 年，马德里的维索尔出版社出版了周臣福（Chou Chen Fu 的译音）翻译的《毛泽东诗词》，遗憾的是我们对译者一无所知。译者共收录了毛泽东的词作与律诗 18 首，在这本 50 页的小册子中，75 条注释就占了 17 页。

刊载毛泽东诗词的《海岸》合刊封面

1975 年，何塞·帕拉欧从意大利文翻译出版了中西文对照的《毛泽东》[3]。意大利文译者是阿尔贝托·莫拉维亚和吉罗拉莫·曼古索，其中后者是汉学家，他们直接翻译了中文版《毛主席诗词》的前言、注释和说明。在 38 页的引言中，译者就用了 14 页的篇幅谈自己在翻译中遇到的各种问题。何塞·帕拉欧在把《毛泽东》从意大利文翻译成西班牙文的过程中，得到了中国驻马德里大使馆文化处的大力帮助，因此书中配有丰富的图片资料。同一年，曼努埃尔·塞阿布拉与华金·奥尔塔合作也翻译出版了毛泽东的《诗词》[4]。

3.*Mao Tsé-Tung*, trd. it. de Alberto Moravia y Girolamo Mancuso e indirecta a esp. de J. José Palao, Madrid, Júcar, 1975, 187 pp.

4.Mao Tse Tung, *Poemas*, trd. desde el chino, pról. y notas de Manuel Reabra y Joaquín Horta, Barcelona, Aymá, 1975.

另一本十分精致的有关毛泽东诗词的书是为了纪念他的逝世，在西班牙的海滨城市马拉加出版的[5]，是诗歌与思想杂志《海岸》（Litoral）三个月的合刊。这本书的内容很丰富，除了毛泽东的 34 首诗词之外，还有《前言》（José María Amado）、对中国诗歌的评述（Lorenzo Saval）和对毛泽东诗词的介绍（Jorge Enrique Adoum），有毛泽东于 1965 年写给《诗刊》和《人民日报》的一封信，有他对自己诗词的解释与说明。此外，还有西班牙著名诗人拉菲尔·阿尔贝蒂（Rafael

5.Torremolinos-Málaga, 1977.

《对等》杂志封面

Alberti）及夫人在访华后创作的诗歌与散文《中国在微笑》[1]、长篇报道《马尔罗眼中的毛泽东》[2]以及何塞 · 玛利亚 · 阿马多撰写的长篇文章《终点》等。

1.Rafael Alberti y María Teresa León：*Sonríe China*，1958，Buenos Aires.

2.*Mao visto por Malraux*，西班牙文译稿系马尔罗的好友菲娜 · 卡尔德隆提供。马尔罗是法国著名作家，戴高乐执政时期的文化部长。

在介绍中国诗歌的译作中，不能不提到一本国际诗歌杂志《对等》（Equivalencias），因为在1995年它出了一期西、英、汉三种语言对照的中国当代诗歌专刊。该杂志为16开本，256页，共收录了20位诗人的作品，并配有齐白石、娄正钢的绘画作插图。如此集中地介绍中国当代诗歌，是前所未有的。同年，以西班牙当代著名诗人何塞 · 耶罗（José Hierro，1922—2002）为首的访华团出席了中国人民对外友好协会为该书举行的发行仪式。

第三节 对中国小说和戏剧的译介

西班牙对中国叙事文学的翻译介绍，起步也是比较晚的，这当然与那里的汉学不发达有关。就古典文学名著而言，《三国演义》至今尚无译本；《水浒传》虽有外文出版社的译本[3]，但在西班牙几乎没有发行；在西班牙影响较大的是《红楼梦》[4]、《西游记》[5]和《儒林外史》[6]。

3. 西班牙文译为 *A la orilla del agua*，译者是 Mirko Láuer jessica McLauchlan，北京：北京外文出版社，1992 版。

4.*Sueño en el Pabellón Rojo*，格拉纳达大学出版社，1988。

5.*Vieje al oeste (las aventuras del Rey Mono)*，trad. Desde el chino de Imelda Hwang y Enrique P. Gatón，Madrid，Siruela，1993.

6.*Los mandarines：historia del bosque de los letrados*. Presentación，trad.desde el chino y notas de Laureano Ramírez，Barcelona，Seix Barral，1991.

格拉纳达大学版《红楼梦》的策划者和译者

《红楼梦》在西班牙的翻译出版是中西合作的产物。1986 年，北京外文出版社为了开拓市场，决定与西班牙格拉纳达大学合作出版西班牙文版《红楼梦》。北京外文出版社提供西班牙文译稿和序言（李希凡撰稿），格拉纳达大学负责出版发行，并向外文局提供两个进修西班牙语的奖学金。格拉纳达大学出版社相关人员看过译稿后，觉得没有达到出版水平。其原因有二：一是这部译稿并非直接译自汉语，而是一位秘鲁人依据杨宪益先生的英文版本转译的；二是译文质量欠佳。他们认为，这部译稿只有经过中国的西班牙语学者逐字逐句的校订才能出版。在此背景下，北京大学西班牙语系的赵振江教授与何塞·安东尼奥·加西亚·桑切斯先生合作，两人用了三年半的时间（后来又有汉学家阿丽霞·雷林克·艾莱塔女士参与了对第三卷的校订），对照人民文学出版社于1982年出版的《红楼梦》进行了逐字逐句的校订，对书中的回目、诗词歌赋、楹联匾额进行了重译。

西班牙文版《红楼梦》第一卷（前40回）于1988年9月28日在格拉纳达大学问世。卡萨诺瓦先生在为本书撰写的简短的前言中说：

> *“阅读曹雪芹的巨著《红楼梦》使我们无法平静。它向我们提供了无比丰富的情节，从而使我们对中国文化和智慧的无限崇敬更加牢固。对格拉纳达大学来说，此书的出版意味着极大的光荣和优越感，因为我们首先把这充满智慧和美好的极其丰富的遗产译成了西班牙文。”*

《红楼梦》第一卷的出版引起了不小的反响。在西班牙全国性刊物《ABC》杂志1989年第二期的“书评家推荐书目”中，就有两位评论家同时推荐了《红楼梦》（共有14位评论家参加推荐），紧接着在下一期上又发表了华金·马尔科评介该书的文章。《读书》、《吉梅拉》等文学刊物也先后发表了推荐文章。格拉纳达地区的电台和西班牙电视台二频道还多次播放了有关《红楼梦》的专访。1989年5月3日，《理想》日报（格拉纳达地区最重要的报刊）发表了一篇对格拉纳达大学出版社社长曼努埃尔·巴里奥斯先生的访谈录。巴里奥斯先生说：

> *“这部中国小说的译本在全国各地所赢得的良好反响促使我们大学出版社要改变自己的方针，我们要与那些丑陋的、令人反感的图书决裂，这是以往格拉纳达大学出版社给人留下的印象。”*

《红楼梦》首卷的第一版2 500册全部被一家发行公司买走，并在一个多月内售完。第二卷（第41至第80回）于1989年9月出版，第三卷（后40回）的出版则一波三折，直至2005年才问世。

格拉纳达大学版《红楼梦》封面

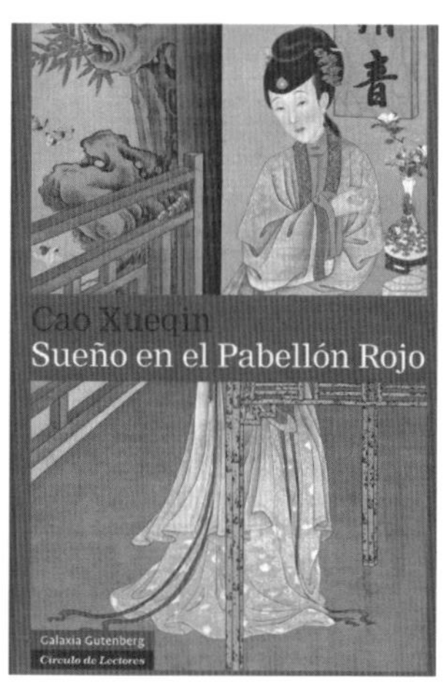

2009 年版西班牙文《红楼梦》封面

1991 年，巴塞罗那的塞伊斯 · 巴拉尔出版社出版了《儒林外史》，由拉乌雷亚诺 · 拉米雷斯 · 贝叶林翻译并注释，他因此于 1992 年获得了西班牙国家翻译奖。拉乌雷亚诺 · 拉米雷斯 · 贝叶林曾在北京留学，1983 年获汉语语言学硕士学位，目前在巴塞罗那自治大学任教。1985 年，他与劳拉 · 罗维塔合作翻译出版了《聊斋的故事》[1]，书中有 1866 年版《聊斋志异》的原版插图。此外，他的译作还有《六祖坛经》[2]和鲁迅先生的《故事新编》[3]。《六祖坛经》是对禅宗六祖慧能佛经的翻译，也是唯一直接从原文翻译的西班牙语佛教典籍，书中有导言、注释和丰富的参考书目。

1.Pu Songling, *Cuentos de Liao Zhai*, introd. notas y trad.desde el chino de Laura Rovetta y Laureano Ramírez, Madrid, Alianza, 1985, 408 pp.

2.Hui Neng, *Surta del estrado*, traducido desde el chino Laureano Ramírez, Barcelona, Kairós,1999.

3.Lu Xun, *Contar nuevo de historias viejas*, traducido desde el chino Laureano Ramírez,Madrid,Hiperión,2001.

1993 年，马德里的西鲁埃拉（Siruela）出版社又出版了《西游记》[1]，译者是伊梅尔达·黄和恩里克·P. 加童。2011 年，西班牙亚特兰大出版社出版了全本《金瓶梅》，译者是格拉纳达化学语言文学教授、汉学家雷爱玲（Alicia Relinque），这又是中西文学交流史上的一件大事。

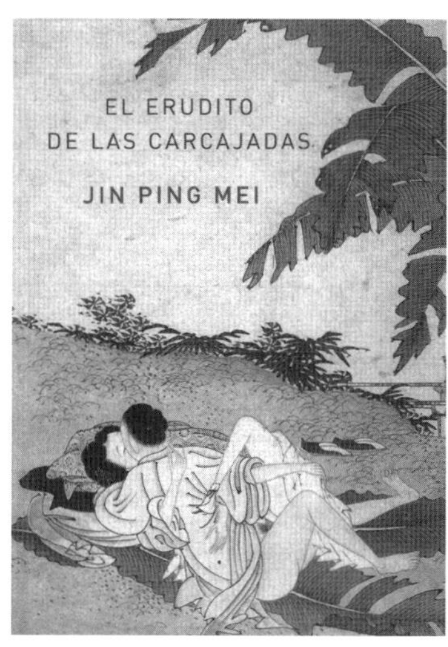

西班牙文《金瓶梅》封面

在西班牙翻译出版的中长篇小说还有巴金的《家》[2]、钱锺书的《围城》[3]、铁凝的《没有纽扣的红衬衫》[4]、古华的《芙蓉镇》[5]、张洁的《方舟》[6]、胡奇的《五彩路》[7]、旅英小说家虹影的《背叛之夏》[8]等。其中，前三部作品都是马德里国立自治大学的汉学家塔西娅娜·菲萨克教授翻译的。塔西娅娜·菲萨克是马德里自治大学东方研究中心主任，她还著有《中国妇女》、《龙女：女性、文学及中国社会》和《中国知识分子与政权》[9]。此外，法籍华人高行健（2000 年诺贝尔文学奖得主）的长篇小说《灵山》[10]也被翻译成了西班牙语，译者是在西班牙获经济学博士学位、定居巴塞罗那的廖燕平与何塞·拉蒙·孟雷亚尔。此外，还有两部具有广泛影响的传记译成了西班牙语。一部是末代皇帝溥仪的《我的前半生》[11]，另一部是冰心的《我的自传》[12]（西班牙文题为《一位中国姑娘的自传》）。2007 年底，小说家莫言的《丰乳肥臀》也被译成了西班牙语。

实事求是地说，西班牙对我国长篇小说的翻译介绍还处在零星、分散的起步阶段，至今还没有一套系统的丛书问世，人们对中国文学的认识还只是一知半解。就现当代作家而言，西班牙知识界了解最多的是鲁迅。鲁迅的中短篇小说如《呐喊》、《狂人日记》[13]和《阿 Q

1.*Viaje al oeste(las aventuras del Rey Mono)*, trad.desde el chino Imelda Hwang y Enrique P. Gatón, Madrid, Siruela,1993.

2.Ba Jin, *La familia Kao*, trad.desde el chino de T. Fisac, Madrid, SM, 1985, 215 pp.

3.Qian Zhongshu, *La fortaleza asediada*, trad.desde el chino de T. Fisac, Barcelona, Anagrama, 1992, 440 pp.

4.Tie Ning, *La blusa roja sin botones*, trad.desde el chino de Tasiana Fisac, Madrid, SM, 1985,1989,157 pp.

5.Gu hua, *Hibisco*, Barcelona, Caralt, 1989, 268 pp.

6.Zhang Jie, *Galera*, trad. desde el chino I. Alonso, Tafalla, Txalaparta S.L.,1995,146 pp.

7.Hu Qi, *La carretera resplandeciente*, Beijing, Editorial en Lenguas Extranjeras, 1981, 142 pp.

8.Hong Ying, *El verano de la traición*, trad. desde el chino por Lola Díaz Pastor, Barcelona, Plaza & Janés, 1998, 193 pp.

9.Taciana Fisac: *Mujeres en China*, AECI, 1995; *El otro sexo del dragón: mujeres,literatura y sociedad en China*, Narcea, Madrid,1997; *Los intelectuales y el poder en China*, Trootta, Madrid, 1997.

10.Gao Xingjian, *La montaña del alma*, trad.de Liao Yanping y José Ramón Monreal, Barcelona, Ediciones del Bronce, Planeta, 2001.

11.Pu Yi, *Yo fui el último emperador de China*, trad. desde el alemán de Jesús Ruíz, Barcelona, Circulo de Lectores, 1988, 508 pp.

12.Xie Bingxin, *Autobiografía de una muchacha china*, prólogo de Marcela de Juan, introd. y trad. ing. de Tsui Chi, Madrid, Mayfre, 1949, 279 pp.

13.Lu Xun, *Diario de un loco*, Barcelona, Tusquets, 1971, 78 pp.

正传》[1] 等都被译成了西班牙语。

1.Lu Xun, *La verítica historia de A Q*, trad. de Ernesto Posse, intr. Horacio Vázquez Rial, Madrid, Compañía Europea de Comunicación e Información, 1991, 23 pp.

在译成西班牙语的中国文学作品中，以短篇小说为最多。据不完全统计，至少有 46 个版本。其中，6 部是北京外文出版社翻译出版的，1 部是北京外文出版社与西班牙米拉瓜诺（Miraguano）出版社联合发行的，1 部在阿根廷出版，2 部在墨西哥出版，其余都在西班牙出版。这 46 部作品中，20 部是直接从汉语翻译的，13 部是从其他语言转译的，另外 13 部不清楚是直译还是转译，当然也就不知道译自何种语言。从时间上讲，1980—2000 年这 20 年间译介的最多（31 部）。

在这些直接译自中文的作品中，最引人注目的是黄玛赛和北京外文出版社翻译的作品。前者翻译了 3 部短篇小说选，都是在西班牙的埃斯帕萨—卡尔佩出版社出版的，它们是《古镜记及其他中国故事》[2]、《中国古代传统小说集》[3] 和《东方幽默小说集》[4]。黄玛赛早在 1947 年就曾在阿根廷首都布宜诺斯艾利斯的埃斯帕萨—卡尔佩出版社出版过后两部小说中的作品，题为《中国短篇小说选》，并由中国著名法国文学学者罗大冈作序。

2.*El espejo antiguo y otros cuentos chinos*, selecc. y trad. desde el chino y pról. De M. de Juan, ilustraciones de María Jesús Fernández Castaño, Madrid, Espasa-Calpe, 1988, 158 pp.

3.*Cuentos chinos de tradición antigua*, trad. desde el chino de M. de Juan, Madrid, Espasa-Calpe.

4.*Cuentos humorísticos orientales*, trad. desde el chino de M. de Juan, Madrid, Espasa-Calpe.

在北京外文出版社翻译出版的作品中，第一部是《东郭先生》，这是根据明朝马中锡的《中山狼传》改编的，图文并茂，是一篇很好的少儿读物。1979 年，茅盾先生的《春蚕及其他短篇小说集》[5] 出版，包括 13 部短篇小说，译者是路易斯 · 恩里克 · 德拉诺。1980 年，根据《柳毅传》等唐朝传奇改编的《龙女 · 唐代传奇》[6] 出版。在该书的前言中，对唐朝传奇进行了分类介绍，并配有明清版的插图。遗憾的是，如同外文局的许多译作一样，没有关于译者的具体资料。在 1984 和 1989 年，北京外文出版社先后出版了两部《优秀短篇小说选》，第一部选录的是 1919—1949 年间鲁迅等作家的 17 部短篇小说作品，第二部选的是 1949—1983 年间峻青等作家的 14 部短篇小说[7]，这些作品均选自作家出版社出版的中华人民共和国成立以来的获奖小说集。在这两部选集中，每篇入选作品的前面有作者简介，最后有译者的姓名。1992 年，北京外文出版社与西班牙米拉瓜诺出版社合作出版了《中国古代神话故事》[8]。

5.Mao Dun, *Gusano de seda de primavera y otros cuentos*, trd. Luis Enrique Délano, Ediciones en Lenguas Extranjeras, Beijing, 1979, 286 pp.

6.*La hija del rey dragón. Cuentos de la dinastía Tang*, Beijing, Ediciones en Lenguas Extranjeras, 1980. 110 pp.

7.*Cuentos ejemplares(1919—1949) y Cuentos ejemplares(1949—1983)*, Beijing, Ediciones en Lenguas Extranjeras, 1984. y 1989.

8.*Relatos mitológicos de la antigua China*, recop. Por Chu Binjie, ilustraciones de Yang Yongqing, Ediciones en Lenguas Extranjeras en colaboración con Miraguano, Beijing, Madrid, 1992, 173 pp.

除上述的译本外，还有一些直接译自汉语的短篇小说集值得一提。

1968 年卡门 · S. 布朗奇在巴塞罗那翻译出版了《中国短篇小说选》[9]。全书选录了 28 篇故事，主要选自《玄怪录》、《今古奇观》、《京本通俗小说》、《聊斋志异》等作品。

9.*Cuentos chinos*, selecc. y trad. Desde el chino de Carmen S. Blanch, Barcelona, Afha S. A. 1968, 160 pp.

1973 年，墨西哥学院的李阔等（Lee Kuo 的译音）翻译出版了老舍的《柳家大院及其他故事集》[10]。这是一个老舍作品研讨会的产物。

10.Lao She, *La casa de los Liu y otros cuentos*, trad. desde el chiino Lee Kuo, México, El Colegio de México, 1973, 125 pp.

1978 年，胡安 · 伊格纳西奥 · 普雷西亚多和米格尔 · 萧在马德里翻译出版了《鲁迅作品选》[1]。这是一部鲁迅短篇小说集，主要选译了鲁迅 1918—1922 年的 14 篇小说。

1.Lu Xun, *Obras*, trad. desde el chino Juan Ignacio Preciado y Miguel Shiao, Madrid, Alfaguara, 1978.

1986 和 1987 年，马德里的阿纳亚出版社先后出版了《千年中国短篇小说选》上、下卷[2]。译者是伊梅尔达 · 黄和恩里克 · P. 加童，即《西游记》的译者。这是比较全面、系统地向青少年介绍中国短篇小说的读物，书中有长篇的序言和丰富的插图，附有汉语题目，并对中国不同朝代的短篇小说进行了分门别类的介绍。

2.*Cuentos de la China milenaria I y Cuentos de la China milenaria II*, trad.desde el chino e intr. de Enrique P. Gatón e Imelda Hwang, Madrid, Anaya, 1986 y 1987.

1989 年，玛利亚 · 多洛雷斯 · 弗尔奇翻译了当代女作家张辛欣与桑晔合作的《北京人——一百个普通人的自述》[3]。1990 年，巴塞罗那的一家出版社出版了北京外文出版社翻译的茹志鹃等 8 人的选集《八位中国女作家》[4]。从前言中我们知道，这是由中国西班牙语学者翻译、拉丁美洲学者校订的。

3.Zhang Xinxin y Sang Ye, *El hombre de Pekín*, trad.desde el chino de María Dolores Folch, Sabadell, AUSA, 1989, 284 pp.

4.Ru Zhijuan, *Ocho escritoras chias*, Barcelona, Icaria, 1990, 412 pp.

据《中国文学翻译在西班牙》一书的作者阿尔比亚加统计，转译的短篇小说有 7 部译自英文，3 部译自法文，1 部译自英法两种语言，还有 2 部译自德文。下面介绍其中有代表性的几部。

1982 年，安东尼奥—普罗梅特奥 · 莫亚从英文翻译了《中国幻想短篇小说》[5]。这本书包括近百个不同类型的中国古典短篇小说，其英文译者是纽约大学远东研究室主任、汉语教授莫斯 · 罗伯特博士。1983 年出版的《中国十七世纪经典短篇爱情小说选》[6] 的英文译者是埃斯特 · 莎米 · 吉尔（Estern Shame Girl），西班牙文译者却是无名氏。1985 年马德里米拉瓜诺出版社出版的《中国短篇小说选》[7] 是由辅仁大学教授霍奇森（Hodgsen）编选并译成英文的，西班牙文译者同样是无名氏。全书包括 6 篇世界起源的故事、6 篇关于动物的故事、10 篇鬼怪故事、4 篇魔幻故事、10 篇精灵故事、5 篇人的故事和 6 篇爱情故事。霍奇森教授在前言中对中国的文化背景以及小说的传统题材进行了较为详细的介绍。1986 年，马里奥 · 梅里诺从英文转译了《猴王与白骨精》[8]，这显然是根据《孙悟空三打白骨精》改编的。2000 年，波利 · 德拉诺和路易斯 · 恩里克 · 德拉诺从英文和法文转译了《中国十大短篇小说》[9]，其中包括鲁迅、茅盾、老舍、郁达夫等 20 世纪小说名家的作品。

5.*Los cuentos fantásticos de China*, trd.ing.de Moss Roberts e indirecta a espñol de Antonio-Prometeo Moya, Barcelona, Crítica, 1982, 316 pp.

6.*Cuentos amorosos chinos clásicos del siglo XVII*, selec y trad. anónimo, Barcelona, Teorema, 1983.

7.*Cuentos chinos*, selec.y trad. Ing. de Alfred J. Hodgsen e indirecta a esp. anónimo, Madrid, Miraguano, 1985.

8.Wu Cheng-en, *El rey de los monos y la bruja del esqueleto*, adapt. Wang Sing-pei, trd.de Mario Merlino, Madrid, Altea, 1986, 120 pp.

9.*Diez grandes cuentos chinos*, selec.y trd. desde el fra. Y el ing. de Poli Délano y Luis Enrique Délano, Barcelona, Andrés Bello, 200.Levy y Rene Golman e indirecta a esp. de.

在 13 部不知译自何种语言的版本中，出版于 20 世纪 40 年代的有 2 本，50 年代有 2 本，70 年代有 1 本，其余的 8 本都是 80 和 90 年代出版的。其中，比较重要的有：1941 年，《中国仙女的故事》[10]（于 1955 和 1958 年再版）在巴塞罗那出版，译者是马丘 · 克维多；同

10.*Cuentos de hadas chinos*, trd.de E. Macho Quevedo, ilustraciones de E. Bouquet, Barcelona, molino, 1941, 115 pp.

一年，在巴塞罗那还出版了蒲松龄的《聊斋志异》[1]；1958 年，同样在巴塞罗那出版了《中国短篇小说》[2]和《中国十佳短篇小说》[3]两本译作，它们都没有译者，也没有前言；1973 年出版了《古代中国的爱情与传说》[4]；1984 年和 1985 年，巴塞罗那的奥贝利斯科出版社先后出版了《中国魔幻故事集》[5]和《中国幽灵故事集》[6]；1988 年，由上海作家魏金枝编选的《古代中国的寓言故事》[7]在巴塞罗那出版，初版时入选的寓言只有 34 篇，但 1989 和 1997 年在马德里再版时，扩大到了 121 篇，可见这本书是很受西班牙读者欢迎的；1990 年，在西班牙北部城市莱昂出版了一本《龙的足迹：中国民间故事》[8]，这是个十分可喜的现象；1995 年，《中国佛教的故事与传说》[9]在巴塞罗那出版；1997 年，北京外国语大学西班牙语系常世儒教授和西班牙拉米罗 · 卡略霍译的《中国经典短篇小说 101 篇》[10]在马德里出版；1999 年，《唐朝短篇小说》[11]在巴塞罗那出版。以上这些都是比较重要的介绍中国文学的译著。

1.Pu Songling, *Cuentos extraños*, adapt.esp. de Rafael de Rojas y Ramón, Barcelona, Atlántida,1941, 139 pp.

2.*Cuentos chinos*, Barcelona, Araluce, 1958, 77.

3.*Los diez mejores cuentos chinos*, Barcelona, Sucesor de E. Meseguer Editor, 1958, 80 pp.

4.*Leyendas y amores de la antigua China*, Barcelona, Petronio,1973,185 pp.

5.*Cuentos mágicos chinos*,trd. de Gloria Peradejordi, Barcelona, Obelisco, 1984, 1987, 155 pp.

6.*Cuentos chinos de fantasmas*, pról. de M. Quinto y trad. de Amalia Peradejordi, Barcelona, Obelisco, 1985,1990, 123 pp.

7.*Fábulas y relatos de la antigua China*, Barcelona, Edicominicación,1988, 182 pp.

8.*La huella del dragón. Cuentos populares chinos*, trd. y adapt. de Elena del Amo, introd. de Alberto Marín, León, Gaviota, 1990, 285 pp.

9.*Cuentos y leyendas budistas(de la China)*, Barcelona, MRA, 1995,123 pp.

10.*101 Cuentos clásicos de la China*, introd. Sebastián Vázquez, recop. y trd. de Chang Shiru y Ramiro Calle, Madrid, Edaf, 1997, 219 pp.

11.*Cuentos de la Dinastía Tang*, pról., trad. y notas de la Flor y Seoane Pérez, Madrid, Biblioteca Nueva, 1999,149 pp.

在西班牙语国家，对中国戏剧的介绍可谓凤毛麟角。1963 年，在阿根廷首都布宜诺斯艾利斯南美出版社出版了《中国戏曲 · 梨园弟子》[12]一书，这是马丁内斯 · 阿里亚纳里从英文转译的。此前，北京外文出版社曾在 1960 年翻译出版过老舍先生的三幕话剧《龙须沟》。

12.*Teatro de ópera chino.Los hijos del jardín de los perales*, introd. y adp. Ing. De J. Huang-Hung, tad.castellana de J. Martínez Alianari, Buenos Aires, Sudamericana,1963,175 pp.

西班牙格拉纳达大学的雷爱玲教授（阿丽霞 · 雷林克 · 艾莱塔）翻译出版过《窦娥冤》、《西厢记》和《赵氏孤儿》（2002）。此外，曹禺的《雷雨》和老舍的《茶馆》也有译本，只是没有在国外引起很大的反响。

第四节　现当代西班牙语世界的汉学家

众所周知，语言是文学的载体，而在现当代的西班牙语国家，汉语教学并不发达，因此汉学研究也就不够深入。可喜的是，随着中国经济的飞速发展，在世界各地出现了学习汉语的热潮。尤其是近年来，各国的孔子学院如雨后春笋般成长起来，为未来汉西文学翻译高潮的到来奠定了基础。就当代而言，西班牙语世界的汉学家虽然不多，但也取得了令人瞩目的成就。下面就介绍几位在文学翻译方面有突出成就的翻译家。

一、 黄玛赛（1905—1981）

在中西文学交流史中，黄玛赛是一位传奇式的人物，其贡献和影响是无人能够取代的。她的西班牙文名字叫马尔塞拉·德·胡安（Marcela de Juan），在西班牙语中，Juan 是名字，但在这里却是她的父姓（黄）的音译，按照西班牙语的习惯，便在前面加了个表示所属的介词 DE。黄玛赛（Ma Ce Hwang）是她的中文姓名。

翻译家黄玛赛

黄玛赛的父亲黄履和，祖籍浙江余杭，进士及第后，在清政府外务部门就职。当时，清朝驻西班牙公使空缺。由于两国关系淡漠，又有语言障碍，故该职无人问津。黄履和遂主动申请，于 1897 年赴马德里，任大清帝国驻西班牙全权公使。两年后，在一个偶然机遇中，他与一位秀外慧中的比利时女子（Brouta）一见钟情，并于 1901 年在伦敦缔结良缘。一年后，他们的长女诞生，取名娜婷，即法文 Nadine 的音译，这便是黄玛赛的姐姐。1904 年，黄公使又去古巴首都哈瓦那任公使。1905 年元旦，他们的第二个女儿出世，取名玛赛，是西班牙文 MARCELA 前两个音节的音译。

在黄履和任公使期间，按照西方贵族和上流社会的习俗，两姐妹并未正式上学，而是聘请家庭教师，所受的教育偏向于为人处世、艺术修养、社交礼仪之类，尤其注重外语学习。由于父亲是中国人，母亲是比利时人，家庭教师教英语和德语，而平时接触的是西班牙语，因而她们精通英、法、德、西、汉五种语言。

1913 年秋，黄履和奉命回国述职，黄家姐妹终于随父母回到了向往已久的北京。到了北京以后，她们必须上学了。当时，在北京有两所为外交官和外侨子女开办的学校，一所为英国人所办，只许白人儿童入学；另一所为法国天主教教会所办，名“圣心学堂”，由方济各会修女弗朗西斯卡纳主持，除了白人儿童外，同时招收中国权贵子女入学，黄氏姐妹便去了圣心学堂。中学毕业后，她们还在清华大学就读了一段时期。

据黄女士称，在京期间，胡适和林语堂常到府上与其父亲讨论文学动态。她那时年龄虽小，但由于父亲宠爱，常在旁聆听，所以日后对这两位学界名流的著作情有独钟，尤其对林语堂描写老北京习俗的《京华烟云》和《道家的女儿》等特别喜爱。此外，还有一件事情给她留下了深刻的印象。1918 年春天的一个上午，有一对男女青年来访，时任外交部礼宾司长的黄履和便吩咐在客厅接见。这样的活动，父亲一般都让小女儿旁听，目的是为了让她增长见识。见面交谈后，才知道两位造访的青年是来质询的。事情的缘由是：在第一次世界大战期间，法国曾要求中国输送一批劳工，实际是为了让他们去与德军作战，法方付给每名劳工 10 美元作为代价，当时外交部一位姓黄的官员在这笔酬金中做了手脚，他们怀疑此人是黄履和。交谈过后，才知道原来是一场误会，中国外交部经手这项交易的官员并非黄履和，只是同姓而已。误会消除后，双方友善地交谈起来。前来质询的男青年名叫毛泽东，时年 25 岁，在北京大学图书馆工作。那时黄玛赛仅 13 岁。

1926 年，黄玛赛遭受到两次严重打击：其一是与她恋爱近两年的法国青年伯爵弗朗索瓦 · 德 · 库瑟尔（Francois de Courseulles）由于屈从家庭和社会压力（不允许法国贵族与一个欧亚混血女子成婚），离她而去；其二是在同年的晚秋，父亲病逝。为了寻求精神的解脱，母亲同意她赴欧洲一游，主要是去西班牙寻找儿时的美好记忆，而且她的舅舅也在那里。

黄玛赛的舅舅原是《柏林日报》驻西班牙记者，后从事写作和翻译。通过舅舅，她结识了马德里的阿基拉尔（AGUILAR）出版社社长，并继而成为挚友。后来，她的很多著作都由该出版社出版发行。

在去马德里的车厢里，她巧遇了格拉纳达的建筑师费尔南多 · 洛贝斯。此后，两人交往频繁，不久便进入了谈婚论嫁的阶段。费尔南多的父母对迎娶这位欧亚混血儿媳也有些成见，但迫于费尔南多的坚定意志，固执的传统世家不得不做出让步，使有情人终成眷属。但遗憾的是，这对美满夫妻仅仅享受了两年半的幸福生活，费尔南多就病故了。此后不久，黄玛赛的母亲也与世长辞。亲人的连续去世，使黄玛赛又一次陷入了痛苦的深渊。

在无可奈何之际，黄玛赛只有把全部时间和精力都投入到工作中去，以避免悲惨的回忆在心中盘桓。她曾在荷兰驻马德里领事馆任秘书，在报刊杂志上发表文章，介绍有关中国的风俗民情，后又在西班牙外交部任职。在此期间，她曾应马德里现代艺术博物馆的邀请，做了一次名为“中国艺术介绍”的演讲，引起强烈反响。后来，不仅西班牙的巴塞罗那、塞维利亚等大城市纷纷请她去演讲，她甚至还到里斯本、巴黎、布鲁塞尔、阿姆斯特丹以及瑞士的几座城市介绍华夏文明和习俗。每次上台演讲时，她身着素净的绣花旗袍，手持绸帕，深受听众的欢迎和喜爱。第二次世界大战结束后，她便常常受西班牙政府派遣，去联合国任同声传译。后又被派至西班牙驻香港领事馆任职。

从 1913 年起，黄玛赛在北京居住了 15 年，于 1928 年离开北京到西班牙定居。此后，直到 1975 年才因公再度返华。

黄玛赛的突出贡献是曾于 1948、1962 和 1973 年出版过三本关于中国诗歌的译著，分别是《中国诗歌简集》、《中国诗歌续集》和《中国诗歌：公元前 22 世纪至“文化大革命”》。此外，她还翻译出版过短篇小说选《古镜记及其他中国故事》[1]、《中国古代传统小说集》[2]、《东方幽默小说集》[3]和《中国戏剧》[4]。1977 年，她还出版了《昨日经历的中国与今日依稀看见的中国》。书中前半部分涉及袁世凯复辟、军阀混战等内容，后半部分涉及 20 世纪 70 年代她在中国所目睹的社会状况，这些都是很有价值的历史见证。

在早年的西班牙华侨华人中，仅有一些杂货小贩和少数江湖艺人，像黄玛赛女士这样的文化人是绝无仅有的。

二、　卡麦罗·埃洛杜伊（1901—1989）

19 世纪和 20 世纪上半叶，在西班牙和西班牙语美洲，几乎没有真正意义上的中国文学翻译。中华人民共和国成立后，原来生活在大陆的西班牙传教士都去了台湾。卡麦罗·埃洛杜伊（Carmelo Elorduy，中文名杜善牧）就是其中的一位，他在研究和翻译中国典籍方面作出了突出的贡献。

1. *El espejo antiguo y otros cuentos chinos*, selecc. y trad. desde el chino y pról. De M. de Juan, ilustraciones de María Jesús Fernández Castaño, Madrid, Espasa-Calpe, 1988, 158 pp.

2. *Cuentos chinos de tradición antigua*, trad. desde el chino de M. de Juan, Madrid, Espasa-Calpe.

3. *Cuentos humorísticos orientales*, trad. desde el chino de M. de Juan, Madrid, Espasa-Calpe.

4. *Teatro chino, en Enciclopedia del arte escénico*, Noguer, 1958.

1901年1月25日，卡麦罗·埃洛杜伊出生在西班牙中北部的蒙吉亚（Munguía）村。他19岁时进入罗耀拉耶稣会修道院学习，1926年来华，在安徽省芜湖市耶稣会传教并开始学习中文，直至1929年。后来，他回到西班牙学习神学。1932年，西班牙第二共和国解散了耶稣会，他不得不到比利时的教会任职，并于几年后获得了神学硕士学位。1934年，他再次来华，一直在芜湖地区传教，直至中华人民共和国成立。1950年，他从大陆去了台湾。最初，他在台湾从事辞书编纂工作，1977年出版的《汉西综合辞典》中就凝结着他的心血。

汉学家卡麦罗·埃洛杜伊

由于健康的原因，他于1959年回到西班牙，在其哥哥（神父、希腊哲学教授）的影响下，开始研究中国古代哲学。1961年，他在奥尼亚（Oña）出版社出版了西班牙文版的《道家箴言》，后来再版时改为《道德经》。这个版本是西、汉双语对照，前面有曼努埃尔·吉里多撰写的前言，后面有译者对《道德经》的长篇分析和根据威妥玛—翟里斯体系注音的词汇表。篇幅并不长的前言分为“第一位生态主义者”、“道”、“德”三个部分。前言作者认为，老子的主张既不同于儒家（笔者认为应该是法家）的战胜自然，也不同于佛教的否定自然，他主张顺其自然。因此，他是人类历史上的第一位生态主义者。在第二部分，作者认为“道”是万物之本，它揭示了宇宙永恒的法则或理性。在第三部分，作者认为“无为”即是“德”，这是“无政府主义的理想境界”，是统治者对被统治者的最低干预。此外，前言的作者还对老子与阿那克西曼德（前610—前546或545）、赫拉克利特（前545—前480）、斯宾诺莎（1632—1677）、黑格尔（1770—1831）等西方哲学家进行了比较。译者的分析文章分为十部分，分别是“老子与孔子”、“道”、“道的深远影响”、“道之德”、“天和地”、“Aion”[1]、“万物”、“圣人”、“老子之治”、“道家之德”。从上面的十个小标题中，我们大致可以领略译者对《道德经》的理解与评价。此后，他撰写了《老庄思想与西方哲学》，该书于1968年被译成汉语在台北出版，1972年在委内瑞拉首都加拉加斯再版（Monte vila 出版社）。

1. 希腊语“永恒”的意思。

1962年，卡麦罗·埃洛杜伊神父回到台中，全身心投入对中国古代文化的研究和翻译。1967年，他在菲律宾首都马尼拉出版了西、汉双语版的《庄子：文学家、哲学家、神秘的道家》。同年，他的一本题为《东方的政治人文主义》的论著在马德里一家宗教出版社出版。此后，他又翻译出版了《易经》（《道家思想：64概念》）和《诗经》（《中国谣曲》），后者于1986年荣获西班牙国家翻译奖。

在生命的最后十年，他开始研读《易经》和《墨子》。前者（《变化之书》）于1983年出版，后者（《兼爱之治》）于1987年出版。那时，他已卧病在床。

卡麦罗·埃洛杜伊几十年如一日，严肃认真，一丝不苟，不仅是成就卓越的翻译家，也是西班牙20世纪最重要的汉学家之一。

三、 当今西班牙语世界的重要汉学家

1973年，中国和西班牙以及西班牙语美洲的大多数国家建立了外交关系，汉西文学翻译得到了广泛深入的发展。下面，我们对几位目前在中国文学翻译方面有贡献的汉学家作重点介绍。

华金·佩雷斯·阿罗约（Joaquín Pérez Arroyo）于上世纪70年代到我国台湾地区学习汉语。1976年回国后，他在马德里丰泉（Alfaguara）出版社出版了《四书》，并于1999年由“读者圈”（Círculo de Lectores）再版，2002年由帕伊多斯（Paidós）出版社发行第三版。1990年，他在马拉加（Málaga）的安达卢西亚自治区的文化局（Junta de Andalucía, Consejería de Cultura）出版了西、汉对照的杜甫的《哀诗七首》（Siete poemas de melancolía）。

卡洛斯·德尔·萨斯—奥罗斯科（Carlos del Saz—Orozco）在菲律宾和中国台湾研读中文之后，于1964年在美国斯坦福大学获西班牙语言学博士学位。他曾在台湾大学任西班牙语

教授，直至1971年。1983年，他在西班牙巴塞罗那的Plaza & Janés出版社出版了第一本《唐诗选》（*Poetas de la dinastía Tang*），这是他和夫人黄宝琳（保莉娜 · 黄）女士一同翻译的。在导言中，他们对唐诗作了全面、系统的介绍。此外，他们还为中国学生学习西班牙语编写了语法和其他教材。

胡安 · 伊格纳西奥 · 普雷西亚多（Juan Ignacio Preciado）是近年来译作颇丰的汉学家之一。他翻译的《老子：道之书》一书荣获了1979年的西班牙国家翻译奖，这是第一本根据马王堆汉墓出土的版本翻译的著作，于1978年在马德里丰泉（Alfaguara）出版社面世，并于1999年由“读者圈”（Círculo de Lectores）再版；1996年，他在巴塞罗那凯洛斯（Kairós）出版社出版了《庄子》；1998年，他又在同一家出版社出版了《列子》。

拉乌雷亚诺 · 拉米雷斯 · 贝叶林（Laureano Ramírez Bellerín）出生于巴塞罗那，曾在北京求学，并于1983年获汉语语言学硕士学位，后又在巴塞罗那自治大学获翻译理论博士学位。他著有《现代中文翻译的理论与实践》（1999）和《汉西翻译手册》（2004）。他的译著有《倪焕之》(1982)、《聊斋的故事》(1985)、《儒林外史》(1991)、《六祖坛经》(1999)、《元史 · 阿速人列传》（2000）、《故事新编》（2001）、《给我姥爷买鱼竿》（2003）、《文学的理由》（2003）、《维摩诘经》（2004）、《孙子兵法》（2006）等。其中，吴敬梓的著名小说《儒林外史》由巴塞罗那的塞伊斯 · 巴拉尔出版社出版，于1992年获西班牙国家翻译奖。《六祖坛经》系禅宗六祖慧能所著，这是西班牙唯一直接由佛经转译的文本，书中附有重要的导言、注释和丰富的参考书目。此外，他还在欧洲和拉丁美洲的刊物上发表过数以百计的文章。

安娜 · 艾莱娜 · 苏亚雷斯（Anne Hélène Suárez）曾在巴黎和北京大学学习汉语，并获中国文学博士学位。她的主要译作有《李白诗50首》（1988）、《赤壁怀古及其他诗作》（1992）、《论语》（1997）、《老子》（1998）、《王维及其友人绝句99首》（2000）、《白居易绝句11首》（2003）。此外，她还从法文翻译了《苏菲派与道：哲学关键概念的比较研究》（1997）和《中国思想史》（2003），为了解中国古代哲学思想提供了宝贵的参考资料。

伊梅尔达 · 黄（Imelda Huang）和恩里克 · P. 加童（Enrique P. Gatón）夫妇都是重要的汉学家，伊梅尔达是中国台湾人，丈夫恩里克 · P. 加童曾在台湾学习中文。他们的主要译作有《千年中国短篇小说选》两册（1986、1987）和《西游记》（1987）。

塔西娅娜·菲萨克（Taciana Fisac）的主要译作有巴金的《家》（1985）、铁凝的《没有纽扣的红衬衫》（1989）、钱锺书的《围城》（1992）。此外，她还将西班牙著名诗人胡安·拉蒙·希梅内斯的散文诗《小银和我》（*Platero y yo*）译成汉语，受到中国读者的好评。塔西娅娜·菲萨克关于中国的著作有《中国妇女》（1995）、《龙女：女性、文学及中国社会》（1997）、《中国知识分子与政权》（1997）等。

碧拉尔·贡萨雷斯·埃斯帕尼亚(Pilar Gong'aleg España)的中文名字叫宫碧兰,生于1960年,马德里国立自治大学文学博士。她曾在北京第二外国语学院讲学。她翻译的中文著作主要有《庄子》（合译，1998）、《李清照诗选》（2003）、王维的《辋川集》（2004）、陆机的《文赋》、司空图的《诗品》以及陶渊明的诗作。碧拉尔·贡萨雷斯还是一位诗人，诗作有《天与权势》（1997）、《藏在抽屉里的手》（2002）、《变化》（2005，根据《易经》64卦创作）、《伸缩》（2010）等。诗集《变化》获2004年度卡门·孔德诗歌奖。

阿丽霞·雷林克·艾莱塔（Alicia Relinque Eleta）的中文名字叫雷爱玲，曾在巴黎第七大学、北京大学、马德里国立自治大学和格拉纳达大学学习，获法学硕士和文学博士学位。她在汉西翻译方面的突出成就是翻译了《文心雕龙》（1995）、《窦娥冤》（2002）、《西厢记》（2002）、《赵氏孤儿》（2002）。此外，她还与安娜·艾莱娜·苏亚雷斯合作，发表了专著《中国文学》（2004）。2011年，西班牙亚特兰大出版社出版了她翻译的全本《金瓶梅》。

和西班牙相比，西班牙语美洲的汉语教学更欠发达，其中只有墨西哥是个例外。墨西哥学院不仅有很好的汉语教学与汉学研究，而且对我国西班牙语教学和研究人才的培养作出过卓越的贡献。

墨西哥于1972年与中华人民共和国建交后，埃切维利亚总统在访华期间签署了一项协议，其内容之一便是中国每年派30名留学生赴墨西哥学习。第一批中国留学生是1974年5月抵达墨西哥城的。前几批中国留学生的生活是由总统府直接负责的，而负责他们专业学习的则是墨西哥学院的语言文学研究中心和亚洲北非研究中心。最初几批中国留学生集中居住，总统府为他们聘任了管家、厨师、司机和清洁工，墨西哥学院则专门为他们安排了课程表并聘请了专职教师。这项交流一直持续到1987年，总共有151名留学生和进修生受益。自1977年起，不再派本科生去学习，而是选拔中青年教师和科研人员去进修。事实上，20世纪八九十年代的西班牙语文学的翻译和研究人员，绝大多数都在墨西哥学院进修过。墨西哥政府和墨西哥学院在这方面的贡献，中国人民是永远不会忘怀的。

第二章　　西班牙文学在中国

众所周知，西班牙语是从民间拉丁语演化来的，不像汉语那样，从象形文字到方块字，从古到今，一脉相承。西班牙文学始于 11 世纪的诗歌哈尔恰。[1] 至于西班牙文学传播到中国，从严格的意义来说，已是 20 世纪的事情了。

1. 直至 1948 年，人们才发现 11 世纪上半叶混居在阿拉伯人中间的西班牙人创作的抒情短诗（jarcha），这是西班牙最早的文学作品。

与英、法、俄、德等国家的文学相比，西班牙文学在中国的传播开始得较晚，而且数量也较少。原因很简单，解放前，中国根本没有西班牙语教学，懂西班牙语的人很少，能从事文学翻译的人更少，因而即便是零散的翻译介绍，也大多是从其他语言转译的。

中国的西班牙语专业开设于 1952 年。当时，要来北京参加亚太和会的拉丁美洲代表占全体与会代表的三分之一左右，而拉丁美洲代表大多不会讲英文或拒绝讲英文，因此会议急需西班牙语翻译。但是，由于此前中国一直没有西班牙语专业，只有负责拉丁美洲外事的外交部美澳司二科的几位工作人员自学过一些西班牙语，[2] 这根本无法满足大会的需要。周恩来总理得知后，指示外交部立即在北京外国语大学（以下简称“北外”）增设西班牙语专业，马上开始培养西班牙语翻译。[3]1953 年 1 月，北外西班牙语教学小组成立，[4]24 名选自华东地区参加抗美援朝军事干部学校的学生于 3 月开始正式上课。这表明第一批西班牙语学生的政治立场是非常明确的。由于中国当时紧缺西班牙语翻译，因此第一批学生中有些未毕业就提前离校参加了工作。1958 年，周恩来总理和陈毅外长再次指示外交部，在北外开办高级翻译班，选拔已经毕业的优秀学生继续进修两年，特聘专家指导，培养高水平的翻译。他们特别指出，除英语、法语之外，还要有西班牙语。

2. 据 1950 年进入美澳司二科工作的吴名祺（吴健恒）回忆，当时二科的陈光、周庚昌、吴名祺、张平、陆申娟等几位工作人员是借助从国外买的西班牙语学习唱片学的西班牙语。他们是新中国最早的一批西班牙语翻译。其中，吴健恒从 50 年代开始一直业余从事拉丁美洲文学翻译，译过《青铜的种族》、《广漠的世界》、《百年孤独》等拉丁美洲文学名著，2004 年被中国翻译工作者协会评为“资深翻译家”。

3. 黄志良：《新大陆的再发现——周恩来与拉丁美洲》，第 23 页，北京：世界知识出版社，2004 年版。

4. 北外的前身是延安的外事干部培训班，1949 年 10 月改名为北京外国语大学，由外交部领导。

说到中国的西班牙语教学，有两位西班牙友人的名字是不能不提的，就是梅伦多教授（Dr.Melendo）和他的妻子玛丽亚·莱赛亚（María Lecea）教授。他们都是西班牙内战时期的革命青年，后流亡到前苏联，在那里学习和工作。1955 年，当他们知道中国急需西班牙语教师后，便毅然决然地来到了北京外国语大学，莱赛亚还放弃了自己取得博士学位的机会。作为在华工作的第一代西班牙语专家，他们一直工作到 1964 年。由于中苏之间的矛盾激化，他们不得不离开中国，去阿尔及利亚工作。“文化大革命”结束以后，梅伦多教授已去世，莱赛亚教授又回到北京外国语大学执教，直至 1989 年退休。可以说，她将自己的青春年华和几乎毕生的心血都无私地献给了中国的西班牙语教育事业。新中国第一代和第二代西班牙语人才几乎都受到过她的教诲。1986 年 10 月 6 日，西班牙政府授予她智者阿尔丰索十世勋章。中华人民共和国国家外国专家局于1992年3月19日授予她“友谊奖章”，以表彰她为中国的西班牙语教育事业作出的卓越贡献。

玛丽亚·莱赛亚

古巴革命胜利之后，中国同古巴和拉丁美洲其他国家来往突然密切起来。于是，为了满足国家外交工作的需要，西班牙语专业在全国范围内迅速被开设起来。1960年后，在国家支持下，北京大学、南京大学、上海外国语学院、广州外国语学院、北京第二外国语学院、西安外国语学院等陆续开设了西班牙语专业。1960年，仅在北京外国语学院注册的西班牙语专业的学生就超过百人，一届就招收了5个班的学生。[1] 但是，很多新开设西班牙语专业的大学师资严重不足，于是就从已经留校的年轻教员或其他外语专业的本科生中选派人到北外学习。尽管各校西班牙语专业师资薄弱，但这并不影响西班牙语成为当时报考大学的热门专业之一。后来，周恩来为了保证西班牙语人才充足，进一步提出在中学甚至小学开设西班牙语。例如，北京外国语学院附属中学率先在高中开设西班牙语，同时也有西班牙、哥伦比亚等国的友人到中学里当教师。这些中学毕业生经过选拔后，一部分升入北京外国语学院西班牙语系继续学习。同时，从1962年起，古巴每年为中国提供公费留学生名额到哈瓦那大学进修西班牙语。20世纪五六十年代的西班牙语专业的学生都是为国家外事工作培养的，并没有专门培养过文学翻译与研究人才。学生毕业后都是进入政府机关或留在学校教基本语，当时也没有专门从事西班牙语文学翻译与研究的机构。但是，那一代西班牙语专业的大学生却成为后来译介西班牙语文学的中坚力量。

1. 赵振江在2002年纪念阿尔贝蒂和塞尔努达诞辰一百周年国际学术研讨会上的发言 *Hispanista en China*。

此外，要说西班牙语文学在中国的传播，不能不提一下中国西班牙、葡萄牙、拉丁美洲文学研究会的成立（1979年）。尤其是在20世纪八九十年代，该研究会对西、葡、拉美文学在中国的译介和研究起了很大的促进与推动作用。本文中引用的部分资料就取材于研究会的第一期和第四期会刊，是由许铎和林光先生搜集整理的。

第一节 《堂吉诃德》来到中国

中国翻译史上有三次高潮。第一次主要是佛经翻译，第二次是五四运动时期，第三次是改革开放以后。佛经翻译与西班牙文学没有关系，西班牙文学在中国的翻译与传播是从五四运动以后开始的。中国翻译西班牙文学早期历史中最重要的事件是《堂吉诃德》来到中国。

米盖尔·德·塞万提斯·萨维德拉画像

塞万提斯在《堂吉诃德》下卷致雷莫斯伯爵的献辞中写道：

> “……*前者，一伪造之《堂吉诃德》（下卷）流传甚广，令人生厌，苦恼不堪。各方朋友催促在下将真品速送阁下，以除此害。然最为情切者乃为中国之大皇帝。一个月之前，该皇帝派专人送来以中文写就之书信一封，要求——应说是‘恳求’在下将《堂吉诃德》一册送至中国，盖因意欲建立一卡斯蒂亚语书院，拟以堂吉诃德之故事作为课本使用，并聘在下为该院院长。*

在下问信使是否带有皇帝陛下资助之路费，来使答说并未想及此事。

‘如此说来，老兄，’在下说道，‘汝不远千里从中国来此，还是不远千里回中国去吧。在下身体欠佳，不堪如此长途跋涉。再者，除身上病痛外，在下确也囊中羞涩。让皇帝还是做他的皇帝吧。在下可以指望尚在那不勒斯之雷莫斯伯爵，无须书院之头衔与职位，伯爵亦会给在下以资助、庇护及在下不曾希冀之恩惠。’

就这样，在下将他打发走了。”[1]

当然，这纯属子虚乌有，完全是塞万提斯先生杜撰出来的。但无论如何，说明这位文学大师对中国有所了解，并兴致勃勃地将它写进了致自己保护人的献辞中。时至今日，塞万提斯的呓语竟成了现实：不仅《堂吉诃德》早已来到中国，以塞万提斯名字命名的西班牙语学院也在 2007 年开到了北京，后又到了上海，除教授西班牙语外，也开展了丰富多彩的文化交流活动。

1.［西班牙］米盖尔·德·塞万提斯：《奇想联翩的绅士堂吉诃德·德·拉曼恰》下卷，孙家孟译，第 406 页，北京：北京十月文艺出版社，2001 年版。

马德里西班牙广场上的堂吉诃德雕像

《堂吉诃德》第一部出版两年后，英国人 Thomas Shelton 就将之翻译成英文，这也是《堂吉诃德》的第一个翻译本。1922 年，它第一次被翻译成中文，即林纾和陈家麟合作翻译的《魔侠传》[2]。然而，《魔侠传》带给中国读者的更多的是遗憾。

2. 本文所依据的是 1933 年的版本，当年上海商务印书馆将《魔侠传》收入王云五主编的《万有文库》第一集，为“汉译世界名著”中的一种。

一

首先，《魔侠传》只译了《堂吉诃德》的第一部，所以从整个中译本来看，除了滑稽可笑的闹剧之外，没有任何人文主义或理想主义的精神存在——堂吉诃德就是一个“书迷心窍”的书呆子，做出了种种疯疯癫癫、不合时宜的傻事。而且在第一部中，塞万提斯对于堂吉诃德的描写也极尽挖苦讽刺之能事，试图入木三分地揭示出骑士小说对读者的毒害。实际上，他也的确达到了预期的效果，自《堂吉诃德》出版后，西班牙再没有出版过一本骑士小说。但是随着情节发展，塞万提斯变得越来越温和，他仍然对堂吉诃德抱有一丝嘲笑，但含有苦涩的自嘲；他开始赋予这个人物以勇敢、执著、忠诚、义无反顾等种种美德，开始同情他所经历的种种际遇，堂吉诃德越来越塞万提斯化了。塞万提斯的社会理想、文学抱负、人生追求在遭遇现实的种种黑暗、壁垒、宿命之后，他心中充满的无奈、抑郁、绝望以及坚守与挣扎都被倾注在堂吉诃德的生命和心灵的旅程中。没有下部的《堂吉诃德》只是一部讽刺骑士文学的小说，绝不会光照人类心灵与世界文学四百年。

翻译家林纾

第二，《魔侠传》也并非《堂吉诃德》上部的忠实译本，虽然主要情节未见遗漏，但是塞万提斯的文才被大打折扣，除了文从字顺、讲述故事有头有尾之外，看不出他有任何独具匠心、运筹帷幄之处——它将作者在其中的创作痕迹全部抹去。比如，将原著中的“序言”全部删去未译，而这历来是研究塞万提斯的学者们细读研究的重点——它集中表达了作者的创作主旨和对当时西班牙文学创作的意见，更关键的是，正是从这篇文字中，我们可以找到强有力的证据证明塞万提斯创作《堂吉诃德》时拥有自觉意识，而不是像四个世纪以来主流的看法，是一个“无知的天才”[1]。

再比如，将小说改为只有一个叙事者，即全知全能的作者，这不仅大大损害了原著的艺术魅力，而且原著中所体现出的现代精神和特征也荡然无存。不错，塞万提斯最初创作《堂吉诃德》，正如他在前言中宣称的那样，是为了“消除骑士小说在世人当中造成的影响和迷狂”[2]。因为在他看来，“故事的好坏主要在于它的真实性”[3]；而骑士小说却“纯属谎言连篇，从艺术角度看，也是荒诞无稽的”[4]。十年之后，出版《堂吉诃德》第二部，也是为了迎头痛击署名阿维耶内达（Avelleneda）[5]的伪续书，他再次强调“真实”的重要性。塞万提斯尽一切可能试图达到真实，他引入阿拉伯历史学家作为叙事人，又不停地插入译者、作者对叙述的真实性进行的评论。但是这一切不仅没有使《堂吉诃德》成为信史，反而使得读者更加相信它是一个被讲述、被虚构出来的故事。《堂吉诃德》揭示了一系列的悖论：塞万提斯竭尽全力想使它真实可信，但却创作了一部最伟大的虚构作品；塞万提斯想尽方法拉近与读者的距离，造成的结果却是不断的离心阅读，读者不断跳离故事；《堂吉诃德》旗帜鲜明地“反对文学影响”，却“竟然具有如此广泛而明确的文学影响”[6]。《堂吉诃德》蕴涵了一系列的二项对立，诸如历史与故事、文学与生活、小说与虚构[7]、阅读与疯狂[8]，又将它们差异对立的绝对性一一颠覆。这些悖论、关联与对立恰恰表明了现代小说的不确定性，它的丰富与多义正是古典小说所没有的现代性。

而所有这些在第一部中译本《魔侠传》中完全没有得到体现。比如在原著第一部第六章中，神甫和理发师将堂吉诃德所藏的骑士小说一一烧毁，这其实是塞万提斯借人物之口对骑士文学及当时西班牙国内外文学的评论，并且还提到自己创作的《伽拉苔亚》：“我和这位塞万提斯成为至交已经有好多年了。就我所知，与其说他有写诗的才气，不如说他有惹祸的晦气。这本书确实不落俗套；吊吊你的胃口，可又不把话说完。”而在之后的第八章结尾，比斯开人和堂吉诃德同时都高高举起剑要劈对方，却戛然而止，说堂吉诃德的故事到这里就结束了，但本书的第二作者不相信，于是到处寻找续书。在第九章中，第二作者详细叙述了他如何找到了这本续书。续书是一个阿拉伯历史学家所写，所以第二作者请了一个摩尔人把它翻译成西班牙文，接下来就是转抄译文。第二作者也对阿拉伯历史学家和译者有所质疑，虽然作者身份是历史学家，但在西班牙人看来，这位阿拉伯人的话并不可信。在下部第五章，摩尔人的翻译开始拥有主体性，有时会怀疑某段文字的真伪，并自主选择译什么或不译什么。但是在《魔侠传》中，

1. 伍尔芙认为，“那时的写作就是讲故事，供那时尚未有现代娱乐设施的人们消遣”，《堂吉诃德》的创作目的就是“不惜任何代价逗人们开心”，“小说的美感与思想是在不知不觉中融进去的”（《伍尔夫日记选》）。富恩特斯直到最近仍然坚持这样的观点，“塞万提斯与哥伦布是精神上的双胞胎兄弟，他们都还没有确切明白他们的发现的重要性就离开了人世。哥伦布以为他一直向东航行真的到达了远东；塞万提斯认为他只是写了一部讽刺骑士小说的作品。他们谁也无法想象自己已经登临地理与小说的新大陆——美洲与现代小说”。塞万提斯也许不知道他的《堂吉诃德》将成为小说现代化的起点，但他在运用各种写作技巧时却是相当自觉的。同时，《堂吉诃德》的出现并不是突兀孤立的事件，它与传统叙事文学的历史联系，甚至可以追溯到公元2世纪罗马作家阿普列尤乌斯的《金驴记》。《堂吉诃德》无论是在情节设计、叙事手法、人物塑造等方面都与中世纪骑士小说有明显而深刻的互文关系。过去有学者一直认为，塞万提斯开始构思《堂吉诃德》的时候，可能只是一篇短短的讽刺故事，逐渐拉长了篇幅才变成一部长篇。但现在的学者大多持不同意见，其中著名的塞万提斯学者阿瓦耶—阿尔塞（Juan Bautista Avalle-Arce）通过新的史料有力地论证和分析了《堂吉诃德》的创作从一开始就是精心构思的。目前，国外的塞万提斯研究界基本达成共识——《堂吉诃德》的整体构思是完整的，塞万提斯创作的独创性是毋庸置疑的，《堂吉诃德》是经过精心构思、深思熟虑而不是妙手偶得的。

2. ［西班牙］塞万提斯：《堂吉诃德》，董燕生译，第10页，杭州：浙江文艺出版社，1995年版。

3. ［西班牙］塞万提斯：《堂吉诃德》，董燕生译，第66页，杭州：浙江文艺出版社，1995年版。

4. ［英］R.O. 琼斯：《塞万提斯和堂吉诃德》，董燕生译，引自［西班牙］塞万提斯《堂吉诃德》，董燕生译，第987页，杭州：浙江文艺出版社，1995年版。

5. 在1614年出版《堂吉诃德》第二部。

6. ［美］哈利·列文：《吉诃德原则：塞万提斯与其他小说家》，郭建译，收入北京师范大学中文系编《比较文学研究资料》，第352页，北京：北京师范大学出版社，1986年版。

7. 西班牙语中的ficción或英文的fiction都是一语双关，既是小说，也是虚构。

8. 西班牙语中“阅读”为lectura，“疯狂”为locura。

第二段第一章（原著第九章）只剩 220 字，只交待了堂吉诃德与比斯开人交手孰胜孰负，根本没有出现阿拉伯历史学家和译者。

其实，寻找书稿的情节也并非塞万提斯首创，这仍然是对骑士小说套路的一次戏仿。许多骑士小说中都会说自己的故事是一个偶然发现或是从费尽千辛万苦找到的古老的手抄本或羊皮卷书上抄来的。正如略萨所说，“即使在小说中使用这些俗套，那也不是廉价的”[1]。因为骑士小说经常只是把这个情节当作增强故事传奇性与神秘性的一种手段，并没有发掘它在叙事层面上的功能。塞万提斯不仅将阿拉伯历史学家作为代替自己的最主要叙事者贯穿整个故事，而且把真实的自己化身为一个偶然发现小说原稿并将其公布于世的人物。这样，塞万提斯把发展故事情节的重担交给阿拉伯历史学家，自己就可以抽身事外，像上帝一样，从天空俯瞰芸芸众生。他可以随时随地发表评论，他可以质疑作为主要叙事者的阿拉伯历史学家，质疑摩尔译者，而只有他一个人是这个文本世界的最高主宰。

前八章的作者、第二作者、阿拉伯历史学家、译者都宣称自己对作品拥有绝对的主权，但众声喧哗和叙事狂欢颠覆的恰恰是各自为政的主权。因此，富恩特斯说：“他是第一位现代作家，他是小说复调形式的源头。”[2] 每一个在小说中出现的声音都有独特的、与其他人的话语不融合的声音；每一个主体位置及其意识形态的立场和观点，都在同一文本中发生了互相冲撞、质询、对话和交流。在复调小说的意义上，将《堂吉诃德》看作是现代的第一部小说，是因为它最早体现了时代的“众声喧哗”（hetero glossia）的特征。利奥塔尔在《后现代状态：关于知识的报告》中曾经分析过，文化断层与转型时期是一个大叙事解体、小叙事盛行的时代。[3] 大一统的权威话语霸权丧失，逐渐衰弱。但它并未从此销声匿迹，相反，作为主导政治与意识形态的代言人，它将与非中心的语言力量不断进行较量与抗衡。于是，在每一个特殊而具体的语言实践中，都可能发生语言的向心力与离心力、中心话语与非中心话语之间互融互渗的对话关系，这被巴赫金称为时代的“小说化”。小说化其实是现代性的一种体现，因为缺少至高无上、一统天下的权威，一切都处于一种与他人对话的关系中，所以充满不确定性。而亚里士多德诗学以后直到中世纪神学中的各种文艺理论，基本上是维护一种一元的、统一的文化与意识形态。所以，表现在文学创作上便是神话、史诗以及巴赫金所谓的“独白式”小说，比如最受堂吉诃德推崇的西班牙著名的骑士小说《阿马迪斯 · 德 · 高拉》。这种小说中基本上只有一种语言、

1. [秘鲁] 巴 · 略萨：《中国套盒》，赵德明译，第 89 页，天津：百花文艺出版社，2000 年版。

2.《为了恢复拉曼却的传统——富恩特斯访谈录》，朱景冬译，引自徐玉明选编《幽香的番石榴》，第 226 页，南昌：江西教育出版社，1999 年版。

3. [法] 让—弗朗索瓦 · 利奥塔尔：《后现代状态：关于知识的报告》，车槿山译，北京：生活 · 读书 · 新知三联书店，1997 年版。

一种声音，追求真善美的完美统一，而有意回避社会的众声喧哗，因此严格来说不具有“小说性”。只有那些充分融汇了现实世界中的众声喧哗，体现了各种语言力量之间对话状态的叙事作品，才能被称为“小说”。所以，弗雷德里希·施莱格尔认为，小说是当代苏格拉底式的对话。这种对话式小说的源头，除了苏格拉底之外，另外两个就是拉伯雷和塞万提斯，而塞万提斯尤其重要。因为塞万提斯所处的历史语境是文艺复兴时期的西班牙，中世纪文化与世俗文化、天主教文化与伊斯兰教文化处于激烈的相互碰撞、相互融合之中，所以其小说中的“对话”尤为明显，《堂吉诃德》也是最早成熟地体现时代“小说化”特征的作品。

福柯认为，堂吉诃德的冒险生涯标志了相似与符号之间旧的相互作用的结束，包含了新关系的开端。他是“同”的英雄，在事物的相似性中书写、漫游世界。他的冒险是对世界的“辨认”，搜索着那些可以证实书中所云真实正确的形式。他企图把现实变成符号，他为了证实书本而解读着世界。这个故事表明了“对文艺复兴世界的否定”，“相似与符号解除了先前的协定，相似性成为幻想与妄想”，“词不再是物的标记”，因而“《堂吉诃德》是第一部现代文学作品”。[1] 因为从塞万提斯开始，小说将意味着词与物之间的错误联系，或者是对不存在之物的言及。

1. [法] 米歇尔·福柯：《词与物——人文科学考古学》，莫伟民译，第 62—66 页，上海：上海三联书店，2001 年版。

可惜，当时的中国读者根本无法感受到《堂吉诃德》中扑面而来的现代气息，也就谈不上从中学习什么是现代小说了。苦于资料的匮乏，笔者无法断定这些删改主要是发生在林纾、陈家麟所据的英译本还是他们的汉译过程中。不过，从林译的其他作品来看，即使英译本中全部都译了，林译也一样会进行类似的删改。因为彼时的林纾无法认识到那些看似与故事情节无关的文字所具有的诗学意义。在他看来，《堂吉诃德》只是一本有些啰唆的滑稽小说，讽刺的是对骑士小说着了魔的糊涂虫。

第三，《魔侠传》将原文中与西班牙历史文化传统互文的语句全都略去未译。《堂吉诃德》最突出的语言风格之一就体现在桑丘身上，他妙语连珠，诙谐幽默，张口就是西班牙谚语，而《魔侠传》将贯穿全书始末的主仆二人之间饶有趣味的对话全都译为叙述口吻[2]，让人很难体味小说“双声复调”的风格。原著第 22 章（《魔侠传》第三段第八章）中提到《托梅斯河上的小癞子》是第一部经典的流浪汉小说，而在林译中这样的地方都没有译出。

2.《魔侠传》中，所有的对话都是“奎沙达曰”、“山差邦曰”，而不是像原著中直接的对话。

第四，除了删减之外，林纾也随意增加语句，直接进入译文中说三道四。最显明的一例是，

第一部第31章中（《魔侠传》第四段第四章）讲述男孩安德列斯再次遇见堂吉诃德，责怪堂吉诃德上次的多管闲事，不但没能救得了他，反而使他遭受了主人更加凶狠的毒打，而且连工钱都被扣下了，于是他诅咒堂吉诃德说："上帝要叫您还有天底下所有的游侠骑士都不得好死。"而林纾在此篡改为："似此等侠客，在法宜骈首而诛，不留一人以害社会。"他还在括号内加上自己的评论"吾于党人亦然"，完全置原文于不顾。周作人因此愤慨道："这种译文，这种批注，我真觉得可惊，此外再也没有什么可说了。"[1]

1. 周作人：《魔侠传》，见钟叔河选编《周作人文选 · 卷一》，第340页，广州：广州出版社，1995年版。

二

值得注意的是，上述问题并非只发生在《堂吉诃德》的中译本《魔侠传》中，在中国的其他翻译小说中也存在，并且在《堂吉诃德》的其他语种译本中也发生过。

比如只译半部的问题。第一部由中国人翻译的外国小说、1873—1875年间发表的蠡勺居士翻译的《昕夕闲谈》（翻译的是英国人 Edward Bulwer Lytton 的长篇小说 *Night and Morning*，1841年初版）就只有原著的上部。[2]更加有名的例子是《迦因小传》（Henry Rider Haggard 的 *Joan Haste*，1895），由蟠溪子和包天笑1901年合译，当时只译了一半，并且说"惜残缺其上帙。而邮书欧美名都，思补其全，卒不可得"[3]。其实这些都是托词，译者故意删去上半部不译，是为隐去迦茵怀孕生下私生子的情节。所以当1905年林纾、魏易合译的全本《迦茵小传》出版后，引起了道学家的攻击，他们认为"蟠溪子所谓《迦因小传》者，传其品也，故于一切有累于品者皆删而不书。而林氏之所谓《迦茵小传》者，传其淫也，传其贱也"；林纾所译诸书"半涉于牛鬼蛇神，于社会毫无裨益"。[4]

2. 陈平原：《二十世纪中国小说史（第一卷）》，北京：北京大学出版社，1989年版。

3. 蟠溪子、包天笑：《迦因小传 · 引言》，见阿英编《晚清文学丛钞 · 小说戏曲研究卷》，第283页，北京：中华书局，1960年版。（1905年林纾、魏易的译本书名为《迦茵小传》）

4. 寅半生：《读〈迦因小传〉两译本书后》，载《游戏世界》，1907年第11期。本文引自陈平原、夏晓虹《二十世纪中国小说理论资料（第一卷）1897—1916》，第249—251页，北京：北京大学出版社，1997年版。

再比如任意删改的问题。据杨绛先生介绍，弗洛利安（Jean—Pierre Claris de Florian）的法文译本简略了重复的片段，删削了枝蔓的情节，为迎合法国人的喜好，不惜牺牲原文。[5]《魔侠传》共分4段，52章，每段章次独立；1712年出版的P. 莫特克斯（Motteux）的英译本也是这样。马泰来先生据此推测，《魔侠传》可能就是据此英译本转译的。[6]林纾当时的翻译并不讲究版本，口译者手头看到的是什么本子，就根据什么译。所以像莎士比亚的戏剧、斯宾塞的《仙后》以及乔叟的《坎特伯雷故事集》这些名著，都是根据改写本翻译的，因此从林译本完全看

5. 杨绛：《堂吉诃德和〈堂吉诃德〉》，见《春泥集》，第7页，上海：上海文艺出版社，1979年版。

6. 马泰来：《林纾翻译作品全目》，见钱锺书等著《林纾的翻译》，第95页，北京：商务印书馆，1981年版。

不出戏剧、诗歌与叙事作品之间的不同。自 1612 年 Shelton 的第一个英译本出版至 1922 年，已经出版过几种较好的《堂吉诃德》译本。其中，莫特克斯译本在英译本中实在算不上佳作，约翰·奥姆斯比（John Ormsby）在自己译本的序言中认为，莫特克斯译本是由多人合译的，虽然是从西班牙文直接译过来的，但是西班牙语的味道经过这么多人合译之后已经消失殆尽。任何拿它与原作仔细对比过的读者都会认定它是 Shelton 和 Filleau de Saint Martin[1] 的法译本的混合，尽管文字优雅得体，但是它把《堂吉诃德》仅仅当成一部滑稽作品。莫特克斯译本的译者们试图以伦敦英语的浮躁和油滑加强《堂吉诃德》的幽默，这不仅是多此一举，而且是对原作精神的篡改。所以，奥姆斯比将莫特克斯译本称为“比无价值更糟糕的译本”，无价值是指无法表现原文，而此译本更糟糕，因为它不如实地表现。奥姆斯比本人的译本是 1885 年出版的，他被称为第一个为英语读者提供了直接译自西班牙文原著的精确译本的译者。被广为阅读和称颂的 Samuel Putnam（1949）的译本以及企鹅版的 J.M.Cohen 译本（1950）都深受奥姆斯比的影响；1981 年 Joseph R.Jones 和 Kenneth Douglas 为 Norton Critical Edition 选译本的时候，就是直接将百年前的奥姆斯比的译本进行了修订，使之更现代美语化。而当时，口译者陈家麟显然没有读到奥姆斯比的译本，而且极有可能读的就是莫特克斯的“杂译本”[2]。如果《魔侠传》真的译自莫特克斯版本的话，它最令人遗憾的地方就不是译者理解能力或语言能力的问题了，而是先天不足。这就是奥姆斯比对莫特克斯译本最不满的地方，即把《堂吉诃德》仅仅译作一本滑稽小说。但是，在 19 世纪之前，世人对《堂吉诃德》的接受基本停留在这一层面上，所以也不是莫特克斯特别具有的坏处。直到 1860 年，屠格涅夫还批判俄国读者只把堂吉诃德当作滑稽家。英译本的选择不当，直接影响了林纾对《堂吉诃德》原著的理解，他根本没有把它和《茶花女》、《艾凡赫》、《大卫·科波菲尔》、《汤姆叔叔的小屋》等那些他曾经倾力翻译、热情推崇的许多名著一样来看待。

还需要指出的是，《魔侠传》是林纾去世前一年出版的作品。后期的林译小说被钱锺书先生称为“老笔颓唐”，而且“态度显得随便”，甚至有些“漠不关心”。译作中再难见到序、跋、题诗、按语、评语等，也很少表达自己对所译作品的见解，与前期那个“精神饱满而又集中，兴高采烈，随时随地准备表演一下他的写作技巧”、充满自信的林纾相比，简直判若两人；前期“林译十之八九都很醒目”，后期“译笔逐渐退步，色彩枯暗，劲头松懈，使读者厌倦”。[3] 所以周作人说：“林君的古文颇能传达滑稽味的力量，这是不易的，如《劫后英雄略》等书中

1. 据保尔·阿萨的《塞万提斯的〈堂吉诃德〉》所述，圣马丁的法译本本身就很可疑，他批评最早的法译本过于忠实原文，太呆板，所以他自己的译文不追求忠实原文，只求适合法国的文化和风尚。转引自杨绛《春泥集》，第 6 页，上海：上海文艺出版社，1979 年版。

2. 周作人在其《魔侠传》第 339 页称莫特克斯的译本为“不堪的译文”、“杂译本”。

3. 钱先生认为之所以林译衰败得如此之厉害，主要是因为林纾不再拿翻译当作一项文学事业，而只是作为赚钱的途径（钱锺书等：《林纾的翻译》，第 35—36 页，北京：商务印书馆，1981 年版）。其实这有些冤枉林纾了。清帝退位后，林纾坚持自己是“清朝举人”，心中失落难平；新文化运动兴起后，林纾将主要精力投入到与新文化主将们的论战中，自然对翻译小说无暇顾及。而晚年林纾贫困潦倒，只能靠卖文鬻画聊以度日。所以钱锺书先生实在是有些苛求一个在历史转折、新旧交替夹缝中生存的穷途老人了。

所见，岂知他遇到真正有滑稽味的作品反而全都弄糟了呢？《魔侠传》错译乱译，坏到极点了。”[1]

1. 周作人：《魔侠传》，见钟叔河选编《周作人文选 · 卷一》，第 338 页，广州：广州出版社，1995 年版。

钱锺书先生也认为，“林纾六十岁后没精打采的译笔”将“塞万提斯的生气勃勃、浩瀚流走的原文”译得“死气沉沉、支离纠绕”。[2] 当然，杰出的英译者奥姆斯比也承认，无论是英语还是其他语言，都难以有令人完全满意的译本出现。这不仅是因为西班牙谚语几乎无法把握，不可译的词语成千上万，更重要的原因是，《堂吉诃德》的幽默韵味主要归功于它的警句式的洗练简洁，而那是西班牙语特有的，其他语言只能隔着一层进行模仿。所以，《魔侠传》的不成功，也并非中国译者无能，而实在是个世界性的普遍问题；更何况，1922 年的林纾晚景凄凉，又如何能有心情体会塞万提斯的奇思妙想和妙语连珠呢？

2. 钱锺书等：《林纾的翻译》，第 34 页，北京：商务印书馆，1981 年版。

最后，《魔侠传》的不成功还有一个特别关键的因素，就是与林纾合作的口译者陈家麟。他是与林纾合作翻译作品最多的口译者，除未刊 10 种之外，还有单行本 58 种。[3] 总的来说，陈家麟在与林纾的合作中，他既不及王寿昌文学素养深厚，又不如魏易英文好。[4] 虽说二人合译最多，但许多令人印象深刻的错误也较多地出现在他们的合作成果中，比如将莎士比亚的戏剧全都译成小说，而且所译中大部分是三流作品。口译者的水平高低直接影响到林译小说的质量。陈家麟是后期林纾最主要的合作者，那也正是林纾的翻译开始走下坡路的时期。《魔侠传》此时出生，可以说是双重不幸了。

3. 钱锺书等：《林纾的翻译》，第 34 页，北京：商务印书馆，1981 年版。

4. 寒光认为，林纾的口译者中最不济事的就是陈家麟和曾宗巩。参见寒光《林琴南》，第 56 页，上海：中华书局，1916 年版。

三

如果我们将《魔侠传》放入整个晚清民初翻译文学的历史中，也许可以更好地定位它的历史意义。甲午战争惨败之后，抱着向西方学习、救亡图存的目的，晚清知识界开始呼吁译介先进国家的政治小说、科学小说，于是中国第一个大规模的域外小说输入的高潮兴起。“晚清小说，在中国小说史上，是一个最繁荣的时代。”[5] 据马泰来先生考证，林纾一生翻译的外国文学作品共有 184 种，其中单行本 137 种，未刊 23 种，8 种存稿本。[6] 林纾是晚清翻译世界文学最多的人，但是他从不以“翻译家”自视。康有为当年诗赠林纾，称赞他“译才并世数严林”，结果得罪了两个人：林纾生平最自负的是自己的文，最恼人家恭维他的翻译和画；而严复很看不起林纾，羞与之为伍，因为天下哪有一个外国字也不懂的“译才”？这件逸闻至少可以说明两个问题：

5. 阿英：《晚清小说史》，第 210 页，北京：人民文学出版社，1980 年版。

6. 马泰来：《林纾翻译作品全目》，见钱锺书等著《林纾的翻译》，第 103 页，北京：商务印书馆，1981 年版。

第一，林纾不以翻译家自居，因此也就没有作为翻译家的主体意识；第二，林纾的译文相当深刻地依赖于与其合作的口译者的外文功底和文学素养。林纾虽然时时以自己不懂外文为憾，但并不以此为耻，而且渐渐地，不通外文竟成为他在翻译过程中随心所欲的一个借口、一把保护伞。晚清的许多翻译家绝不像今天那些以外文为业的人，无论是严复、梁启超还是林纾，他们始终以本土为中心，始终强调为我所用；他们往往借题发挥，即使译作与原作的意识及感情指向大相径庭也并不在意。所以林纾在翻译中，并不在乎作品是不是外国文学史中的经典，他充满自信，认为即使是非经典，经他的译笔也一样能“化腐朽为神奇”，成为经典。[1] 晚清是中国翻译文学的第一个高潮，因此大多数译者并不专以翻译为业，也不具备翻译的自觉意识和专业素质，毕竟还是一个探索的时期。当时，翻译者对所译作品拥有非常大的自主权，删改、节译甚至再创作都是被允许和认可的。彼时文人“翻译”的定义相当宽泛，至少包括意译、重写、删改、合译、缩译、改述和重整文字风格等方式。[2]

1.《胡适文存》三集卷八，第1133—1134页，合肥：黄山书社，1996年版。

2. 王德威：《翻译的“现代性”：论晚清小说的翻译》，见《想像中国的方法》，第102—103页，北京：生活·读书·新知三联书店，1998年版。

因此，无论人们对林纾进行了怎样的批判，将林译小说贬得怎样一无是处，如果公允一点，没有林纾可能就没有中国小说的现代化。因为如果没有晚清的翻译小说，中国小说就不可能进入现代化的进程。郁达夫曾经指出，中国的现代小说就是“中国小说的世界化”。正是从阅读翻译小说开始，中国的小说家才开始拥有世界文学的视野，才开始自觉学习借鉴其艺术经验。而对于晚清翻译小说贡献最大的，毫无疑问是林纾。胡适曾经说过，严复是介绍西洋近世科学的第一人，林纾是介绍西洋近世文学的第一人，林译小说为新文学探出一条外国的通路。周作人也曾经为林纾鸣不平：“‘文学革命’以后，人人都有了骂林先生的权利，但有没有人像他那样的尽力于介绍外国文学，译过几本世界的名著？中国现在连人力车夫都说英文，专门的英语家也是车载斗量，在社会上出尽风头，——但是英国文学的杰作呢？除了林先生的几本古文译本以外可有些什么！……我们回想头脑陈旧，文笔古怪，又是不懂原文的林先生，在过去二十几年中竟译出了好好丑丑这百余种小说，回头一看我们趾高气扬而懒惰的青年，真正惭愧煞人！林先生不懂什么文学和主义，只是他这种忠于他的工作的精神，终是我们的师，我不惜承认，虽然有时也有爱真理过于爱吾师的时候。”[3] 公允地说，“林纾的功绩是不可替代的，既显示了古文最后的风采，又昭示了西方文学诱人的魅力”[4]。

3. 周作人：《林琴南和罗振玉》，载《语丝》第3期，1924年12月1日。

4. 刘纳：《嬗变——辛亥革命时期至五四时期的中国文学》，第37页，北京：中国社会科学出版社，1998年版。

即使《魔侠传》总体上说很不成功，但基本上译出了原著上部的故事情节；而且即使他手握老笔，文字却依旧简洁洗练，往往几个字就能传神地表达出原文的意思。文言版本的《魔侠传》还不至于不忍卒读。虽然我们可以指出第一部《堂吉诃德》中译本种种谬误缺陷，但毕竟是林纾和陈家麟将这部伟大的小说带到了中国读者面前。

四

不过，金克木先生所谓“林译出来，毫无动静”[1]的评语倒也是事实。由于《魔侠传》的

1. 金克木：《魔侠传》，见季羡林主编《异域神游心影：金克木自选集》，济南：山东教育出版社，1998 年版。

上述特点，中国读者第一次面对的《堂吉诃德》在小说写作上没有体现出任何与众不同之处，所以从创作的意义上来讲，没有任何一个作家直接接受了它的影响，那时也没有任何一个作家膜拜塞万提斯。与《巴黎茶花女遗事》、《迦茵小传》、《黑奴吁天录》、《撒克逊劫后英雄略》、《块肉余生述》等被广泛阅读的林译小说比起来，《魔侠传》得到的只是寂寞无声，与林纾后期的多数译作一样，它不再被当时的文坛关注。当然，1922 年的林纾已经被新文化运动席卷过的文化思想界视为一个落伍之人，白话翻译小说已成主流，谁还会去阅读一个根本不懂外语的“翻译家”以文言译就的“古董”呢？

其次，作为讽刺小说的《堂吉诃德》的风格，并不符合五四后文坛的时尚，也就无法赢得大批读者。我们知道，晚清文学中并不缺乏讽刺小说这一类型，而且以《官场现行记》、《二十年目睹之怪现状》、《孽海花》、《老残游记》为代表的晚清讽刺小说达到了相当的高度。但是，鲁迅等五四时期的作家将晚清讽刺小说贬为“谴责小说”，斥其“辞气浮露，笔无藏锋”[2]，

2. 鲁迅：《中国小说史略》，第 205 页，上海：上海古籍出版社，1998 年版。

等而下之的作品甚至“堕落而为黑幕小说”[3]。从 1915 年起，鲁迅就多次严词批判黑幕小说，

3. 鲁迅：《中国小说史略》，第 215 页，上海：上海古籍出版社，1998 年版。

1919 年《新青年》第 6 卷第 1 号以《黑幕书》为题，发起批判黑幕小说；周作人的《论黑幕》也于同月刊于《每周评论》第 4 号。这些战斗檄文将许多“黑幕小说”的本质定义为与封建复辟思潮同气相求，是北洋军阀政府以“复古”达到“愚民”的一种手段。[4]在新文化主将们批判、

4. 钱理群等：《中国现代文学三十年》，第 9、93 页，北京：北京大学出版社，1998 年版。

摧毁旧文学的强烈主动的自觉意识和高屋建瓴的气势之下，狭邪、侠义公案、谴责、科幻四种曾经在晚清文坛引领风骚、产量丰沛的小说很快被清理出文化精英的视野，只好向“下”、向“俗”发展，并以潜流或变形的方式在新派通俗小说中继续着自己的表达。因此，王德威认为，

5. 王德威：《被压抑的现代性——没有晚清，何来五四？》，见《想像中国的方法》，北京：生活·读书·新知三联书店，1998 年版。

五四并非中国现代性追求的开端，而是一个“极仓促而窄化的收剎”[5]。无论后人如何遗憾，当

时五四小说已经占据了文坛的主导地位，引领新风新雨，各种新潮层出不穷，最怕“落伍”二字。既然如此，一种被打倒批臭了的小说类型又如何能俘获读者芳心？更何况一部译笔平平、没有传达出原著风趣的译书呢？

在这样的语境之中，《魔侠传》虽是外国文学经典中的经典，但由于上文谈到的翻译过程中的删减，导致无法引起如饥似渴地吸收外国文学创作手法以更新自己的本土文坛的关注；《魔侠传》虽以“魔侠”为名，但既非武侠也不言情，既不黑幕也不科幻，它所讽刺批判的是中国人过于陌生的骑士文学，因此它无法直接引起中国读者的共鸣。《魔侠传》所标示的闹剧式的讽刺性小说的故事、文字风格、篇章结构，既无法满足那些试图通过学习西方来变革中国文学的五四精英们的迫切诉求，也无法满足市民读者群的消遣娱乐心理。

然而，中国读者第一次接触西班牙语文学，居然就歪打正着地读到了该语言中最伟大的作品，这又是怎样的幸运呢？

即便《魔侠传》带给中国读者更多的是遗憾，但作为一个文学史知识，塞万提斯与《堂吉诃德》还是被大家吸收了。在《魔侠传》之后，还掀起了一个翻译《堂吉诃德》的小高潮，曾经先后出版过数种中译本。最早的译本是1930年5月贺玉波根据一个节译本所作的重述本，之后又有蒋瑞青（1933年3月）、温志达（1937）以及傅东华（1939年4月）的译本，建国前最后一个版本是1948年范泉的改写本。由于今天我们很难看到这些版本，所以无法置评。不过有一点可以断定，这些译本中没有一本不是从其他文字转译的，没有一本是未经过删节的全本，而像流传很广的傅东华译本，也仍然只是上部。尽管如此，这些译本还是为《堂吉诃德》的普及作出了贡献，而且本土的外国文学史给予它很高的评价。

1955年，社会主义阵营中的组织“世界和平理事会”号召各社会主义国家纪念《堂吉诃德》出版350周年。一时间，中国掀起了一个介绍、评论《堂吉诃德》的热潮，几乎毫无例外地将其推为一部伟大的“现实主义巨著”。这次纪念活动之前，傅东华1939年的译本由商务印书馆再版。1959年，傅东华又出版了全译本《吉诃德先生传》，这也是中国第一个全译本。1978年，人民文学出版社推出了杨绛直接译自西班牙语的全译本，至今已再版多次。20世纪90年代以后，董燕生（浙江文艺出版社，1995）、屠孟超（译林出版社，1995）、刘京胜（漓江出版社，1995）、唐民权（陕西人民出版社，2000）、孙家孟（北京十月文艺出版社，2001）、张广森

（上海译文出版社，2001）、崔维本（中国少年儿童出版社，2008）等西班牙语翻译家的全译本陆续出现。此外，还有一些面向青少年读者的改写本和缩写本。1996 年，人民文学出版社出版了 8 卷本的《塞万提斯全集》。

第二节 布拉斯科·伊巴涅斯在中国

维森特·布拉斯科·伊巴涅斯（Vicente Blásco Ibáñez，1867—1928）是中国人民最早了解和敬重的西班牙现代作家之一。最早提到他的是鲁迅先生。在《华盖集》中，鲁迅在 1926 年 7 月的日记里写道：

维森特·布拉斯科·伊巴涅斯

> *“最近两年我们听说来了四个有名的文人……也有西班牙的布拉斯科·伊巴涅斯，是早些时候介绍过的。在欧战期间他为人道和世界主义唱赞歌。根据教育部的纲领，他是根本不适宜于中国的，所以谁也不理睬他。因为我们的教育家们是竭力推崇民族主义的。”*

从这一段话中，我们可以得到几个信息：首先，早于 1926 年，中国人已经认识布拉斯科·伊巴涅斯了，人们也许已经读到过他的一些短篇小说了；第二，鲁迅先生已经知道他在第一次世界大战中都做了些什么，至少已经听说过他写的《四骑士启示录》这样一本书了，并且知道此书在世界文坛上的反响了；第三，当时鲁迅先生在教育部任职，但他是站在罢课学生一边，反对军阀政府的，因此为逃避军阀迫害，那一年他跑到南方谋职。所以，在谈到布拉斯科 · 伊巴涅斯时，他才会说“谁也不理睬他”、“根本不适合中国”等反话。当鲁迅先生说这些话时，也许他脑子里还在想着牺牲了的刘和珍等烈士流下的鲜血。

1928 年，鲁迅先生又一次提到了布拉斯科 · 伊巴涅斯，说他同皮奥 · 巴罗哈都是西班牙当代文学最重要的作家。

1929 年，鲁迅先生在同时提到皮奥 · 巴罗哈和布拉斯科 · 伊巴涅斯时，说前者不如后者知名，是因为后者的小说《血与沙》被美国的好莱坞改编成了电影，在上海上映，市民是花了钱去看了才知道的。为此，鲁迅有点为巴罗哈鸣不平，于是他亲自出马，翻译了巴罗哈的《山民牧唱》。

而正式向中国读者介绍布拉斯科 · 伊巴涅斯的是戴望舒先生。戴望舒于 1905 年出生在杭州，年轻时写一些现代派诗歌，以表达自己的不幸与悲伤，对生活采取一种消极态度。他爱用比喻、古词、古句，有唯美主义倾向，是现代派诗人的代表。其代表作有《我的记忆》、《雨巷》等。抗日战争爆发以后，他对生活的态度变得积极起来，他曾到香港办报，宣传抗日道理。他还曾被捕入狱，并写下了《狱中提笔》、《我的残手掌》等名篇。1949 年，他从香港回到刚成立的新中国，于 1950 年不幸病逝。

由此我们可以看出，戴望舒与布拉斯科 · 伊巴涅斯在某些方面有相同之处：他们都是为正义事业而奋斗，都曾经被捕入狱；他们都才华横溢，心中都充满了爱与善。所以，戴望舒先生对布拉斯科 · 伊巴涅斯的作品情有独钟就不难理解了。戴望舒先生解放以前就翻译和发表过这位西班牙人的一些短篇小说。例如，发表于 1928 年 1 月 23 日《文学周刊》第 5 期中的《一个悲惨的春天》，1928 年 1 月 25 日《未名杂志》第 2 卷第 1 册中的《巫婆的女儿》。

很可惜，戴望舒先生英年早逝。1956 年，他的《布拉斯科 · 伊巴涅斯短篇小说选》由上海新文艺出版社出版，这是从 1922 年法国恩奈斯特 · 福拉马荣出版社的一个法文本翻译过来的。他的小说选包括《巴伦西亚最后一头狮子》、《巫婆的女儿》、《一个悲惨的春天》、《墙壁》等作品。《布拉斯科 · 伊巴涅斯短篇小说选》是中华人民共和国成立后最早出版的一个译本。

解放以后，又有一些布拉斯科 · 伊巴涅斯的短篇小说零零星星地发表在中国的报刊杂志上，如《扒车人》（又译为《无票旅客》）、《一枪二命》等。

1958 年，《血与沙》的汉译本在上海新文艺出版社出版，由吕漠野先生从一个世界语译本和一个英语译本译出。而第一部由原文直接翻译成汉语的布拉斯科·伊巴涅斯的长篇小说，是庄重先生翻译的《茅屋》，于 1962 年由人民文学出版社出版。

庄重（1901—1989）生于广东省海丰县。青少年时代的庄重与革命先驱彭湃、黄鼎臣等是同窗好友。庄重曾得到其长兄的资助，前往日本留学考察。在日本，除与茅盾等时有往来外，他于 1927—1928 年间，通过黄鼎臣、李谷珍等关系结识了廖承志先生，并经常晤面。后廖承志先生转学德国，庄重也转赴前苏联、法国考察和学习。1932 年，西班牙国内阶级斗争风起云涌，血气方刚、胸怀民主主义思想的庄重先生满怀热情地奔赴马德里。1936 年，由于参加反法西斯运动，他被驱逐出境。同年，他携夫人佛朗西斯卡·拉菲回到上海。当时，鲁迅先生在上海主编《译文》杂志，庄重翻译了好多篇西班牙进步小说并撰写文章，后来被文化生活出版社收在译文小丛书内，取名《寂寞》，庄重亦成为国内知名的西班牙文翻译家。不久，淞沪抗战爆发。上海沦陷后，庄重和胡愈之等到香港从事抗日救亡宣传工作。廖承志先生时任八路军驻香港代表，几乎每天都要与庄重会面，他们结下了深厚的友谊。后来，庄重应友人之邀，前往昆明拟从事出版事业。但当时云南交通不便，纸张极缺，只好暂办一家书店，取名“金马”，负责出售西南联大师生编辑的《文聚周刊》。金马书店出售的书刊都是进步的，且有毛泽东的著作《湖南农民运动考察报告》、《新民主主义论》以及其他革命书籍。鉴于上述原因，国民党反动当局认为庄重与共产党地下组织有关，遂于 1947 年底将金马书店查封，庄重被捕入狱。后来，当局迫于民众压力，数月后将其释放。1949 年云南和平解放后，庄重一直是昆明市政协委员。20 世纪 60 年代，应人民文学出版社约稿，庄重把西班牙进步作家伊巴涅斯的小说《茅屋》译成中文出版。后来，庄重夫妇到西班牙定居，但依然心系祖国，为增进两国人民友谊、促进两国文化交流作出了巨大贡献。

第三节 中华人民共和国成立后西班牙文学的翻译与传播

中华人民共和国成立之前，除了《堂吉诃德》之外，翻译成汉语的西班牙小说大约只有布拉斯科·伊巴涅斯[1]和皮奥·巴罗哈等少数作家的作品。

1. 当时伊巴涅斯译为伊本纳兹或伊巴臬兹。

鲁迅先生译过作家皮奥·巴罗哈的《山民牧唱》，并在1953年由人民文学出版社再版；戴望舒先生翻译过布拉斯科·伊巴涅斯的《良夜幽情曲》（上海光华书局，1928）和《西班牙短篇小说选》（上海商务印书馆，1936）。

翻译家张闻天

在寥若晨星的翻译家中，有一位令人尊敬的无产阶级革命家，此人就是中国共产党的早期领导人张闻天。从20世纪20年代前期开始到40年代初，张闻天一直以播火者的姿态来从事翻译工作。张闻天原本是学河海工程的，是中山大学第一期学生中唯一留学美国的。早在五四运动中，他就在南京学生创办的报纸上探讨中国革命问题，传播马克思主义。1919年12月，他加入了进步青年团体“少年中国学会”，放弃学业而从事新文化运动。他对西方现代哲学有浓厚的兴趣，阅读了罗素、詹姆斯、柏格森等人的著作，从这些哲学家的思想中汲取前进的动力。1920年7月，张闻天同沈泽民（沈雁冰的弟弟）结伴到日本留学，同田汉、郑伯奇等文学青年过从甚密。他的志趣开始从哲学转向文学。1921年8月，张闻天进入中华书局，任《新文化丛书》编辑。在此期间，他在翻译方面的主要成就是翻译了西班牙戏剧家哈辛托·贝纳文特（Jacinto Benavente，1866—1954，1922年诺贝尔文学奖得主）的作品。他在“译序”中赞扬贝纳文特攻击旧物、发展生命的精神：“一切艺术家因为感受的敏锐，所以凡是社会上的缺点他总最先觉到。倍那文德（今译为贝纳文特）也是不例外的。他对于西班牙社会上种种旧道德与旧习惯的攻击，非常厉害。”当这篇“译序”同《热情之花》一起在《小说月报》第14

卷第7号上发表的时候，主编郑振铎专门写了按语加以推荐。鲁迅先生读了张闻天的这部译作后，也产生了介绍贝纳文特的兴致，特意从日本文艺评论家厨川白村的论文集《走向十字街头》译出《西班牙剧坛的将星》一文。此文在《小说月报》上刊出时，鲁迅先生特意说明："因为记得《小说月报》第14卷载有倍那文德的《热情之花》，所以从《走向十字街头》译出这一篇，以供读者的参考。"译文中引用剧本时，也注明"所引剧文，用的就是张闻天先生的译本"。《热情之花》和《伪善者》同沈雁冰译的《太子的旅行》合编成《倍那文德戏曲集》，于1925年5月列为《文学研究会丛书》出版，沈雁冰和张闻天分别写的评介贝纳文特的文章作为"序一"、"序二"列于卷首。张闻天同鲁迅、沈雁冰、郑振铎共同热情介绍贝纳文特的史实，是中国新文学史和中西两国文学交流史上的一段佳话。

中华人民共和国成立之初，百废待兴，对外国文学的翻译介绍以社会主义国家、尤其以前苏联的文学作品为主，严格坚持"政治标准第一"的原则。因此，在20世纪五六十年代，国内译介的西班牙文学作品不多，而且一般都是对资本主义社会进行揭露的批判现实主义作品。这一时期翻译出版的西班牙文学作品主要有流浪汉小说的代表作《小癞子》[1]，阿拉尔孔（P.Antonio de Alarcón，1833—1891）的《三角帽》[2]，迦尔杜斯（Benito Pérez Galdós，1843—1920。现译作佩雷斯·加尔多斯）的《悲翡达夫人》（*Doña Perfecta*）[3]，布拉斯科·伊巴涅斯的《血与沙》（*Sangre y arena*）[4]、《茅屋》（*La barraca*）[5]、《伊巴涅斯短篇小说选》[6]。此外，还有《西班牙革命诗选》[7]、《阿尔贝蒂诗选》[8]、《洛尔伽诗钞》[9]和戏剧《羊泉村》（*Fuente Ovejuna*）[10]。

上述文学作品虽然不多，其中有一些还是从其他语言转译的，但影响却不小。《小癞子》在"文化大革命"前就再版了三次，西班牙文版的《三角帽》和《悲翡达夫人》都曾作为高校西班牙语专业学生的泛读教材，因而中文版就成了必不可少的参考书。尤其值得一提的是，现代派诗人戴望舒翻译的《洛尔伽诗钞》对中国当代诗歌创作产生了广泛而深刻的影响。

1979年以后，随着改革开放时代的到来，外国文学的翻译与研究迎来了前所未有的繁荣。仅从1980年至1988上半年，据商务印书馆资深编审林光先生统计，就出版了小说40余种。但从总体来看，在此期间，我国对西班牙语文学的译介有三多三少：即小说多，诗歌戏剧少；拉丁美洲文学多，西班牙文学少；翻译多，评论少。进入20世纪90年代以后，对西班牙文学的

1. 佚名：《小癞子》，杨绛译，上海：平明出版社，1951年版；北京：作家出版社，1956年版；北京：人民文学出版社，1962年版；上海：上海译文出版社，1978年版。
2. [西班牙] 阿拉尔孔：《三角帽》，博园译，北京：人民文学出版社，1959年版。
3. [西班牙] 迦尔杜斯：《悲翡达夫人》，赵清慎译，北京：人民文学出版社，1961年版。
4. [西班牙] 布拉斯科·伊巴涅斯：《血与沙》，吕漠野译，上海：新文艺出版社，1958年版。
5. [西班牙] 布拉斯科·伊巴涅斯：《茅屋》，庄重译，北京：人民文学出版社，1962年版。
6. [西班牙] 布拉斯科·伊巴涅斯：《伊巴涅斯短篇小说选》，戴望舒译，上海：新文艺出版社，1956年版。
7. [西班牙] 阿尔贝蒂等：《西班牙革命诗选》，黄药眠译，重庆：中外出版社，1951年版。
8. [西班牙] 阿尔贝蒂：《阿尔贝蒂诗选》，拓生等译，北京：人民文学出版社，1959年版。
9. 《洛尔伽诗钞》，戴望舒译，北京：作家出版社，1956年版。
10. [西班牙] 洛卜·德·维迦：《羊泉村》，朱葆光译，北京：人民文学出版社，1962年版。

译介有所加强，但其他两方面的情况依然没有明显的改善。对于 20 世纪的后 20 年中对西班牙文学名家名著的译介，我们不可能一一介绍，除了《堂吉诃德》、《塞万提斯全集》以及前面提到的作品以外，我们只能有选择地作一些介绍。

首先，对佩雷斯·加尔多斯和布拉斯科·伊巴涅斯的译介仍在持续。前者的作品被译成中文的又有《萨拉戈萨》、《玛利亚·奈拉》、《三月九日与五月二日》、《慈悲心肠》、《特拉法尔加》、《葛罗丽娅》、《哈辛达与福图娜达》；[1] 后者的作品被译成中文的又有《鲟鱼》(故事集）、《扒车的人》、《不速之客》、《五月花》、《芦苇与泥塘》、《酒坊》；[2] 近来，又有林一安先生主编的《布拉斯科·伊巴涅斯文集》在春风文艺出版社问世。

洛佩·德·维加

被塞万提斯誉为“造化之奇才”的洛佩·德·维加（也曾被译作洛卜·德·维迦或洛贝·德·维加）的戏剧虽然没得到应有的重视，但对他的译介也多了起来：朱葆光译的喜剧《园丁之犬》和《塞维利亚之星》1982 年在中国戏剧出版社出版，第二年他又在同一家出版社出了《维加戏剧选》；徐曾惠译的《爱情与荣誉》（另含《最好的法官是国王》和《奥尔梅多的骑士》）1994 年在漓江出版社出版；段若川译的《洛佩·德·维加戏剧选》（含《羊泉村》、《最好的法官是国王》、《比塞奥公爵》）1996 年在春风文艺出版社出版。

从严格的意义来说，西班牙现存最古老的文学作品是无名氏的英雄史诗《熙德之歌》。它大约创作于 1140 年，是唯一一部流传下来的较为完整的卡斯蒂利亚的英雄史诗，因而受到西班牙人的特别珍视与喜爱。《熙德之歌》

1.［西班牙］佩雷斯·加尔多斯：《萨拉戈萨》，申宝楼、蔡华文译，上海：上海译文出版社，1982 年版；《玛利亚·奈拉》，杨明江译，长沙：湖南人民出版社，1982 年版；《三月九日与五月二日》，申宝楼、蔡华文译，上海：上海译文出版社，1983 年版；《慈悲心肠》，刘煜译，成都：四川人民出版社，1983 年版；《特拉法尔加》，邓宗煦译，上海：上海译文出版社，1985 年版；《葛罗丽娅》，王梦泉、赵绍天译，上海：上海译文出版社，1985 年版；《哈辛达与福图娜达》，孟宪臣等译，上海：上海译文出版社，1987 年版。

2.［西班牙］布拉斯科·伊巴涅斯：《鲟鱼》（故事集），郑恩波译，南昌：江西人民出版社，1981 年版；《扒车的人》，唐民权译，载《花城译作》，1982 年第 5 期；《不速之客》，李德明、尹承东译，上海：上海译文出版社，1983 年版；《五月花》（含《芦苇与泥塘》），蒋宗曹等译，上海：上海译文出版社，1984 年版；《酒坊》，李德明、蒋宗曹译，上海：上海译文出版社，1985 年版。

有 3 个中文版本：赵金平译，上海译文出版社，1982；段继承译，中国文联出版公司，1995；屠孟超译，译林出版社，1999。另一部西班牙文学经典《塞莱斯蒂娜》同样有三个译本：王央乐译，人民文学出版社，1990；蔡润国译，中国对外翻译出版公司，1993；屠孟超译，译林出版社，1997。这是一部举世闻名的爱情传奇，有人说莎士比亚的《罗米欧与朱丽叶》是受它的启发写出来的，恐非无稽之谈。此外，介绍著名浪漫主义诗人贝克尔的译本至少也有三个。[1]

西班牙在 20 世纪中最有影响的诗人是费德里戈 · 加西亚 · 洛尔卡（Federico García Lorca，1898—1936）。前面说过，最早将加西亚 · 洛尔卡的作品介绍到中国的是诗人戴望舒先生，但遗憾的是他只介绍了很少的一部分，尽管如此，这部小小的《洛尔伽诗钞》在中国当代诗人中却产生了很大的影响。后来，虽也有人译介过这位格拉纳达诗人的作品，但都是零敲碎打，散见于报刊杂志。1986 年 9 月 2 日，中国西班牙、葡萄牙、拉丁美洲文学研究会曾在春城昆明召开了“西班牙文学研讨会暨洛尔卡逝世 50 周年纪念会”。会后，北京大学的赵振江教授便开始在《诗歌报》等刊物上译介洛尔卡的诗作。1987—1989 年，赵振江教授应邀赴格拉纳达大学翻译、出版西班牙文版《红楼梦》期间，当地的诗歌创作界建议他翻译一部《加西亚 · 洛尔卡诗选》。一位颇有名气的诗人哈维尔 · 埃赫亚（Javier Egea）愿亲自选定篇目并撰写序言。在那里，赵振江还有幸结识了诗人的妹妹、加西亚 · 洛尔卡基金会会长伊莎贝尔 · 加西亚 · 洛尔卡。于是，在翻译、修订《红楼梦》之余，他便忙里偷闲，翻译了一部加西亚·洛尔卡诗选《血的婚礼》。

费德里戈 · 加西亚 · 洛尔卡

1. [西班牙] 贝克尔：《抒情诗集》，林之木译，上海：上海译文出版社，1989 年版；《诗歌传说 故事》，朱凯译，重庆：重庆出版社，1993 年版；《抒情诗与传说》，尹承东译，哈尔滨：黑龙江人民出版社，1993 年版。

该书于1994年出版，前面有哈维尔·埃赫亚写的简短的前言。前言一开头就引用了加西亚·洛尔卡的两行诗："人们在心里/带来中国海的一条鱼。"书中选译了诗人具有代表性的诗作75首，并附有《马里亚娜·皮内达》（三幕民间谣曲）、《血的婚礼》（三幕七场悲剧）和《叶尔玛》（三幕六场悲剧）三个剧本。1996—1997年，赵振江教授再次去格拉纳达时，还应邀在诗人故居博物馆与哈维尔·埃赫亚一起举行了加西亚·洛尔卡双语诗歌朗诵会。那时，西班牙官方已开始筹备"洛尔卡百年诞辰纪念活动"，并称1998年为"洛尔卡年"。1999年，漓江出版社出版了由赵振江译的《洛尔卡诗选》。它几乎囊括了洛尔卡三部代表作《深歌》、《吉卜赛谣曲集》与《诗人在纽约》的全部诗作，以及其他重要诗集的代表作共230余首，另有《贝纳尔多·阿尔瓦之家》和《坐愁红颜老（少女罗茜达或花儿的语言）》两个剧本。这是目前国内介绍加西亚·洛尔卡最全面的译本，全书514页，并配有几十幅图片。

到目前为止，西班牙共有5位诺贝尔文学奖获得者，其中前4位都是漓江出版社译介过来的，同属《获诺贝尔文学奖作家丛书》：埃切加赖（José Echegaray，1904年获奖）的《伟大的牵线人》，包括《伟大的牵线人》、《不是精神失常就是品德圣洁》和《溅血濯耻》三部剧作，由北京大学沈石岩等译；贝纳文特（Jacinto Benavente，1922年获奖）的《不吉利的姑娘》，包括《周末之夜》、《利害关系》、《女主人》和《不吉利的姑娘》四部剧作，由南京大学陈凯先、屠孟超译；希梅内斯（Juan Ramón Jimé—nez，1956年获奖）和阿莱克桑德雷（Vicente Aleixandre，1977年获奖）的《悲哀的咏叹调》，这是希梅内斯和阿莱克桑德雷的合集，由赵振江等译，出版于1989年，后来希梅内斯个人选集于1997年出版时，同样题为《悲哀的咏叹调》（包括孟宪臣译的《普拉特罗和我》）。1989年的诺贝尔文学奖得主何塞·塞拉（Camilo José Cela，1916—2002）的长篇小说《蜂房》有三个译本：孟继成的译本于1986年在北京十月文艺出版社出版；朱景冬的译本于1986年在青海人民出版社出版；黄志良的译本于1987年在外国文学出版社出版，并于1988年在我国台湾应晨出版社出版发行。此外，塞拉的另一本小说《帕斯库亚尔·杜瓦尔特一家》由屠孟超、徐尚志、魏民翻译，于1983年4月发表在《当代外国文学》杂志上。

其他名家名著还有：巴罗哈的《冒险家萨拉卡因》（蔡华文、闵明译，上海译文出版社，1984）、《种族》（江禾、林光译，上海译文出版社，1987），克拉林的《庭长夫人》（唐民权等译，人民文学出版社，1986），阿·帕·巴尔德斯的《玛尔塔与玛丽娅》（含《何塞》，尹承东、李德明译，湖南人民出版社，1984），乌纳穆诺（Migeul de Unamuno，1864—1936）的《迷雾》（周访渔译，上海译文出版社，1988），松苏内吉的《合同子》（林之木译，上海译文出版社，1984），费洛西奥的《哈拉马河》（啸声、问陶译，外国文学出版社，1984），卡门·拉福雷特的《一无所获》（顾文波、卞双成译，江苏人民出版社，1982）等。在此期间，黑龙江人民出版社曾与西班牙文化部图书档案局合作，出版了《西班牙文学名著》丛书，但后来出于种种原因，无法坚持，令人遗憾。这家出版社于 1997 年首批就推出小说 18 种，颇有气势，但因为大多是 19 世纪作家的小说，且均为中篇，有的又是重译，再加上宣传不够，因而没有引起应有的反响。这 18 部小说是乌纳穆诺的《图拉姨妈》（*La Tía Tula*，朱景冬译）和《雾》（*La Niebla*，朱景冬译）、阿拉尔孔的《三角帽》（*El Sombrero de Tres Picos*，尹承东译）和《民族纪事》（*Historietas Nacionales*，朱景冬译）、贝·佩·加尔多斯（Benito Pérez Galdós，1843—1920）的《阿尔玛》（*Halma*，王银福译）和《佩菲塔夫人》（*Doña Perfecta*，李德明译）、佛·德·克维多（Francisco de Quevedo，1580—1645）的《梦》（*El sueño*，李德明译）、何·马·德·佩雷达（José María de Pereda，1833—1906）的《高山情》（*Peñas Arriba*，李德明译）、拉·佩·德·阿亚拉（Ramón Pérez de Ayala，1881—1962）的《歌妓与舞女》（*Troteras y danzaderas*，李德明译）、哈·奥·皮孔（Jacinto Octavio Picón，1852—1923）的《甜蜜女郎》（*Dulce y sabrosa*，李德明译）、卡·索洛沙诺（Castillo Solórzano，约 1584—1648）的《塞维利亚的石貂女》（*La garduña de Sevilla y Anzuelo de las Bolsas*，李德明译）、弗·卡瓦耶罗（Fernán Caballero，1796—1877）的《海鸥》（*La gaviota*，李德明译）、埃·帕·巴桑（E. Pardo Bazán，1851—1921）的《侯爵府内外》（*Los pazos de Ulloa*，李德明译）、路·贝·德·格瓦拉（Luis Vélez de Guevara，1579—1644）的《瘸腿魔鬼》（*El diablo cojuelo*，尹承东译）、古·阿·贝克尔（Gustavo Adolfo Bécquer，1836—1870）的《抒情诗与传说》（*Rimasy leyendas*，尹承东译）、克拉林（Leopoldo Alas，Clarín，1852—1901）的《堂娜贝尔塔和其它故事》（*Doña Belta y otros relatos*，朱景冬译）、堂胡安·曼努埃尔（Don Juan Manuel，1282—1348）的《卢卡诺伯爵》（*El Conde Lucanor*，申宝楼译）、维·布·伊巴涅斯（Vicente Blásco Ibáñez，1867—1928）的《橙

园春梦》（*Entre naranjos*，申宝楼译）。

昆仑出版社曾愿意继续出版上述《西班牙文学名著》丛书，但后来由于种种原因而不了了之。该社于2000年出版的西班牙文学名著有无名氏的《卢卡诺尔伯爵》（*El Conde Lucanor*，刘玉树译），伊塔大祭司的《真爱之书》（*El Libro del Buen Amor*，屠孟超译）、《卡尔德隆戏剧选》（*Comedias escogidas de Calderón de la Barca*，吕臣重译）、《维加戏剧选》（*Obras dramáticas escogidas de Lope de Vega*，段若川、胡真才译）、《西班牙黄金世纪诗选》（*Antología de la Poesía del Siglo de Oro*，赵振江译），克拉林的《庭长夫人》（*La Regenta*，唐民权等译）、《西班牙谣曲集》（*Anónimo*，*Romancero*，丁文林译）。

2007年是中国的西班牙文化年。为此，西班牙胡安·卡洛斯国王和费利佩王储曾先后访华，并接见了董燕生、赵振江等一批西班牙语学者。这一年，西班牙政府通过其文化部图书档案局赞助人民文学出版社与河北教育出版社翻译出版一批图书。人民文学出版社出版了《融融暖意》（*Un calor tan cercano*，Torres，Maruja 张广森译）、《年年夏日那片海》（*Mismo mar en todos los veranos*，El，Tusquets，Esther 卜珊译）、《多罗泰娅之歌》（*Canción de Dorotea*，La，Regás，Rosa 赵德明译）、《空盼》（*Nada*，Laforet，Carmen 卞双成、郭有鸿译）、《天赐之年》（*Año de gracia*，El，Fernández Cubas，Cristina 朱凯译）、《沉睡的声音》（*Vozdormida*，La，Chacón，Dulce 徐蕾译）、《塞壬的沉默》（*Silencio de las sirenas*，El，García Morales，Adelaida 郑书九译），河北教育出版社出版了《安东尼奥·马查多诗选》（Machado，Antonio 赵振江等译）、《希梅内斯诗选》（Jiménez，Juan Ramón 赵振江译）、《加西亚·洛尔卡戏剧选》（García Lorca，Federico 赵振江译）。同年，花城出版社还出版了乌纳穆诺的文论力作《悲剧的生命意识》（*Del sentimiento trágico de la vida*，Unamuno，Miguel de 段继承译）。

此后，人民文学出版社又出版了《你身体的印痕》（*Hueco de tu cuerpo*，El，Izquierdo，Paula 詹玲译，2008）、《清冷枕畔》（*Lado frío de la almohada*，El，Gopegui，Belén 崔燕译，2008）、《你的一句话》（*Una palabra tuya*，Lindo，Elvira 李婕译，2008）、《离家出走》（*Irse de casa*，Martín Gaite，Carmen 刘京胜译，2009）等，河北教育出版社又出版了《塞万提斯传》（*Vidas de Miguel de Cervantes*，Las，Trapiello，Andrés，崔维本译，2009）。

总之，随着改革开放的持续深入，随着中国综合国力的增强和国际地位的提高，中国与西班牙文学交流持续、稳定、健康发展的时代已经到来。

第三章　　西班牙语美洲文学在中国

第一节　西班牙语美洲文学汉译简史

目前看到的最早专门介绍拉丁美洲文学[1]的文章是发表于 1921 年 2 月《小说月报》上的《巴西文学家的一本小说》，作者是茅盾。[2] 目前所知最早被翻译成中文的拉丁美洲文学作品是鲁文·达里奥（Rubén Darío）的名作《女王玛勃的面网》，发表于 1921 年 11 月。[3] 据周而复回忆，当时译介过的拉丁美洲作家的作品还包括：

> *“巴西小说家格拉沙·阿拉涅（Greca Aranha）的《加纳亚姆》（Canaam），阿根廷的剧本西尔凡里奥·马内奥（Silverio Maneo）的《胡安·莫里哀拉》（Juan Moriera）、路易斯·巴容·埃莱拉（Luis Bayon Herrera）的《圣多斯·凡加》（Santos Vega）和胡里奥·桑契斯·加尔台尔（Julio Sanchez Gardel）的《女巫之岭》（Montaña de las Brujas），古巴作家洛浮伊拉的《不道德的人》（Las Immorales）和《将军与医生》（General y Doctor），智利诗人安台斯·贝育（Andres Bello）的名诗《大家的祈求》（Oraccíon por Todos）等作品。”*[4]

在《被损害民族的文学号》引言中，茅盾将拉丁美洲文学视作一种“被损害民族的文学”，并指出拉丁美洲文学虽然使用与宗主国西班牙和葡萄牙文学相同的文字，但却和欧洲宗主国文学不同，从而强调了拉丁美洲文学的自主性。[5] 在郑振铎、傅东华主编的《文学》杂志《弱小民族专号》中，编者认为“拉丁亚美利加民族虽久已脱离欧洲的宗主国，而成为独立共和国，但政治经济都不能独立，受英美帝国主义宰制”[6]，所以拉丁美洲各族属于小国民族。因此，这一专号中介绍了包括秘鲁、巴西、阿根廷在内的“弱小民族”的文学状况和作品。而且鉴于“近年拉丁美洲诸国的反帝民族解放运动，也颇有蓬勃之势”，编者特意编选了三篇反映此种现实的拉丁美洲小说。[7] 上述观点体现出他们翻译拉丁美洲文学的初衷并非仅仅是为了推动中国文学的发展。译介者既不是被拉丁美洲文学辉煌灿烂的成就所吸引，也不是想从中吸收能够影响中国文学创作的艺术经验，而是将那些文学作品作为拉丁美洲历史与社会现实的真实呈现引入。[8] 译介者更希望读者关注的不是故事情节、叙事技巧、语言风格，而是作品中所展现的反殖民反压迫的斗争，人民不屈不挠的抗争精神。那些文学作品不仅唤起他们

1. 需要说明的是，很多西班牙语美洲文学作品是收录在拉丁美洲文学作品选或丛书中的，而在中国大陆，“拉丁美洲文学”作为一个整体更为人所熟知，除专业学者之外，人们并不刻意把西班牙语美洲、葡萄牙语美洲、法语美洲文学分开，所以此处将拉丁美洲文学在中国大陆的翻译出版情况作统一介绍。

2. 茅盾：《巴西文学家的一本小说》，载《小说月报》，1921 年第 12 卷第 2 号。

3. 发表杂志不详，引自周而复《中国和拉丁美洲的文学之交》，载《世界文学》，1960 年 6 月。

4. 参见周而复《中国和拉丁美洲的文学之交》，载《世界文学》，1960 年 6 月。其中，Andre Bello 生于委内瑞拉，*Oraccíon por Todos* 一般译为《为大众祈祷》。

5. 茅盾：《被损害民族的文学号》，载《小说月报》，1921 年第 12 卷第 10 号。

6. 郑振铎、傅东华：《文学》，第二卷第五号，中华民国二十三年五月一日。

7. 指秘鲁 Lopez Albujar 的小说《催命太岁》（余声译）、巴西 Alfonso Arinos 的小说《光脚爪的野兽》（胡仲持译）、阿根廷 Leopoldo Lugonés 的小说《惩罚》（伍蠡甫译）。

8. 当时还有一些文学杂志也偶尔提到过拉丁美洲文学，比如《前锋月刊》发表过汪倜然的《南美小说家之新作》（1930 年 10 月 10 日），《现代文学评论》发表过杨昌溪的《阿根廷的近代文学》（第 2 卷第 4 期）。但多是浮光掠影式的介绍，而且没有翻译文学作品。他们介绍拉丁美洲文学，更多是为了提供一种异域的文学景观，从而显示杂志追踪、捕捉世界各国文学动态的能力，比如《现代文学评论》经常在一期中刊登多国的文坛动态以吸引读者。

对被损害的弱小民族的同情和支持，同时他们把对本民族的自我想象投射其中。它们同样拥有古老的文明、富饶的土地、勤劳的人民，但却同样遭受侵略与掠夺，于是拉丁美洲的历史与现实同中国本土的历史与现实构成了某种镜像关系。可以说，彼时拉丁美洲文学虽然开始为本土所接受，但它并未构成中国现代文学的资源，而仅仅是某种相似又相异的参照。这一点深刻影响到 20 世纪 50—70 年代中国对拉丁美洲文学的选择、翻译和接受。

一

中华人民共和国成立后，拉丁美洲文学第一次以整体形象进入中国文学视野。由于国家创办了西班牙语专业并培养出专业的西班牙语人才，因此直接译自西班牙文的拉丁美洲文学作品变得越来越多。20 世纪 50—70 年代，本土的杂志上开始出现拉丁美洲文学专辑，并出版了各种有关拉丁美洲文学的丛书和文学史，逐步确立了本土的拉丁美洲文学经典序列。

20 世纪 50—70 年代，中国大陆大约出版了 300 多种关于拉丁美洲的出版物（包括著作、工具书、地图、图片等），其中有近 80 种文学类著作，涵盖了古巴、智利、巴西、墨西哥、哥伦比亚、哥斯达黎加、危地马拉、海地、阿根廷、秘鲁、西印度群岛、洪都拉斯、乌拉圭、巴拉圭、厄瓜多尔、玻利维亚 16 个国家和地区，总印数超过 60 万册。其中，翻译出版最多的是古巴文学作品（15 种），智利（10 种）、巴西（9 种）、阿根廷（8 种）、墨西哥（6 种）等国家的文学也被较多关注；被译介较多的作家分别是巴勃罗·聂鲁达(Pablo Neruda，6 种)、何塞·马蒂(José Martí，4 种)、若热·亚马多(Jorge Amado，3 种)、尼古拉斯·纪廉(Nocolás Guillén，2 种）；印数较多的有亚马多的长篇小说三部曲《无边的土地》（3 次印刷，34 500 册）、《黄金果的土地》（2 次印刷，16 300 册）、《饥饿的道路》（4 次印刷，31 500 册），《聂鲁达诗选》（印刷 12 次，85 770 册），阿根廷作家阿·荣凯的童话集《马丁什么也没偷》（1 次印刷，55 000 册），哥伦比亚作家里维拉（José Eustasio Rivera）的《草原林莽恶旋风》（3 次印刷，30 600 册），以及古巴小说《吉隆滩的人们》（2 次印刷，30 000 册）。从当时影响最大的外国文学杂志《译文》（1953 年创刊时刊名为《译文》，1959 年 1 月起更名为《世界文学》）来看，1953—1965 年的 150 期中，[1] 有 13 期以拉丁美洲文学作品为主，共发表拉

1.《世界文学》1966 年第 1 期之后被停办，这一期上没有刊登拉丁美洲文学作品。1977 年复刊。

丁美洲文学翻译作品约 150 篇，评论文章 20 篇，其中被译介最多的是古巴文学作品或关于古巴革命的作品（59 篇），被译介最多的作家是聂鲁达（13 篇）和纪廉（13 篇）。在所有出版和发表的翻译作品中，直接译自原文（西班牙文、葡萄牙文）的超过一半，其余主要从俄文、法文以及英文转译，尤其是 1959—1962 年间，转译现象经常发生。这一时期对拉丁美洲各国古典文学关注较少，而 19 世纪的作品也仅限于马蒂、欧克里德斯·达·库尼亚（Euslides da Cunha）、安东尼奥·德·卡斯特罗·阿尔维斯（Antonio de Castro Alves）等几位作家，其余绝大多数为 20 世纪的作品。

翻译拉丁美洲文学最多的年份是 1959 年（16 种），以古巴文学为代表的革命文学成为彼时拉丁美洲文学几乎唯一的风貌。当中国发表声明声援古巴及拉丁美洲其他国家的反美斗争时，文学期刊常常会同步推出拉丁美洲文学专辑。1959—1964 年，中国翻译、发表、出版了大量古巴及拉丁美洲其他国家的革命文学，即使是转译作品，也都予以发表。拉丁美洲文学汉译掀起第一个高潮，并成为当时外国文学译介中引人注目的领域。另外，当时的翻译出版速度亦十分迅速。比如，1960 年聂鲁达在拉丁美洲出版歌颂古巴革命的诗集《英雄事业的赞歌》，1961 年中译本就由作家出版社推出。1962 年，一部以古巴人民在吉隆滩击退美国入侵为主题的小说获得古巴“美洲之家”文学奖，1963 年其中译本就在中国出版。[1] 此阶段翻译的大多数作品都过于以时事入诗，因此文学性不强。诗人纪廉在古巴革命胜利后的一年里，常常每天在《今日报》上发表一篇诗，[2] 这些诗中很多被译成中文发表。1960 年《世界文学》发表的翻译作品中，译自《今日报》和古巴土改委刊物《印拉》的作品超过 40%。1960—1962 年，上海文艺出版社连续出版了三册拉丁美洲诗集——《我们的怒吼》、《要古巴，不要美国佬》、《我们必胜》，选译了拉丁美洲 22 个国家的 162 首歌颂古巴革命或反帝反殖的诗歌，基本都译自报刊。[3] 这些作品都带有强烈而直接的政治诉求，有些就是为了配合政治宣传而作。因此，那时的拉丁美洲文学翻译虽然名为“文学翻译”，实际上作品的文学性常常被忽视。这一点在译者和出版者方面都是非常明确的。人民文学出版社在《拉丁美洲文学丛书》的广告中明确指出，编辑这套丛书目的在于“使读者对拉丁美洲各国的文学以及他们的生活面貌和斗争情况有所了解”[4]，而不是对其文学有所了解。

1. [古巴] 拉·贡·卡斯柯洛：《吉隆滩的人们》，郑小榕等译，北京：中国青年出版社，1963 年版。

2. 徐迟：《为了古巴，为了拉丁美洲！》，载《世界文学》，1960 年 3 月。

3. 见各册诗集编译者前言。《我们的怒吼》，上海：上海文艺出版社，1960 年版；《要古巴，不要美国佬》，上海：上海文艺出版社，1961 年版；《我们必胜》，上海：上海文艺出版社，1962 年版。

4.《世界文学》，1959 年 5 月封底。

20 世纪 60 年代的国际共运大论战亦直接影响到这一领域。原本中国予以译介的就基本是拉丁美洲的左翼作家，而中苏分歧又导致拉丁美洲左翼的分裂。因此，左翼作家中也分属不同阵营，其中只有亲华立场的才继续予以翻译和介绍，否则将不会出现在中国读者的视野中。从1965年起，拉丁美洲文学汉译彻底中断。“文化大革命”开始后，对外交流逐渐停滞，很多在拉丁美洲工作的人员都被撤回国内参加“文化大革命”。发表拉丁美洲文学翻译作品最多的《世界文学》杂志自1966年第2期开始停办。西班牙语专业的教学被迫中断，也停止招生。那时，译者几乎没有可能再接触或得到原文，而且发表或出版翻译文学作品的途径也都受阻。从1966年5月“文化大革命”全面爆发至1971年11月，全国没有出版一部外国文学译作。[1] 从1971年开始，国家文艺政策进行了一些调整，外国文学作品逐渐恢复翻译出版。文艺政策调整之后，两部拉丁美洲文学作品得以出版，即1974年的“内参读物”《点燃朝霞的人们》和1976年3月公开出版的《青铜的种族》。《金鱼》虽然公开出版于“文化大革命”结束后（1977年4月），但它是上海外国语学院西班牙语专业七六届工农兵学员及部分教员集体翻译的，译本文风是典型的“文化大革命”式，所以也将之划归“文化大革命”时期。但“文化大革命”中一个很有趣的文化现象，是存在着公开、内部、潜在译作三种形式的翻译作品。[2] 因此，当时也有少数译者在私下从事拉丁美洲文学翻译，而作品到“文化大革命”结束后才出版。比如在1972—1976年间，吴健恒受人民文学出版社的编辑王央乐委托，翻译了托雷斯–里奥塞科撰写的教材《拉丁美洲文学简史》，但公开出版于1978年。该书在20世纪70和80年代之交产生了一定影响。

1. 马士奎：《“文革”期间的外国文学翻译》，载《中国翻译》，2003年5月。

2. 马士奎：《“文革”期间的外国文学翻译》，载《中国翻译》，2003年5月。

“文化大革命”前中国对拉丁美洲文学的认识直接受前苏联影响，对拉丁美洲作家的评价和选择标准很大程度上都参照着前苏联文学界。而中苏交恶之后，中国对拉丁美洲文学的评价变为刻意采取同前苏联相反的态度。一个突出的例子是中国对玻利维亚小说《点燃朝霞的人们》的评价。这部小说是玻利维亚的一个青年教师根据《切·格瓦拉在玻利维亚的日记》[3] 再现格瓦拉之死的作品，在1969年获得古巴“美洲之家”一年一度的“拉丁美洲文学奖”，1971年被译成俄文，在前苏联大获好评。中译本根据俄文本转译，但在“出版说明”中对小说的主题、思想、风格进行了严词批判——认为这是“拉丁美洲一部宣扬格瓦拉路线的小说”，小说的现代主义创作手法也被批判为“不过是对没落的西方资产阶级文学常用的形式主义创作方法的模仿”。“出版说明”的作者把前苏联对此书的高度评价看作是“苏联修正主义”的又一明证。这表明，中国对小说的严厉批判不仅源于同作者观点的分歧，更主要是出于同“苏修”斗争的

3. 该书没有译者，也是内参读物，1971年由生活·读书·新知三联书店出版。出版说明中说，日记反映了“游击中心”思想的全部内容，就是“不要党的领导，不依靠广大群众，不去建立根据地，只依靠少数人的武装力量进行冒险活动”。这种概括代表了中国对格瓦拉路线批判的基调。

需要。[1]

1.［玻利维亚］雷纳托 · 普拉达 · 奥鲁佩萨：《点燃朝霞的人们》，苏龄译，北京：人民文学出版社，1974 年版。

另一值得注意的文化现象是，与拉丁美洲文学翻译十年左右的沉寂相比，20 世纪 70 年代中后期中国出版了大量拉丁美洲历史政治方面的翻译著作，这些书大多数是由复旦大学拉丁美洲研究室翻译的。该研究室是 1964 年经毛泽东批准成立的，[2] 由教育部直接拨给经费（包括外汇），用来订阅外文报刊，订购外文专著。20 世纪 70 年代，研究室编译出版了《卡斯特罗与古巴》、《古巴革命战争回忆录》、《格瓦拉传》以及一系列的拉丁美洲国别史等内部参考书籍，多数由上海人民出版社出版。此外，复旦大学出版社还编辑出版了近 20 期《拉丁美洲问题译丛》和《拉丁美洲问题资料》。尽管研究室的年轻学者曾经到北京进修过西班牙语，但是复旦大学拉丁美洲室 20 世纪 70 年代出版的所有内参书几乎都译自英文原著，更令人疑惑的是，其中多是冷战格局中的右翼学者所著。因此，当时每本书前都会有一篇“出版说明”，来指导读者辨别其中与当时的国家意识形态不一致的言论。现在推测其翻译出版目的，一是由于 20 世纪 70 年代中国和拉丁美洲的建交高潮——共有 11 个拉丁美洲国家同中国建交，仅 1972 年就有 4 个；[3] 二是为了批判前苏联，因此翻译了许多揭露前苏联在拉丁美洲渗透自己势力的著作。但这批内参书籍却成为此后中国读者认识拉丁美洲和研究拉丁美洲的重要参照。

2. 国务院外事领导小组会同中国社会科学院和高等教育部在全国成立了一批国际问题研究机构，在复旦大学成立的是资本主义国家经济研究所和拉丁美洲研究室。

3. 中国—智利，1970 年；中国—秘鲁，1971 年；中国—墨西哥，1972 年；中国—阿根廷，1972 年；中国—圭亚那，1972 年；中国—牙买加，1972 年；中国—特立尼达和多巴哥，1974 年；中国—委内瑞拉，1974 年；中国—巴西，1974 年；中国—苏里南，1976 年；中国—巴巴多斯，1977 年。

从上面的概述中，我们可以看出这样一些特点：首先，20 世纪 50—70 年代拉丁美洲文学汉译中虽然转译行为还很常见，但直接译自西班牙语的作品已经超过一半。原因前文已经提到，即西班牙语学科的建立。其次，30 年间的拉丁美洲文学汉译中，译介最多的是被当作革命或进步作家的聂鲁达、马蒂、亚马多、纪廉等人的作品。无论被译介作品的体裁是诗歌、小说、戏剧、游记、童话还是民间传说，反帝反殖的题材都占多数，当代的、现实主义作品占绝对主流。可见，在 20 世纪 50—70 年代的中国语境中，本土把拉丁美洲文学仅仅作为革命文学来接受。第三，20 世纪 50—70 年代译介拉丁美洲文学作品最多的一年是 1959 年，因为这一年古巴革命取得了胜利。这种同步关系似乎表明文学翻译完全为国家政治意识形态服务。但如果与同时期俄苏文学及英美文学的汉译稍加比较，[4] 我们发现拉丁美洲文学在中国仍属于小语种文学，它在翻译文学中的边缘位置并未因其政治意义的突出而得到彻底改变。

4. 仅 1949 年 10 月至 1958 年 12 月间就出版了 3526 种俄苏文学作品，即使是在中苏交恶、两国文学关系全面冷却的“冰封期”，仍出版了近 163 种文学作品（参见陈建华《二十世纪中俄文学关系》，北京：高等教育出版社，2002 年版）；1949 年 10 月至 1964 年间出版了近 470 种英美文学作品（参见孙致礼《1949—1966：我国英美文学翻译概论》，南京：译林出版社，1996 年版）。而且，拉丁美洲文学翻译作品的字数也远远不能同俄苏文学或英美文学翻译作品相比，其中很多都是单薄的小册子。

二

与前 30 年的拉丁美洲文学译介相比，20 世纪 80 年代发表和出版的拉丁美洲文学作品数量大幅增加，总共出版了大约 130 种。其中，印数最多的作品是巴西作家贝尔纳多 · 吉马朗斯（Bernardo Guimaraes）的小说《女奴》，一个月之内两个版本共印刷 422 600 册。[1] 此外，印数超过 5 万册的作品还有路易斯 · 古斯曼的《元首的阴影》（77 000 册），布兰卡 · 勃 · 毛雷斯的《多难丽人》（72 500 册），阿斯图里亚斯的《总统先生》（50 000 册），里维拉的《漩涡》（96 000 册），加西亚 · 马尔克斯的《百年孤独》（两个版本分别印刷了 54 000 册和 53 000 册）、《加西亚 · 马尔克斯中短篇小说集》（52 000 册），西罗 · 阿莱格里亚（Ciro Alegaria）的《饿狗》两个版本（总印数 309 300 册），巴尔加斯 · 略萨的《城市与狗》（65 000 册）、《青楼》（50 000 册）、《绿房子》（77 400 册），以及《聂鲁达诗选》（50 000 册）。外国文学类杂志上译介最多的依次是加西亚 · 马尔克斯、博尔赫斯和巴尔加斯 · 略萨。此外，20 世纪 80 年代一些重要的外国文学丛书中，像人民文学出版社的《外国文学名著丛书》、《外国文学小丛书》，外国文学出版社的《20 世纪外国文学丛书》、《当代外国文学丛书》，上海译文出版社的《20 世纪外国文学丛书》，漓江出版社的《获诺贝尔文学奖作家丛书》，湖南人民出版社的《诗苑译林丛书》，也都包括了拉丁美洲文学作品。20 世纪 80 年代还出版了 2 种含拉丁美洲文学在内的西班牙语文学丛书，即北方文艺出版社的《西班牙葡萄牙语文学丛书》和黑龙江人民出版社的《西班牙葡萄牙语文学丛书》。从 1987 年开始，云南人民出版社同中国西班牙、葡萄牙、拉丁美洲文学研究会合作，陆续推出《拉丁美洲文学丛书》，这是迄今为止规模最大的一套拉丁美洲文学专题丛书。

1. 由于根据小说改编的同名电视剧热播，因此引起小说畅销。

在此过程中，拉丁美洲小说的大家名著几乎都有了汉译本，而被翻译最多的还是拉丁美洲当代小说，像加西亚 · 马尔克斯、巴尔加斯 · 略萨和鲁尔福当时已经发表的几乎全部作品，以及若热 · 亚马多、何塞 · 多诺索（José Donoso）的大部分作品，都被译成了中文。《百年孤独》、《绿房子》、《加布里埃拉》都有不止一个中译本。在拉丁美洲文学翻译作品巨大的社会效应和市场利益刺激下，许多出版社都主动同中国西班牙、葡萄牙、拉丁美洲文学研究会保持着良好的合作关系。上海译文出版社（1983 年 5 月）、云南人民出版社（1986 年 9 月）以及浙江文艺出版社（1988 年 8 月）都曾对研究会的年会及专题研讨会给予支持。在“拉丁美洲文学热”的直接刺激下，1987 年 4 月 25 日，中国西班牙、葡萄牙、拉丁美洲文学研究会与云南人民出版社签署了为期五年的《拉丁美洲文学丛书》出版协议，自此之后云南人民出版社逐渐成为出版拉丁美洲文学的“专业户”。但由于该丛书主体基本于 20 世纪 90 年代才陆续面世，因此对此套丛书的讨论将放到后一部分。

同时，中国拉丁美洲文学研究在 20 世纪 80 年代开始进一步呈现学科化和机构化。这表现在以下方面：1979 年成立了中国西班牙、葡萄牙、拉丁美洲文学研究会；大学里开设了拉丁美洲文学专题、拉丁美洲文学史等课程，有些西班牙语专业还将其设为专业必修课；出现了许多以拉丁美洲文学为研究对象的学位论文；出版了拉丁美洲文学研究论文集；召开了拉丁美洲文学专题学术研讨会，等等。伴随着对外政策的调整，中国开始以经济建设而不是意识形态斗争为主，越来越多的拉丁美洲国家同中国建交，开展双边经贸往来。于是，西班牙语文学研究者赴拉丁美洲的渠道日益通畅，这使得 20 世纪 80 年代的拉丁美洲文学译介在某种程度上可以与拉丁美洲本土的创作与研究同步。

20 世纪 80 年代，拉丁美洲文学转译现象日渐减少。一方面由于已有近 30 年历史的西班牙语专业培养了众多的人才，因此彼时拉丁美洲文学的西班牙语译者较之从前大为充足；另一方面，20 世纪 80 年代，文学成为一种重要的社会批判与启蒙力量而占据着社会的中心地位，作家、翻译家被视为“社会精英”，备受尊重。这鼓舞了许多人业余从事文学翻译。当时，拉丁美洲文学作品除了少数的专业研究者之外，大部分是由大学西班牙语专业的学生、教员以及编译局、外交部、新华社、广电总局、外经贸部等单位的西班牙语译员在业余时间翻译的，译者当中不乏驻拉丁美洲国家外交使节以及上述机关的高层官员。那时的稿酬并不优厚，但由于发表和出版渠道相对畅通，[1] 而且容易在社会上产生影响，因此很多人甚至将文学翻译当作自己真正的事业。大学中的西班牙语教员亦开始倾向于将文学研究而不是单纯的语言教学作为本职业务。再者，20 世纪 50—70 年代，出于政治原因不能翻译西方当代文学而转译拉丁美洲文学作品的很多译者，大多又将精力投入到对西方当代文学的译介中，已经较少继续转译拉丁美洲文学。不过，在聂鲁达、加西亚·马尔克斯和博尔赫斯这些拉丁美洲文学大师身上，从俄文、英文转译的现象仍时有发生。

1. 20 世纪五六十年代只有《世界文学》（包括前身《译文》）一种外国文学类杂志，而 80 年代新创办了十几种此类刊物，如《外国文艺》、《外国文学》、《当代外国文学》、《译林》、《译海》、《外国小说》、《苏联文学》、《俄罗斯文学》、《日本文学》、《外国文学研究》、《外国文学报道》、《外国文学动态》、《外国文学研究季刊》、《外国文学之窗》、《外国文学欣赏》、《外国文学评论》、《青年外国文学》等。另外，许多报纸和文学期刊也刊登外国文学译作，如《光明日报》。出版社也都争相出版文学译本，此外还成立了专门的外国文学出版机构，如外国文学出版社（从人民文学出版社分出）、上海译文出版社、中国对外翻译出版公司等。

20 世纪 80 年代的拉丁美洲文学译介虽然从数量上仍远远不能和欧洲文学相比，但是却以整体的面貌对中国当代文学产生了直接而深刻的影响。在 1986 年《世界文学》举办的“我所喜欢的外国当代作家征文选登”栏目中，谈拉丁美洲文学的征文最多。其中，不仅有莫言这样当时正崭露头角的文坛新人，也有普通文学爱好者，甚至有边陲小城的读者来信评论博尔赫斯。[1] 汪曾祺、王蒙、刘心武、李陀、韩少功、李杭育、邓刚、郑万隆、莫言、马原、洪峰、扎西达娃、张炜、格非、余华、苏童、残雪等中国作家都曾经论及拉丁美洲文学的重要性及其影响。在某种程度上代表着 20 世纪 80 年代中国文学艺术水准的寻根文学以及先锋文学，在文学的民族性与世界性、文学与政治、文学与历史等问题的思考上，在语言、叙事、时空、主题等方面的探索与开掘上，无不直接受到拉丁美洲文学的启发。当代文坛的“拉丁美洲文学热”从 1982 年加西亚 · 马尔克斯获得诺贝尔文学奖开始兴起，到 1985—1987 年达到鼎盛，余温一直持续到 20 世纪 90 年代前期。

1. 莫言：《两座灼热的高炉——加西亚 · 马尔克斯和福克纳》，雷铎：《感知现实的新角度——加西亚 · 马尔克斯对我的启迪》，载《世界文学》，1986 年第 3 期；甘铁生：《我喜欢卡彭铁尔和他的〈人间王国〉》，载《世界文学》，1986 年第 4 期；丁晓禾：《加西亚 · 马尔克斯：魅力的爆炸》，载《世界文学》，1986 年第 5 期；高尚（甘肃阿克塞哈萨克自治县中学）：《博尔赫斯的世界》，载《世界文学》，1986 年第 6 期。

三

20 世纪 90 年代，随着文学在整个社会格局之中逐渐被边缘化，拉丁美洲文学回落到似乎属于它的“小语种”文学的一隅。根据《全国总书目》的统计，1990—1999 年间总共出版了约百种拉丁美洲文学翻译作品，其中近三分之二来自云南人民出版社自 1987 年开始出版的《拉丁美洲文学丛书》。但该丛书中的很多作品没有像 20 世纪 80 年代那样受到读者追捧，而是堆积在仓库之中蒙尘。1990 年，诺贝尔文学奖再度花落拉丁美洲大陆，墨西哥诗人帕斯成为拉丁美洲第五位获此殊荣的作家。虽然帕斯的获奖作品《太阳石》很快由赵振江译成中文，《世界文学》1991 年第 3 期也推出了帕斯作品小辑，但却没能像加西亚 · 马尔克斯那样再次在中国掀起拉丁美洲文学旋风。而由于中国始终未能获得加西亚 · 马尔克斯的翻译出版权，在中国加入国际版权公约之后，出版他的作品受到限制，这使得加西亚 · 马尔克斯在中国也难以维持 20 世纪 80 年代的人气。另一位在 20 世纪 80 年代因“结构现实主义”名声大噪的拉丁美洲文学大家巴尔加斯 · 略萨，虽然国内在 20 世纪 90 年代末开始推出其作品全集，但反响十分平淡。曾经在 20 世纪 80 年代“拉丁美洲文学热”中因另类而显得有些落寞的阿根廷作家博尔赫斯，却成为 20 世纪 90 年代的“文化英雄”之一，并被作为后现代文学大师备受推崇。博尔赫斯一度被拉丁美洲文学界指认为“欧洲作家”，但这位拉丁美洲作家却在 20 世纪 90 年代中国的拉丁美洲文学汉译中一枝独秀，这表明作为整体的拉丁美洲文学没能延续 20 世纪 80 年代的热度而继续吸引文化界的普遍关注。

拉丁美洲文学翻译在 20 世纪 90 年代的日渐衰落是由很多因素造成的。比如，20 世纪 90 年代中期以来，曾经积极组织筹划拉丁美洲文学翻译、研究、出版的中国西班牙、葡萄牙、拉丁美洲文学研究会日益涣散；很多 20 世纪 80 年代的翻译主将先后退休，而年轻一代愿意并能够从事翻译的人数甚少，造成翻译队伍青黄不接；加入国际版权公约后，拉丁美洲文学作品出版遭遇前所未有的困难，等等。事实上，这些因素无不同 20 世纪 90 年代以来中国日益推进的市场化与国际化的进程有关。正是这一进程对拉丁美洲文学翻译产生了复杂而微妙的影响，而这种影响则一直延续到当下。

第二节　《马丁·菲耶罗》的汉译

《马丁 · 菲耶罗》是高乔文学的绝唱，阿根廷文学的瑰宝。幻想文学大师博尔赫斯曾以“马丁 · 菲耶罗”为自己办的杂志命名，而且撰写过《马丁 · 菲耶罗札记》。他在谈到这部史诗时曾说：“在欧洲和美洲的一些文学聚会上，常常有人问我关于阿根廷文学的事情。我总免不了这样说：阿根廷文学（总是有人不把它当回事）是存在着的，至少有一本书，它就是《马丁 · 菲耶罗》。”可见他对这部史诗的重视与赞赏。

要了解高乔（gaucho）诗歌，就要先了解高乔人。高乔人是辽阔无垠的潘帕草原上的牧民。在西班牙征服者到来之前，那里居住着潘帕族印第安人。至于高乔人何时在草原上出现，史书上无确切记载。总之，他们应是印欧混血种人。这些潘帕草原上的“浪子”、“孤儿”[1] 构成了一种新的社会形态，过着半原始的游牧生活。高乔人的起源和生活环境孕育了他们勇敢、豪放、狂傲、鲁莽、放荡不羁、酷爱自由、善于应付各种事变的典型性格。他们在荒凉的原野上，

1. 从词源学的角度来看，有人认为高乔（gaucho）一词源于阿劳乌科语 guaso 或 gauderio，更多的人则认为源于克丘阿语 guacho，前者意为“浪子”，后者意为“私生子”或“孤儿”。

信马由缰，四处漂泊，过着海阔天空、自由自在的生活。为了战胜寂寞与孤独，除了骏马、法贡（一种带护盘的匕首）、套锁（套马用的工具）之外，高乔人还有一个亲密伙伴，那就是六弦琴。在潘帕草原上，几乎每个高乔人都是歌手，不会弹吉他是丢脸的事情。歌手中的佼佼者就成了行吟诗人——巴雅多尔。他们的演唱有两种形式：一种是为当时流行的民间舞蹈“西埃利托”（Cielito）、“维达利塔”（Vitalita）、“特里斯特”（Triste）等伴唱，另一种是对歌。无论是前者还是后者，都没有固定的歌词，而是见景生情，即兴演唱。他们性格粗犷，生活散漫，游荡在整个潘帕草原。

西班牙文《马丁·菲耶罗》封面

潘帕草原上的高乔人

在拉丁美洲争取政治独立的过程中，文学上的美洲主义也开始成长。作家们不仅描绘美洲的自然环境和社会生活，而且开始追求具有民族风格的艺术形式。当然，这是一个漫长的历史过程。在拉丁美洲，这种执著的追求一直延续至今日。在民族文学的发展方面，拉普拉塔河地区的高乔诗歌取得了突出的成就。高乔诗歌的昌盛和发展过程是与新古典主义和浪漫主义文学同步进行的。它既有前者注重文学社会功能的特点，又有后者突破传统、勇于创新的精神。

在高乔诗歌中，真正达到了史诗水平的是《马丁·菲耶罗》，说它是阿根廷的“国粹”、高乔人的“圣经”，并不为过。西班牙著名文学家米格尔·乌纳穆诺，就时常在萨拉曼卡大学的课堂上将《马丁·菲耶罗》与《伊利亚特》和《奥德赛》一起向学生们朗诵。据不完全统计，它已被译成30余种文字。史诗的作者何塞·埃尔南德斯的诞辰被命名为阿根廷的传统节。

何塞·埃尔南德斯（1834—1886）为人纯朴、善良、坚定、开朗，勇敢而不粗鲁，刚毅却不固执，就连他的宿敌萨米恩托对他也有很高的评价。他的文学爱好也与他的性格相符。他的作品通俗易懂、平易近人。他能整篇地背诵古文而准确无误，甚至能按照限定的题目和词序即兴赋诗或演讲。他是讲笑话的大师，能见景生情，脱口而出，妙语惊人。他喜爱成语、谚语、歇后语和民间传说，并十分重视高乔人的语言。这使他在模仿巴雅多尔的演唱时得心应手、游刃有余。当然，《马丁 · 菲耶罗》不等于埃尔南德斯的全部政治见解，也不是他理想的颂歌，但他的追求和主张在作品中的确有所反映，这也是毋庸置疑的。

何塞 · 埃尔南德斯画像

1880 年，埃尔南德斯当选为众议院副议长和阿根廷红十字会主席。1882 年，他出版了《一个庄园主的训示》，这是一部关于经营庄园和牧场的有趣的教科书。此外，他还担任过许多社会公职，然而《马丁 · 菲耶罗》却是他一生的最高成就。在人们的心目中，马丁·菲耶罗就是何塞·埃尔南德斯的化身。1886 年 10 月 22 日，一家阿根廷报纸以这样的标题宣布："参议员马丁 · 菲耶罗昨日与世长辞。"

《马丁·菲耶罗》全诗分《高乔人马丁·菲耶罗》(1872) 和《马丁 · 菲耶罗归来》（1879）上下两部，共 46 章，1588 节，7210 行。全诗的主人公是马丁 · 菲耶罗，主要情节是他的不幸遭遇。

主人公马丁 · 菲耶罗是讲故事的人，全诗只有他有名有姓。马丁是用了诗人家乡的名字，菲耶罗（Fierro）是高乔人常用的武器——矛头。主人公的好友克鲁斯的名字（Cruz）是文盲签字时画的标记。这个人物的出场更加突出了马丁 · 菲耶罗遭遇的普遍意义，他是马丁 · 菲耶罗的影子，或者说是马丁·菲耶罗的一面镜子，后者在他的身上看到了自己。这两个人物相辅相成，评论家们将他们看作友谊的象征。从文学的角度来看，克鲁斯是马丁·菲耶罗的听众，这样两个人就可以互诉衷肠，避免了总是一个人唱独角戏。克鲁斯就像古典史诗中英雄人物的侍从一样。马丁的两个儿子也以各自的经历做了中心人物的陪衬。长子通过自己的铁窗生涯，从另一个角度反映了边关军旅生活的磨难，从而开阔了读者的视野；次子同样是父亲的辅助形象，他的监护人“美洲兔”是下部中刻画得非常成功的形象，是社会上许多这类人物的典型。埃尔南德斯对他的肖像和性格描述得可谓淋漓尽致。他的消极现实主义与作者的理想主义是背道而驰的，但他那玩世不恭的人生哲学却很有“说服力”，他的许多格言式的警句早已融入了阿根廷民族文学的传统中。

皮卡蒂亚是另一种面貌的高乔人。他和马丁父子相会前的奇闻逸事，充满了在生活激浪中随波逐流而自得其乐的情趣，他把读者引入西班牙流浪汉小说的世界。

黑人歌手这个人物，与其说是情节上的需要，不如说是技巧上的需要。这是史诗中最富有文学性的人物，连他为兄长报仇的武器都是文学性的：对歌。他的决斗是智力的比赛，他对马丁·菲耶罗的不可一世报以文雅和谦恭。他是美德的象征。在他的身上，读者意外地发现了另一个何塞·埃尔南德斯。

《马丁·菲耶罗》在结构上是严谨有序的，它是一部夹叙夹议的长篇史诗。上下两部虽然相隔八年出版，但读起来却是浑然一体，在上下两部的前奏中有类似的抒情章节和政治隐喻；主人公也都冲破了某种社会束缚：政府的追捕和印第安部落的折磨；前后都有和亲朋的邂逅或团聚，相会后都要叙述各自的经历。总之，在全诗中，叙述、描写和对话三种截然不同的形式被歌手糅合在一起，而诗人自己则担任解说。

《马丁·菲耶罗》的语言也像它的诗体一样，具有自己的特色。高乔诗歌不仅要求描写乡村的题材和环境，而且要求用高乔人自己的语言。这种所谓高乔人的语言是由古语、重音的移动、语音的变化以及成语的运用等多种因素构成的，这些在史诗中俯拾即是。尤其是形象的比喻和成语的运用，对表现史诗的主题思想起了至关重要的作用，并使它具有强大的生命力，成为阿根廷文化传统的组成部分。

今天，创作《马丁·菲耶罗》的客观条件早已消失了，就连它所描述的高乔人也不存在了，然而它却像历史进程中的一块碣碑一样巍然屹立，鼓舞着人们为捍卫理想和自由而斗争。

在论及《马丁·菲耶罗》在文学史上的地位时，有人将它和《堂吉诃德》作了一个类比。虽然有些牵强，却也不无道理：如果说《堂吉诃德》是达到了一种文学形式——骑士小说——的巅峰并结束了它的时代的话，《马丁·菲耶罗》则是达到了另一种文学形式——高乔诗歌——的巅峰并同样结束了它的时代。

《马丁·菲耶罗》自问世以来，一直受到阿根廷人民的喜爱，出版的次数已难以统计。据说，当时在偏僻的乡村小店里，除了卖生活必需品之外，还要摆上几本《马丁·菲耶罗》，这就是其人民性和社会价值之所在，这也是对一部文学作品的最高奖赏。

我们之所以不厌其烦地在此介绍这部史诗，实在是因为中国读者对它缺乏了解，而《马丁·菲耶罗》在阿根廷是家喻户晓的，甚至小孩子们在打架之前，都要相互背上一段《马丁·菲耶罗》的诗句。

作为译者的赵振江，最早接触《马丁·菲耶罗》是在 20 世纪 60 年代初，当时北京大学有一位阿根廷籍的西班牙语教师，他选了这部史诗作为西班牙语泛读课的教材。马丁·菲耶罗朴实、风趣的语言吸引了赵振江，他便开始尝试着将它翻译成汉语。由于老师在课堂上只选读了一些章节，因此当时的翻译仅仅是零星的片断而已。在“文化大革命”期间，逐渐完成了上卷《高乔人马丁·菲耶罗》。1979—1981 年，赵振江有机会赴墨西哥学院进修。当时那里有不少阿根廷籍的老师和学生，于是他趁机向他们请教在翻译《马丁·菲耶罗》时遇到的问题。到他回国的时候，基本译完了这部史诗，但当时完全是出于自己的爱好，根本没想过出版。客观地说，这部史诗的情节并不复杂，语言也不花哨，但翻译起来却不容易。翻译的难点在于高乔人独特的生活习惯和方言，就连一般的阿根廷人也弄不明白。因此，《马丁·菲耶罗》的翻译本身，就是中国和阿根廷的友谊和文学交流的象征。该书的翻译还要特别感谢卡洛斯·阿尔贝托·雷吉萨蒙（Carlos Alberto Leguizamón）教授，他曾在阿根廷科尔多瓦大学任文学系主任，而且是高乔文学的专家。在汉语版的《马丁·菲耶罗》问世前，他在北京第二外国语学院任教。在最后定稿时，他曾给了译者许多宝贵的帮助。

这部在我国鲜为人知的史诗是如何出版的呢？这正是我们开头所讲的，在某些特定的条件下，文学会与政治直接联系在一起。

1984 年是史诗作者何塞 · 埃尔南德斯 150 周年诞辰，阿根廷文化节要举行隆重的纪念并将他的诞辰定为国家的传统文化节，于是要展出各种版本的《马丁 · 菲耶罗》。得知此消息后，当时驻阿根廷使馆文化参赞张治亚先生立刻与中国西班牙、葡萄牙、拉丁美洲文学研究会联系，希望出版《马丁 · 菲耶罗》，赴阿根廷参展。那时，文学研究会的负责人知道赵振江已经翻译了这部史诗，但是时间只剩下三个多月了，当时尚无激光照排，要排字工人一个一个地检字，因此没有一家出版社肯出版此书。在这种情况下，当时文学研究会的副会长陈光孚先生给六位中央领导人写了一封信，请求玉成此事。最终，《马丁 · 菲耶罗》的出版作为国家任务，被交给了当时印刷条件十分优越的湖南人民出版社。湖南人民出版社组织了龚绍忍等三位擅长诗歌的老先生做责任编辑，并请湖南国画院的著名画家钟增亚先生为该书绘制了插图。就这样，一本装帧优美、印制精良的《马丁 · 菲耶罗》如期面世了，并在阿根廷受到了广泛的好评。

1999 年，译林出版社将《马丁 · 菲耶罗》收入向建国 50 周年献礼的《世界英雄史诗译丛》，使这部阿根廷史诗得以再版。同年，阿根廷共和国总统梅内姆向译者颁发了“五月勋章”，以表扬其在文学交流方面所作的贡献。

2008 年 12 月，在布宜诺斯艾利斯出版了西班牙语、英语、汉语三语版的《马丁 · 菲耶罗》，不仅受到了读者的欢迎，而且引起了阿根廷外交部的重视，他们立即预订了 1 000 套羊皮烫金封面的豪华版《马丁 · 菲耶罗》，作为馈赠各国贵宾的礼品，以促进各国间的文化交流。

西、英、汉三语版《马丁 · 菲耶罗》封面

值得一提的是，阿根廷《马丁 · 菲耶罗》译者协会主席戈麦斯 · 法利亚斯先生曾编了一本《马丁 · 菲耶罗和孔子》，将史诗中的格言与《论语》中的语录进行对比，虽然有些牵强，却可以看出作者对史诗的热爱和对中华文明的崇敬之情。

第三节 聂鲁达作品的汉译

巴勃罗 · 聂鲁达

巴勃罗·聂鲁达(1904—1973)原名内夫塔利·里卡多·雷耶斯 · 巴索阿尔托，1904 年 7 月 12 日出生在智利中部的帕拉尔城。他是智利伟大的民族诗人，是继鲁文 · 达里奥之后拉丁美洲诗坛上又一颗璀璨的明星。1971 年，由于“他的诗歌以大自然的伟力复苏了一个大陆的命运和梦想”而获得了诺贝尔文学奖。1973 年 9 月 11 日，聂鲁达的战友、智利民选总统阿连德被右翼军人政变推翻，总统本人以身殉职。同年的 9 月 23 日，聂鲁达因悲愤过度与世长辞。

聂鲁达是中国读者最熟悉的外国诗人之一。1948 年的《世界知识》第 15 期上，曾经刊登柏园翻译的《智利诗人聂鲁达的公开信》，这是目前所知最早的聂鲁达作品的中译。

中国大陆最早出版的聂鲁达作品，是袁水拍从英文转译的聂鲁达名诗《让那伐木者醒来》，由上海新群出版社于 1950 年出版，属“新群诗丛”之一，该书于 1951 年第 2 次印刷。1958 年，人民文学出版社将其收入《文学小丛书》(第 2 辑) 再版，半年之后第 2 次印刷。[1] 1951 年，聂鲁达访华，中国掀起了译介聂鲁达作品的热潮。聂鲁达是第一位来华访问的拉丁美洲诗人，而且他当时正受智利反共政府的迫害并流亡海外。他一贯反对法西斯主义，反对以美国为首的帝国主义。更重要的是，他不仅是智利共产党员，而且是领导人之一。在当时，共产党员文艺家的创作，不仅从思想倾向上受到肯定，艺术成就也往往得到高度评价。[2] 上

1.《文学小丛书》是 1958 年人民文学出版社为了配合毛泽东提出的“大家要学点文学”的号召而出版的一套古今中外文学名著选本。由于考虑到正值“大跃进”时期，“时间有限”，所以选的都是字数不多、篇幅不大的作品、而且采取口袋书的小开本。

2. 比如，在王佐良《当代爱尔兰伟大剧作家旭恩 · 奥凯西》的文章中，开篇就说：“爱尔兰剧作家奥凯西是当代用英文写作的最有成就的剧作家，而他的成就之所以巨大，首先因为他是一个共产主义者。”

述的种种因素，使得刚刚成立的社会主义中国愿意大力宣传和介绍这位诗人。而那个时候对聂鲁达的介绍也基本上是强调这些方面：他被视为“拉丁美洲的良心”、“斗士”、“和平战士”、“人民诗人”等。

在当代中国，较早刊登的有关聂鲁达生平和创作的文章，出自其好友、前苏联作家爱伦堡之手。他的《巴勃罗·聂鲁达》的中译，刊于《翻译月刊》1950 年 2 月 1 日出版的第 2 卷第 2 期上。[1] 在这篇文章中，爱伦堡认为，聂鲁达之所以能成为拉丁美洲诗歌艺术的代表，是

1.［苏］爱伦堡：《巴勃罗·聂鲁达》，庄寿慈译，载《翻译月刊》，第 2 卷第 2 期，1950 年 2 月 1 日。

因为他的诗歌既承袭了卡斯蒂利亚诗歌和智利民歌的伟大传统，又吸收了欧洲（尤其是法国）象征主义的技巧与精神遗产，同时带有惠特曼、马雅可夫斯基的激情。爱伦堡认为，聂鲁达恰好于拉丁美洲“现代主义”穷途末路之时登上诗坛，他清新质朴的诗风、新鲜的想象、丰满的音调使人们发现了一个与众不同的声音。谈到聂鲁达热爱马雅可夫斯基的原因时，爱伦堡指出，感动青年聂鲁达的，并不是马雅可夫斯基在前苏联社会主义建设时期的诗歌，而是他较早时期的那些作品：它们的明朗、创造力、雷鸣似的音调、敏感和激愤的诗歌力量。即便是在评论聂鲁达的政治抒情诗（《西班牙在我心中》、《献给斯大林格勒的情歌》）时，爱伦堡也注重其在诗歌语言、诗歌艺术方面的贡献，强调其诗歌中所蕴涵的人道主义精神和悲剧力量。当然，爱伦堡能和聂鲁达成为挚交，不仅仅出于诗歌艺术上的原因。在对人民、自由、革命的歌颂，以及斗争的激情等方面，爱伦堡的推崇与当代中国评论界分享着共同的立场。但不同的是，他将这一点放在对人类命运的关切中来叙述。虽然爱伦堡的这篇论文直到今天仍然被认为是研究聂鲁达的重要文献，但是在 20 世纪 50 年代，他的观点和批评方式与当代中国主流批评之间存在着很大差异，也不够通俗易懂，难以被更多人——尤其是那些不熟悉外国诗歌历史脉络的人——所理解。不过，由于爱伦堡当时在前苏联文学界的地位，而且他是同聂鲁达一起访华的，因此，虽然他的文章很长，在中国还是被再次翻译、转载，当时至少有三个不同的翻译版本。

与之相比，伏罗迪亚·特托尔鲍姆（Volodia Teitelboim）和库杰西科娃的介绍就带有更加鲜明的时代和意识形态印记。前者也是作家，是智利人民阵线的总书记，同聂鲁达的关系非同一般。聂鲁达逝世后，他写了传记《聂鲁达》，是聂鲁达传记中十分权威的一部。1952 年，他来中国出席亚太和平会议，其间应《新观察》杂志之约撰写了《聂鲁达的战斗道路》[2]。在文

2［智利］伏罗迪亚·特托尔鲍姆：《聂鲁达的战斗道路》，载《新观察》，1952 年第 2 期。

章中，特托尔鲍姆说聂鲁达从出身来讲就是属于人民的，他将聂鲁达早期的情诗也归入“反抗

诗歌”中。[1] 特托尔鲍姆认为，西班牙内战和法西斯主义的扩张促使聂鲁达完成从一个反抗者向革命者的转变，他的诗歌变成了武器，开始为人民呐喊。虽然他受到帝国主义及其走狗的迫害，但他却因此成为智利人民最爱戴的诗人，成为“人民的诗人，热情的革命家，和平使者，歌颂苏联、中国以及人民民主国家的伟大歌手”；“他引导拉丁美洲的知识分子找到了他们真正的道路”，因此“他在这方面的贡献比拉丁美洲任何作家都大”。[2] 库杰西科娃的《巴勃罗 · 聂鲁达的生活道路》原发表在 1949 年 5 月前苏联的《星》杂志上，被中译者看作是除爱伦堡的文章之外，当时前苏联介绍聂鲁达生平创作最全面的一篇。该文也将聂鲁达的文学创作同政治生活对应，强调聂鲁达的斗争性、人民性，突出他的反法西斯、反美帝国主义，还强调了他是前苏联的朋友。后来国内人士撰写的介绍文章，沿续的基本是这一脉络，而不是爱伦堡的脉络。20 世纪 50 年代中国的报刊杂志几次集中介绍聂鲁达，则与他获得“加强国际和平斯大林金质奖章”（1953 年），萧三、艾青赴智利为他贺寿（1954 年），中国艺术代表团访问智利（1956 年），他和若热 · 亚马多再次访华（1957 年）等事件有关。1957 年，为了迎接聂鲁达再次来华，作家出版社还翻译出版了库杰西科娃与施契因合著的《巴勃罗 · 聂鲁达传》。1957 年 2 月的《译文》还发表了陈用仪从智利《黎明》杂志翻译的《谈谈我的诗和生活》，这是 1954 年聂鲁达在智利大学的演讲。聂鲁达在文中说自己的诗歌是“以它全部的力量和热情，来争取相隔最远的人和差别最大的民族能和平共处，交流彼此的智慧，相敬相爱”。这样的说法，似乎与爱伦堡对他的理解较为相近。

二

在作品翻译方面，20 世纪 50—70 年代重要的中译者有袁水拍、邹绛、王央乐、孙玮、陈用仪。袁水拍和王央乐主要从英文转译，邹绛从英文或俄文转译，孙玮主要从俄文转译，只有陈用仪直接将作品译自西班牙文。其中，袁水拍是最早的聂鲁达作品的中译者之一。1950 年 1 月，他翻译的《让那伐木者醒来》出版，这是聂鲁达诗歌的第一个中文译本。1951 年，为迎接聂鲁达来华访问，袁水拍选译、出版了《聂鲁达诗文集》。该书的书名由郭沫若题写，时任捷克驻华大使的捷克作家魏斯柯普夫作序，还配有万徒勒里提供的聂鲁达的照片及万徒勒里与其他拉丁

1. 有趣的是，在特托尔鲍姆这篇文章的汉译中，聂鲁达最早的一部小诗集 Crepusculario（该词在西班牙语中既有“朝霞”的意思，也可以指“晚霞”）被译成“曙光”，但现在大多认为应译为“晚霞”。

2 ［智利］伏罗迪亚 · 特托尔鲍姆：《聂鲁达的战斗道路》，载《新观察》，1952 年第 2 期。

美洲艺术家绘制的插图。1951—1954年间，《聂鲁达诗文集》印刷了四次。

袁水拍翻译的基本都是聂鲁达的政治诗，大多数是从美国的《群众与主流》杂志上刊登的英文作品转译的。除他之外，其他的译者也只是翻译政治诗，如《逃亡者》、《葡萄园和风》、《英雄事业的赞歌》、《西班牙在我心中》等的部分篇章。《逃亡者》是聂鲁达遭受政治迫害的逃亡生活的写照；《葡萄园和风》中收入了聂鲁达歌颂前苏联和中国的诗；《英雄事业的赞歌》是献给古巴革命的，出版不到一年就发行了中译本。所有这些作品中，在中国影响最大的是《让那伐木者醒来》。之所以如此，一个不能忽视的原因是，这首长诗中预言了美国支持的蒋介石政府必然失败，因此受到当时中国的格外重视、厚爱。[1] 但这首诗也的确是聂鲁达政治抒情诗中最优秀的作品之一，其中有这样的段落：

我不过是一个诗人。我爱你们大家，
我在我所爱着的世界上漫游。
在我的祖国，他们逮捕矿工，
军人发命令给法官。
但是我还是爱我那寒冷的小国家，
即使是祖国的一支树根。
如果我必须死一千次，
我也愿意死在那儿，
如果我必须生一千次，
我也愿意生在那儿，
靠近在那高高的野松树边，
听那狂暴的南冰洋的风，
听那教堂里新购的钟的声音。（袁水拍译）

当时，译者对聂鲁达作品的选择、翻译以及解读，都采用了“归化”的策略，所以很容易就在彼时的中国读者中建立起认同。不过，政治抒情史诗《漫歌》中的《马丘比丘之高》等名篇，却没有译介过，而恰恰是这样的诗篇最终奠定了聂鲁达在诗坛不可撼动的地位。聂鲁达的名言是，“义务和爱情，是我的两只翅膀”。他来中国访问时，在与中国作家的谈话中特别强调了

1. 诗中写道：“不要登陆中国／蒋介石这匹走狗不会再在那儿／而接待你的／将是漫山遍野的农民的镰刀和一座地雷的火山。”（袁水拍译文）

爱情对于诗的重要。他认为，不写爱情的诗人是很奇怪的。聂鲁达是以情诗登上文坛的，即使是 20 世纪 50—70 年代，在世界范围内，他的情诗都和他的政治抒情诗一样被广为传诵。而且，在聂鲁达抗议之声最响亮的时候，他仍然写作出版了充满柔情蜜意的《船长的歌》和《爱情十四行诗一百首》，后者与献给古巴革命的《英雄事业的赞歌》同年出版。尽管如此，他的爱情诗很少为那个时代的中国读者所知晓。1954 年，在袁水拍为聂鲁达的《解释一些事情》写的译后记中，可以看出当时译者对聂鲁达诗歌的认识。《解释一些事情》是聂鲁达为西班牙内战创作的第一首诗，完全不同于以往的诗风，充满愤怒，剑拔弩张。袁水拍在译后记中写道：“这首诗写于 1937 年，标志了作者创作道路的一个转折点，在这以前，聂鲁达所写的诗歌的题材多半是一些个人的事情。他曾经受到超现实主义的影响，不少作品中流露着悲观的情绪。但是，1936 年西班牙内战的炮声惊醒了诗人的良心，他的世界观起了根本的变化。那时候，他正在西班牙首都马德里任外交官，他目睹了国际法西斯主义者扼杀西班牙民主政府、屠杀西班牙人民的罪行。诗中充满了对帝国主义侵略者和卖国贼的愤怒谴责。在这首诗以后，作者创作了一系列歌唱西班牙人民的英勇战斗的诗篇。”[1] 在这里，译者显然认为，聂鲁达前期的爱情诗和超现实主义作品是有缺陷的，不成功的，只是经历了这一“转折”之后才开始成为伟大的诗人。这一叙述造成的另一结果是，读者会以为聂鲁达自 1937 年之后再没有写过“个人的诗”和“超现实主义的诗”。袁水拍还曾经翻译了聂鲁达 1953 年 4 月在圣地亚哥美洲大陆文化大会上讲话中的一部分，译者以《诗与晦涩》为题发表了该文。[2] 在这次讲话中，聂鲁达说要同晦涩作自我斗争，因为晦涩是文学阶层的特权，是封建主义的残余；而要为广大的人民写作，就要清楚明了。不过，在事实上，聂鲁达曾对社会主义理想产生过怀疑，20 世纪 30 年代前期《大地上的居所》中晦涩、阴郁的风格曾经在 20 世纪 50 年代后期再次回到他的创作中，1958 年出版的《狂歌集》就是一个例子。

而且，聂鲁达本人是明确反社会主义现实主义的，甚至是反现实主义的。有一次他在文章中批评社会主义现实主义，文章在智利发表时被编辑擅自删去批评的话，他为此大发雷霆。他不是形式主义者，他反对纯粹的技巧和雕饰，反对泛滥的感情主义和个人主义。他认为，“如果诗人是个完全的非理性主义者，诗作只有他自己和爱人读得懂，是相当可悲的”；但他同样认为诗歌不能是纯粹理性的，“如果诗人仅仅是个理性主义者，连驴子也懂得他的诗歌，这就更可悲了”。[3] 因此，他虽然主张诗歌应该言之有物，但他同时主张这种表达绝不是平淡直白、

1.［智利］聂鲁达：《解释一些事情》，袁水拍译，载《译文》，1954 年 11 月。

2.［智利］聂鲁达：《诗与晦涩》，袁水拍译，载《译文》，1953 年 10 月。

3. 转引自［智利］聂鲁达《聂鲁达诗选》，邹绛、蔡其矫译，第 433—434 页，成都：四川人民出版社，1983 年版。

毫无诗味的公式。当然，他的这些言论在20世纪五六十年代的中国并未被介绍。在翻译聂鲁达的文学观点时，译者经常选择的是他强调为人民写作，强调以诗为斗争武器的篇章。更有意思的是，在1951—1964年，报刊杂志上除了翻译、评介他的作品之外，很大一部分他的新闻，是与政治活动相关。也就是说，在文学高度政治化的年代里，聂鲁达的政治身份是同诗人身份一样重要的，如果不说更重要的话。

由于翻译的“归化”策略，聂鲁达与中国“当代文学”一致的方面被译介，而异质性的则不予引入。于是，聂鲁达诗歌中情欲、晦涩、绝望、冷漠、超现实的种种面目被遮蔽，而剩下的部分或欢快明了，或斗志昂扬，或义愤填膺。比如，1951年出版的《聂鲁达诗文集》中选译的篇目，全部都是西班牙内战之后的政治诗和政治性演讲。同样的情形也发生在那个时期译介的艾吕雅等20世纪优秀的现代派诗人身上。《译文》第一次翻译的艾吕雅诗选中有《约瑟夫·斯大林》、《苏联——唯一的希望》、《路易斯·卡尔洛司·普列斯梯斯》、《布拉格的春夜》等作品，中间还插有墨西哥人民木刻家利奥波多·孟德斯的木刻，再加上前苏联雅洪托娃撰写的论文《保罗·艾吕雅》，读者得到的关于艾吕雅的知识和印象是，艾吕雅是一个革命诗人，是共产党员。不了解情况的读者，不会想到这并非艾吕雅的代表作，更不会想到他的许多诗歌可能是完全不同的另一种风貌。

但我们也必须注意到，尽管经过了翻译这种媒介的改写、置换与挪用，但总有一些“聂鲁达”得以再现。从这些段落或碎片之中，仍然可以感受到聂鲁达相对于社会主义现实主义诗歌的某种异质性。比如，当时从俄文转译的《海岸上的仙人掌的颂歌》中，有这样的诗句：

这时，春天
还在睡眠，
寒冷
禁锢了整个海岸，
岸上的一切
仿佛都是黑的；
波浪打着拍子，
天空

仿佛是一条

穿着丧服的大船；

整个世界

都遇了险。

……

海上，地上，

天上，

到处都是春天。

一切生存的东西，

一切发出香气的东西，

一切异常轻盈的东西，

一切颤抖在柠檬树上，

隐藏在壮丽的木兰中的

沉睡的馨香的东西，——

都在等待着

春天的出现。（孙玮译）

再比如《逃亡者》的结尾：

虽则在黑夜，虽则在大地的隐蔽的地方，

我并不感到孤独。

我是人民，不可记数的人民。

我的声音里有着无可怀疑的力量，

它能够超越沉默，

在黑暗中孳生。

死亡，受难，阴影，冰霜，

突然降落在种子上，

人民好像已经被封闭进坟墓。

然而麦子回到了地面上。

它红色的，永不妥协的手

穿透了沉默。

从死亡中我们获得新生。（袁水拍译）

在描写政府屠杀罢工的工人时，聂鲁达有这样的诗句：

人民的死亡和过去一样无声无息，

好像只是石子落在石子地上，

水泼在水面上。[1]

即使是在政治抗争的诗篇里，也有现代主义风味的比喻、象征、想象，这使他的诗歌即使经过了几次翻译，也依然呈现出与现实主义不同的面貌。

1. 另可参见张广森译自西班牙文的版本："人民的死亡总是一如既往／仿佛谁也没有死／什么也没有死／仿佛是岩石跌落在大地／仿佛是水跌落在水上。"（《漫歌》，1995 年）

聂鲁达的作品在 20 世纪 50—60 年代的中国共印刷 83 770 册，是那时拉丁美洲文学翻译作品中最受读者欢迎的。

三

“文化大革命”结束后，聂鲁达又重新回到了中国读者的视野中。北京外国语学院的江志方先生较早重提聂鲁达，翻译了他自传中关于中国和前苏联的部分段落。[2]1980 年 9 月号《诗刊》发表《聂鲁达诗选》，其中第一次选译了聂鲁达的情诗《你的微笑》。聂鲁达在 20 世纪 80 年代能够在中国很快被重新提起，首先是因为他在 20 世纪 50—70 年代被传播的基础，以及他在“文化大革命”期间受到的“禁锢”。其次，聂鲁达被介绍到中国的政治性“史诗”，是当时“新诗潮”的革新，并提供了这方面的艺术经验。[3]所以，在 20 世纪 80 年代，他具有某种不言自明的合法性。另一重要原因，则是 20 世纪 80 年代的诺贝尔文学奖“情结”，它被许多人想象为文学的盛宴。在这样的光环之下，聂鲁达得以保持其经典的地位。但是，20 世纪 80 年代以来对聂鲁达的译介中，其爱情诗的地位十分突出。在出版的各种聂鲁达诗选中，情诗明显多于政治诗；现代派风格的诗也开始引起关注。他的《二十首情诗和一支绝望的歌》、《大地上的居所》、《船长的歌》、

2. 中国社科院外国文学所：《外国文学动态》，1979 年第 3 期。

3. 20 世纪 70 年代末到 80 年代初的新诗潮中，一些主张“史诗”写作的青年诗人，如杨炼、江河等，都十分重视聂鲁达的诗歌写作。

《爱情十四行诗一百首》等很多以前从未翻译过的作品陆续被译成中文。但译者还是有意舍弃了那些描写情欲、死亡的诗篇，因为它们被认为是“不健康”的。有批评家认为，聂鲁达晚年“养尊处优，内心空虚，脱离现实，疏远人民”[1]，丧失了创作力。因此，他后来创作的以《狂歌集》为代表的作品在中国仍然鲜为人知。

1. 周良沛选编：《聂鲁达诗选·后记》，成都：四川人民出版社，1983 年版。

1996 年，由于一部获奥斯卡提名的电影《邮差》，聂鲁达再次回到中国人的视野。电影讲述了聂鲁达流亡时期暂居意大利卡普里岛的生活。他教岛上为他送信的邮差写情诗，帮他追求爱情。这之后，聂鲁达的情诗成为翻译出版的一个小热点，尤其是《二十首情诗和一支绝望的歌》，出了不同的全译本。中国读者突然发现，聂鲁达居然如此细致动情地描写了性。在 2003 年出版的又一本名为《聂鲁达诗选》的选本中，居然没有一首政治抒情诗入选，全部是情诗。在聂鲁达被全面情欲化的同时，他政治化的一面被遗忘。但正是聂鲁达的《西班牙在我心中》鼓舞着国际纵队的战士们保卫共和国，同佛朗哥战斗。二战期间，在拉丁美洲广为传诵的反法西斯诗篇是他的《献给斯大林格勒的情歌》。切·格瓦拉是带着聂鲁达的《漫歌》在马埃斯特拉山中战斗的。古巴革命胜利后，拉丁美洲人民是朗诵着他的《英雄事业的赞歌》支持古巴，反抗美国封锁的。

《邮差》封面

与 20 世纪 50—70 年代对聂鲁达的译介相比，20 世纪 80 年代之后并未呈现想象之中的多元，翻译仍然受到意识形态的操控。比如说对“革命”的告别，对市场的青睐，等等。

2004 年是聂鲁达的百年诞辰，世界各地都举行了纪念活动。在中国，那一年出版了两本书，一本是诗人艾青的《旅行日记》，另一本是赵振江、滕威合著的《山岩上的肖像：聂鲁达的爱情·诗·革命》。在《山岩上的肖像：聂鲁达的爱情·诗·革命》一书中，作者选择爱情与政治作为主线，来讲述聂鲁达的故事，阅读他的诗歌。这样的方式只是为了能够浮现一个立体的聂鲁达。人们曾经只认识共产党员聂鲁达，后来似乎又只在意情歌圣手聂鲁达。为了避免前者，我们把他情欲化，为了纠正后者，我们将他重新政治化。这或许最能表达中国读者对聂鲁达的敬意。同年，智利总统在世界范围内为140名学者和翻译家颁发了“聂鲁达百年诞辰勋章”，时任中国外交部长的李肇星、本书的作者之一赵振江、新华社编审张广森和社科院外文所的朱景冬皆获得了这份荣誉。

第四节 巴略霍的译介和一次南美文学交流之旅

塞萨尔·巴略霍

塞萨尔·巴略霍（César Vallejo，1892—1938）是当代西班牙语诗坛上最伟大的诗人之一，他的诗歌创作是整个西班牙语先锋派诗歌的重要标志。他的诗作有着广泛的传播和深远的影响，这正是他的伟大之处，因为雅俗共赏历来是衡量伟大作家和艺术家的重要标准之一。

巴略霍于1892年3月15日出生在秘鲁北部安第斯山区的圣地亚哥·德·丘科镇，其故居坐落在卡哈班巴区的哥伦布街96号，如今这条街已改为塞萨尔·巴略霍街。他的祖父和外祖父都是西班牙籍牧师，祖母和外祖母都是原住民。在 12 个兄弟姐妹中，他是最小的一个。他受洗礼时的全名是塞萨尔 · 亚伯拉罕 · 巴略霍 · 门多萨。在他的童年时代，家境虽说不上富有，却也衣食无忧，父亲曾当过镇长。但要培养他上大学，就不是一件容易的事了。1910 和 1911 连续两年，他曾先后在特鲁希略大学和利马的圣马可大学注册，但都因经济困难而退学。他于 1913 年入特鲁希略大学文哲系，两年后又同时在法律系注册。从那时起，他一直半工半读，主要是在小学任教。秘鲁著名的土著小说作家西罗 · 阿莱格里亚就曾是他的学生。

巴略霍于 1917 年底到利马，在圣马可大学文学系注册。作为出身卑微的“混血儿”，巴略霍立即感受到了大都市的世态炎凉，但他也很快找到了良师益友，结识了具有民族气节和正义感的社会贤达贡萨雷斯 · 普拉达、埃古伦、马里亚特吉等人。那一年他完成了第一部诗集《黑色使者》，并于 1918 年 7 月出版。诗集在报刊上受到了好评。

1920 年 5 月，巴略霍回乡探亲，在参加圣地亚哥（即圣雅各）纪念庆典时因“带头袭警闹事”而遭到通缉，并最终被逮捕入狱。后来，迫于知识界和大学生们的强大压力，地方当局暂时释放了他。这段经历对他的一生产生了深远的影响，经常在其创作中折射出来。1921 年，他完成了《特里尔塞》的创作，并有一部短篇小说（《在生与死的背后》）获奖。1922 年，他出版了诗集《特里尔塞》。1923 年，他出版了短篇小说集《音阶》和中篇诗化小说《荒野寓言》。当时有传言说他的案子可能会复审，于是他便于 1923 年 6 月 17 日乘船赴欧洲，并于 7 月 13 日抵达法国。从此，他再也没回自己的祖国。

在巴黎，巴略霍的经济状况一直不好，并且要与疾病抗争。1926 年，他与胡安 · 拉雷塔共同创办了《繁荣 · 巴黎 · 诗歌》杂志。欧美的先锋派诗人赫拉尔多 · 迭戈、特里斯坦 · 查拉、维森特 · 维多夫罗、胡安 · 格里斯、皮耶尔 · 勒韦尔迪、巴勃罗 · 聂鲁达等都曾为他们撰稿。1927 年，他经受了深刻的精神与道德危机，对马克思主义产生了浓厚的兴趣。1928 和 1929 年，他两度赴前苏联访问，其间发表了大量的报刊文章，并创作了中篇小说《钨矿》。1930 年，他在马德里的《玻利瓦尔》杂志上发表访苏观感，并在西班牙结识了拉菲尔 · 阿尔贝蒂和萨利纳斯等诗人。回到巴黎后，他的政治活动引起了警方的注意，并于 1930 年底被驱逐出法国。在这种情况下，他只好重返西班牙。在那里，他出版了中篇小说《钨矿》、通讯报道《俄罗斯在 1931》和《克里姆林宫前的思考》（1931）。1931 年，他加入了西班牙共产党，并第三次访问前苏联。1932 年，他又回到巴黎，在贫病交加中从事政治活动与文学创作。1936 年爆发的西班牙内战激发了他高度的政治热情，他积极参与筹建“保卫西班牙共和国委员会”，参加群众集会和声援共和国的活动，赴马德里和巴塞罗那作宣传报道。1937 年，他作为“第二届国际作家保卫文化大会”的秘鲁代表再赴西班牙，并亲临马德里前线。那一时期，他创作了《西班牙，我饮不下这杯苦酒》和《人类的诗篇》中的诗作。1938 年，他开始重建“秘鲁保障与自由运动”。由于过度疲劳，巴略霍于 1938 年 4 月 15 日在法国巴黎去世。1939 年，人们出版了他的诗集《西班牙，我饮不下这杯苦酒》和《人类的诗篇》。1970 年，人们将他的遗体移到有名的蒙帕纳斯公墓。

通过前面的介绍不难想象，像巴略霍这样的诗人，理应在 20 世纪 50 年代就被介绍到中国来，因为他比聂鲁达更具拉丁美洲的“民族性”。但事实并非如此，直至 2007 年，在中国才出版了一本薄薄的由黄灿然从英文转译的《巴列霍诗选》。与诗歌相比，他的中篇小说《钨矿》的命运就好多了。早在 1963 年，《钨矿》就由梅仁翻译，并在作家出版社出版了。理由很简单，《钨矿》具有鲜明的反压迫、反剥削、反殖民主义的内容，而他的诗歌则具有强烈的超现实主义特征，一般人很难看懂，翻译起来就更难了。

在中国，巴略霍的诗作虽然迟迟无人翻译，但人们对他的期许却经久不衰。尤其是自 20 世纪 80 年代以来，诗歌界一直盼望着有人能直接从西班牙文译介他的诗作。

最早翻译巴略霍诗歌的，是人民文学出版社已故资深编审王央乐先生。他于 1992 年在《世界反法西斯文学书系》西班牙、葡萄牙、拉丁美洲卷发表了《西班牙，拿开我这只苦杯吧》。至于其他译者，只是在选集、杂志上有零散的介绍。其中，比较集中的是 2008 年 1 月出版的《当代国际诗坛》创刊号上发表的《人类的诗篇》（20 首），同时刊载的还有《塞萨尔·巴略霍的幽默》（塞萨尔·安赫雷斯著）和《塞萨尔·巴略霍：在先锋派诗坛上标新立异》。《当代国际诗坛》由作家出版社出版，是国内多年来第一本大型的专门介绍外国当代诗歌的专刊。从版面和篇幅可以看出，编委会对巴略霍的诗歌格外重视。秘鲁《商报》驻京记者帕特丽霞·卡斯特罗为此还对译者进行了专访，并在 2009 年 4 月 12 日的“星期日增刊”上发表了文章《中国诗人对巴略霍翘首以盼》。正是由于对西班牙语美洲文学，尤其是对巴略霍诗歌的介绍，使本书的作者之一赵振江有机会实现了多年来对秘鲁、智利和阿根廷进行一次文学之旅的梦想。

El Dominical. Lima, domingo 12 de abril del 2009 .11

POESÍA

Los poetas chinos esperan a Vallejo

En mandarín. Zhao Zhenjiang se ha propuesto una tarea a todas luces monumental: traducir al chino la obra completa de Vallejo.

PATRICIA CASTRO O

PATRICIA **CASTRO OBANDO***

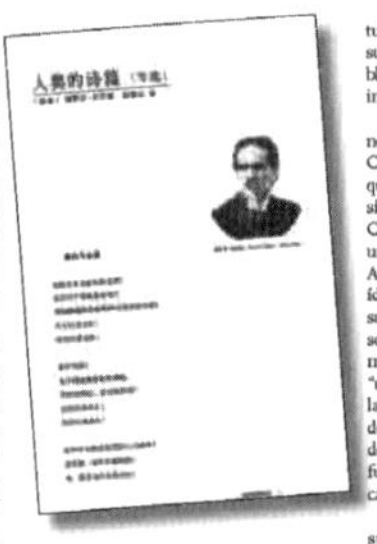

Desde hace muchos años los poetas chinos esperan a "Saisaer Bayehuo", conocido en Occidente como César Vallejo. Considerado el más prolífico de los traductores al español, Zhao Zhenjiang asegura que los poetas chinos están muy interesados en la publicación de una antología de Vallejo en mandarín, hasta hoy inexistente.

"Como me dedico a la traducción de poemarios, conozco a muchos poetas chinos que están esperando esta obra", señala Zhao, catedrático de la Universidad de Beijing. Según declara, "Vallejo ha influenciado en los poetas jóvenes de China" que lo conocen a través de algunos poemas sueltos en mandarín publicados en el circuito local.

Con Neruda y Paz

Zhao, como otros de su generación, leyó a Vallejo a principios de los 70, cuando el escritor peruano Álvaro Mendoza llegó a la Universidad de Beijing, a dictar un curso de español. "Él escribió un capítulo sobre Vallejo en un libro suyo. Durante un viaje me habló del poeta y me despertó el interés", recuerda.

Por entonces, el poeta latinoamericano más conocido en China era Pablo Neruda. Otro que ha marcado la pauta ha sido Octavio Paz. Neruda visitó China en 1951 y 1957, y cultivó una gran amistad con el poeta Ai Qing. "En los años 50 fue el ídolo de los jóvenes chinos por su entusiasmo revolucionario", sostiene el experto. Paz tuvo un marcado interés orientalista y "una penetrante influencia en la literatura moderna china", destaca Zhao. Además, la figura de Paz ha sido ampliamente difundida por el Gobierno Mexicano en China.

"Vallejo no tuvo la misma suerte, por eso mismo era urgente traducirlo", opina el experto. En 1981, mientras estudiaba en México, adquirió un poemario de Vallejo y empezó con su labor. Por esos años, debido a la coyuntura política, solo se conocía su novela "El Tungsteno" y el poema "España, aparta de mí este cáliz". Aunque en ambos casos, los traductores chinos se basaron en la versión en inglés.

"Vallejo es uno de los más difíciles de traducir y comprender a cabalidad por los chinos, pero también un personaje clave en el desarrollo de la poesía occidental".

Tarea complicada

Hasta el momento Zhao ha traducido los libros "Poemas Humanos" y "España, aparta de mí este cáliz", además de otros poemas sueltos de "Los Heraldos Negros" y "Trilce". Admite que el poeta peruano es uno de los más difíciles de traducir y comprender a cabalidad por los chinos pero también "un personaje monumental en el desarrollo de la poesía occidental".

El primer número de "Poesía Contemporánea Mundial", una prestigiosa antología publicada en chino, dedica sus primeras páginas a Vallejo con "Renlei de Shipian" (Poemas Humanos).

En China, Zhao es tan conocido en los círculos literarios como los poetas que traduce. Ha sido el traductor oficial de poetas como Gabriela Mistral, Pablo Neruda, Rubén Darío, Octavio Paz, José Hernández, y los españoles Federico García Lorca, Vicente Aleixandre, Juan Ramón Jiménez, y otros más. Por su trabajo de difusión y el alto nivel de sus traducciones, el rey de España lo condecoró en 1998 con la Orden Isabel La Católica.

A Zhao –que ha traducido a los grandes poetas contemporáneos en lengua española– le cuesta aceptar que no exista una antología dedicada a Vallejo en mandarín. "Pensaba pedir una ayuda financiera al Ministerio de Cultura de España. Aunque Vallejo no es un poeta español, es muy importante. Pero me recomendaron que solicitara primero el apoyo del Perú", sostiene.

Hasta ahora el traductor chino solo ha recibido promesas y buenas intenciones, aunque nada concreto ni oficial. "Si no se consigue la ayuda del Perú tendré que pedirla a España", reflexiona. Anteriormente, el fondo español ha subvencionado la publicación de varias traducciones de Zhao quien no cobra por su trabajo. Vallejo y China, ya no pueden esperar más.

*Corresponsal en Beijing

Conozca más sobre la poesía de Vallejo en chino

▸www.elcomercio.com.pe

Traductor. Zhao Zhenjiang es un experto en poesía latinoamericana. Anteriormente ha traducido a Neruda y Octavio Paz. "Vallejo es el más difícil de todos", dice.

秘鲁《商报》刊载的文章《中国诗人对巴略霍翘首以盼》

首先给赵振江发出邀请的是秘鲁里卡多·帕尔玛大学。这是一所民营大学。里卡多·帕尔玛是秘鲁著名作家、《秘鲁传说》的作者。该校校长伊万·罗德里格斯·查韦斯先生是一位人文学者、诗人。秘鲁的大学是由全国大学校长委员会领导的，伊万·罗德里格斯校长曾任该委员会主席达十年之久（连任两届）。这所大学与中国河北师范大学合作，建立了孔子学院，中方院长是河北师范大学外语学院前院长潘炳信教授，外方院长是里卡多·帕尔玛大学翻译系主任罗莎·菲利普丘科教授。该校的孔子学院是相当成功的。它在翻译系开设了五年制的汉语专业，学生每周要上14学时的汉语课，以培养汉语翻译人才；它帮助河北师范大学开设了西班牙语课程，真正做到了“互补双赢”。校方将2011年9月24日至10月1日定为“翻译家之周”，并决定邀请一位中国翻译家作关于秘鲁文学汉译的报告。他们从网上搜索到了赵振江的相关资料，便发了邀请函，称要在“翻译家之周”为笔者颁发该校“名誉博士”证书和证章，并安排去库斯科和马丘比丘古堡参观。

马丘比丘

在 2011 年 9 月 26 日举行的“翻译家之周”的开幕式上，赵振江为该校翻译系和文学系的师生作了题为《中国对西班牙语美洲文学和秘鲁诗人塞萨尔·巴略霍的译介与研究》的报告，并向图书馆赠送了他著述和翻译的《山岩上的肖像——聂鲁达的爱情·诗·革命》（合著）、《安东尼奥·马查多诗选》（合译）、《拉丁美洲诗选》、《米格尔·埃尔南德斯诗选》、《加西亚·洛尔卡戏剧选》、《世界末日之战》（合译）等书籍。伊万·罗德里格斯·查韦斯校长向赵振江颁发了该校的最高荣誉——“名誉博士”证书和证章。在演说中，赵振江介绍了秘鲁文学在中国的传播，并着重讲解了他翻译巴略霍诗歌的心得和体会。整个过程隆重而热烈，大厅里座无虚席。

2011 年 10 月 2 日至 7 日，应秘鲁国立特鲁希略大学邀请，赵振江赴该校研究生院举办了两次讲座，并获“杰出访问学者”证书和证章。该校教育学教授安赫尔·拉瓦耶·迪奥斯教授和该市发行量最大的《工业》报记者陪同赵振江访问了诗人巴略霍的故居。令人遗憾的是，诗人故居正在翻修，暂时无法看到宅院的原貌。这恰好给参观者提供了一个为诗人故居修缮添砖加瓦的机会，赵振江拿起工具和印第安工人们一起劳作，向伟大的秘鲁诗人表达一份中国人的缅怀与崇敬之情。

2011 年 10 月 8 日至 12 日，赵振江应智利圣托马斯大学孔子学院和安德雷斯·贝略大学的邀请，赴智利参观访问。其间，赵振江向圣托马斯大学孔子学院的学生介绍了智利文学尤其是聂鲁达在中国的译介情况，分析了汉语和西班牙语的区别，讲述了中华文明对人类的贡献，并回答了学生们提出的问题。在安德雷斯·贝略大学的中国文化周开幕式上，赵振江作了题为《拉丁美洲文学在中国》的报告。中国驻智利大使吕凡和文化参赞李保章先生出席了开幕式。

本书的作者之一赵振江在诗人巴略霍故居劳作

作为聂鲁达及其作品的译介者，赵振江还参观了诗人的三所故居，所到之处均受到了热情的接待和欢迎。

2011 年 10 月 12 日至 17 日，应阿根廷作家协会邀请，赵振江又访问了阿根廷。作为阿根廷高乔史诗《马丁 · 菲耶罗》的译者，赵振江又在阿根廷作家协会举办了关于文学翻译的讲座，60 多位作家、诗人和学者倾听了西班牙语美洲文学在中国的译介情况。

赵振江的南美之行，还促成了中国著名彝族诗人、青海湖国际诗歌节组委会主席吉狄马加率领的青海省文化代表团对秘鲁、古巴、西班牙和阿根廷的访问。吉狄马加的出访为促进中外文学界的交流作出了积极贡献。

第五节 “拉丁美洲文学热”与《拉丁美洲文学丛书》

20 世纪 80 年代，国内出现了一股不大不小的“拉丁美洲文学热”。许多高校开设了拉丁美洲文学史的课程，许多出版社竞相出版拉丁美洲的文学作品，许多文学报刊争相发表关于拉丁美洲文学的翻译与评论。当时，有两件事突出地表明了拉丁美洲文学对中国知识界和创作界的影响：其一是解放军艺术学院中文系专门邀请北京大学和社科院外文所的西班牙语学者举办关于拉丁美洲文学的讲座并参加学生的研讨；其二是坐落于王府井大街的国际艺苑皇冠假日饭店在试运营期间，在其文艺沙龙举办了关于拉丁美洲文学的系列讲座，并穿插放映根据加西亚·马尔克斯小说改编的《一桩事先张扬的凶杀案》和《艰难的爱情》[1]等影片，出席者有王蒙、林斤澜、韩少功等著名作家。可见当时拉丁美洲文学（尤其是小说）是十分受欢迎的。

1. 这是由加西亚·马尔克斯编剧的系列影片，共6部，由赵振江从西班牙带回国内。

20世纪末的十几年，在众多出版拉丁美洲文学的出版社中，地处西南边陲的云南人民出版社可谓“后起之秀”，这归功于他们与中国西班牙、葡萄牙、拉丁美洲文学研究会的合作，归功于他们合作出版了一套《拉丁美洲文学丛书》。客观上说，这套丛书对拉丁美洲文学的在华传播作出了不可磨灭的贡献。

1986年夏天，中国西班牙、葡萄牙、拉丁美洲文学研究会副会长陈光孚在第二届全国外国文学图书出版工作会上所作的关于拉丁美洲文学的学术报告，对云南人民出版社编辑刘存沛产生了极大震动，促使他找到了云南人民出版社出版外国文学的独特道路。他认为，云南这块土地和拉丁美洲大陆在社会进程、经济发展、文化多元等方面有很多相似性，如果云南人民出版社以出版《拉丁美洲文学丛书》为开端，也许能够后来居上，在文学界迅速产生影响。于是，1986年9月，由云南人民出版社出资，中国西班牙、葡萄牙、拉丁美洲文学研究会在昆明召开了纪念西班牙诗人加西亚·洛尔卡遇害50周年的学术研讨会，会上双方共同签订了出版《拉丁美洲文学丛书》的协议书，由此拉开了在中国有计划、有准备地出版《拉丁美洲文学丛书》的序幕。1988年，云南人民出版社推出了《拉丁美洲文学丛书》第一批5种，1989年停了一年，1990年才又继续出版。所以，云南人民出版社的《拉丁美洲文学丛书》主体是在20世纪90年代推出的。1987—1999年，云南人民出版社出版了50多种拉丁美洲文学作品，其中1993年一年就出版了16种，丛书中有近10种再版过一次。进入20世纪90年代，《拉丁美洲文学丛书》入选国家“八五”重点图书，在当时云南出版界仅此一家；之后，这套丛书又成为国家“九五”重点图书，还连续四届获得“全国外国文学优秀图书奖”。季羡林在一次颁奖大会上还号召各地出版社向云南人民出版社学习，走有特色、有个性的外国文学图书出版之路。

然而，就整体而言，《拉丁美洲文学丛书》却并没有获得市场回报。该丛书每种平均印数为3 000—5 000册，但能够赢利的只有3—5种，其余大部分亏损。[2]不过，由于拥有国家“八五”重点图书的身份，如此亏本的《拉丁美洲文学丛书》仍然得以继续出版。[3]

2. 刘存沛：《九问九答：拉丁美洲文学丛书在中国云南——致〈今日中国〉杂志社记者卢彩茹女士》；张文凌：《拉美文学丛书该谢幕了？》，载《中国青年报》，2003年6月21日。

3. 刘存沛：《拉丁美洲文学丛书：掀起你的盖头来——写在〈拉丁美洲文学丛书〉启动和应市十周年之际》，载《中华读书报》，1997年7月16日。

1992年10月，中国正式成为《保护文学和艺术作品伯尔尼公约》的成员国，而在加入国际版权公约以前，中国出版的拉丁美洲文学作品很少有作者的正式授权，而拉丁美洲多数作家对此也不太追究。而之后，版权成为出版社必须面对的问题。中国一些出版社也曾试图联系购买拉丁美洲文学作品的版权，但是由于种种复杂原因未能如愿。但是，也有很多拉丁美洲作家出于社会责任感，并不将作品视为私有财产，也不在意版权问题，所以 20 世纪 90 年代多数拉丁美洲文学作品还是以各种方式在中国获得了出版，像云南人民出版社的丛书中，有 80%出版于 1992 年 10 月之后，其中很多没有获得正式授权。

到了 20 世纪 90 年代末，随着中国越来越强调保护知识产权，出版市场日益与国际模式接轨，这使得以“打擦边球”的方式出版拉丁美洲文学作品的可能性渐趋缩小。因此，2000 年之后的大约 3 年时间里，云南人民出版社几乎一本拉丁美洲文学作品也没有出版，以致 2003 年出现了以《拉美文学丛书该谢幕了？》为题的新闻报道。[1]

1. 张文凌：《拉美文学丛书该谢幕了？》，载《中国青年报》，2003 年 6 月 21 日。

然而时至世纪之交，外国文学出版开始呈现新的面貌。从国内出版社成功引进《哈里 · 波特》、《魔戒》、《希拉里自传》等案例来看，中国资金雄厚的大出版集团已经可以相当自如地按照国际惯例运作。但此时出版拉丁美洲文学作品既无法像 20 世纪 80 年代那样在全社会掀起阅读评论的热潮，也无法获得可观的利润，而已经凭借出版《拉丁美洲文学丛书》奠定自己在业界地位的云南人民出版社，也没有必要继续举着这块招牌了。经过 10 余年的由盛而衰，《拉丁美洲文学丛书》的出版在世纪之交落下帷幕，给人们留下许多回味和遗憾。

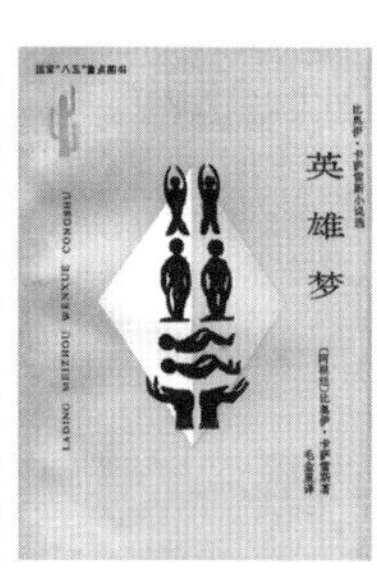

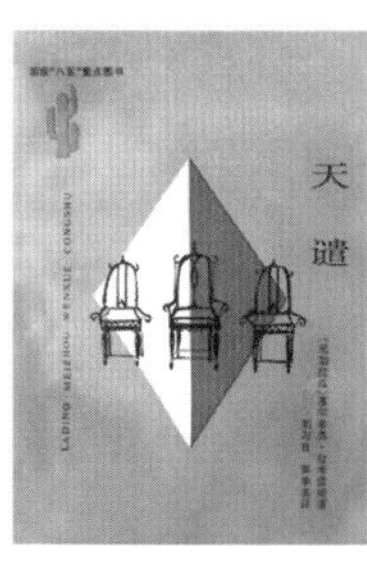

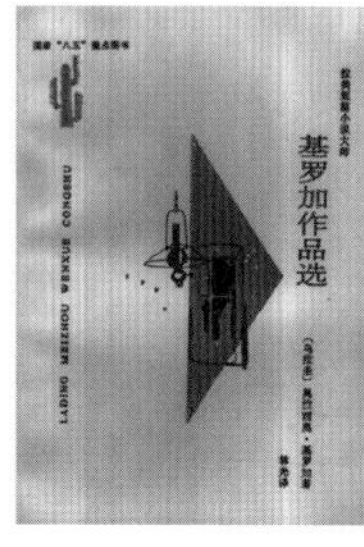

部分《拉丁美洲文学丛书》封面

由云南人民出版社出版的这套《拉丁美洲文学丛书》共7辑，50种。第7辑为作家创作谈，共收录了何塞·多诺索（《“文学爆炸”亲历记》，智利）、胡利奥·科塔萨尔（《科塔萨尔论科塔萨尔》，阿根廷）、豪·路·博尔赫斯（《作家们的作家》，阿根廷）、阿莱霍·卡彭铁尔（《小说是一种需要》，古巴）、奥克塔维奥·帕斯（《批评的激情》，墨西哥）、巴尔加斯·略萨（《谎言中的真实》，秘鲁）、卡洛斯·富恩特斯（《勇敢的新大陆》，墨西哥）、若热·亚马多（《若热·亚马多谈创作》，巴西）、米·安·阿斯图里亚斯（《米·安·阿斯图里亚斯谈创作》，危地马拉）、加西亚·马尔克斯（《加西亚·马尔克斯谈创作》，哥伦比亚）等10位作家的作品。

第六节　发人深省的新版《百年孤独》[1]

1. 本节内容参考了《南方周末》2011年7月1日刊发的文章《从前做“海盗”，如今当保镖——热销30年，中国出版业终为拉美文学埋单》。

自20世纪80年代至今，加西亚·马尔克斯（1982年诺贝尔文学奖得主）的代表作《百年孤独》一直是国内最畅销的外国长篇小说之一。重要的版本有三个，分别属于北京十月文艺出版社（1984，高长荣译）、上海译文出版社（1984，黄锦炎、沈国正、陈泉译）和云南人民出版社（1993，吴健恒译）。高长荣是从英文（并参照俄文）转译的，另外两个版本是从西班牙语直接翻译过来的。上海译文出版社最初的版本还略有删节。后来，浙江文艺出版社、中国文联出版公司、漓江出版社、作家出版社的版本都是上海译文出版社的翻版。此外，在台湾地区也有两家出版机构出版了《一百年的孤寂》。

1992年，中国成为《保护文学和艺术作品伯尔尼公约》的成员国。受此影响，当代外国文学作品的出版举步维艰，而与此同时，盗版之风却又屡禁不止。2003年左右，《百年孤独》的出版又出现了一个高潮，各种版本不下20个。许多版本是互相抄袭，当时人们嘲讽地称其为“汉译汉”。其中，许多版本干脆连出版社都找不着。《百年孤独》自问世以来，已出版了上千万册，几乎全是盗版。为此，加西亚·马尔克斯的版权代理人卡门女士曾多次拒绝和中国的出版社谈版权交易。

在这方面，巴尔加斯 · 略萨、卡洛斯 · 富恩特斯、何塞 · 多诺索的态度要缓和得多。巴尔加斯 · 略萨虽然也对侵权不满，但并未迁怒于出版界，而且还感谢译者；卡洛斯 · 富恩特斯对自己的作品未经授权便译成了汉语，并无微词，即使出售版权，也只是象征性地收费；何塞 · 多诺索的小说大多已被译成了汉语，主要译者是北京大学西班牙语系已故的段若川教授（1941—2003），他虽然对“盗版”表示不满，但当段老师作为访问学者去智利时，他们却结下了深厚的友谊，并把她写进了自己的小说，不失为中外文学交流中的一段佳话。

实际上，自 1992 年中国加入《保护文学和艺术作品伯尔尼公约》之后，据不完全统计，20 年间曾有一百多家中国出版机构向马尔克斯本人、哥伦比亚驻华使馆，甚至向墨西哥驻华使馆（马尔克斯曾旅居墨西哥多年）提出版权申请，但都未得到任何回复。从 2001 年到 2010 年，又先后有译林出版社、上海译文出版社、人民文学出版社等多家出版机构向卡门公司洽购《百年孤独》版权，均未果。

2008 年秋天，上海九久读书人文化实业有限公司总经理黄育海曾飞抵西班牙巴塞罗那，目的是跟西班牙最大的版权代理公司卡门公司洽谈加西亚 · 马尔克斯《百年孤独》的授权。已愈古稀之年的卡门女士专程从郊外的别墅来到巴塞罗那市区和黄育海见面，那是她第一次跟中国出版商谈生意。卡门开价 100 万美元，当时的汇率是 1 美元相当于 8.3 元人民币。当时，《百年孤独》已有多个版本，需求量几近饱和，100 万美元的价格是无法接受的。卡门看出黄育海的迟疑，为表示友好，便转而向他推荐了巴尔加斯 · 略萨。

略萨在成名之前生活拮据，卡门曾请他到西班牙，给他租房子，并给他一笔钱，让他安心写作。略萨在那时写出了他的发轫之作《绿房子》，引起拉丁美洲出版界关注。因为这段机缘，略萨对卡门夫人非常友好。

黄育海总经理深谙略萨的文学价值，便以每本不到一万美元的正常价格买下了《城市与狗》、《绿房子》、《胡利娅姨妈与作家》的版权，后来又增加了《酒吧长谈》、《世界末日之战》及其新出版的《恶作剧的女孩》。除略萨之外，他们还推出了科塔萨尔、卡彭铁尔、富恩特斯、萨瓦托、多诺索等人的作品。拉丁美洲文学作品的出版基本步入了良性循环，但加西亚 · 马尔克斯的《百年孤独》依然是一个解不开的“死结”。

经过持之以恒的努力，新经典文化有限公司的副总经理猿渡静子终于使事情有了转机。猿渡静子是日本人，2001 年获得北京大学文学博士学位，之后进入“新经典”，负责版权贸易。2005 年，猿渡静子给卡门公司写了第一封信，表达自己对加西亚·马尔克斯的崇敬和喜爱，坦陈自己的出版理想，但未见回复。翌年春，又连写信数封，依然未见回复。2007 年，她再写信，并附上译成西班牙文的详尽、严谨的营销策划方案。功夫不负有心人，卡门公司回信了。2008 年，双方信件往复，增进了彼此的了解、信任。同年，卡门特别委派工作人员来北京、上海、南京等地明察暗访，对中国图书市场、出版机构，尤其是涉足外国文学的出版机构，进行了细致的调查和严格的评估。2009 年 9 月，卡门再次委派工作人员来北京，与新经典文化有限公司的版权团队、负责加西亚·马尔克斯项目的编辑团队和营销团队进行了深入交流。《百年孤独》是卡门公司的“压舱石”，对其在华营销，卡门女士格外谨慎。

2010 年 10 月，猿渡静子在巴塞罗那第一次见到了坐在轮椅上的卡门。2011 年春节前，新经典文化有限公司收到了《百年孤独》中文版的正式授权通知。这也是这部在中国市场畅销近 30 年的拉丁美洲文学巨著第一次获得正式授权。

2011 年 5 月 26 日，一本全新的中文版《百年孤独》问世了。此举犹如一声惊雷，立即震动了出版界和外国文学界。全新的《百年孤独》由北京大学西班牙语系青年教师范晔重新翻译，首印 50 万册。

从某种意义上说，新经典文化有限公司购买的并非一本《百年孤独》的版权，而是加西亚·马尔克斯所有著作的版权，抑或是在为所有“盗版”的拉丁美洲文学作品偿还债务，在为中国的出版界挽回面子。在新版《百年孤独》问世以后，新经典文化有限公司开展了一系列的宣传造势活动，通过各种平台，组织专家学者和译者进行宣传讲解，同时打击盗版活动，结果在短短的两年时间，发行量就超过了 100 万册。从任何意义上说，新版《百年孤独》的问世都是中外文学交流史上的一件大事，必将载入史册。

第三部分　互动篇

西班牙部分

第一章　20 世纪 30 年代的“堂吉诃德”之争

西班牙的文学作品中，塞万提斯的《堂吉诃德》是最早被中国的文学批评家集中讨论的，20 世纪 30 年代，“堂吉诃德”这一形象甚至还引发了一场不小的论战。因此，在本篇的开始，我们就开门见山，梳理一下这场中国最早的围绕西班牙语文学展开的论争。

当时，大多数读者都是从中译本《魔侠传》（上半部）或各种英译本、日译本、德译本中认识“堂吉诃德”的，因此经常各执一词，都觉得自己对原著的理解是正确的。其中，别有意味的是陈西滢与周氏兄弟，以及革命文学论战中创造社与鲁迅之间以“堂吉诃德”为喻的论争。这些争论在《堂吉诃德》在中国的经典化过程中起到了奠基的作用。然而，这些论战是在“误读”的意义上展开的，因为没有一个完整的中译本，参与论战的人也无法阅读西班牙语的原著，所以论争中双方各自的权威姿态都显示出了种种可疑的迹象。之所以一种误读打败了另外的误读，取得了支配地位，是与论争双方谁更掌握话语权直接相关的。换句话说，从争论中我们可以看出文坛中力量对比的此消彼长。更有意味的是，这场争论发生在著名的“革命文学”论辩中，正是后期创造社试图掀起二次文学革命的时期。此时，新文化运动中确立了自己权威宗师地位的鲁迅、周作人等文化英雄遭受到了前所未有的质疑和批判，而在现代文学第一个十年中成长起来的年轻一代，则要登临文化舞台。这是现代文学史中一段极为微妙和复杂的时期，以鲁迅为象征的五四文学从来没有遭遇过如此猛烈的、毫不留情的彻底否定。而鲁迅正是从“堂吉诃德”入手，以守为攻，重新回到中国思想界的最前沿位置。但不可否认的是，鲁迅虽然加入了左联，但是他对“革命文学”主张中暴露出的激进主义的警醒和批判并没有引起人们的广泛认同。在火热的革命文学浪潮中，他像一个惯于讲“盛世危言”的老人，他不合时宜的冷静只能越来越被视作落伍的“堂吉诃德”，第二个“林纾”。

一

在中国，是周作人最早热情推崇《堂吉诃德》，并大力宣扬它在西方文学史中不可撼动的地位，也是他最早对堂吉诃德这一形象作出了正面积极的评价。他在 1918 年出版的北大课堂讲稿《欧洲文学史》中这样论述塞万提斯与《堂吉诃德》：

“Miguel de Cervantes Saavedra（1547 – 1616）作小说 Don Quixote，为世

界名作之一。论者谓其书能使幼者笑，使壮者思，使老者哭，外滑稽而内严肃也。Cervantes 本名家子，二十四从军与土耳其战，负伤断其左腕。自 Messina 航海归，为海盗所获，拘赴 Algiers，服役五年脱归。贫无以自存，复为兵者三年。后遂致力于文学，作戏曲小说多种，声名甚盛，而贫困如故，以至没世。所著小说 Galatea 及 Novelas Exemplares 等，皆有名，尤以 Don Quixote 为最。Don Quixote 本穷士，读武士故事，慕游侠之风，终至迷惘，决意仿行之。乃跨羸马，被甲持盾，率从卒 Sancho，巡历乡村，报人间不平事。斩风磨之妖，救村女之厄，无往而不失败。而 Don Quixote 不悟，以至于死，其事实甚多滑稽之趣。是时武士小说大行于世，而纰缪不可究诘，后至由政府示禁始已。Cervantes 故以此书为刺，即示人以旧思想之难行于新时代也，唯其成果之大，乃出意外，凡一时之讽刺，至今或失色泽，而人生永久之问题，并寄于此，故其书亦永久如新，不以时地变其价值。书中所记，以平庸实在之背景，演勇壮虚幻之行事，不啻示空想与实生活之抵触，亦即人间向上精进之心，与现实俗世之冲突也。Don Quixote 后时而失败，其行事可笑。然古之英雄，先时而失败者，其精神固皆 Don Quixote 也，此可深长思者也。”

这段评析明白地反映出19世纪的浪漫主义与人文主义思想的影响。寥寥几百字，却至少揭示出《堂吉诃德》的四方面特点：讽刺滑稽只是小说的表象，内在十分严肃；塞万提斯写作的目的本是讽刺“旧思想难行于新时代”，小说实际的意义远远超出于此；《堂吉诃德》表现了理想与现实的冲突；堂吉诃德是“失败”的英雄。同时，该评析还如实介绍了塞万提斯的文学史地位及其他代表作品。堂吉诃德第一次被介绍到中国，就被定义为一个理想主义的、悲剧式的英雄，而对他的这一定型，直到今天仍然是知识界最感亲和、最愿意接受的一种。到1926年8月，周作人的《欧洲文学史》已是第七次重印，可见其影响之大。郑振铎在《文学大纲》(1925) 中呼应了周作人的观点，继续弘扬堂吉诃德高尚的精神、信仰的力量，突出《堂吉诃德》原著超越讽刺作品的悲剧意识和伟大性。

1925年，周作人在另一篇文章《〈魔侠传〉》中再次强调了堂吉诃德的理想主义精神。那时，周作人得知《魔侠传》出版后，欣喜异常，以为“中国居然也有了译本”。结果“期望太大”，“失望也就更甚”。于是撰文替《堂吉诃德》辩护，帮助读者正确地理解和评价它，不要由于译本的缘故而错过这部伟大的世界名著。[1] 此文有三点不容忽视：一是最早介绍了屠格涅夫的著名文章《哈姆雷特和堂吉诃德》（周作人当时译作都盖涅夫《吉诃德与汉列忒》），提出他们分别代表了“永久的二元人间性，为一切思想文化的本源”，即堂吉诃德代表“信仰与理想”，哈姆雷特代表“怀疑与分析”，二者“互相撑拒，文化才有进步”；二是指出了堂吉诃德与桑丘之间的关系，即理想的化身与经验的化身，并借屠格涅夫的话以此比喻引导者与民众之间的关系；三是提到了几种可供选择的英译本，其中包括奥姆斯比的四卷本、沃茨（Henry Edward Watts）的五卷本、史密斯（Smith）的一卷本，并批评了莫特克斯（Motteux）的杂译本。最重要的是，周作人再次重申了对“堂吉诃德”这一形象的积极理解：“任了他的热诚，勇往直前，以就所信之真理，虽牺牲一切而不惜。”不久，孙伏园在《京报副刊》征集“青年十大必读书目”时，周作人在自己的推荐中将《堂吉诃德》也列为一种，但推荐的是英文本。[2]

1. 周作人：《〈魔侠传〉》，载《小说月报 · 自己的园地》，1925 年 1 月。

2.《京报副刊》，1925 年 2 月 14 日。

周作人

正是由于周作人由衷地欣赏《堂吉诃德》，佩服塞万提斯的独创力，所以当有人“不负责任”、道听途说地编排塞万提斯的事迹的时候，他以“权威”的身份立刻给予了回击。1925 年 11 月 7 日，陈源在《现代评论》第 2 卷第 48 期发表《闲话》（署名西滢），其中涉及塞万提斯与《堂吉诃德》，说“有人游历西班牙，他的引导者指了一个乞丐似的老人说，那就是写 Don Quixote 的 Cervantes”。陈源由此引申，如果西班牙政府养了他，恐怕他连一个字也写不出来了。紧接着，在 1925 年 11 月 23 日的《晨报副刊》上，张慈蔚在《论妇女的智力》中再次叙述了这一故事，将塞万提斯说成是一个“衣服破裂不堪形如乞丐的人”。周作人看到之后，觉得十分有损塞万提斯的形象，于是撰文《塞文狄斯》，发表在1925年12月的《语丝·自己的园地》，为塞万提斯洗刷冤屈。他在沃茨（Henry Edward Watts）和开利（James Fitzmaurice Kelly）两人的著作中找到一段记载，记述1615年2月25日陀莱斯（Marquez Torres）跟某地方主教回访法国专使，随员中有很多人喜欢塞万提斯的作品，于是他答应带他们去看塞万提斯，但其实并没有去。以此来证明《闲话》等两文中所述的故事并不确切，虽然塞万提斯确实是一生穷困，但并没有人看见他像个“乞丐”。这篇文章充分显示了周作人在论争中的聪明：陈源的文章中并没有指明陀莱斯就是引导者，他只是说“有人”看见，要去考证塞万提斯的窘况究竟有没有被人看见，是多么困难的一件事情！周作人却偷换概念，将“有人”就明确为陀莱斯，再证明陀莱斯并没有真的带人去看塞万提斯，从而达到为塞万提斯正名的目的。陈源15岁就留学英国，所有教育都在英国完成，26岁就获博士学位，回国后被聘为北大外文系教授。但他居然被人指出在外国文学方面知识不足，而且周作人还专门引述英国专家的著作，这无异于打陈源的脸。陈源没有再作文反驳，但后来却说鲁迅的《中国小说史略》抄袭日本人盐谷温的著作。鲁迅一面严肃地将自己的著作与盐氏的相对照，以证明自己的清白，一面讥讽陈源说：“我无法‘捏造得新奇’，虽然塞文狄斯的事实和‘四书’合成的年代也不妨创造。”[1]在另一篇杂文里，鲁迅再次牵出这一典故，说塞万提斯“穷则有之，说他像叫化子，可不过是特别流行于中国学者间的流言”[2]。虽然那时周氏兄弟已阋于墙，但在对塞万提斯和《堂吉诃德》的认识和维护上是一致的，在论战中有互为呼应的联手之效。

1.《鲁迅全集·第三卷》，第230页，北京：人民文学出版社，1981年版。

2.《鲁迅全集·第三卷》，第289页，北京：人民文学出版社，1981年版。

但没有想到仅仅事隔两年，鲁迅也遭到了以“堂吉诃德”为名的讥讽，被称为“Don鲁迅”。

二

自1923年开始，共产党人邓中夏、恽代英、萧楚女、蒋光慈、郁达夫等人就探讨过无产阶级文学、文学中的阶级斗争、革命文学的问题，引起了文艺界的注意；1924年，带着鲜明革命倾向的春雷社成立；1925年，沈雁冰的《论无产阶级艺术》连载于《文学周报》；1926年5月，郭沫若发表《革命与文学》，辨析了革命与文学的关系，呼唤“表同情于无产阶级的社会主义的写实主义的文学”[1]；1926 年 6 月，成仿吾发表《革命文学与他的永远性》。1927 年，成仿吾在年初发表的《完成我们的文学革命》中，再次将批判的矛头直指五四一代[2]，而且语言非常尖刻。他认为国语文学运动以来的文学成就仅集中在头一两年，大家“太早把精力乱费了一个干净，但是我没有想到他们这么快这么早就堕落到趣味的一条绝路上去”[3]。这以趣味为中心的文艺、生活基调，“所暗示着的是一种在小天地中自己欺骗自己的自足，它所矜持着的是闲暇，闲暇，第三个闲暇”[4]。即便成仿吾的文章批评了鲁迅，但是鲁迅仍然接受了郭沫若的建议，与创造社联合，共同恢复《创造周报》，以期壮大进步文学团体的实势。《创造周报》也在年底的《时事新报》上登出复刊广告，并刊有以鲁迅领衔的，包括郭沫若、蒋光慈、冯乃超等人在内的特约撰述员名单。但是到了 1928 年初，《创造周报》却没有如期复活，事情突然发生了令人意想不到的变化。成仿吾 1927 年底去日本联系李初梨、彭康、朱镜我等留日学生归国加盟创造社以充实力量，但是这批新生力量坚决拒绝和鲁迅结盟，并且首先选择鲁迅作为批判对象，掀起狂风暴雨般的革命文学论战。

1928 年 1 月 15 日，冯乃超在新创刊的《文化批判》（由创造社的新一代创办）上首先发难，他在《艺术与社会生活》一文中说：“鲁迅这位老生——若许我用文学的表现——是常从幽暗的酒家的楼头，醉眼陶然地眺望着窗外的人生。世人称许他的好处，只是圆熟的手法一点，然而，他不常追怀过去的昔日，追悼没落的封建情绪，结局他反映的只是社会变革期中的落伍者的悲哀，无聊赖地跟他的弟弟说几句人道主义的美丽的说话。隐遁主义！好在他不效 L.Tolstoy 变作卑污的说教人。”[5] 在这篇文章中，冯乃超最早将“堂吉诃德”作为一种喻指，运用于批判当中。他将托尔斯泰视作“为人生的艺术主张”的代言人，批判了以他为代表的人道主义艺术观，称“他们不是资产者社会的阿谀人，就是 Don Quixote 一类的人道主义者”[6]。紧接着，成仿吾在《创造月刊》上发表《从文学革命到革命文学》（《创造月刊》第 1 卷第 9 期，1928 年 2 月 1 日）一文，火力更猛烈，带有更强烈的攻击性。虽然没有点鲁迅的名字，但是说“语丝为中心”的趣味文学，代表着“有闲的资产阶级，或者睡在鼓里面的小资产阶级”；“如果北京的乌烟瘴气不用十万两无烟火药炸开的时候，他们也许永远这样过活的罢”。[7] 李初梨 1928 年 2 月 15 日发表的论文《怎样地建设革命文学》（《文化批判》第 2 号）不仅坚持了成仿吾所认为的革命

1. 中国社会科学院文学研究所现代文学研究室编：《“革命文学”论争资料选编》，第 12 页，北京：人民文学出版社，1981 年版。

2. 创造社最初的阶段就十分猛烈地批评了当时的文坛现状和五四新文学运动，但当时的旗帜是“表现自我”、“浪漫主义”。

3. 中国社会科学院文学研究所现代文学研究室编：《“革命文学”论争资料选编》，第 18 页，北京：人民文学出版社，1981 年版。

4. 中国社会科学院文学研究所现代文学研究室编：《“革命文学”论争资料选编》，第 20 页，北京：人民文学出版社，1981 年版。后来鲁迅把在革命文学论争中发表的杂文结集出版，取名为《三闲集》，以讽刺成仿吾。

5. 中国社会科学院文学研究所现代文学研究室编：《“革命文学”论争资料选编》，第 116 页，北京：人民文学出版社，1981 年版。

6. 中国社会科学院文学研究所现代文学研究室编：《“革命文学”论争资料选编》，第 123 页，北京：人民文学出版社，1981 年版。

7. 中国社会科学院文学研究所现代文学研究室编：《“革命文学”论争资料选编》，第 135 页，北京：人民文学出版社，1981 年版。

鲁迅先生

文学是文学革命的深入的主张，而且还直接质问“鲁迅是第几阶级的人，他写的又是第几阶级的文学”[1]。1928 年 3 月 1 日，钱杏邨发表《死去了的阿 Q 时代》（《太阳月刊》三月号），文章开篇就全面否定了鲁迅及其作品：“无论鲁迅著作的量增加到如何地步，无论一部分读者对鲁迅是怎样的崇拜，无论《阿 Q 正传》中的造句是如何的俏皮刻毒，在事实上看来，鲁迅终竟不是这个时代的表现者，他的著作内含的思想，也不足以代表十年来的中国文艺思潮！”[2] 虽然在附记中，钱杏邨貌似公允地说这篇评论只是根据鲁迅的《呐喊》、《彷徨》、《野草》所作，不是对鲁迅真正全面的评价，而对鲁迅的杂文和新文艺的推进给予了有限的肯定，但这并不能改变正文中的粗暴指斥。

1. 中国社会科学院文学研究所现代文学研究室编：《“革命文学”论争资料选编》，第 164 页，北京：人民文学出版社，1981 年版。

2. 中国社会科学院文学研究所现代文学研究室编：《“革命文学”论争资料选编》，第 180 页，北京：人民文学出版社，1981 年版。

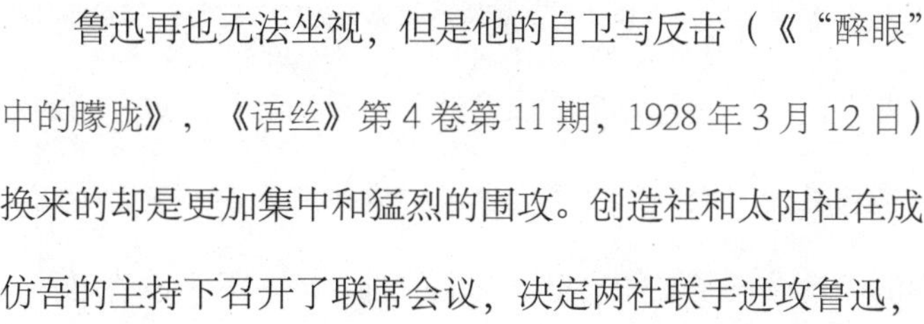

鲁迅再也无法坐视，但是他的自卫与反击（《“醉眼”中的朦胧》，《语丝》第 4 卷第 11 期，1928 年 3 月 12 日）换来的却是更加集中和猛烈的围攻。创造社和太阳社在成仿吾的主持下召开了联席会议，决定两社联手进攻鲁迅，“论战在四五月份进入了高潮”[3]。标志性的事件是《文化批判》1928 年 4 月号的出版，而这一期中的关键词恰恰是“堂吉诃德”，鲁迅被讽刺为中国的“堂吉诃德”，并被命名为 Don 鲁迅。[4] 李初梨在《请看我们中国的 Don Quixote 的乱舞——答鲁迅〈“醉眼”中的朦胧〉》中，一口一个“Don 鲁迅”，将鲁迅称为“文坛的老骑士”，是“同风车格斗的 Don Quixote”。而且在“新辞源”栏目中，第一个介绍的“新词”就是“堂吉诃德”：

3. 旷新年：《1928：革命文学》，第 170 页，济南：山东教育出版社，2002 年版。

4. 韩侍桁：《又是一个 Don Quixote 的乱舞》，见中国社会科学院文学研究所现代文学研究室编《“革命文学”论争资料选编》，第 514 页，北京：人民文学出版社，1981 年版。

“吉诃德先生 Don Quixote

这是西班牙的小说家塞尔温铁斯 Cervantes

（1547—1616）的讽刺小说里的主人翁。Don Quixote 耽读骑士的故事，同他忠实的从卒山差邦札同游各处，自称武士修业者。

盖当时商业主义初兴，经济上生起变革。在中世封建时代有势力的贵族阶级及小地主贵族（即武士阶级）等的运命亦陷于崩坏没落。然而不能适应现实的新社会生活，又没能力，徒自追怀往昔时的美梦，在新社会生活之下只空想地去挽回维持久往的社会上思想上道德上的制度组织的人，在各时代大概皆有，就在当时也是不少。Don Quixote 实属这种人物。作者以讽刺的眼光把 Don Quixote 描写得甚是滑稽。Don Quixote 是自以为是而实则不顾性命地雄赳赳地发挥了旧骑士道精神的一个沉于空想的人物。所以 Don Quixote 在这部小说里演了不少的滑稽。因此，一般把 Don Quixote 称为是一种不顾现实，不量力，只管乱冲而带点滑稽的人。

最近俄苏卢拉恰尔斯基的“解放了的 Don Quixote”[1] 也是一本有名的戏曲。”

1. 鲁迅在《通信》中也提到了“卢那卡尔斯基所作的《被解放的吉诃德先生》”。（《语丝》周刊第 4 卷 11 期，1928 年 4 月 23 日）

如果把《文化批判》创刊以来的“新辞源”栏目查阅一遍的话，就会发现这一条的与众不同之处。以往及以后该栏目介绍的都是“辩证法”、“布尔乔亚”、“意德沃罗基”、“资本”、“生产力”等那些汉语中从未有过的外来语汇，而且几乎全部是社会、政治、经济等方面的专业词汇，只有“堂吉诃德”例外，这是它唯一一次专门撰述一个文学人物的词条。毫无疑问，这是专为配合李初梨的文章而特意作的。这个词条可能出自《文化批判》的主编朱镜我之手，“新辞源”栏目和“编辑初记”的文字基本上都由他撰写。但自《魔侠传》之后到 1928 年之间，中国没有出现过任何新的《堂吉诃德》译本，所以他所依据是何种语言的何种版本，我们不得而知。“塞尔温铁斯”这一有些奇怪的译法跟此前任何一个谈到过 Cervantes 的人都不同。Don Quixote 采用英文译音，可是无论是《文化批判》的主要创作班底，还是整个后期创造社当中，都是以日文或德文见长，读英文书的人并不多。[2] 其实，撰写者读的是什么版本并不重要，甚至他只是道听途说也不重要，重要的是他如何阐释并使用这一形象来为讥讽鲁迅服务。我们将这段概述与周作人《欧洲文学史》中的文字相对照，就会发现耐人寻味之处：塞万提斯的《堂吉诃德》只是一部讽刺小说；堂吉诃德是作者极力嘲笑讥讽的人物，小说讲述的就是他的种种滑稽荒谬之行状；“堂吉诃德”被用来代指那些“沉于空想”、“不顾现实”、“不量力”，“只管乱冲而带点滑稽的人”。周作人一再讴歌维护的《堂吉诃德》与堂吉诃德的崇高性在此完全

2. 韩侍桁的英语文学功底很好，最早翻译了《十九世纪文学主潮》这部巨著。他质疑这条“新辞源”说：“四百年前的 Cervantes 若把 Don Quixote 当一个 Caricature 写的时候，他那本书能传到今天么？堂吉呵德不革命是真的，行为处有些可笑的地方也是真的，但 Cervantes 决没有想把他的主人公写成一个 Caricature。沙士比亚的汉姆烈特，不革命是真的，他的行为疑前虑后也是真的，但沙士比亚决没有想把他的汉姆烈特写成为一个 Caricature，他们无论是哪一位，若安心想把它们的主人公写成为一种 Caricature，他们的作品不会传到今天。那样不朽的作品，不是容易了解的，再多读两遍罢！啊啊，Don Quixote 哟！虚无主义哟！创造社的新辞源哟！”（韩侍桁：《又是一个 Don Quixote 的乱舞》，见中国社会科学院文学研究所现代文学研究室编《“革命文学”论争资料选编》，第 515 页，北京：人民文学出版社，1981 年版）

不被接受，堂吉诃德根本不是什么悲剧式的英雄，他只是一个可笑的、不识时务的痴傻疯癫之人。更有意思的是，小说中的堂吉诃德本是一个生活有些穷苦的乡绅，在“革命文学”理论家这里也变成了因资本主义兴起而没落的贵族或小地主阶级。因此，堂吉诃德的怀旧还带有了逆历史潮流的反动意味。《编辑杂记》中指出，那一期的三篇文章（除李初梨的文章之外，还有冯乃超的《人道主义者怎样地防卫着自己？》、彭康的《“除掉”鲁迅的“除掉”！》）彻底暴露了鲁迅这样的“中间派的人物，任他们在口头上如何地花言巧语，本质上只是演着反动的，煽动的任务”，揭发了他的“无智”。创造社“不惜浪费精神”，要“决然地”与鲁迅战斗。[1]

1.《文化批判·编辑初记》，1928年4月。

接下来的《创造月刊》5月号发表了石厚生（成仿吾）的《毕竟是“醉眼陶然”罢了》，不仅继续将鲁迅讽为“珰鲁迅”，而且还专门分析了“我们中国的珰吉珂德”的特殊性：“不仅害了神经错乱与夸大妄想诸症，而且同时还在‘醉眼陶然’；不仅见了风车要疑为神鬼，而且同时自己趺坐在虚构的神殿之上，在装作鬼神而沉入了恍惚的境地；不仅是一位骑士，同时还是一尊小菩萨，每日坐在殿上享受人间的香火而注意它们的数量。”[2] 成仿吾比别人更尖刻，

2. 中国社会科学院文学研究所现代文学研究室编：《“革命文学”论争资料选编》，第372页，北京：人民文学出版社，1981年版。

他将鲁迅已然发生的转变也连带进行了嘲讽：“他的悔改，同Don Quixote一样，是可能的。传闻他近来颇购读社会科学书籍……但是真要做一个社会科学的忠实的学徒吗？还是只涂抹彩色，粉饰自己的没落呢？这后一条路是掩耳盗铃式的行为，是更深更不可救药的没落。”[3]

3. 中国社会科学院文学研究所现代文学研究室编：《“革命文学”论争资料选编》，第377页，北京：人民文学出版社，1981年版。

三

仔细阅读辨析后期创造社对“堂吉诃德”这一形象的使用，发现他们集中攻击的是鲁迅的“落伍”、“人道主义”、“逆历史潮流而动”。

在他们眼中，“堂吉诃德”就是一个辨不清时代形势，跟不上时代风潮，妄图复古的，荒谬、滑稽、可笑的老骑士。[4] 他们几乎每一篇批判鲁迅的文章都要在鲁迅的“老”上大做文章。

4. 这一点与周作人的观点相左，周作人认为无论是先时还是后时，只要是执著于理想，不随波逐流，都是堂吉诃德式的英雄。

冯乃超最早公开将鲁迅称为“这位老生”（虽然有所顾忌地加上了说明语，将这种称呼说成是“文学的表现”），说他“追怀过去的昔日，追悼没落的封建情绪”，“他反映的只是社会变革期中的落伍者的悲哀”。[5]鲁迅的自我辩护《“醉眼”中的朦胧》被李初梨称为是“文坛老骑士鲁迅”“老态龙钟的乱舞”[6]，使用的是“师爷派的笔法”[7]，冯乃超则说这是鲁迅在“卖弄他的老生腔调”。

5. 中国社会科学院文学研究所现代文学研究室编：《“革命文学”论争资料选编》，第116页，北京：人民文学出版社，1981年版。

6. 中国社会科学院文学研究所现代文学研究室编：《“革命文学”论争资料选编》，第288页，北京：人民文学出版社，1981年版。

7. 中国社会科学院文学研究所现代文学研究室编：《“革命文学”论争资料选编》，第291页，北京：人民文学出版社，1981年版。

潘梓年还由鲁迅的反驳文章得出结论："十足表现出'老头子'的确不行了"，"气量太窄了"，"我们不禁想起了'五四'时的林琴南先生了"。[1]这些年少轻狂、断章取义、任意曲解的文字大大刺伤了鲁迅，在《我的态度气量和年纪》一文中，鲁迅不无悲哀、伤痛地说："'老头子'如此，是不足虑的，他总比青年先死。林琴南先生就早已死去了。"[2]他们无节制地全力嘲笑鲁迅的"落伍"：钱杏邨迫不及待地宣判阿Q时代已经"死去"，说鲁迅"不过是如天宝宫女，在追述着当年皇朝的盛事而已"；鲁迅的创作"没有现代的意味，不是能代表现代的，只能代表清末以及庚子义和团暴动时代的思想，他的思想是走到清末就停滞了"；"旧的皮囊不能盛新的酒浆，老了的妇人永不能恢复她青春的美丽，我们不必再专事骸骨的迷恋，我们把阿Q的形骸与精神一同埋葬了吧"。[3]他们反复强调鲁迅的没落是由于对社会现实的"完全盲目"[4]，最终成为没落的"有闲阶级"、"小资产阶级"甚至是"封建余孽"的代言人。

1. 中国社会科学院文学研究所现代文学研究室编：《"革命文学"论争资料选编》，第284页，北京：人民文学出版社，1981年版。

2. 鲁迅：《我的态度气量和年纪》，载《语丝》第4卷第19期，1928年5月7日；本文引自《鲁迅全集·第四卷》，第112页，北京：人民文学出版社，1981年版。

3. 中国社会科学院文学研究所现代文学研究室编：《"革命文学"论争资料选编》，第183—193页，北京：人民文学出版社，1981年版。

4. 中国社会科学院文学研究所现代文学研究室编：《"革命文学"论争资料选编》，第289页，北京：人民文学出版社，1981年版。

他们还借"堂吉诃德"批判鲁迅的人道主义。"堂吉诃德式的人道主义"，是讽刺堂吉诃德不问青红皂白，乱打抱不平，释放犯了罪的囚犯，把贵妇人的侍从当作绑架者，被他救下来的挨主人打的小男孩得到的却是主人变本加厉的毒打。因此，它被用来比喻那些分不清现实或不考虑现实斗争的复杂情势的荒谬无效的人道主义。虽然在创造社与文学研究会论战伊始，前者就曾讽刺过后者的人道主义，但是郭沫若在1926年时还说："表同情于民众，表同情于国民革命的人，他们根本上不能不和帝国主义反抗"，"我们所要求的文学是表同情于无产阶级的社会主义的写实主义的文学"。[5]而成仿吾和蒋光慈其实都在自己的文章中流露过人道主义的文学观。[6]这说明彼时他们对革命文学的倡导是以对无产阶级、下层社会、现实苦难的人道主义的同情与关注为基础的，并不是要求文学界直接投入到现实斗争中。鲁迅则认为，对于做文章的人来说，如果文章里连"人道主义式的抗争"都没有，还空喊什么"革命文学"呢？但鲁迅的质疑却被李初梨粗暴地骂为"这是谁放的屁？"[7]冯乃超则将鲁迅看成是托尔斯泰式的人道主义者，讽刺他弃医从文并未改变国民性，而只是为"讲趣味的有闲阶级"服务。[8]

5. 中国社会科学院文学研究所现代文学研究室编：《"革命文学"论争资料选编》，第1—12页，北京：人民文学出版社，1981年版。

6. 成仿吾：《文学的内容必然地是人性》，见中国社会科学院文学研究所现代文学研究室编《"革命文学"论争资料选编》，第13页，北京：人民文学出版社，1981年版。

7. 中国社会科学院文学研究所现代文学研究室编：《"革命文学"论争资料选编》，第295页，北京：人民文学出版社，1981年版。

8. 中国社会科学院文学研究所现代文学研究室编：《"革命文学"论争资料选编》，第301—305页，北京：人民文学出版社，1981年版。

同时，他们还将鲁迅比喻为阻碍历史发展的"堂吉诃德"。《堂吉诃德》第一部第十一章中有一段堂吉诃德的独白，这历来被看作是塞万提斯自己社会理想的表达——一种桃花源式的理想国。其实，历史上从未有过如此美好的时代。它表明，面对中世纪黑暗压抑的现实，塞万提斯心中的理想仍未破灭。虽然他的理想还很朴素朦胧，但相对于大多数的蒙昧众生，这种向往是多么珍稀，因此也就很难被人理解和接受，从而被当作堂吉诃德的又一番“疯话”。因此，大家听完之后，依旧是弹着三弦琴唱情歌，没有在任何人的心灵中留下痕迹。在创造社眼中，堂吉诃德的这番表白表明他是一个保守的反动派。创造社把提倡“革命文学”当作是唯一能与时代同步甚至超越时代的行为，而反对提倡“革命文学”就是反对“革命文学”，就是逆时代潮流，就是阻碍历史前进。凡是阻碍历史发展的，都会被历史前进的车轮碾碎。

四

客观上，创造社打出“革命文学”的旗号，掀起论战，促进了这一主张在中国大地迅速而广泛的传播，推动了思想文化界对这一问题的深入思考。但是，从上文对他们借“堂吉诃德”讥讽鲁迅的分析来看其行为逻辑，我们觉得事实可能并没有现在的历史书中断定的那般简单明了。如果再将他们的回忆文章、写作的诉求以及他们在文坛展现出的集体形象纳入视野，我们就有理由怀疑他们掀起这一论战的正义性并非他们自诉的那般强大有力。在他们的集体无意识中，非文学、非思想的因素似乎也不能忽视，就像当初的创造社与文学研究会的论争，也不能简单地概述为“浪漫主义与现实主义”、“为艺术与为人生”之争。

我们的看法是，后期创造社挑起“革命文学”一役，虽然他们在日本学到了新理论，在中国看到了新现实，而敏锐地把握住了时代未来的脉动这一方面，但总觉得他们重振创造社声威、重新领跑中国思想文化的冲动和欲望过于强烈了，以致让人觉得是挟时代和本土现实以适应理论，过于着急地亮出自己的“新武器”而显得有些超前，还有些水土不服。读他们的一系列文章，只觉得口号煞是响亮，煞是振奋人心，但确如鲁迅所讲，过于“朦胧”了。而且他们在文章中不是直接夹杂德语词汇，就是直接音译外文名词，如“意德沃罗基”、“奥伏赫变”、“布尔乔亚泛”等，这些词语让人一头雾水。编辑也考虑到了这一点，但不是在行文中尽量避免使用这些生词，而是宁肯单列一个“新辞源”栏目逐一解释。可见，其理想读者也并非是工农大众，而是“小资产阶级”的知识分子。他们有意渲染自己身上的“洋气”，也表明他们急于展示“海外学有所成”。[1] 更重要的是，当时创造社在文学的创作实绩上实在贫弱。一直以来，创造社的理论家就多于作家，能代表其文学成就的大约就是郭沫若、郁达夫、田汉、张资平。郁达夫

1. 鲁迅曾经几次以类似的话嘲笑过创造社过于浓厚的“海归”背景，比如在《“醉眼”中的朦胧》中说：“功业不在目前，一旦回国，出室，得民之后，那可是非同小可了。自然，倘有远识的人，小心的人，怕事的人，投机的人，最好是此刻豫致‘革命的敬礼’。一到将来，就要‘悔之晚矣’了。”（《鲁迅全集·第四卷》，第 61 页，北京：人民文学出版社，1981 年版）

中途退出，张资平的三角恋爱故事又为他们所不屑，而田汉与创造社其实并没有那么紧密的关系。所以，他们在回顾自己辉煌的创作时，一定会举起郭沫若这杆大旗。文学革命兴起之后，以鲁迅为代表的一批作家像忠于职守的老兵，在思想文化界同各种各样的敌对保守势力战斗，创造社从未伸出过援手，甚至从未在这样的现实斗争中现出身影，却只会在文坛内部兴风作浪。大革命失败后，卷土重来的创造社没有把批判的矛头指向敌人，却首先指向鲁迅，指向文学革命中的前辈，将这些人统统划为“阶级敌人”，这怎能让他们心平气和地与创造社探讨什么“革命文学”呢？所以鲁迅说：“从指挥刀下骂出去，从裁判席上骂下去，从官营的报上骂开去，真是伟哉一世之雄，妙在被骂者不敢开口。而又有人说，这不敢开口何其怯也？对手无‘杀身成仁’之勇，是第二条罪状，斯愈足以显革命文学家之英雄。所可惜者只在这文学并非对于强暴者的革命，而是对于失败者的革命。”[1]

1.《鲁迅全集 · 第三卷》，第 543 页，北京：人民文学出版社，1981 年版。

虽然鲁迅对创造社的空喊口号等种种行径十分不满，但并未因此而不屑一顾。因为创造社提出的确实是他遇到的问题。“四 · 一二”反革命政变之后，鲁迅、周作人都一度陷入苦闷和失语之中，面对如此黑暗惨痛的现实，不知道如何开口发言。正是创造社的突袭，“挤着”鲁迅开始阅读研究马克思主义的、尤其是苏俄的文艺理论。[2]他不仅大量购买、阅读、翻译这些书籍，而且还组织出版了几套译丛，从而形成了一次新的译介马克思主义文艺理论的高潮。凭借这一次的集中阅读学习，鲁迅才得以“克服这种知识的焦虑，摆脱了失语状态而重新开始抒情和叙事”[3]。真正为革命文学作出实绩的，还是被讽刺为“老骑士”的鲁迅。同时，鲁迅对于革命文学虽然是杂感随笔式的分析，但辩证、客观、冷静，闪烁着理性的光辉，可以表明 20 世纪 30 年代革命文学探讨曾经达到的深度。在中国共产党的指示下，创造社停止了对鲁迅的攻击，并和鲁迅联合，最终促成左联的成立。但是，鲁迅并没有被左联内部真正视为灵魂，他的忧虑和冷静的思索也没有得到真正认同。从这个意义上说，不是鲁迅在理论上落伍了，而是在左倾的文艺思潮中落伍了。他比别人更努力地补习革命文学理论，只会帮助他更清醒地认识到左倾思潮的危险和过激性，而不会同他们同声相应，同气相求。鲁迅是中国的“堂吉诃德”，但不是创造社眼中的“堂吉诃德”，而是周作人曾经极力推崇过的浪漫主义、人道主义视野中的“堂吉诃德”——不被世人理解的孤独、执著于理想的坚韧、不与世合流的耿介。堂吉诃德不仅是西西弗斯、普罗米修斯等悲剧式的西方英雄，同时也契合着儒家传统中的“知其不可而为之”，

2.《鲁迅全集 · 第四卷》，第 6 页，北京：人民文学出版社，1981 年版。

3. 旷新年：《1928：革命文学》，第 215 页，济南：山东教育出版社，2002 年版。

所以才会引起周作人这样具有中西杂糅知识背景的文人特别的共鸣。鲁迅此前从未像周作人一样给予《堂吉诃德》或“堂吉诃德”任何讴歌与热赞，但是在这场论战之后，鲁迅请郁达夫翻译了屠格涅夫的演讲《哈姆雷特与堂吉诃德》，并且自己动手翻译了卢察那尔斯基的戏剧《解放了的堂吉诃德》的第一场，又请瞿秋白接着翻译完全本。这场论战中鲁迅没有进行激烈的反驳，而是译介了两个阐释“堂吉诃德精神”的著名文本，为“堂吉诃德”正名的同时也为自己进行了辩护。

五

屠格涅夫将“堂吉诃德”的意义概括为崇高的无私忘我精神和神圣的理想主义情怀。鲁迅借用他的演讲反驳了创造社对堂吉诃德道听途说般的理解和讽刺，大大提升了其在中国的意义。但是，鲁迅并不像周作人那样完全认同屠格涅夫的赞美，而是对堂吉诃德进行了辩证分析：社会存在不平等，堂吉诃德立志打尽不平，即使不自量力，也并非错误。所以，嘲笑吉诃德的旁观者，有时也嘲笑得未必得当。这正是鲁迅在《“醉眼”中的朦胧》一文中对创造社因宗派主义情绪而并非真正关注中国革命与人民现实掀起“革命文学”论战的虚伪性进行的批评。[1] 在这样的语境中，鲁迅认为人道主义的情怀是必需的，是知识分子的良心和责任，所以他说堂吉诃德打抱不平没有错，只是“糊涂的思想引出了错误的打法”。在革命的时代，对敌人是不能讲什么人道主义的，只有“坚强的意志的战士”才能取得革命胜利。而这正是“知识阶级”的人道主义经常忽视的问题。[2] 创造社把鲁迅讥讽为“堂吉诃德”式的人道主义者，鲁迅却正好借此机会反省了人道主义的两面性，而这恰恰是周作人没有看到或不愿承认的。

经过“革命文学”论战中这番围绕“堂吉诃德”的交锋，“堂吉诃德”在中国知识界才真正具有了与其经典性相称的知名度，成为大家挂在嘴边、用诸笔端的典故（无论是把他看成一个滑稽可笑的人物，还是一个可歌可泣的英雄）。鲁迅自己就写过《中华民国的新“堂·吉诃德”们》，讽刺“青年援马团”并非真像堂吉诃德一样为了正义理想而选择游侠的生活，而只是一时兴起，三分钟热情，不能吃苦，没有坚强的意志，所以不过是在媒体中热闹了一番。他还和瞿秋白合作发表《真假堂吉诃德》，揭穿那些假堂吉诃德的虚伪面具，他们假借堂吉诃德的精

1. 鲁迅：《“醉眼”中的朦胧》，见《鲁迅全集·第四卷》，第62页，北京：人民文学出版社，1981年版。

2. 鲁迅：《解放了的堂吉诃德·后记》，见《鲁迅全集·第七卷》，第397—403页，北京：人民文学出版社，1981年版。其实在“革命文学”论争之前，鲁迅对人道主义还没有如此坚决彻底的认识，当时他认为，无论革命还是反革命，都是暴力的，都会造成血腥。“革命的被杀于反革命的。反革命的被杀于革命的。不革命的或当作革命的而被杀于反革命的，或当作反革命的而被杀于革命的，或并不当作什么而被杀于革命的或反革命的。”（鲁迅：《而已集·小杂感》，见《鲁迅全集·第三卷》，第532页，北京：人民文学出版社，1981年版）

神与理想，却只会愚弄和利用堂吉诃德式的老实与执著。瞿秋白还在《吉诃德的时代》（1931）一文中讽刺中国的思想文化界只是一个小团体，与大众隔膜，广大的读者其实仍被旧、俗文艺占据。于是他呼唤中国的塞万提斯出现，以彻底扫除那些武侠、言情等旧小说的影响。

20 世纪 30 年代末和 40 年代初，堂吉诃德又被赋予民族主义的色彩。唐韬 1938 年作《吉诃德颂》，将堂吉诃德的特质定义为“勇往直前，不屈不挠”，他呼唤能无私无畏地为大众与民族去冒险的战士。钱理群先生甚至认为堂吉诃德是那个时代精神的代表。不过也有文章说：“董 · 吉诃德和阿 Q 这两个人的名字，很流行于中国的知识分子之间，我们常常听到讽刺或骂人的话：‘你这家伙阿 Q 精神十足！’‘你呢！你是董 · 吉诃德’！”[1] 这至少说明堂吉诃德

1. 荷影：《关于“董 · 吉诃德”和“阿 Q”——并介绍〈解放了的董 · 吉诃德〉》，载《上海周报》第 4 卷第 8 期，1941 年 8 月 16 日。

的积极性并没有完全被知识界所接受。在文学界，《堂吉诃德》开始真正对创作产生影响，是产生了诸如张天翼的《洋泾浜先生》，废名的《莫须有先生传》、《莫须有先生坐飞机》等作品。但这些小说并非直接承袭了《堂吉诃德》的叙事技巧和小说主题，而不过是一种参照。尤其是废名的“莫须有”系列，无论从语言、结构、风格都难以看出《堂吉诃德》的传统，虽然周作人说“我所推荐的吉诃德先生，李义山诗，这都是构成莫须有先生传的分子”[2]，而在《莫

2. 药堂：《怀废名》，引自废名《论新诗及其他》，第 145 页，沈阳：辽宁教育出版社，1998 年版。

须有先生传》中也确实出现过赞扬《堂吉诃德》的话，但是正如杨义先生所说，“其实废名几乎只学到了塞万提斯小说的谑而不虐和李商隐诗的艰深晦涩，莫须有先生是没有唐吉诃德的憨直勇武的”[3]。建国后，很多现代文学以及比较文学的学者将《阿 Q 正传》、《狂人日记》或

3. 杨义：《中国现代小说史》，见《杨义文存 · 第二卷》，第 470 页，北京：人民出版社，1998 年版。

者《莫须有先生传》和《堂吉诃德》作比较研究，其实从展现母语的魅力与活力、戏谑夸张的闹剧风格、将喜剧手法与悲剧手法完美结合等层面来看，真正与塞万提斯的创作具有可比性的是老舍。在涕泪飘零、感时忧国、悲凉沉郁的现代文学中，老舍是少有的能够让人含着泪，但又笑出声来的作家。[4] 不过，由于中国读者对《堂吉诃德》的理解过于受屠格涅夫传统的影响，

4. 王德威：《从老舍到王祯和——现代中国小说的笑谑倾向》，见《想像中国的方法》，第 187—213 页，北京：生活 · 读书 · 新知三联书店，2003 年版。

以致没有发掘巴赫金意义上的《堂吉诃德》，所以也就鲜有人注意到老舍的作品与《堂吉诃德》一类的作品之间存在的内在关联。

在整个 20 世纪 40 年代，《堂吉诃德》没有在中国再次掀起什么热潮，艰苦卓绝的现实斗争使人们无暇再顾及如何理解和评价《堂吉诃德》和“堂吉诃德”之类的问题了，也没有什么新的译本出现。但是，“堂吉诃德”已经作为一个特殊的词语进入了中国，尽管在使用上仍然存在着两极性：一个荒唐可笑、认不清现实的丑角，一个充满理想主义和牺牲精神的英雄。大

多数的知识分子在以“堂吉诃德”自指时，强调的是在残酷的现实面前，理想无法实现，以及不被理解的苦闷心情。但有意思的是，无论自由派、左翼还是保守派的阵营中，都有人自况为“堂吉诃德”，这也从另外的方面证明了堂吉诃德这一人物的丰富内涵。

第二章　布拉斯科·伊巴涅斯笔下的中国

早在20世纪初，西班牙著名作家维森特·布拉斯科·伊巴涅斯的名字就已为中国人所知晓。他的作品很早就被介绍到了中国，尤其是改革开放以后，随着与西班牙文化交流的大力开展，他已有近十部小说在中国出版。

布拉斯科·伊巴涅斯出生于巴伦西亚一个普通的商人家庭，早年时其家境并不太好。年轻的伊巴涅斯觉得自己受到家庭的约束，就积极参加种种社会活动，尤其表现出对政治和文学的兴趣。从思想倾向来看，他与西班牙作家乌纳穆诺、巴列—因克兰等人的感情息息相通，他们都可以被看作19世纪末站在西班牙人民一边，为正义事业而奋斗的进步作家。

西班牙巴伦西亚市伊巴涅斯广场上的伊巴涅斯头像

对于遥远而神秘的中国，伊巴涅斯情有独衷。在他的三卷本《一位小说家的世界旅行》第二卷中，他写下了这样的文字：

> *“我再次说服自己，我正在北京，但是这也阻挡不了第二天我产生同样的疑问。住在这个城市是多么不平凡。它的名字我们小时候就学会了，那是一个我们永远也看不到的极其遥远的地方。*
>
> *这个中国的城市在我们脑子里最初的印象是远得没法说的、从没那么远的地方。小时候有人说某人要永远地离开了，就说‘他要到北京去了’，就不用再作什么说明了。有的人为了强调某种事物永远不可能实现，或者没有什么回旋的余地，就会说：‘这儿不成，就是到北京也不成。’这就把一切都说明了。”*

伊巴涅斯是以此来说明，在他的心目中，中国、北京是多么遥远，多么神秘！幸运的是，在1923年，他终于乘大客轮飘洋过海，从美洲取道日本和朝鲜，乘火车从中朝边界入境，踏上了中国的土地。但是他看到的是什么样的中国啊！

当时朝鲜已经被日本帝国主义占领，侵略者的下一个目标就是中国，实际上，他们已经从各个方面控制了东北地区，而盘踞在东北的军阀们也在变本加厉地鱼肉百姓。于是，伊巴涅斯对中国的头一个印象，是在一座火车站看到的情景：

“我们看到车窗底下，上百个孩子，他们的身体被铁丝网上的刺扎着，却没有感觉，看来从没有洗过的黄黄的脸上满是脏污。大多数人的头还梳上在北京以及其他大城市已经被中华民国禁止的小辫子。还有几个女孩子混迹其中，她们也穿着同样的蓝裤子和蓝上衣，里面的白棉絮露了出来。她们的面庞比较白皙一些，圆一些，没有那么肮脏，由此可以辨认出她们不同于男孩子，还有她们的头发，只是简单地在前额留着刘海儿，后颈有一条大辫子。

大家都伸着胳臂拥挤着，手掌张得开开的。他们叫喊着，哀求着，还有几个哭泣着。最小的几个翻滚在地上，被同伙们踩着，但是他们立刻站了起来，继续参加到乞讨的合唱中。

列车员叫我们不要给在车站上乞讨的人群施舍。中华民国要消灭这种往昔的劣习。但是怎么能拒绝这持续了好几分钟的恳求的声音呢。孩子总是能引起人们的兴趣，尤其看到的是带有异国情调的孩子，就更吸引人了。这一大群雪崩似的孩子，他们满脸皱纹，眼睛就像老头子的，还有打扮和表情都像成年妇女的圆脸女孩，这促使我们没有听列车员的话，开始将成把的硬币从小窗口扔出去。

还不如不这样做呢！一看到钱，大人就涌到孩子们那里。冷漠地看着火车远去的大小伙子们，扑到小孩子身上，拳打脚踢扇耳光，去抢他们的钱。”

从上述这些话中我们可以看出，这位伟大的作家是怎样地同情灾难深重的中国人民并且为他们担忧啊！然而这些并不是作家看到的唯一的东西。在沈阳，他看到清朝最早的几个皇帝的宫殿和陵墓，他被那些宏伟壮丽的建筑物震惊了。但当他看到北京的故宫、北海、颐和园以及长城等气势恢宏的历史古迹时，他更被东方文化陶醉了。他喜欢北京的四合院，但是他看不惯以人代马的人力车，也不喜欢被中国人称为“三寸金莲”、而被他的同胞作家皮奥·巴罗哈称为“羊蹄子”的封建残余。中华民国建立了，可是末代皇帝和他的皇后、妃子们，还有他们的太监们仍然怀着复辟的梦想，盘踞在故宫的一隅，接受着遗老遗少们的顶礼膜拜。伊巴涅斯从北京的空气里闻出了一股陈腐的味道，于是他到了上海。他发现那里的空气比北京的要活跃得多、愉快得多，那里有新兴的资产阶级和他们开创的民族产业。

他们一行从上海乘坐豪华邮轮“福兰科尼亚”号前往香港。在香港，他领略到了中国工人阶级的伟大力量。香港工人曾举行罢工，使香港变成了“臭港”。在离香港不远的广州，孙中山先生正在准备北伐，共产党不但积极参加北伐，而且还组织起民众，把工人、农民运动搞得轰轰烈烈，革命气势风起云涌，一向支持民众的布拉斯科·伊巴涅斯怎么能放过这么好的机会，怎么能不就近去目睹中国的革命呢？他想从香港到广州去看一看。他的旅伴们劝他不要去，因为这些工人、农民肯定会仇恨一个白人的。但是他决心已定，旅伴们以生离死别的心情与他告别。后来，他安然无恙地、心满意足地回到了邮轮上。在另一个篇章，他以激动的心情描绘了他一天早晨看到的奇观：

“到香港的前一天，我目睹了一个闻所未闻的场面。我们正航行在中国台湾与大陆海岸之间的海上，离一个在西班牙语里称做鱼夫岛的地方不远，那个海湾里经常波涛汹涌，即便天气很好也如此，这对小船很有威胁。太阳刚刚出来不久，我发现福兰科尼亚号上的几个水手互相招呼着，他们跑到轮船的一侧。我必须集中我的全部视力，好不容易才看到那奇特的情景。三个半裸的中国人站在波涛间，朝我们驶来，波高浪陡，不时把他们掩埋在波谷里，又把他们掀起，时隐时现。只有当他们从我们的轮船旁驶过，或者更确切地说，当福兰科尼亚号驶到他们跟前时，我才发现，他们三人的那条船，不如说是一副棺材。那是一条三米长的小船，漂在离船帮只有几厘米水面上。由于这条船不断地进水，在海面上几乎看都看不见它。他们中的一位时不时地放下桨，从那黑乎乎的船底里把水舀出来。他们就这样在海峡的巨浪中前进。这天早晨，连福兰科尼亚号都被巨浪颠簸得摇摆不定。

在福兰科尼亚号指挥台上值班的军官微笑着赞扬这些中国人的勇敢、坚定。他说，如果有人懂得怎样指挥，中国人会成为世界上最优秀的海员。三个船民从我们的船边驶过，没有回过头来看我们，他们很有尊严地、毫不动容地用脊背对着我们。”

布拉斯科·伊巴涅斯对这三名中国船民的描写很有象征意义。他很欣赏中国人民坚韧不拔、一往无前的精神，他们头也不回地、义无反顾地去追求自己的目标。伊巴涅斯所牢牢记住的那位军官的话，实际上也就是他自己的心里话：只要有人懂得怎样领导，中国人会成为最优秀的海员！

布拉斯科 · 伊巴涅斯一生中来中国的旅行大概就这一次，总共几十天的时间，但是在他的游记中，竟用了近 200 页的篇幅来描写他在中国看到的景象，可见中国在他心目中是多么重要。更重要的是，在短短的几十天中，他看懂了中国，看懂了中国人的心。他对三个船民的描写就证明了这一点。

第三章　加西亚·洛尔卡对中国诗歌的影响

关于加西亚·洛尔卡的情况前文已略有涉及，他是西班牙“二七年一代”中最著名的诗人，是20世纪在世界范围内被传播最广的西班牙诗人，也是对中国当代诗歌界影响最大的外国诗人之一。他于1914年入格拉纳达大学学习法律，后改学文学、绘画和音乐。1921年，他出版了第一部《诗集》（1918—1920）。此后，他又陆续创作了《深歌》（1921）、《组歌》（1920—1923）、《歌集》（1921—1924）、《吉卜赛谣曲集》（1924—1927）。这些作品的风格相近，传统的韵律和现代主义的影响并存，基本上是表现客观的诗歌体验，个人内心情感的抒发是有节制的。《组歌》、《深歌》和《歌集》中的许多作品都是如此，诗人的感情世界是戴着面具的。在一定程度上，这与“纯诗歌”不无关系。在这个时期，贡戈拉一直是洛尔卡心目中崇拜的偶像。1927年初，《吉卜赛谣曲集》的创作基本完成，它为洛尔卡赢得了极高的声誉。但他对这部诗集的局限性有十分清醒的认识，因此，在一片赞扬声中，他又开始创造一种全新的风格。这是一种抒发苦闷、宣泄愤怒、表现困惑的自由体诗歌，是一种开放型的诗歌，它通向现实生活的各个领域。这个革新的过程一直持续到1928年。

1929年，为了克服情感和创作上的危机，洛尔卡前往美国，《诗人在纽约》（1929—1930）就是在那里创作的。后来，他又去了古巴、阿根廷和乌拉圭。经过这次革新之后，他的诗歌的象征色彩更浓了。《诗集》中闪烁的点点光辉已经化作五彩斑斓的世界。这是个大面积丰收的年代，无论在数量上还是在质量上，都达到了令人吃惊的程度。诗人自己也一直以此为骄傲。遗憾的是，诗人在世时，对这一时期的许多作品未来得及进行系统的整理。当然，可以肯定地说，《诗人在纽约》是他第二时期的最高成就。从纽约回到西班牙之后的六年中，洛尔卡将主要精力投入到了戏剧创作，诗歌已不多产。这一时期完成的诗集主要是《短歌》（1931—1934）与《十四行诗》（1924—1936），这两本诗集以抒发个人的亲情为主，有较大的随意性，也有较强的情感色彩。那段时间，洛尔卡的创作重又回到传统的韵律上来，尽管没有舍弃自由诗的风格，或者可以说，这是前两个时期的概括和总结。除了诗歌创作之外，加西亚·洛尔卡还创作了一部游记、12个剧本和一个电影文学脚本。此外，他还搜集整理了大量的民间音乐，创作了数以百计的素描，举办了许多次学术讲座。他的主要剧作有《马里亚娜·皮内达》（1927）、《鞋匠的俏娘子》（1930）、《血的婚礼》（1933）、《坐愁红颜老》（1935）、《叶尔玛》（1935）、《阿尔瓦之家》（1936）等。正当洛尔卡的创作如日中天的时候，法西斯分子于1936年8月19日将他杀害了。但洛尔卡并没有死，他在自己的作品中得到了永生。

在加西亚·洛尔卡的诗歌中，至少有两首诗与中国有关，它们都出现在《歌集》中。一是在《两个水手在岸上》的开头两行，诗人写道：

人们在心里
带来中国海的一条鱼。

格拉纳达诗人哈维尔·艾赫亚（Javier Egea）在赵振江翻译的《血的婚礼》的前言中就引用了这两句诗，将其作为副标题。其二是诗人写给自己的养女伊莎贝尔·克拉拉的一首歌谣，题为《欧洲的中国歌谣》：

一位小姑娘　走在桥面上
手中拿折扇　河水多清凉

各位绅士们　身上着盛装
桥上无栏杆　他们在张望

这位小姑娘　身穿花衣裳
手中拿折扇　意在找情郎

那些先生们　都已结过婚
苗条金发女　谈吐多清纯

蟋蟀叫唧唧　声音来自西
这位小姑娘　足踏绿草地

蟋蟀叫唧唧　藏在花丛里
那些先生们　向北方走去

在这首歌谣中，除了标题以外，没有出现任何中国的字样，但是从意境、形象和节奏来看，却很像一首地道的中国民间歌谣。由此不难看出，洛尔卡对中国诗歌是有所了解的。赵振江在格拉那达时，一位朋友建议他把这首诗用中文抄给洛尔卡的养女伊莎贝尔 · 克拉拉。克拉拉女士当时年事已高，住在巴塞罗那，收到抄件后，她喜出望外，激动不已，立刻给赵振江写了一封热情洋溢的回信，并寄来一幅她自己的画作表示感谢。从信的字里行间，不难看出老人对养父无限的崇敬和怀念。

加西亚 · 洛尔卡能对我国诗歌界产生重大影响，很大程度上要感谢《洛尔伽诗钞》的译者、著名现代诗人戴望舒先生（1905—1950）。尤其是在“文化大革命”中以及这场浩劫结束以后，这部小小的诗集对当时“朦胧诗”的创作者及其以后的诗歌创作产生了广泛而又深刻的影响。

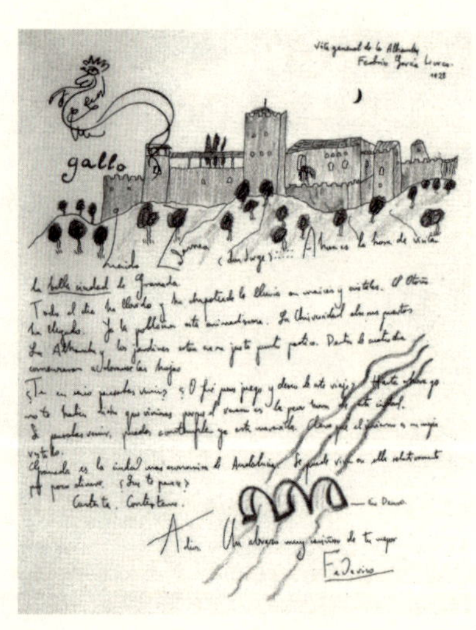

加西亚 · 洛尔卡手迹

1998 年是洛尔卡的百年诞辰，西班牙文化教育部、马德里、巴塞罗那，尤其是诗人的故乡格拉纳达，都在紧锣密鼓地筹备丰富多彩的纪念活动。报界将 1998 年称作“洛尔卡年”。西班牙文化教育部计划投入 6 亿贝塞塔（约相当于 400 万美元）的经费用于加西亚 · 洛尔卡百年诞辰的纪念活动。

这种氛围也感染了加西亚 · 洛尔卡作品的中文译者之一赵振江，他决心要为纪念洛尔卡做两件事情，一是出版一本新的加西亚 · 洛尔卡诗选，二是举办“纪念加西亚 · 洛尔卡百年诞辰国际学术研讨会”，以此来表达对这位伟大诗人的缅怀与敬慕之情。

令人遗憾的是，《洛尔卡诗选》未能如期面世，直到 1999 年 3 月才在漓江出版社出版。但研讨会如期举行，是北京大学西班牙语系在西班牙驻华使馆的帮助下举办的。

在研讨会期间，西班牙著名学者、格拉纳达大学教授安德雷斯·索里亚斯作了关于加西亚·洛尔卡的学术报告。

2007年10月，华夏出版社又出版了《加西亚·洛尔卡诗选》，这本诗集不含剧本，包括前言（加西亚·洛尔卡：西班牙当代诗坛上的精灵）和四部分附录（诗人哈维尔·艾赫亚为人民文学出版社出版的《血的婚礼》撰写的序言，拉菲尔·阿尔贝蒂、安东尼奥·马查多等著名诗人悼念加西亚·洛尔卡的诗篇，聂鲁达、达马索·阿隆索等名家的评论，加西亚·洛尔卡生平与创作年表）在内，全书约37万字。

2007年又是中国的“西班牙文化年”，西班牙驻华使馆和塞万提斯学院举办了一系列的讲座和庆祝活动，并出版了10余部文学作品。在西班牙文化部图书档案局的赞助下，《安东尼奥·马查多诗选》、《希梅内斯诗选》、《加西亚·洛尔卡戏剧选》在河北教育出版社出版。格拉纳达大学加西亚·洛尔卡研究室主任安德雷斯·索里亚斯教授为《加西亚·洛尔卡戏剧选》撰写了长篇序言，对入选的五部剧作（《马里亚娜·皮内达》、《血的婚礼》、《叶尔玛》、《贝纳尔达·阿尔瓦之家》和《坐愁红颜老》）进行了详细的解读和分析。他在序言的结尾写道：

> “*赵教授完成了一部优秀的译作。虽然我对中文一窍不通，对此却相当地坚信。当他在何塞·安东尼奥·加西亚·桑切斯和阿丽霞·雷林克·艾莱塔的协助下，翻译闻名遐迩的《红楼梦》时，就住在格拉纳达大学的维多利亚花园，就概念而言，这与《坐愁红颜老》中虚构的花园最为近似。他不断领悟格拉纳达及其周边的精神，这对于理解加西亚·洛尔卡的世界是至关重要的。另外，他开创了格拉纳达大学与北京大学的合作之路，如今达到了高潮——在格拉纳达大学建立了孔子学院，这是与北京的塞万提斯学院对应的，后者当前的院长是易玛·贡萨雷斯。格拉纳达大学与北京大学的交流是由我们的同事安赫拉·奥拉亚教授于1987年的中国之行开始的。至于我本人，十年前（1998），赵教授夫妇在北京大学款待过我，并邀请我品尝具有地方特色、令人惊叹的北京烤鸭，餐厅就在大学附近，几株树木掩映，枝头上装饰着三角形彩旗。所有这些细节都表明，振江教授对加西亚·洛尔卡剧作的翻译绝非随意之举，而是早已在意料之中的一个丰富过程的产物，是格拉纳达大学和北京大学、西班牙和中国之间，通过塞万提斯学院和今天的孔子学院取得的成果。对此，我们只有祝贺。*”

2012 年，上海译文出版社又分两卷出版了加西亚 · 洛尔卡的诗选。一卷题为《深歌与谣曲》，另一卷题为《诗人在纽约》。

第四章　　阿尔贝蒂笔下的中国

在“二七年一代”的主要成员中，唯一来过中国的诗人是拉菲尔·阿尔贝蒂（Rafael Alberti，1902—1999）。他生于西班牙南方城市加的斯的圣玛利亚港，1917 年随父母迁居马德里。他最初学习绘画。1925 年，他出版了诗集《陆地上的水手》，为此他赢得了国家文学奖，并奠定了他在西班牙诗坛的地位。自 1931 年起，他同时进行戏剧创作。西班牙内战期间，他以文学为武器，为保卫共和国而英勇奋斗。战后，他长期流亡在阿根廷（至 1962）和意大利（至 1977）。他于 1977 年回国并当选为加的斯省众议员。1983 年，阿尔贝蒂获塞万提斯文学奖。

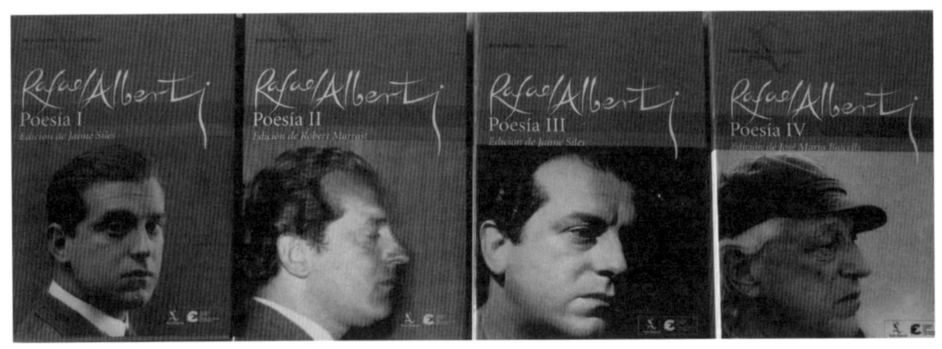

《阿尔贝蒂诗歌全集》封面

阿尔贝蒂的诗歌创作可以分为新大众主义、贡戈拉主义、超现实主义、政治诗和思乡诗五个时期。他的主要诗作有《陆地上的水手》(1926)、《紫罗兰的黎明》(1927)、《石灰与歌》(1929)、《天使》（1929）、《号令》（1933）、《十三条和四十八颗星》（1936）、《诗人在街头》（1938）、《在石竹花与剑之间》（1940）、《面包师胡安的歌》（1949—1953）、《致绘画》(1945—1967）、《人民的春天》（1961）、《罗马，步行者的危险》（1968）、《蔑视与奇迹》（1971）、《面包师胡安的新歌》（1976—1979）、《被鞭笞的光》（1978）等。1931 年，他加入西班牙共产党。1932 年，阿尔贝蒂在游历欧洲的过程中曾羁留前苏联，由于受马雅可夫斯基的影响，加上西班牙国内的政治动乱，他的诗歌创作很快从超现实主义转向了现实主义。在西班牙内战期间，他坚定地站在人民阵线一边，曾任马德里知识分子反法西斯联盟书记。在流亡中，阿尔贝蒂同样写出了大量优秀的诗作，童年（大海）、爱情和流亡是他写作的中心题材。他将对传统的继承和对人民的承诺结合起来，在这方面堪称典范。1957 年，阿尔贝蒂曾和夫人一起来华访问，第二年他们出版了诗集《中国在微笑》。诗集由三部分组成：第一部分包括《中国在微笑》、《中国》、《昨天》、《今天》、《让百花齐放》、《致齐白石》、《京剧》；

第二部分包括《花的国度》、《成都的春天》、《丝织工人》、《沿着田野和道路》、《雾都重庆》、《扬子江之歌》、《婚礼之歌》、《四月一日》、《东湖》、《上海小记》、《从上海到杭州》、《茶乡》、《西湖》、《在中国的中国之歌》、《从杭州到奉天》；第三部分包括《长城之歌》、《致建筑师路易斯·拉卡萨》、《致艾青》和《悲哀的政府》。

阿尔贝蒂是1957年访华的，那时他正在阿根廷流亡，所以诗集的第一首诗题为《从布宜诺斯艾利斯到北京》。在那个年代，世界分为社会主义和资本主义两大阵营，新生的中华人民共和国受到以美国为首的资本主义国家的政治孤立和经济封锁。但在国内，劳动人民成了国家的主人，到处充满了勃勃生机。新中国给诗人留下了美好的印象：

中国在微笑……多么美妙，
多么宝贵的微笑！

黎明在微笑……太阳
是一个长长的微笑。

河水在微笑……田野
是一个长长的微笑。

孩子在微笑……星星
是一个长长的微笑。

女人在微笑……男人
是一个长长的微笑。

中国在微笑……世界
是一个长长的微笑。

在中国的花园里
鲜花开了。

诗人原来所认为的中国的形象：

用各种各样的颜色
在薄薄的纸张或闪光的丝绸上，
我只见过你的画家们
用纤细的画笔描绘你朦胧的形象。
我所了解的你
只是在书法家的颤抖中：
一个植物标本，一个花的长廊。

你对我总是美丽的。你的诗人们，
无论是僧侣、朝臣或武士，
每日清晨，用阳光将你浇灌，
你隐蔽的城市，
沐浴着雪白的碧桃，
将那瓷器的娇嫩展现在我眼前。

我原以为你是围墙圈起来的天堂，
爱的笼子，在歌的湖面上荡漾，
在碧绿与蔚蓝的屋顶
悬挂着你巨龙金色的纱帐。

我原以为你是一个平静的粮仓，
洁白精细的蔬菜在园内生长，
同样，在果树的太阳下面

是甜蜜柑橘的女王。

当船只和波浪刚刚登上，
我的诗句、海螺在风中鸣响，
当所有的汽笛将我呼唤，
我还以为你就是那样。

后来，诗人才知道，事实并不像他想象的那样：

后来，当我了解到
那些可恶的军阀们的时候，
我知道了，尽管你像我说过的那样，
但却遍地是饥饿的人群，满怀对土地的渴望。

听说你尽管有那么多的果园和农田，
有那么多看得见与看不见的矿产，
你的工人农民却将鲜血和生命
撒进了地下的黄泉。

听说了外面的狼和里面的虎
怎样无情地将你欺凌，
你男子汉的躯体怎样被穿透，
并卖到洋人蔑视的手中。

于是我为你而苦恼，
并为你而憧憬，

我努力奋斗，为了你的新生，

为了在鲜花盛开的美妙的春天

一个黎明在你可爱的花园中将我唤醒。

在一首题为《四月一日》的诗中，诗人描写了武汉东湖的欢乐景象：

今天，东湖上，

琴声四起，彩旗飘扬。

大学生们

像过节一样。

花丛中的船

争先恐后地扬帆。

手风琴的奏鸣伴着彩旗飘舞，

彩旗飘舞伴着敲响的鼓。

从平原到山岭，

到处是新的播种。

新植的树木，防风的帘栊，

保护丰收的长城。

人们崇高的期待

是美好的劳动。

从“四月一日”这个日期和诗句的内容，可以推断出这是一首歌颂植树活动的诗。凡是在那个年代生活过的人，对这样欢天喜地的劳动场面都不陌生。这是人们对劳动的新看法和新态度，也正是诗人创作灵感的来源。诗人用写实的手法和朴实的语言，为我们留下了这宝贵的历史见证，至今读来依然令人倍感亲切。

从《让百花齐放》中，可以看到诗人对“百花齐放”的文艺政策是何等的欢欣鼓舞。中外诗人，人同此心，心同此理，都向往着百花齐放的繁荣景象：

终于让百花齐放，
让诗人自由
而又毫无顾忌地
揭示内心深处的花，
无论它多么隐蔽。

终于让百花齐放。

终于让百花齐放，
让她们在花园中歌唱，
制作忠诚的花环，
哪怕颜色完全不同：
茉莉花的洁白
与康乃馨的火红。

终于让百花齐放。

终于让百花齐放，
多声部的和谐
通过最美好的溪流
连结，

让所有的泉声
汇集在最强的音调中。

终于让百花齐放。

在这本诗集中，还有一首题为《中国的中国歌谣》的诗，标题有点怪，这是对诗人的好朋友加西亚·洛尔卡的回应，所以诗的副标题是致费德里戈·加西亚·洛尔卡。前面已介绍过，洛尔卡为他的养女写过一首《欧洲的中国歌谣》。在这首歌谣中，阿尔贝蒂通过月亮的形象，将新中国与洛尔卡时期的西班牙进行了对比：

朋友啊，
月亮
是一颗稻粒
在中国的
田野上。

朋友啊，
你的月亮
是一颗麦粒，
在格拉纳达的田野上。

朋友啊，
这稻田上的月亮
喜气洋洋，
在生动地歌唱！

朋友啊，

你的月亮

何等地悲伤，

啼哭在麦田上！

从《长城之歌》中可以看出，诗人不仅知道孟姜女的传说，也知道无论在古代还是现代，长城都是兵家必争的战略要地。组诗的第一首是这样开始的：

妹妹啊，我不会

再到长城，去当兵。

你可以安心地在田野

将茶花采撷。

傍晚，你可以安心地

唱着歌回到家里。

你可以安心地进入梦乡，

院子里，洒满月光。

战马再也不会

失去骑手，独自返回。

妹妹啊，我不会

再到长城，去当兵。

接下来，诗人描述了长城的新貌，抒发了自己对新中国由衷的赞美之情：

亲爱的，今天的清风
吹过了长城，
手里是一只白鸽，
前额是五颗星。
…… ……
请和我一起来中国的乡村。
中国的迷雾已然散尽。
中国所有的花儿都已开放。
中国正在天亮，手中洋溢着花香。

请和我一起来中国的乡下。

请和我一起来，手中拿着鲜花。

在组诗《扬子江之歌》中，诗人将长江和自己家乡的胡卡尔河进行了比较，满怀激情地歌颂了长江以及生活在长江流域的劳动人民的新生：

在扬子江的两岸
——奔流啊，大江！
洗衣女在忙。
山峦垂下了幕帐
——奔流啊，大江！
母亲啊，房屋悬挂在两旁。

母亲啊，房屋倒也一样

——小河啊，流淌！

在库恩卡的山间，

胡卡尔[1]的岸上

1.fúcar是西班牙南方的一条河流，经库思卡流入地中海。

——小河啊，流淌！

洗衣女也在忙。

扬子江呈黄色

——奔流啊，大江！

母亲啊，胡卡尔是绿色。

然而扬子江是生命

——奔流啊，大江！

而胡卡尔如今却是死亡。

沿扬子江是夜晚

——奔流啊，大江！

沿胡卡尔是白天。

然而在她的眼中，母亲啊，

——那昏暗的小河

在将泪流淌！

在胡卡尔的岸旁，

我将洗自己的衣裳。

母亲啊，但今天我不能在那里洗，

只好在扬子江。

…… ……

船工啊，大江强健的儿子，我向你们致敬，

多么坚韧不拔，宛似你们的山峰，

攀上江水的怀抱并像它的铁流

那永不疲倦的脉搏一样跳动。

…… ……

船工们，我向你们表示敬意，航行在

大江和平的浪花里，它将你们引向胜利。

我要向你们挥舞的手臂

向船桨在驯服的水中的搏击表示敬意！

船工们，大江强健的儿子，从航船

甲板的最高层，我向你们致敬。

到了远方，我将向世界倾诉

你们是人民勇敢的春天最美的树。

在《中国在微笑》中，组诗《致诗人艾青》由 7 首诗组成。这是诗人离开中国以后写的。两位诗人肝胆相照，好像在促膝谈心，谈他们的成长经历和创作道路：

致诗人艾青

（读他的诗作《我的父亲》）

I

艾青，我的朋友：

中国已经多么遥远，我在

美洲这冰冷的夜晚将你思念，

在一根燃烧的木桩旁边，

一棵美丽坚强的树，

像一位倒下的可怜的战士，

抵御着追杀他的火红的剑。

是你，还有你父亲

那清晰、模糊、悲伤的身影

和我在一起，在周围

这些不眠的树林里。

我阅读着你生命的长长的话语。

我同样是那迷失的孩子，

一天，他没出家门，

心想：“家虽然美好，安全，

对我却毫无意义。”

我渐渐背离我的家人，

渐渐变得不声不响，

尤其是在亲情的时刻：

铺上了桌布，点亮了灯光，

当母亲说“明天要去做弥撒”，

或者哥哥说“很快就要选举了，

我们希望你

把票投给国王……”

我变得像一位深奥的
来宾，一位不速之客，
一个在那里占据着本不属于
他的位子的人，温暖着那张床铺，
每晚都使他越来越揪心。

亲爱的朋友，像对你一样，绘画
也让色彩泛滥在我的时光，
我用色彩战斗，因为它们会讲话，
会张开嘴唇，让在我
昏暗的心中燃烧的东西歌唱。

在一个缓慢的早祷仪式上，
我的父亲死了，什么也没讲，
他的眼睛里再也没有指责。
就像一片乌云顿时破裂成雨，
我的第一首诗从天而降。

我获得了令人震撼的话语，
获得了它的恩赐和力量，
自古人们就说这是神圣的，
歌声从此便一直任性
或顺从地在我的血管里流淌。

我为什么歌唱？什么熟睡的音乐

萌生在我快乐的心房?

什么是它们最初的模样? 一种

对儿时海洋清晰的蓝色的思念,

幸福的童年宛似孤僻的小船,

太阳升起在它的旗帜上。

后来,我变得凄凉。

魔鬼用它残忍的天使

锋利的翅膀敲击我的胸膛,

我用黑色的、黄色的、破碎的诗句

化解一切混浊,一切悲哀和丑恶,

从而愈合被打开的昏暗的创伤。

当这一切发生时,

在国王腐烂的前额上,

王冠虚假的闪光

已开始像阴沉的夕阳。

最初的枪声,令人震惊的

执行判决的丧钟

传入我的卧室。

这时我走上街头,

在路障、子弹

和工人与学生

倒下的血泊中,

我找到了快乐和坚强的

光明道路之门,

至今它依然给我光明。

在最后两首组诗中，阿尔贝蒂概括了艾青给自己留下的印象以及对再次重逢的憧憬：

VI

这就是艾青：朴实，自信，

成熟，总是面带笑容。

喜欢优秀的西方诗人，而且

作为画家，渴望

在自己的国家百花齐放，

他知道梵高、塞尚、

马蒂斯、毕加索散发的光芒，

能将自己的汁液

镶嵌在中国的玫瑰绽开的园地上。

VII

艾青，我的朋友，现在我和你，

也和你父亲那平静的影子告别，

在美洲这冰冷的树林里，我将一朵

西班牙的康乃馨放在你心窝，

请你抱紧它，直至肯定有一天，

我的手在目前依然被捆绑的土地上

接待你，请等着我。

令人遗憾的是，艾青不仅没有和阿尔贝蒂久别重逢，连这组献给他的诗也没有见到。

实事求是地说，用现在的眼光看，《中国在微笑》写得不够深刻，但这是当年的现实，是如今的历史。当时新生的共和国就是如此，到处是歌声、笑脸、红旗，一派欣欣向荣、蒸蒸日上的景象。正因为如此，赵振江才在中华人民共和国建国60周年的时候，翻译了阿尔贝蒂诗选，并以“中国在微笑”作为诗选的标题。

其实赵振江早就有翻译阿尔贝蒂诗选的念头，但由于无法获得版权而一直未能如愿。直到2009年，为了纪念阿尔贝蒂逝世10周年，诗人的遗孀（María Asuncuón Mateo）通过北京塞万提斯学院找到了译者，并快递来了阿尔贝蒂全集，还为该书撰写了序言。她说：

“拉菲尔·阿尔贝蒂是一个世界公民，尽管他的根从未脱离过自己热爱的大海的景色。他那令人羡慕的生命力（他曾说：‘我从未想过死。’）使他一直在不知疲倦地旅行，几乎直至生命的终结。对于自己是一位‘街头诗人’，一位与人民同甘苦的伟大诗人，他总是洋洋自得，他从不想成为消极的、没有承诺的‘坐着的诗人’。在历史的关键时刻，他的声音总是在揭露国家的非正义和困难，但又从不忽视任何外来的呼唤，支援各国被压迫的人民。

1957年对中国的访问对阿尔贝蒂的创作产生了深刻的影响。毛泽东使中国产生的进步，中国的风俗习惯和古老文化，中国奇特的风景，她的人民，她的女人们“樱桃般”鲜嫩的皮肤……无不令他惊诧。在北京他拜访了令人尊敬的九十九岁高龄的画家齐白石，后者送给他一幅漂亮的裱好的水彩画，一幅画家晚年的作品。他还结识了诗人艾青。他给他们二人写了很美的诗。

这次中国之行对阿尔贝蒂的创作产生了深刻的影响，这不仅体现在《中国在微笑》（1958），一本漂亮的诗集，有作者本人的插图和玛丽亚·特莱莎·莱昂撰写的散文，还体现在他精心的艺术创作。‘我是一个中国—意大利—阿拉伯—安达卢西亚画家’，他常常怡然自得地这样自我评论。”

阿尔贝蒂在创作这部诗集时，心中不但充满对中国由衷的赞美，而且还时刻怀念着自己的祖国，时刻在将两个国家进行对比。《中国在微笑》的最后一首诗是写给当时的西班牙政府的，题为《可悲的政府……》：

可悲的政府，继承了

希特勒顽固的梦想，
你们的行为就像屠夫
总是把刀拿在手上。

请来看一看，假如
你们的瞳孔上还闪着光，
看看这勤劳的人群
像甜蜜平静的蜜蜂一样。

请来看一看，孩子们
笑得像花园里的花儿一样，
青年们焕发着光芒，
既没有暴君也没有官长。

请来看一看他们
如何降伏河水叛逆的流程，
如何日夜不停地
教河流成为人的弟兄。

请来看一看白手起家
如何将铸铁冶炼，
在最高的山上
坚硬的土地也成了农田。

请来看一看中国这宽阔
大街上的手工艺人，

看看每一个行人
手中拿着什么物品。

不要以为人民很伤心，
以为他们忍受着饥饿和蹂躏，
赤着脚，衣不遮身，
因为身无分文。

也不要以为由于他们
是工人和农民
就被束缚在唯一的分工，
其实他们依然是士兵。

请和平地来。向这个国家
伸出你们的手，它只是希望
平静地生活，像兄弟一样
沐浴着绿色的春光。

阿尔贝蒂对中国诗人的影响，虽不如加西亚 · 洛尔卡那样广泛和深入，但他们同属“二七年一代”，都是安达卢西亚诗人，而且是十分要好的朋友。因此，中国诗人在提到洛尔卡的时候，一般都要提到阿尔贝蒂，北岛、顾城等人，无不如此，本文不再赘述。

2002 年是阿尔贝蒂和另一位西班牙“二七年一代”诗人塞尔努达的百年诞辰，北京大学外国语学院西班牙语系、北京大学西班牙语文化研究中心于 2002 年 10 月 14—18 日举办了“纪念西班牙诗人阿尔贝蒂与塞尔努达百年诞辰暨国际学术研讨会”，著名彝族诗人吉狄马加、西班牙公使爱德华多 · 阿斯纳尔、西班牙著名诗人路易斯 · 加西亚 · 蒙特罗、中国诗人王家新以及赵振江教授都出席了开幕式并致辞。研讨会期间，中外学者对两位诗人的生平与创作进行了研讨与交流。在参加研讨会的学者中，有西班牙穆尔西亚大学的迪耶斯·德·雷本卡教授、格拉纳达大学的安赫拉·奥拉亚教授、著名诗人路易斯·加西亚·蒙特罗教授、著名小说家阿尔穆德纳·格兰德斯、苏黎士大学的玛利亚·帕斯·亚涅斯教授、墨西哥驻华使馆文化参赞贝尔梅赫先生、西班牙语教师何塞·拉蒙·麦西亚斯博士、西班牙语教师何塞·卡布雷拉等，他们都在研讨会上作了相关的学术报告。

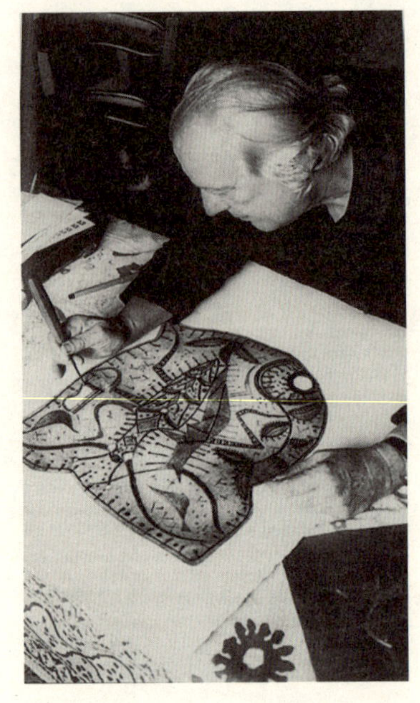

阿尔贝蒂在作画

第五章　　当今西班牙文学中的中国元素

在西班牙的诗人中，受到中国文学影响的不乏其人，只是至今尚无人作系统的梳理和研究。在此，笔者不过是在自己接触的范围内作一些零星的介绍而已。

西班牙诗人卡门 · 孔德

在阿尔贝蒂访华近20年后，一位比他小5岁的女诗人又应邀访华，她就是卡门 · 孔德（Carmen Conde，1907—1996）。孔德生于卡塔赫纳，从年龄上说，也应属于“二七年一代”，是战后较有影响的西班牙女诗人，曾参与多种文学杂志的编辑工作。除了诗歌（主要是散文诗）之外，孔德也创作小说、杂文和文学评论。她的诗歌作品主要有《井栏》（1929）、《语言的激情》（1944）、《对恩赐的渴望》（1945）、《没有伊甸园的女人》（1947）、《被照亮的土地》、《女儿的独白》（1959）、《在逃亡者的世界》（1960）、《在永恒的此岸》（1970）、《恋人的歌》（1971）、《与生命的约会》（1976）等。1978年，卡门 · 孔德成为西班牙皇家学院第一位女院士。她的最后一部诗集是《在中国的美好日子》，记述了当时的中国给她留下的美好印象。

孔德来中国访问是在 1976 年 10 月和 11 月。1985 年，她在马德里出版了诗集《在中国美好的日子》[1]，这部诗集包括 16 首诗，题目分别为《北京》、《长城归来》、《博物馆》（南京）、《孩子们》（上海）、《杭州》（梅家坞）、《灵隐寺》、《泛舟西子湖》、《旅途》（广州至香港）、《南京》、《这就是紫禁城》、《Fu—Tong—Sheng》、《从北京到南京》、《对比》、《少年宫》、《漫步街头》和《记忆》。这些诗的创作时间是从 1976 年 10 月 21 日（《北京》）到 1977 年 3 月 15 日（《记忆》）。从时间上看，《从北京到南京》作于 1977 年 3 月，而前面的一首作于 1976 年 11 月 26 日，因此可以看出后面的 5 首诗是离开中国以后创作的。她在华期间，正值“文化大革命”结束，全国人民沉浸在兴高采烈之中，孔德的诗正是这种形势的真实写照。

1. *Hermosos dias en china*, por Carmen Conde, 1. edición. Madrid: Cuadernos torremozas, 1985.

在她的诗中，到处是歌声和笑脸，是红旗的海洋。当然，诗中也不乏美丽的景色和古老的文明，以及享受这美好现实的面带微笑的人们给她留下的深刻印象。

西班牙诗人
何塞·克雷多尔—马特奥斯

何塞·克雷多尔—马特奥斯（José Corredor—Matheos，1929—　）是一位巴塞罗那诗人，一位令人尊敬的长者。他曾任“埃斯帕萨”（Espasa）百科全书副刊主编，《建筑与城市规划手册》主编，巴塞罗那建筑学院艺术顾问，加泰卢尼亚语大百科全书（Gran Larousse）主编，《命运》、《胜利》、《改革16》等杂志艺术评论员。他还是加泰卢尼亚艺术家协会创始人、首届会长，并曾任加泰卢尼亚作家协会主席。马特奥斯已发表诗集15部，后来汇编成《诗集1951—1975》（1981）和《诗集1970—1994》（2000），他最近的两部诗集是《无知先生》（2004）和《花园中的游鱼》（2007）。他曾主编了《加泰卢尼亚诗歌中的本质诗歌》（1981、2001），还主编过艺术、历史、建筑及其他类图书50余部。马特奥斯曾获国家诗歌奖（2005）、巴塞罗那加泰卢尼亚语文学奖（2008）。他是圣费尔南多皇家美术学院通讯院士，并获得过巴塞罗那艺术成就金质奖章和“卡斯蒂利亚—拉曼恰之子”的荣誉称号。马特奥斯非常热爱中国古典诗歌，1975年他出版了一部诗集，题为《致李白的信》。他的诗歌创作短小精悍，意境深邃，与中国的古诗颇有几分相似，如下面这首选自《致李白的信》的诗作：

为了写一首诗

我使自己服刑，

可诗并未作成。

原来我忘了

古圣贤们的话，

于是便受惩罚。

现在我只想

让太阳更低地

照到阳台上。

白昼已很漫长，

做什么都有时间，

只要没有奢望。

马特奥斯于 2008 年 8 月应邀来华出席了青海湖国际诗歌节，其间他朗诵了自己的诗作并作了题为《论诗歌的本性》的学术报告。在学术报告结束前，他说：

> *“看似将一切文化和所有时代的诗歌的不同表现区分开的东西不是诗歌，而是包围着它的东西：历史背景，文化关联，形式，言辞，面具。那么让我们的注意力集中在最本质的东西上，这样才能发现，我们所吟唱的不同的诗歌其实都是同一首诗。在这点上，作为远方的来客，我们能从这么多异彩纷呈的事件中，从这个伟大国度所云集的大师们身上学到很多东西。”*

在诗歌节期间，他写了吟诵青海的诗篇《坎布拉》：

坎布拉（青海）

“黄河远上白云间”

——王之涣

用双手

将群山高擎，

一旦它们

耸立在晴空，

我们便让它们
沉入最深的水里，
我们在它的阳光里沐浴。
你用双手
将群山高擎，
你对自己的梦很清醒，
坚硬如岩石，
自由似雄鹰。
在你面前，
河流用水的力量
上升，
水总是渴望
冲破河岸，
然后倾倒在
平原上，
带着爱的表情。
倘若有一天我消失了
你们可以到这里来找寻，
因为这山顶的树
这河里的水
将是我的化身。

2009.8.10

从这首诗和他在诗歌节作的报告中，不难看出这位西班牙诗人对中国文化和中国人民的热爱。

赫苏斯·费雷洛（Jesús Ferrero，1952—　）是西班牙小说家、诗人。从他的小说中，可以看出道家思想对他的影响。1986 年，他出版了一本小小的诗集，共 83 页，题为《黄河》[1]，前面有序诗一首，正文共 9 首诗，长短不一，分别题为《李白与王子们》、《中国的古老神话》、《一位妃子的自白》、《玄奘来到塔希拉》、《一位清朝官员的奉告》、《庄子之梦》、《镜子前的明皇》、《人民之官》、《在帕陵家中未见她》。从这些诗作的标题不难看出，诗人对中国文化是了解的。诗集的内容与黄河并无外在联系，而是指时间像一条金色的河流，金乃黄色，故名《黄河》。

1.Jesús Ferrero, *Río Amarillo*, Editorial Pamiela, cuarta edición, 1986.4. Pamplona.

诗集《黄河》封面

这本诗集的封面也极具中国特色：上半部有一个带黑框的红色正方形，中央是《易经》64 卦中第 40 卦（解卦）的卦象；下半部是书名和作者姓名。封面设计简洁、明快、朴实、大方。诗集的内容是中国的，其艺术表现形式却完全是西方的。或许正因为如此，这本诗集获得了成功，1986 年一年之内就印刷了 4 次。

马德里国立自治大学的中国语言文学教授、女诗人碧拉尔·贡萨莱斯·埃斯帕尼亚（Pilar González España，1960— ）于 1997 年出版了一本题为《变化》的诗集，用诗歌表达了自己对《易经》64 卦的诠释，使人读起来颇有兴味。下面是她的部分诗作：

第四卦

蒙

（青春的荒唐）

我了解

并意识到自己的深度，

因为我在证实自己浮浅。

我在此何为？

毫无

作为。

实际呢？

无所

不为。

第二十一卦

噬嗑

（用牙齿分开）

语言，表面上，使你脱离一场战役。

然而倘若你参加了这场战役，

肯定能取得胜利。

第二十七卦

颐

（唇之角）

多少光线将城市照亮，

那是抵抗。

我们的眼睛看着万物闪光，

那同样是抵抗。

抵抗是永不结疤的创伤。

抵抗不认识嵌在眼中的拳头，

也不认识一堵堵墙。

抵抗：

语言在阻止牙关合上。

第五十二卦

艮

（山，保持平和）

神圣的山

在我后面，

很近。

我

愚蠢，

不晓得

她

在等我，

我

却将她找寻。

无独有偶，2007 年岁末，西班牙两位女诗人米拉格洛斯 · 萨尔瓦多和葛罗丽娅 · 利玛给笔者赵振江写信，要求为她们的诗集《龙与月》写一篇短序，并说这是出版社的要求。诗集的内容同样是她们各自对《易经》64 卦的理解与感悟。她们各写 32 首，一个写奇数的，另一个写偶数的。2010 年，她们又请笔者将这 64 首诗译成中文并自费印出，赠给中国诗歌界的朋友和高校学习西班牙语的师生。她们的风格与埃斯帕尼亚的不同，从下面这开篇的两首，或可见一斑：

1. 乾：创造

我发现了你

放眼望

蓝色最耀眼的地方，

我重复你的名字，

我将你称作“阳”。

你是心灵从万物中繁衍的力量，

并以光的名义

升抵双倍的天，这是强者

至高无上的形象，

拥抱万物的始和终的圆，

无论它清晰还是渺茫，

离开了你的脉搏

一切都会消亡。

（米拉格洛斯·萨尔瓦多）

2. 坤：承受

揭示你的目的

在北方的沼泽中，

月亮用自己的泪水

开辟了路径，

看到两匹母马，马群在吃草，

向林边驰骋。

它们在寻觅，想知道谁让它们聚拢。

“当我们的核心默不作声，

我们不能将神谕履行，

我们是阳还是阴？”

“这无足轻重：

只要我们在看，在听，在流动，

我们就不再是阴，

在那干枯的草丛中。”

葛罗丽娅 · 利玛

《易经》流传到现在有近三千年的历史，已形成一个庞大的易学体系，对中华文化的发展产生了巨大影响，是中华学术史上的一座丰碑。即便是在国内的学术界，对《易经》的研究也是见仁见智，众说纷纭，所以我们不能要求一位西班牙诗人对《易经》的卦爻作出准确的参悟。但是，从上述三位女诗人的诗作至少可以看出，她们对《易经》是了解的，是进行过研究的，她们的创作是有基础的，同时也说明学术是无国界的。华夏文明具有无穷的魅力，它是世界文明的重要组成部分。

上面的叙述仅仅是举几个例子而已，随着中国和西班牙之间的交流日渐增多，西班牙文学作品中的中国元素也会越来越丰富多彩。

第四部分　互动篇

西班牙语美洲部分

第一章　鲁文·达里奥作品中的中国形象

鲁文 · 达里奥，原名费利克斯 · 鲁文 · 加西亚 · 萨米恩托，1867 年 1 月 18 日生于尼加拉瓜的小镇梅塔帕（即今天的达里奥镇）。他 11 岁发表诗作，13 岁已在中美洲崭露头角，14 岁便在报刊上发表政论文章，并应邀在国家图书馆落成典礼上朗诵他自己作的 100 首十行诗。那时，他在首都靠为报刊撰稿维持生活。没过多久，他便感到了生活的艰辛和本国知识界的平庸，加上他过早地爱上了只有 11 岁的罗萨里奥 · 穆里略，最终不得不接受朋友们的劝告和安排，只身前往萨尔瓦多。达里奥在萨尔瓦多认识了当地诗人弗朗西斯科 · 加维迪亚，这是他文学生涯的一件大事。后者精通西班牙文学，酷爱浪漫派大师雨果，并悄悄地将法国的亚历山大体移植到西班牙语诗坛。这位志同道合的良师益友对达里奥的诗歌创作产生了很大的影响。在那段时间里，他对文学进行了系统的自学，并创作了大量的诗歌。这些作品虽然尚未摆脱模拟的痕迹，却也是一个年轻诗人不可缺少的艺术起步。

在失去萨尔瓦多政府的支持以后，他曾回到尼加拉瓜，在总统的秘书处工作。但由于爱情纠葛，再加上他本来就已厌倦了中美洲乏味的知识界，于是在 1886 年 6 月去了智利。在圣地亚哥，他结识了《时代报》的文艺编辑曼努埃尔 · 罗德里格斯 · 门多萨和智利总统的儿子佩德罗 · 巴尔马塞达，前者学识渊博，谙熟各种文学流派，后者拥有收藏丰富的图书。通过他们，达里奥受到了帕尔纳斯诗派和象征主义的深刻影响。此外，巴尔马塞达使他接触了上流社会的生活空间，那里的富丽堂皇和奇珍异宝为他日后躲在“象牙之塔”里的创作提供了第一手素材。1887 年，他先后出版了诗集《蒺藜》和《智利光荣颂》，后面这首长诗曾在智利诗歌比赛中获奖。1888 年，他又出版了《诗韵》和《蓝》。诗文集《蓝》不仅为他本人赢得了声誉，也是现代主义诗歌成熟的标志。从 1889 年起，他开始与阿根廷的《民族报》合作，并从此与这家有名的报纸结下了不解之缘。然后，他回到中美洲，参加了萨尔瓦多、危地马拉以及他的祖国尼加拉瓜的政治活动。那段时间，他过的是动荡不安的生活，时而获得某位总统或将军的宠爱，时而衣食无着，四处奔波。酗酒纵欲损害了他的身体，世态炎凉又加深了他的阅历。

1890 年，达里奥终于与情投意合的孔特莱拉斯结婚。在举行婚礼的当天，萨尔瓦多发生了军事政变，他不得不只身逃往危地马拉，第二年才在那里举行了宗教婚礼。遗憾的是好景不长，妻子在生下一子后于 1893 年病逝。其间，佩德罗 · 巴尔马塞达也英年早逝，进一步激化了诗人从小就有的敏感与孤独。1892 年，作为尼加拉瓜的官方代表，达里奥赴西班牙参加了纪念哥伦布到达美洲400周年的活动。在马德里，他认识了许多著名的诗人、作家和社会名流，并和他们结下了深厚的友谊。孔特莱拉斯去世后，他与少年时期的恋人罗萨里奥·穆里略结婚，然而这却是一次使他难以摆脱的爱情悲剧。1893年4月，他被任命为哥伦比亚驻阿根廷的领事。在赴任途中，他先去纽约，在那里结识了古巴诗人何塞·马蒂，然后转道巴黎，见到了他神交已久的保尔·魏尔兰，但令他遗憾的是这位象征主义的大师已经被酒精折磨得语无伦次了。

鲁文·达里奥

在阿根廷的这段时期，鲁文·达里奥的诗歌创作达到了巅峰状态。1894年，他与玻利维亚诗人海梅斯·弗雷伊雷创办了《美洲杂志》。1896年，他出版了散文集《旷世奇才》和诗集《世俗的圣歌》。这时，现代主义运动公认的四位先驱古巴诗人马蒂、胡利安·德尔·卡萨尔，哥伦比亚诗人何塞·阿松森·席尔瓦和墨西哥诗人古铁雷斯·纳赫拉都已先后去世，他理所当然地成了这个文学运动的领袖。1898年，在美西战争中，西班牙失去了古巴、波多黎各和菲律宾等最后的海外领地，作为《民族报》记者，达里奥又一次来到马德里。时过境迁，昔日的海上霸主如今已彻底丧失了元气，举国上下一片困惑。诗人原来结识的作家多已年迈体衰或离开人世，这使他非常痛苦。

当然，他又结交了新朋友，如巴列·因克兰、乌纳穆诺、坎波阿莫尔、贝纳文特、巴罗哈、马查多兄弟等。1900年4月，他又以《民族报》记者的身份采访了巴黎万国博览会，然后又访问了法国、意大利、德国和奥地利，后来出版的《当代西班牙》（1901）、《异乡巡礼》（1901）、《旅行队经过》（1903）、《太阳的土地》（1904）等游记散文就

耸立在尼加拉瓜首都的
达里奥纪念碑

是这次访问的成果。

1905 年，达里奥出版了《生命与希望之歌》。这是他最杰出的诗集，也是他从逃避主义向新世界主义转化的标志。后来，他又出版了《献给米特雷的歌》（1906）、《流浪之歌》（1907）、《阿根廷颂》（1910）、《秋天的诗及其他》（1910）等诗作。这一时期，他曾担任尼加拉瓜边界委员会委员、尼加拉瓜驻马德里公使等社会公职。无论是在他的祖国，还是在整个拉丁美洲，他都受到人们的爱戴和欢迎。但与此同时，对酒精的嗜好早已严重损害了他的健康。到 1911 年，他几乎完全丧失了自制能力，沦为吉多兄弟广告杂志的工具。1915 年 2 月 4 日，他在美国哥伦比亚大学公开演讲，朗诵自己创作的《和平》一诗。1916 年 2 月 6 日，鲁文 · 达里奥在他的家乡莱昂市告别了人生。

在鲁文 · 达里奥的人生道路上，有山重水复，也有柳暗花明。然而在诗歌创作上，他却从未放弃过对超越前人、独辟蹊径的追求。出身贫寒而具有超人的天赋，经历坎坷又有不懈的追求，生活放荡却在诗歌艺术上取得了空前的成就，这位尼加拉瓜诗人的一生充满了矛盾。他的欢乐与悲哀、狂热与颓唐、理想与绝望、崇高与放纵，都在诗歌的创新中凝成了美的永恒。这就是人们将这位生活中的凡夫俗子尊为“诗圣”的根本原因之所在。

鲁文 · 达里奥是拉丁美洲现代主义文学的最高代表，可以毫不夸张地说，没有他，就没有拉丁美洲的现代主义文学运动。现代主义诗人大都逃避社会现实，崇尚唯美主义，追求异国情趣，“神秘的东方”更是他们憧憬和向往的地方。在达里奥的诗歌、小说和纪实散文中，中国主题是其想象、意境和比喻的基本元素之一。在达里奥 18 岁（1885 年）创作的《艺术》一诗中，他写道：

至高无上的亚洲
有神圣的传统，
中国骄傲地耸立起
自己陶瓷的塔楼。

诗文集《蓝》（1888）的发表标志着现代主义的形成，其中有一首题为《维纳斯》的十四行诗，诗人是这样写的：

宁静的夜晚，痛苦的相思折磨着我的心灵。

我到花园来寻求平静，这里多么凉爽，万籁无声。
美丽的黄金果实在黑暗的天空闪烁，
宛似一朵神圣的金色素馨镶嵌在紫檀木中。

对于我热恋的灵魂，她就像一位东方的女王
期盼着自己的情侣，在自己的卧房，
要么就像漫游在深邃的天空，光彩照人，
得意洋洋，斜倚在人们抬着的轿子上。

“啊，金发女王！”我对她讲，“我的灵魂
要脱壳而出去亲吻你火热的双唇，飞向你的身旁，
在苍白的光芒洒向你前额的光环里飘荡，
我在星的陶醉中不会放弃任何一个爱你的时刻。”

夜晚的空气，使热烈的氛围变得凉爽。
爱神啊，你从深渊中将我眺望，用惆怅的目光。

维纳斯即金星，她是罗马神话中的爱神。在这首诗中，虽然没有出现“中国”的字样，但诗人的爱神不仅是一位“东方的女王”，而且“斜倚在人们抬着的轿子上”。从这样的描述中，人们不难想象中国元素在诗人的憧憬中所占的位置。在另一首题为《冬日》的十四行诗中，诗人这样表述了一位名叫卡罗琳的巴黎女性身旁的事物：

请看卡罗琳，在冬季里
像一个球体，在沙发上休息，
离大厅里闪光的俘获不远，
身上裹着紫貂的皮衣。

洁白的安哥拉猫与她为伴，

用嘴拱着她裙上阿朗松的花边，

近处是中国的大瓷瓶，

被一座日本的丝绸屏风半遮半掩。

甜蜜的梦境使她如痴如迷，

我悄悄地进去，脱下灰色的大衣。

我要吻她的面颊，粉红而又讨人欢喜，

宛似百合花，又像红色的月季。

睁开眼吧，用你迷人的目光看看我，

这时天将大雪降在巴黎。

在 1907 年出版的《流浪之歌》里，又一次出现了这样的意境：

他身穿精致的丝绸，坐在轿子上

漫游在中国的心脏。

在《山鸡》和《小奏鸣曲》中也出现过相似的描述，前者有“法国的玫瑰开放在中国的诗行”和“向一条蚕购买中国的丝绸”这样的意象，后者则提到了公主爱慕的“中国王子”。如果说上面这些作品中出现的不过是“瓷瓶”、“轿子”、“丝绸”等典型的中国意象，在《神游》中则有一首完整地描写中国风情的诗。《神游》是一组情诗，抒发了诗人对不同国度的爱的憧憬，其中有一首表达了诗人对中国公主的爱慕与追求：

难道是异国的情意缠绵？

像东方的玫瑰使我梦绕魂牵：

丝绸、锦缎、黄金令人心花怒放，
戈蒂耶拜倒在中国公主面前。

啊，令人羡慕的美满姻缘：
琉璃宝塔，罕见的“金莲”，
茶盅、神龟、蟠龙，
恬静、柔和、翠绿的稻田！

用中文表示对我的爱恋，
用李太白的响亮语言。
我将向那些阐述命运的诗仙，
吟诗作赋在你的唇边。

你的容貌胜过月中的婵娟，
即使做天上的厚禄高官，
也不如去精心照看
那不时抚摩你的象牙团扇。

从第一节可以看出，诗人以戈蒂耶自比，他心目中的“东方”指的首先是中国，然后才是日本、印度和亚洲的其他地方。他所列举的“丝绸、锦缎、黄金”无疑是最具典型性的中国象征。第二节中的意象就更鲜明了：琉璃宝塔，罕见的“金莲”。罕见的“金莲”如果直译就是“不可能的脚”，显然是指中国妇女的缠足。“茶盅、神龟、蟠龙”是皇家特有的器物，“恬静、柔和、翠绿的稻田”则是一派江南春色。在诗的第三节中，作者要做“诗仙”，要用“李太白的响亮语言”在公主的唇边吟唱。最后，诗人情愿放弃天上的高官厚禄，到人间做公主的侍从。“不爱高官爱美人”，这是中国古代经典的爱情故事。他的诗作绝非凭空想象，他对唐诗和李白应该是不陌生的。

作为现代主义最杰出的诗人，神秘的东方是达里奥憧憬的梦境。他笔下的中国形象都是优美的、高贵的、理想化的。在他的短篇小说中，中国元素虽也屡见不鲜，但一般都是为衬托环境、烘托气氛而设置的。例如，在《资产王》、《白鸽与褐草鹭》和《中国女皇之死》等作品里，都不乏对中国器物的描述，这三部作品都是诗文集《蓝》的组成部分。在《资产王》中，作者惊呼："日本和中国的艺术精品！仅仅为了摆设的富丽豪华而已。"在故事结尾时，有这样的景物描写："一天夜晚，高高的天空降下鹅毛大雪，王宫里举行盛宴。枝形吊灯的光芒欢快地荡漾在金器上，在大理石雕像上，在中国古瓷高官的长袍上。"尤其是在《中国女皇之死》中，中国元素更得到了集中的体现。这个短篇揭示了真与美、艺术美与自然美的关系。故事内容是这样的：雕塑家莱卡莱多与新婚妻子苏塞特本来过着幸福和谐的生活，然而在艺术家眼里，苏塞特只是一只物化的小鸟而并非活生生的人。小屋里的佳丽如同笼中的八哥一样，都是他的装饰品。苏塞特身上所具有的妻子与玩物的两重性使莱卡莱多感到迷惑不解，在这种情况下，他爱上了好友罗伯特从香港寄来的礼物——瓷制的中国女皇。直到苏塞特将中国女皇砸碎之后，他才又回到现实中，鸿沟被填平了。此后，苏塞特发出的小鸟般的声音已经是物我同一的纯艺术的声音，而这也正是达里奥心驰神往、孜孜以求的声音。

在小说中，莱卡莱多的香港朋友罗伯特的来信是这么说的：

> *"亲爱的莱卡莱多：*
>
> *我来了，见到了，可还没有胜利。*[1]
>
> *我在旧金山获悉你俩结婚的喜讯，深感高兴。我一跃就跳到了中国。我是作为一家丝绸、漆器、象牙等中国工艺品的进口商号的代理人来到此地的。随信寄去一件礼物。鉴于你酷爱这个黄种人国度的东西，我特意寄给你一件珍品。请代我向苏塞特致意。希望见到这件礼物能记起你的朋友罗伯特。*
>
> *罗伯特*
>
> *1888 年 1 月 18 日于香港"*

1. 凯撒轻而易举地战胜本都王国的国王之后，在元老院说："我来了，见到了，胜利了。"这句名言后来变成了成语。本句即由此演化而来。

罗伯特寄来的这个礼物"原来是一尊精美绝伦的半身瓷像，一个白皙、迷人、笑容可掬的美妇。底座上有中、英、法三行文字，写着'中国女皇'"。紧接着，作者对"中国女皇"进行了这样的描述：

“亚洲艺人有双什么样的手，竟能塑出一个如此奇妙迷人的人儿？她头发紧挽在一起，脸上带有神秘的表情，天仙般神奇的双眼低垂着，露出斯芬克斯的微笑，挺秀的脖颈下那圆润的双肩上，披着一件秀龙的丝绸薄衫，这一切都给这尊洁白无瑕、蜡一般光滑的瓷像平添了魅力。中国女皇！”

从上面的引文中可以看出，达里奥对这件中国陶瓷工艺品的描述可谓形神兼备，是十分到位的。对达里奥而言，这不足为奇，因为他不仅博览群书，阅读过有关中国的文学作品，而且接触过上层社会，很可能亲眼见过类似的中国工艺品。19世纪，在西方的宫廷和贵族家里，中国的丝绸、陶瓷、漆器、牙雕等工艺品都堪称时尚。

在达里奥的一生中，曾长期做记者和外交官。在他撰写的纪实散文中，有大量对中国的描述，这其中有对中国诸如绘画、音乐、文物、印刷、烹饪等的赞叹。例如，他指出，中国是最早使用纸币的国家，日本绘画在某些方面是对中国的抄袭。此外，他认为中国艺术中早已存在着象征主义，如伞盖是荣誉的象征，荷花是菩萨的象征，鱼是富有的象征，等等。当然，一位尼加拉瓜的诗人或许并不知道“鱼”和“余”的谐音。在设计古老的华夏文明时，这位现代主义大师始终怀着深深的敬意，即使是他不喜欢或不欣赏的东西，也往往是从自身找原因。在1902年出版的《旅行队在经过》中就有一段对旅居古巴的华人乐师的评论：

“中国乐师们，耳闻其在哈瓦那天朝戏台及其他地方的演奏，并未激起我的热情。不过这要归咎于习惯和初次接触……否则，就不会有发生在孔夫子身上的事情。这位哲人曾为一段音乐而激动得三天不知肉味。”

尽管作者将“三月不知肉味”记成了“三天不知肉味”，作为一位尼加拉瓜诗人，已属难能可贵了。在《巴黎纪事》中有一篇题为《中国厨艺》的文章，达里奥在其中提到中餐馆，见到丰盛的餐桌，他不仅惊呼：“美食啊，孔夫子！”他又说：“最后，是一杯绿茶，真正的，不放糖，在它面前，我们内心充满敬意，理当叩头。”作者在文中的“叩头”用的是拼音“kotow”。联想到当笔者在西班牙格拉纳达大学翻译《红楼梦》时，将“叩头”音译成“koutou”，心里还忐忑不安呢，不想早在近百年前，一位文学大师早已经这样做了。达里奥称中餐为“远东的团圆筵”[1]，将中餐提升到了“神圣”的高度，将它和孔夫子相提并论，这也是他“异国情调”的突出表现。为了逃避眼前龌龊的现实，现代主义诗人往往沉浸于对东方世界的憧憬，殊不知

1. “el ágape extremo-oriental”，el ágape是指早期基督徒用以表示兄弟情谊的会餐。

当时中国的仁人志士正如饥似渴地向西方学习呢。

作为一个外交官，达里奥不仅关注中国，而且有机会与中国同行接触。在他的纪实散文中，不乏对中国形象的描述。在对西班牙政治家、演说家埃米里奥·卡斯特拉尔葬礼的记述中，就有对中国外交官形象的描绘："中国大使，身着绸衣，上面带着水晶纽扣和孔雀羽毛。"在另一篇题为《巴黎的事件、人物、思想》的文章中，达里奥为我们生动地描绘了一位中国外交官奢华的家庭生活。这是一位姓于（俞或余，音译）的先生，时任大清朝驻法国公使：

"这位高贵的黄种人家里具有路易十五的节日氛围，他的官邸是一座巴黎时尚和优雅别致的殿堂。我们很多人都见过他及其两个不大不小的儿子，穿着清朝的官服，在树林里漫步。他的太太是英国人，秘书是意大利人。于先生极不寻常。当北京发生使馆区被围困的恐怖时，他却宣布中国使团要庆祝节日，当然，没有办成。他的女儿们漂亮而且与众不同，混血，手持扇子的娇小模样，完全欧化了。一位刚刚在于先生家里出席招待会的人士讲了自己的印象：一个铺着红地毯的长长的台阶，公使、公使夫人和他们的两个女儿，还有一位颇具慈父风范的管家，站在台阶的最高处。作为大清朝当之无愧的代表，公使阁下已上了年纪，为了在必要时搀扶一把，在他身后有一位小伙子，并非传统的佣人，出于娱乐的想象，完全是英国王室侍童的装束：鲜红的长裤，白色的丝袜，绣着金线的礼服。那容光焕发的少年打扮得像优美的郁金香，他有一个超凡脱俗的头脑，人们会说那是一位远东艺术家画出来的。随后，在招待会进行中，他引领着主人，摇摇晃晃地出入各个大厅，寸步不离，后者扶着他的胳膊，像个硕大的傀儡。据说这个侍童非常聪明，精通法语、英语、汉语和日语。于先生一声令下，他会飞快地跑，突然全身趴在地上，再一跃而起，笔直而又有弹性，好似橡胶做的一样。"

还有一位中国外交官在达里奥的作品中留下了痕迹，他便是赫赫有名的李鸿章。在谈到德国皇帝威廉二世和巴黎市博会德国展区时，达里奥在《散记》中记述了一则轶事：

"听说在将李鸿章引见给德国皇帝时，翻译开始历数这位清朝显贵的头衔和功勋。李鸿章拉了一下他的衣袖并训示道：'告诉他，我会赋诗。'众所周知，在中国赋诗是一件崇高的品德。居心叵测的威廉，立即满不在乎地反驳道：'告诉他，我也赋诗。'

对此，李鸿章却感到了极大的满足。”

在达里奥的纪实散文中，不仅向我们讲述了中国外交官的奢华，也向我们讲述了一般华侨的苦难。他多次提到生活在古巴、秘鲁等地的华人，说他们是苦力的后代。

达里奥生活的时代，正是中国受西方列强欺侮、被西方列强瓜分的时代。作为记者和外交官，达里奥一直关注中国发生的事情。在一首题为《新闻社》的诗中，他曾惊呼“中国人剪了自己的辫子”，这应是辛亥革命前后的作品。值得一提的是，对于西方列强对中国的侵略，达里奥始终抱有深切的同情。在西方媒体将中国妖魔化的时候，达里奥挺身而出，为中国人鸣不平。在《旅行队在经过》中就有这样的记载：

“当瓦德西[1]从北京回柏林时，我有机会在巴黎和伦敦看到许多马戏团用哑剧表演中国的战争。有漂亮的中国女子和滑稽而又丑陋的中国男人，英俊勇武的欧洲军官从中国人手里抢走他们的姑娘，不仅如此，还殴打他们。战斗中边奏乐边开火，胆怯的中国人四处逃窜，法国士兵唱着马赛曲攻克堡垒；英国士兵穿着红色上装；俄国海军身躯高大；美国军官头戴牛仔帽，挎着巨大的手枪；意大利人戴着鸡尾帽；而矮小的日本人，鱼和肉都未能把他们变成高加索人，依然是蒙古利亚人。结果在所有这些人中，中国人成了野蛮而又不幸的。之所以要肢解他，是为了我们光荣的西方的利益。”

1. 瓦德西（Alfred Waldersee,1832—1904），曾任德军参谋长、兵团长、陆军元帅等职。1900 年八国联军攻占北京时，任联军统帅。

从上面的记述中，作者的立场一目了然。他完全是站在受欺侮的中国人民一边。这不是用现代主义的“异国情调”所能解释的，而完全是出于诗人的良知。即便是法国和日本，尽管他喜欢这两个国家，但是在八国联军侵略中国时，他照样会谴责它们。在达里奥的心目中，中国一向是爱好和平的文明古国。

以上对达里奥笔下的中国形象不过是作了一个大致的梳理，有些方面难免以偏概全。作为拉丁美洲的诗人，达里奥如此关注中国的文化与现实，不仅出于他的异国情趣，也因为拉丁美洲的命运与中国有相似之处。

我们知道，达里奥是西班牙语美洲现代主义文学的代表人物。现代主义的特点之一就是追求异国情趣。现代主义的先驱、古巴伟大的爱国诗人何塞·马蒂（1853—1895）在自己为儿童创办的刊物《黄金时代》[2]中就曾提到中华帝国的兴衰。

2. José Martí, *Cuentos completos*, *La Edad de Oro y otros relatos*, edición de Ángel Esteban, Anthropos, Barcelona, 1995.

另一位现代主义早期诗人胡利安·德尔·卡萨尔（1863—1893）对中国文化同样痴迷，据说他时常在菩萨旁边，点燃檀香，身着中国服饰，用茶待客。他的诗中充满忧伤和虚幻的情调，如下面这首《思乡》：

从月的明亮
到黄河旁，
等候
荷花的蓓蕾
开始绽放
那耀眼的时光。[1]

1.Rosa M. Cabrera, Julián del Casal, *vida y obra poética*, Las Américas Publishing Company, Madrid, 1970, p. 155, ("Nostalgias").

另一首题为《幻象》的诗则具有更鲜明中国色彩：

一扇中国丝绸的屏风
在街头展开它的叶片，
金色的仙鹤呈十字形飞翔
在流线型精细的漆制桌面上，
点燃的灯引人注目，
用它玫瑰色的光芒。[2]

2.Rosa M. Cabrera, Julián del Casal, *vida y obra poética*, Las Américas Publishing Company, Madrid, 1970, p. 177, ("Nostalgias").

现代主义晚期的哥伦比亚诗人吉列尔莫·巴伦西亚（1873—1943）还通过法文翻译了一部中国诗集，题为《震旦》。在序言中，作者将短小、精练作为中国古典诗歌的突出特点，可谓真知灼见，认为“中国人写诗犹如在屏风上作画，在长衫上刺绣：清新、刻意、朴实、典雅”[3]。

3.Guillermo Valencia, *Obras completas poéticas*, prólogo de B. Sanín Cano, Aguilar, Madrid, 1955, pp. 253—255.

第二章　帕斯的中国情结

奥克塔维奥·帕斯（Octavio Paz，1914—1998）出生在墨西哥城的米克斯科阿克小镇。他的父亲是记者和律师，曾任墨西哥革命将领萨巴塔驻纽约的代表；母亲是西班牙安达卢西亚的移民，虔诚的天主教徒。早在1931年，帕斯17岁时便与人合作创办了《栏杆》杂志（1931—1932）。1933年，他又创办了《墨西哥谷地手册》（1933—1934），介绍英、法、德等国的文学成就，尤其是刊登西班牙语国家著名诗人的作品。1933年，他出版了第一部诗集《野生的月亮》。1937年，他应邀去西班牙参加了第二次国际反法西斯作家代表大会，结识了当时西班牙语诗坛上最杰出的诗人巴略霍、维多夫罗、安东尼奥·马查多、米格尔·埃尔南德斯、塞尔努达、阿尔托拉吉雷等。同年，阿尔托拉吉雷为他出版了《在你清晰的影子下及其他关于西班牙的诗》。回到墨西哥后，他又出版了1936年创作的《休想通过》和《人之根》等作品，前者是为墨西哥的西班牙人民阵线募捐而作的。作家代表大会结束后，帕斯去了巴黎，其间古巴作家卡彭铁尔带他去访问了代斯诺斯，这是他与超现实主义作家最早的接触，并从此与其结下了不解之缘。

奥克塔维奥·帕斯

西班牙内战以后，大批共和国战士流亡到墨西哥，帕斯积极热情地投入了救援工作。那一时期，他出版了《在世界之岸》与《复活之夜》（1939），并创办了《车间》（1938—1941）、《浪子》（1943）等文学刊物，成为“车间”派诗人中重要的一员。1944年，他获得了古根海姆奖学金，赴美国考察并对拉丁美洲诗歌进行研究。在考察期间，他创作了著名的杂文集《孤独的迷宫》（1950），对墨西哥的历史及墨西哥人的性格进行了精辟透彻的分析。1945年，他以《明天》杂志记者的身份出席了联合国成立大会。这段经历开阔了他的视野，使他日后能站在人类和世界的高度来确立自己的创作态度和价值取向。

从1945年起，由于诗人戈罗蒂萨的帮助，帕斯开始从事外交工作。他首先去了法国，在那里工作达6年之久。在巴黎，他积极参加了超现实主义和存在主义作家们的活动，结识了萨特、加缪等著名人物，并与他们探讨诗歌艺术，交流对文学与政治、诗人与社会的看法。结束了在法国的外交生涯之后，帕斯曾于1952年到过日本、印度和瑞士。1953年，帕斯回到了祖国，于1956年出版了诗论《弓与琴》，并获得了比利亚乌鲁蒂亚文学奖，这是授予墨西哥文学专著的最高奖。1957年，他出版了文学随笔集《榆树上的梨》和长诗《太阳石》，后者无疑是帕斯诗歌中的精品。1958年，他又出版了《狂暴的季节》，这些诗作体现了诗人青年时代的结束。

1959年，帕斯再度出使外国，前3年在法国，后来在印度，直至1968年为抗议本国政府在三文化广场镇压学生运动而愤然辞职。那一时期他发表的作品主要有诗集《蝾螈》（1962）、文集《四岔路口》（1965）、《旋转符号》（1965）、《田野之门》（1966）、《交流》（1967）等。

帕斯回到墨西哥以后，除了进行文学创作之外，主要是去美、英等国的大学讲学。如果说1953年回国后的创作是为了表现墨西哥，这一次则主要是为了剖析与改变墨西哥。在那期间，他创办了杂志《多数》（1971—1976）与《回归》（1976—　），主要作品有《可视唱片》（1968）、《东山坡》（1969）、《回归》（1976）、《向下生长的树》（1987）。1989年，他还亲自编选了《每日之火：帕斯最佳作品集》，其中散文和文论作品有《结合与分解》（1969）、《拾遗》（1970）、《淤泥之子》（1974）、《仁慈的妖魔》（1979）、《修女胡安娜或信仰的陷阱》（1982）、《乌云密布的时代》（1983）、《朝圣者在祖国》（1987）、《视觉的特权》（1987）、《诗歌与世纪末》（1990）等。

在帕斯的诗歌中，《假释的自由》占有非常重要的地位，他在1949年出版了这部诗集之后，曾一再扩充并修改，但始终沿用同一个名字，可见它在诗人心目中的地位。《太阳石》是帕斯最具特色的诗歌作品之一，在这首长诗中，帕斯利用电影蒙太奇的技巧，将一系列“非时间”的形象剪接起来。全诗584行，正好与阿兹特克人历法中一年的天数相同，首尾相接，形成环形结构。它既是情诗，也是史诗，同时又包含着帕斯以及他那一代人的亲身经历。在这首诗中，帕斯完全打乱了时空界限，将神话、现实、回忆、憧憬、梦幻融为一体，充分展示了诗人激越的情感和丰富的想象力。

在帕斯的杂文集中，《拾遗》与《仁慈的妖魔》是《孤独的迷宫》的补充，它们都是对墨西哥的现时与过去、历史与文化、专制与自由的思考和批判。在诗论集中，《弓与琴》无疑是帕斯的一部力作，书名的含义正好体现了诗人帕斯对待自我的态度：既要像琴那样表现自我，又要像弓那样超越自我。帕斯始终认为，诗歌和艺术都具有与传统决裂的反潮流的品格，它们不能简单地接受传统，而要不断地进行探索、变革与创新。《淤泥之子》是帕斯在哈佛大学的讲稿经过整理而成的，它主要论述了文学与诗歌的目的和传统，分析了宗教与革命对诗人的双重诱惑。《诗歌与世纪末》主要论述了现代性、神话、革命与诗歌的关系。尤其值得一提的是他的长篇巨著《修女胡安娜或信仰的陷阱》，它既有学术性又有现实性，是了解墨西哥文学难得的参考读物。

除了创作之外，帕斯还有不少翻译作品，其中包括中国王维、李白、苏轼等人的诗词。虽然是从法文或英文转译的，但其中也不乏传神达意的妙笔。

作为西班牙语的作家和诗人，帕斯几乎得到了一切可能得到的荣誉和褒奖，其中较重要的有国际诗歌大奖（布鲁塞尔，1963）、西班牙文学批评奖（1977）、墨西哥国家文学奖（1977）、墨西哥金鹰奖（1979）、西班牙塞万提斯文学奖（1981）、阿尔丰索·雷耶斯文学奖（1986）、智者阿尔丰索十世勋章（1988）、诺贝尔文学奖（1990）等。此外，他还是美国文学艺术学院名誉院士，墨西哥国立自治大学、波士顿大学、哈佛大学、纽约大学的名誉博士。

帕斯对古老的中国文学，尤其对庄子和唐宋诗词怀有浓厚的兴趣。在帕斯的诗作中，至少有三处体现了他熟悉并热爱中国的文学经典。

在组诗《永恒》中，诗人用《易经》的第32卦“风一雷：恒”来作题解，可见他对中国典籍不仅熟悉，而且学以致用。下面我们看看他的诗是如何写的：

一

黑色的天

黄色的地

雄鸡将夜幕撕破

水起立并询问时刻

风起立并将你打听

一匹白马走过

二

宛似树林在落叶的床上

你在自己雨水的床上进入梦乡

在自己火花的床上亲吻

在自己风的床上歌唱

五

我从你的眼睛进去

你从我的嘴里出来

你在我的血液里入梦

我在你的前额上睡醒

六

我将用一种岩石的语言与你说话

（你用绿色的单一音节来回答）

我将用一种雪的语言与你说话

（你用一把蜜蜂的扇子来回答）

我将用一种水的语言与你说话

（你用一条闪电的独木舟来回答）

我将用一种血的语言与你说话

（你用一座鸟儿的塔楼来回答）

组诗《永恒》共6首，从上面选译的4首可以看出诗的内涵与风格。当然，我们很难对每一个意象作具体的阐释，而且也没有必要。每个读者都可以靠自己的想象与感悟来参与创作，这正是先锋派文学的特点。但从诗意的深邃与辩证，不难理解组诗与《易经》卦辞的内在联系。

在长诗《回归》中，帕斯干脆将王维的《酬张少府》镶嵌在自己的诗中：

…… ……

我们被围困，

我又回到起点。

我是赢是输？

（要问

成和败遵循什么样的标杆？

打鱼人的歌声漂荡

在静止的岸前；

王维酬张少府[1]

在他水中的茅庵。

然而我却不愿

做个知识居士

在圣安赫尔或科约阿坎）

一切都是赔，

便一切都是赚。

…… ……

《回归》集作于 1969—1975 年间。众所周知，帕斯于 1968 年为抗议本国政府镇压学生运动而辞去驻印度大使职务，这样的经历使他对王维的《酬张少府》产生兴趣是顺理成章的事情。当年的王维看到自己的前辈张九龄被罢相贬官，遂心灰意冷，参禅悟道，吟诗作画，寄情于清风明月、秀水幽篁。帕斯虽有类似的处境，却“不愿做个知识居士”，依然坚守自己的信念，孤独地奋进，堪称后世楷模。

帕斯还有一首题为《借鉴》的小诗，其中国文化的底蕴更加一目了然：

1. 帕斯在《译事与乐事》中曾翻译过王维的《酬张少府》。

蝴蝶在汽车间飞舞。

玛丽·何塞[1]*对我说：*

1. 玛丽·何塞是诗人的妻子。

一定是庄子

从纽约经过。

但是蝴蝶

不知道自己是梦想

成为庄子的蝴蝶，

还是梦想

成为蝴蝶的庄子。

蝴蝶毫不迟疑，

直飞而去。

帕斯对中国文化的兴趣还体现在他对中国诗词的翻译上。在2003年出版的《帕斯全集》（16卷）的第2卷和第12卷中，有《中国》和《中国杂论》两部分，前者是他的翻译作品，后者是关于中国诗歌翻译的论述。帕斯翻译的中文作品有关于庄子、竹林七贤中的嵇康、刘伶以及唐朝散文大家韩愈和柳宗元的概述；诗歌部分有王维的《送别》、《酬张少府》、《送元二使安西》等7首，李白的《下江陵》、《山中问答》、《独坐敬亭山》等6首，杜甫的《题张氏隐居》（二首选一）、《春望》、《赠卫八处士》等11首，苏轼的《海棠》、《登州海市》、《书王定国所藏烟江叠嶂图》等13首，以及李清照（6首）、白居易（3首）、韩愈（2首）、元结（1首）、陈陶（1首）、傅玄（1首）等人的作品。

帕斯的翻译显然不是直接来自汉语，所以很难做到"信"，完全是在创作。如杜甫的《春望》，被译作《被关押的春天》，前两句"国破山河在，城春草木深"译成了：

帝国破碎了，留下了河流和山岗；

三月，绿色的潮水，淹没了街道和广场。

表面看来，这种翻译很不准确，但仔细推敲，三月是春天，绿色的潮水当然是指草木，而有街道和广场的地方应当是城镇，难道不是传达了原诗的意境吗？帕斯在其《中国杂论》中就谈了自己关于翻译的经验和体会。他在翻译王维的五言绝句《鹿柴》时，随着对原诗理解的不断深入，三易其稿，体现了他一丝不苟、精益求精的一贯作风。

纪念帕斯逝世 10 周年座谈会的邀请券

第三章　　聂鲁达与中国诗歌

在 20 世纪 50—70 年代的中国大陆，最为人们所熟知的拉丁美洲诗人当属何塞 · 马蒂（José Martí）和巴勃罗 · 聂鲁达（Pablo Neruda）。因为聂鲁达是当代诗人，又是智利共产党的领导人之一，中华人民共和国成立后曾经两次应邀访华，所以在 50 年代，他不仅是作为诗人，而且也是颇有影响的政治人物为中国人所知晓。对于 50 年代的中国人来说，聂鲁达就是与左翼、进步、战斗、反法西斯等一系列政治符号联系在一起的。这种理解直接影响到 20 世纪 50—70 年代社会主义中国对他的译介和接受。

聂鲁达曾经三次踏上中国的土地。第一次是 1928 年，他到仰光出任领事的时候途经香港和上海。但当时的中国给他留下的记忆并不美好，尤其令他难忘的是他曾在上海遭到抢劫。

1949 年 12 月，聂鲁达被前苏联最高苏维埃主席团任命为斯大林和平奖评委会委员。郭沫若和聂鲁达的好友、法国作家阿拉贡都是评委会的副主席。1951 年，宋庆龄获得斯大林和平奖，那是郭沫若提议的。同年 9 月，受委员会之托，聂鲁达同前苏联作家爱伦堡一道前来北京向宋庆龄颁发刻有斯大林像的金质奖章和奖状。聂鲁达的这一次来华与 1928 年的那次大不相同，由于他 1950 年当选为世界和平理事会理事，所以那时就认识了同为理事的郭沫若、萧三，[1] 又因为是来为宋庆龄颁奖，所以这次他受到十分隆重的接待。1951 年 9 月 15 日下午，宋庆龄、郭沫若、茅盾亲自到机场迎接聂鲁达。16 日，郭沫若又与彭真、茅盾等设宴招待两位作家。[2] 周恩来、刘少奇、李济深、董必武等国家领导人于 9 月 18 日出席了颁奖典礼。当晚，周恩来同朱德一道出席了宋庆龄为聂鲁达二人举办的晚宴，周恩来同聂鲁达亲切交谈，称赞他是“中拉友好之春的第一燕”[3]。聂鲁达向周恩来推荐了他的好友、智利版画家万徒勒里（José Venturelli）来华，并参加即将在北京举行的亚洲太平洋区域和平大会的组织筹划工作，常驻北京。此次访华，聂鲁达结识了诗人艾青，随后艾青陪他游览了颐和园、香山，还在颐和园的“听鹂馆”品尝了宫廷菜。由于萧三也是世界和平理事会的理事，所以聂鲁达同他也多次见面。在聂鲁达第一次访华期间，许多报纸杂志就刊登了介绍他生平和作品的文章，比如《人民文学》、《新华月报》、《中苏友好》、《世界知识》、《翻译月刊》等。

1. 世界和平理事会是在 1950 年的世界保卫和平大会上成立的，聂鲁达在大会之后被任命为理事，参加了那次大会的郭沫若、萧三也同时成为理事。

2. 龚继民、方仁念编：《郭沫若年谱》（中），第 829 页，天津：天津人民出版社，1992 年版。

3. 黄志良：《新大陆的再发现——周恩来和拉丁美洲》，第 51 页，北京：世界知识出版社，2004 年版。

为了打破美国等资本主义国家对中国的政治经济封锁，争取和平环境，进行经济建设，1951 年末，中国决定由民间和平人士发出倡议，联络国际和平运动领导人和知名的和平、民主人士，在北京举行亚洲及太平洋区域和平会议，会议代表要涵盖亚洲、澳洲及美洲太平洋沿岸各国，期望在世界范围产生影响。经过万徒勒里和墨西哥社会活动家艾里·戈尔达利等的积极联络，最终争取到了智利、哥伦比亚、哥斯达黎加、厄瓜多尔、危地马拉、洪都拉斯、墨西哥、尼加拉瓜、巴拿马、秘鲁、萨尔瓦多等 11 个国家 150 多位拉丁美洲代表，其中有墨西哥著名政治家、世界和平运动副主席哈拉将军，以及墨西哥共产党领导人、壁画家里维拉（Diego Rivera）。在 1952 年大会召开之际，智利祖国阵线领导人达梅斯蒂（D'Amesti）带来了聂鲁达的亲笔介绍信，他作为智利当选总统的私人代表，除了出席亚太和平会议之外，更重要的是前来探讨智利同中国建交及贸易往来的可能性。

1952 年，聂鲁达结束流亡生涯回到智利。一年之后，他本人获得斯大林和平奖。1954 年，聂鲁达 50 岁生日，他邀请了世界各地的许多好友前来庆祝，以借此机会举行一次左翼文化界和知识界呼唤、保卫和平的聚会。当时，中国非常重视这次活动，派出以萧三、艾青为首的代表团，带了好几箱礼物，包括象牙雕刻、景泰蓝瓶子、湘绣等贵重物品。当时太平洋还没有通航，从中国到智利要绕道欧洲、非洲，最后才能到达南美洲。而当时欧洲、非洲许多国家和中国都还没有建立外交关系，因此艾青这次旅行总共飞行了 8 天，历经千辛万苦才到达圣地亚哥。艾青后来回忆，当时之所以带如此贵重的礼物去给聂鲁达贺寿，是希望通过他在拉丁美洲的崇高声誉和广泛影响，拓展民间外交的通道。艾青自己还送给聂鲁达两幅齐白石的画。后来聂鲁达也特意买了些牛角杯，除送给艾青外，还请他带回国送给聂鲁达诗的中译者袁水拍。

萧三、艾青一行在智利待了一个月，聂鲁达经常在黑岛的家里招待他们。和聂鲁达在一起的日子里，艾青享受着诚挚、慷慨的友情。艾青看到，聂鲁达是那么受智利人的喜爱，走到哪里都是朋友，都有问候和笑容。在艾青眼里，聂鲁达是一个高大的儿童，用纯真的眼睛看着世界。但是艾青也发现，聂鲁达经常面有忧色，好像有很大的心事。[1] 1954 年 8 月 13 日，艾青一行告别了圣地亚哥。在智利的日子里和归国之后，艾青写下了他 20 世纪 50 年代的最出色的诗篇，如《维也纳》、《在智利的海岬上》、《南美洲的旅行》等。在机场告别了送行的聂鲁达之后，艾青在飞机上写下《告别》，诗的字里行间有着留恋和分别的感伤。[2]

1. 当时聂鲁达的夫人是黛丽娅，但其实他已经将玛蒂尔德带回了智利，安排在一个秘密居所。在那段时间里，他周旋在两个女人之间，直到有一天黛丽娅知道了一切。1955 年，70 岁的黛丽娅同 50 岁的聂鲁达最终分手。艾青所观察到的聂鲁达的心事，就与这段故事相关。

2. 程光炜：《艾青传》，第 423—427 页，北京：北京十月文艺出版社，1999 年版。

1956 年 8 月，聂鲁达邀请中国艺术代表团到智利访问演出，他不仅亲自去圣地亚哥机场迎接，还邀请团长楚图南等人到位于海边的家里做客，共进午餐。聂鲁达当着艺术团的面，站在大海边，向着大海呼唤“中国、萧三、艾青”，一连喊了很多遍。

聂鲁达最后一次访华是 1957 年，同行的是玛蒂尔德和巴西左翼作家若热 · 亚马多（Jorge Amado）夫妇。当时，艾青到云南昆明迎接从缅甸飞来的聂鲁达一行。艾青陪同他们游览了滇池、石林，之后坐飞机到重庆，又沿长江顺流而下，经三峡、汉口，最后才到北京。艾青再次将自己珍爱的齐白石的一幅画送给聂鲁达。聂鲁达还专程去拜望了白石老人，白石老人当场为他作画。白石老人放笔时，聂鲁达已激动得热泪盈眶，紧紧地拥抱他。[1]

1.《大胖子张老闷儿列传》，载香港《明报月刊》，1992 年 12 月号。

当时正是反右派运动前后，这场运动事实上已经波及艾青，只是他并没有在聂鲁达面前表露出丝毫的紧张和焦虑。在聂鲁达回国前一天清晨，艾青和夫人高瑛到他下榻的北京饭店与之告别。从此以后，他们不仅没有再见面，艾青也没有再读过聂鲁达的诗。

20 世纪 60 年代中苏交恶后，许多拉丁美洲国家的共产党都站在苏共一边。由于中苏论战，拉丁美洲共产党内部也出现分裂，不少党分裂为新党和老党。一般老党都支持前苏联，而新党则支持中国，中国于是重点发展同新党的关系。此时，智利共产党内部也产生了严重分歧。聂鲁达是站在前苏联一边的，而另一位左翼诗人，在智利诗坛同聂鲁达齐名的巴勃罗 · 德 · 罗卡（Pablo de Rokha）则支持中国。[2]“文化大革命”开始后，民间对外交流受到严密控制，聂鲁达几乎从中国人的视野中消失了，连艾青也是在“文化大革命”结束后才知道聂鲁达已经去世。1973 年 9 月 11 日，智利发生军事政变，民选总统阿连德殉职总统府，这宣告智利以和平方式过渡到社会主义的变革失败。当时的聂鲁达由于悲痛过度、万念俱灰，于 1973 年 9 月 23 日黯然辞世。那时，很多社会主义国家都已同智利军政府断交，而中国由于中苏分歧，不愿意同前苏联持相同立场；而且认为智利政变属智利内政，最终决定同智利保持“冷而不断”的外交关系。

2. 德 · 罗卡比聂鲁达大 10 岁，成名早于聂鲁达。德 · 罗卡虽然不是共产党员，但信仰马克思主义。德 · 罗卡主编过 25 本杂志，在长达 40 年里，不断发表严厉批判聂鲁达的文章，后来甚至写了一本书《我和聂鲁达》来讲他们之间的恩怨。在 20 世纪 50—70 年代的智利文坛，聂鲁达是最富盛名的，但现在智利文学界倾向于将两个巴勃罗等量齐观，认为他们都堪称智利最伟大的诗人。

中华人民共和国成立后，智利是拉丁美洲国家中和中国开展民间交往最早的国家之一，来华访问的各界人士最多，后来它也是南美诸国中第一个与中国建交的国家。应该说，这些同聂鲁达的努力是分不开的。

聂鲁达关于中国的诗歌主要收在《葡萄和风》这部诗集里，在这部诗集的第二部分《亚洲之风》里，共有 9 首诗作，都是关于中国的，如《飞向太阳》、《游行》、《为孙逸仙夫人颁发奖章》、《一切都那么简单》、《中国》、《长征》等。这些诗语言朴实，节奏明快，显得开朗、热情、坦诚，充满对中国的向往和礼赞。在《飞向太阳》中，诗人写道：

从北方、东北方

布满皱纹的苍穹，

我飞往橙色和绿色的北京。

下面的延安

只是天空和月亮，

投射出的黄色的核桃壳。

发动机和风，

空中的太阳，

在向神圣的土地致敬。

…… ……

直至低空的飞行，

才破解了你的草原，

水泊，花园，

很快便到了你的身边，

你接待了我，

古老而又年轻的北京。

那时土地、麦苗和春天的气息，

行人的步履，

没有尽头、充满人群的街道，

你好像将水的全部气息

凝聚在纯洁的酒杯里，

你向我举起

人民的生命：

呼啸的哨音，

钢铁的响声，

天空和丝绸的抖动。

我在自己的杯中

高擎你无数的生命
和那古老的寂静。
…… ……
我在你古老的杯中
饮下新生的日子，
坚硬的晶莹：
星星和土地的滋味
融合在我的口中。
我望见你面孔中的面孔，
古老而又年轻的母亲，
满脸笑容。
你身穿游击队的服装，
用你武装的微笑
和钢铁的温柔
播种并保卫你的麦苗
和人民的和平。

在《中国》中，诗人向我们诉说了中华人民共和国成立前给他留下的印象：

中国，长久以来，人们这样
向我们展示你专为西方人描绘的形象：
一位满脸皱纹
穷到极点的老婆子，
拿着一个空空的饭碗，
站在庙门旁。

各国的士兵
来来往往，

鲜血溅落在墙上，

他们像闯入没有主人的家一样

将你掠抢，

你赋予世界

茶与灰烬混合的奇异的芳香，

你在庙门旁，拿着空空的饭碗

用古老的目光将我们观望。

布宜诺斯艾利斯在出售

专为有文化的太太制作的你的肖像，

在讲座中，突然响起你魔幻的语音

宛似被埋葬的光芒。

…… ……

在《麦穗献给你》中，诗人以人类的名义，表达了对中华人民共和国的敬意：

…… ……

从海洋到海洋，从大地到雪岭，

全人类都在注视你，中国。

我们年轻而又强大的姊妹已经诞生！

美洲人，俯身在自己的田垄，

周围是烧红的机器的金属，

热带的穷人，玻利维亚勇敢的矿工，

巴西腹地广大的工人，

茫茫帕塔哥尼亚的牧民，

都在注视你，人民中国，

都在和我一起亲吻你的前额，

向你致敬。

对于我们，你并非像他们希望的那样：

并非一个讨饭的瞎老太婆站在庙旁，

而是一位人民的健壮温柔的首领，

手中还握着你胜利的武器，

胸前是一束成长的麦穗，

头顶

世界人民的希望之星！

诗集的第十二章《丝绸之花》是献给处于战火中的朝鲜人民的，其中第二首《侵略者》对美帝国主义的罪行进行了无情的揭露和谴责：

他们来了。

从前，他们

将尼加拉瓜蹂躏，

将得克萨斯侵吞，

将瓦尔帕莱索凌辱。

至今仍用肮脏的魔爪

将波多黎各的喉咙

掐得紧上加紧。

他们来到朝鲜。

他们来了。

带着燃烧弹和美金，

带着毁灭、鲜血、

泪水和灰烬。

带着死神。

他们来了。

在村镇活活烧死
婴儿和母亲。
将燃烧的汽油弹
投向
如花似锦的学校。
将生命和生活摧毁殆尽。
从空中
寻找并杀死
山区
最后一个牧民。
他们割去
神采奕奕的女游击队员的乳房。

他们向床上的战俘开枪。

他们来了。

带着星星和棍棒。[1]
还有杀人的飞机。

1. 指美国的星条旗。

他们来了。

顿时只有死神

硝烟、鲜血、亡灵、灰烬。

青海湖畔诗歌墙上的聂鲁达像

第四章　西班牙语美洲左派作家与新中国

西班牙语美洲国家与中国有着相同的历史命运，中华人民共和国的建立使西班牙语美洲的作家看到了希望，对他们是极大的鼓舞，他们对新生的共和国满怀着深切的感情。他们虽然不像聂鲁达那么有名，但是对中国与西班牙语美洲国家的友谊和文学交流同样作出了宝贵的贡献。下面，我们仅举几例。

爱德华多·加莱亚诺（Eduardo Galeano）是著名的拉丁美洲左派作家，他于1940年生于乌拉圭首都蒙得维的亚，长期从事编辑和记者工作，主编过《前进》、《时代》等刊物。1973年，他流亡到阿根廷，创办了《评论》杂志。1976年，他又流亡到西班牙，直至1985年回国。他的著作有《拉丁美洲被切开的血管》（1971）、《我们的歌》（1975）、《战争与爱情的日日夜夜》（1978），以及编年体的纪实三部曲《火的记忆》：《诞生》（1982）、《面庞和面具》（1984）、《风的世纪》（1986）。加莱亚诺是拉丁美洲具有代表性的左派作家，在《风的世纪》中，他将中国革命的胜利作为1949年世界上发生的重大历史事件。在亚、非、拉的革命者中，他对中国和美国的态度具有普遍性和代表性：

“1949

华盛顿

中国革命

在昨天与明天之间，有一道深渊：中国革命实现了空中跨越。消息从北京传来，在华盛顿激起了愤怒和恐慌。经过武器装备简陋的长征，毛泽东的红军胜利了。蒋介石将军逃了。美国将他安置在了福摩萨岛（台湾）新的王位上。

中国的公园曾禁止穷人与狗入内，乞丐在黎明时冻死，如同在清朝古老的时代一样。但发号施令的人们不在北京。中国人不能任命自己的部长和将军，不能起草自己的法律和法规，不能确定自己的工资和税率。由于地理的错误，中国不在加勒比海。”

雷吉诺·佩德罗索（Regino Pedroso 1896—1983）是古巴著名诗人，他对中国的关注比加莱亚诺早得多。佩德罗索于1927年在一个文学副刊上发表了《向机械车间致以兄弟般的问候》，从而开创了以工人为题材的诗歌的先河。他的诗集《大海在那边歌唱》于1939年获国家诗歌奖。他早期写的为数不多的关于中国的诗作实际上是对自己的种族、革命和身份的表述，《向一位苦力同志致意》就是这样的作品，这首诗的开头几段是这样的：

我狂热而又野性的激情
从世纪的底部萌生：
从你眯缝着的眼睛，我读到了
一部自由的《伊利亚特》——
史诗的喜玛拉雅高峰。

从屈辱漫长的岁月里涌出
我和你属于同一个黄皮肤的种族：
难道我们有着同样的满州人的祖先？
他们可以买卖，瘦弱不堪，
在昔日漆黑的夜晚
昏睡在鸦片带来的虚幻：
或许，更幸福一些，
是播种水稻的农夫
在扬子江的两岸。

尽管你穿着欧洲人的服装来到这里，
你的脸色还是蒙古利亚人，
你说着单音节的新奇的语言：
你的表情、微笑里藏着野蛮，
让人想起成吉思汗的武士：
这面具，今天令欧洲胆寒，令美国佬窥探。

你的到来实属必须，
带着你昨天的苦恼，今天的努力，
带着你对未来的期盼，

带着你军事的进步，它能打破

受压迫兄弟身上的锁链，

为了让我摆脱鸦片的梦幻，

和你一起进入新的一天，

注视你手中的剑——

这不是征服之剑，而是解放之剑，

用自由之火红色的光焰

撕破被奴役人民的黑色的天。

…… ……

诗中说的是中国，诗人讲的却是古巴的历史与现实。古巴革命胜利后，佩德罗索曾作为外交官来到中国，其间他写下了《新大学生的观念》、《接班人》、《美丽的中国》、《天安门的黎明》、《北京之歌》、《我记忆中的中国》等诗作。他于 1964 年回到古巴，后来又写过他在中国当外交官时的经历。

豪尔赫·费尔南德斯·格拉纳多斯于 1965 年 10 月 31 日生于墨西哥城，是著名的诗人、小说家、散文家。他的作品《球体音乐》（卡斯蒂约，1990）1989 年获蒙特雷工学院颁发的阿尔丰索·雷耶斯全国青年奖，《复活》（阿尔杜斯，1995）获 1995 年 Jaimes Sabines 国际诗歌奖，《灰烬的袈裟》（华金·莫尔蒂斯，2000）获阿瓜丝卡连特斯诗歌奖；其他受读者欢迎的作品还有《沉醉的天使》（墨西哥国立自治大学，1992）、《水晶》（时代出版社，2000）、《模糊的初始》（时代出版社，2007 年）等。他曾享受墨西哥作家中心奖学金（1988—1989）和墨西哥国家文化艺术基金会奖学金（1992—1993 和 1997—1998）。从 2001 年起，他是国家艺术创作协会成员，从事电影剧本创作并为国家教育部制作教育节目。他的部分作品被译成英文和法文，并入选西班牙语美洲的多部诗歌选集。这位诗人曾于 2007 年应邀参加了中国青海湖第一届国际诗歌节，他的到来为诗歌节增添了光彩，无论是他的发言还是朗诵，都引起了大家浓厚的兴趣，给与会者留下了难忘的印象。他几乎是一位盲人，妻子作为他的向导始终陪伴着他。他的出现本身就是对中墨两国间的友谊和文学交流的贡献。

何塞·曼努埃尔·布里塞尼奥·格雷罗（1929— ）是一位令人尊敬的长者。他是诗人，更是学者、思想家、散文家，曾在维也纳大学获哲学和语言学博士学位，后又在法国、德国、西班牙和墨西哥进修。他现为委内瑞拉安第斯大学终身教授，拉丁美洲十所大学曾于 2007 年推荐他为诺贝尔文学奖候选人。他曾应邀赴欧美多国讲学，2007 年曾应邀参加了中国帕米尔文化研究院主办的帕米尔诗歌之旅、青海湖国际诗歌节和珠江诗歌节活动。他的著作颇丰，涉及到科学、人文以及文化的诸多领域，代表作有《三个牛头怪的迷宫》、《拉丁美洲在世界》、《语言的起源》、《语言的可爱与恐怖》、《何谓哲学》、《萨奥赫的日记》、《可怕的平原》等。从中国回国后，他写了一本关于中国和北京大学的随笔，并取了一个中文名字《独吟一曲与君听》。他还亲自为西班牙文版的吉狄马加诗选《时间》撰写了序言《远在天涯，近在咫尺——读吉狄马加的诗》。

胡安 · 赫尔曼（Juan Gelman，1930— ）不仅是第二届青海湖国际诗歌节的参加者，而且是首届金藏羚羊国际诗歌奖的获得者。无论是他卓越的诗歌创作还是传奇式的人生经历，都充分说明他对这份殊荣是当之无愧的。

赫尔曼于 1930 年 5 月 3 日生于阿根廷首都布宜诺斯艾利斯，父母都是乌克兰籍犹太人。他的父亲何塞 · 赫尔曼曾积极参加 1905 年俄国革命，为逃避沙皇追捕，曾流亡国外并到过阿根廷。十月革命后，他欲回国与家人团聚，但正值多国联军围困新生的苏维埃政权，未能入境。他的妻子和两个儿子只好出国与他会合，却不料在渡河时小船倾覆，妻子和小儿子不幸身亡。只有长子波利斯获救，他便是引导胡安 · 赫尔曼走上诗歌之路的同父异母哥哥。何塞 · 赫尔曼只好留在乌克兰，后来和一位犹太教教会首领的女儿、敖德萨大学医学系的学生结了婚，这便是胡安 · 赫尔曼的母亲。1928 年，由于对托洛茨基被流放阿拉木图感到气愤，对斯大林的独断专行感到失望，何塞 · 赫尔曼夫妇决定移民国外。1929 年底，他们抵达布宜诺斯艾利斯。第二年，胡安 · 赫尔曼出生，他是家中唯一的阿根廷人。

在半个多世纪的人生道路上，胡安 · 赫尔曼一直在为寻求真理、维护正义而斗争。他是诗人，更是战士。他 15 岁参加了共产主义青年团，18 岁入大学化学系，但后来放弃，因为他的志向是诗歌创作。1954 年，他成为《我们的话语》和共产党报刊《时刻》的编辑，同时任中国新华社记者。

胡安 · 赫尔曼曾于 1960 和 1964 年先后两次来华访问，并受到周恩来总理接见。在第二次访华时，他曾提出重走红军长征路的要求，并理所当然地得到了满足。20 世纪 60 年代，社会主义阵营产生了分裂，几乎各国共产党都分成了所谓“亲苏”和“亲华”的两派。阿根廷共产党是“亲苏”的，因而要求他放弃新华社的工作。这令赫尔曼不解，他认为尽管中国和前苏联的路线不同，但同样是革命的，为什么要离开呢？但当时没有讨论的余地。于是，他选择了留在新华社，离开了阿根廷共产党。一个月后，他被阿根廷共产党开除。

1967 年，格瓦拉在玻利维亚的牺牲极大地推动了拉丁美洲的革命运动，拉丁美洲的城市游击队如火如荼地发展起来，胡安 · 赫尔曼也参与创建了阿根廷城市游击队。1975 年，他被时任阿根廷总统的庇隆夫人(Isabel Martínez de Perón)支持的极右的三 A 党(阿根廷反共产主义联盟)判处了死刑，于是不得不流亡国外。从此，他开始了 13 年的流亡生涯，奔走于罗马、马德里、马那瓜、巴黎、纽约、墨西哥城之间。1979 年，由于政见不同，他又被阿根廷城市游击队通缉并判处了死刑。在流亡期间，赫尔曼从未停止过维护社会正义的斗争，军政府也从未停止对他的迫害。赫尔曼所遭受的迫害在国际上引起了公愤，包括当时法国总统密特朗和瑞典首相帕尔梅在内的欧洲政要曾于 1976 年在法国《世界报》上联名批评阿根廷军事独裁的倒行逆施。

1983 年 12 月 10 日，阿丰辛政府结束了军事独裁，但并未给他平反，甚至在 1986 年 2 月还对他进行过缺席审判。许多拉丁美洲的著名作家，包括我们耳熟能详的加西亚 · 马尔克斯、巴尔加斯 · 略萨、奥克塔维奥 · 帕斯、胡安 · 卡洛斯 · 奥内蒂、爱德华多 · 加雷亚诺、罗阿 · 巴斯多斯等人都对他表示了声援。直到 1988 年，他终于能合法地回到阿根廷。此后，他一直与妻子马拉居住在墨西哥城。

在流亡期间，他曾在联合国教科文组织任翻译，在全部 300 名译员中，他位居次席。

胡安 · 赫尔曼从 8 岁开始学着写诗，11 岁在一个叫《红与黑》的刊物上发表了第一首诗作。诗歌是他的工具，他的安慰，他的精神寄托。1954—1955 年，他和一些青年伙伴（多是共青团员）一起创建了“硬面包”诗歌小组，可见他们把诗歌看作须臾不可离开的精神食粮。这个小组于 1956 年出版了《小提琴及其他问题》，这也是胡安 · 赫尔曼的第一部诗集。诗集出版后，很快受到了评论界的好评。从那时起，他白天从事各种各样的工作，晚上进行诗歌创作，据不完全统计，他至今已发表了约 40 部诗集。

在赫尔曼的诗歌创作中有两个关键词：执著与创新。执著是对诗歌的痴迷，创新基于不懈的追求。在长期的创作实践中，他在秘鲁诗人塞萨尔 · 巴略霍的诗歌中找到了自己口语化的风格，像智利诗人尼卡诺尔 · 帕拉和尼加拉瓜诗人埃尔内斯托 · 卡德纳尔一样，从日常生活中挖掘具有个性化的诗歌元素，同时借鉴了法国超现实主义诗歌的表现形式，开创了一条对语言和社会具有双重承诺的诗歌创作之路。正如金藏羚羊国际诗歌奖授奖辞所说，“他的创作，以朴实、精练的语言，丰富、深邃的意象，体现并捍卫了诗歌与人的尊严”。

赫尔曼曾获多种奖项，其中较重要的有阿根廷国家诗歌奖（1997）、胡安 · 鲁尔福文学奖（2000）、拉蒙 · 洛佩斯 · 贝拉尔德诗歌奖（2004）、聂鲁达诗歌奖（2005）、索非娅王后奖（2005）、塞万提斯文学奖（2007）。2009 年，他又荣获了金藏羚羊国际诗歌奖。

2009 年，为了庆祝中华人民共和国建国 60 周年，中国作家协会出版了共和国作家文库，其中收录了彝族诗人、青海湖国际诗歌节筹委会主席吉狄马加的诗集《鹰翅和太阳》，赫尔曼为诗集题写了一首诗，作为全书的序言：

吉狄马加的天空

声音依靠在三块岩石上，

他将话语抛向火，为了让火继续燃烧。

一堵墙的心脏在颤抖，

月亮和太阳

将光明和阴影洒在寒冷的山梁。

当语言将祖先歌唱，

酒的节日在牦牛角上，

去向何方？

他们来自雪域，

出现的轮回从未中断，

因为他在往火里抛掷语言。

多少人在忍受

时间的酷刑，

缺席并沉默的爱抚

在天的口上留下了伤痛。

于是最古老的土地

复活在一个蓝色语汇的皱褶里。

恐惧的栏杆巍然屹立，

什么也不会在死亡中死去。

吉狄马加

生活在赤裸的语言之家里，

为了让燃烧继续，

每每将话语向火中抛去。

2009.8.22

于墨西哥城

在第二届青海湖国际诗歌节期间，举行了青海湖国际诗歌墙落成典礼。首届金藏羚羊国际诗歌奖获得者胡安 · 赫尔曼的头像和几行有代表性的诗句被镌刻在墙上。

第五章　魔幻现实主义文学与 20 世纪 80 年代中国文学

第一节 魔幻现实主义文学的引入

在 20 世纪 80 年代对拉丁美洲“文学爆炸”的译介中，“魔幻现实主义”（realismo mágico）是一个关键词。魔幻现实主义文学被中国文学界视为现代形式与民族风味的完美结合，并认为如果没有魔幻现实主义，就没有“文学爆炸”。于是，在 20 世纪 80 年代的中国语境中，拉丁美洲文学常常被等同于“文学爆炸”，“文学爆炸”被等同于魔幻现实主义文学。一时间，只要谈拉丁美洲文学，就必谈“魔幻现实主义”文学。同“文学爆炸”一样，对“魔幻现实主义”文学的翻译和接受也存在着误读。

一

20 世纪 90 年代，北京大学西班牙语系的段若川教授为了研究魔幻现实主义远赴拉丁美洲考察，她发现“在那里魔幻现实主义的重要性远比不上中国的读者和外国文学研究者心目中的那么大。对于拉丁美洲人来说，首先，这是一个已经过时的课题；第二，它只是拉丁美洲新小说几大艺术流派之一，其重要性不见得超过其他流派；第三，关于魔幻现实主义的定义、范围、特点等问题，一直持有争论，众说纷纭，莫衷一是，难以统一”[1]。

1. 段若川：《安第斯山上的神鹰——诺贝尔奖与魔幻现实主义》，第 11 页，武汉：武汉出版社，2000 年版。

也就是说，“魔幻现实主义”在拉丁美洲基本上是一个没法确定其真正所指的“空洞的能指”，它不仅不是拉丁美洲新小说的代名词，也不像中国学界想象的那样普遍存在于拉丁美洲当代小说之中。

第一次使用“魔幻现实主义”命名拉丁美洲当代小说的是拉丁美洲裔美国文学批评家安赫尔·弗洛雷斯（Ángel Flores），他于1954年在纽约的全美文学教授协会年会上作了题为《西班牙语美洲小说中的魔幻现实主义》（*Magical Realism in Spanish American Fiction*）的发言[2]，将博尔赫斯《世界性丑闻》发表的那一年——1935年——定为西班牙语美洲的魔幻现实主义小说的诞生时间。他为魔幻现实主义下的定义是“现实与幻想融为一体”（amalgama de realidad y fantasía）。因此，1935年之后的很多西班牙语美洲小说家，从博尔赫斯到鲁尔福，从爱德华

2. 全文发表于 *Hispania*，1955，No.38。本文参考的是收入论文集的版本。Angel Flores，*Magical Realism in Spanish American Fiction*，see Lois Parkinson Zamora & Wendy B. Faris(ed.)：*Magical Realism*：*Theory*，*History*，*Community*，Durham & London：Duke University Press，1995，pp.109—117.

多·马耶阿到科塔萨尔，从诺瓦斯·卡尔沃到萨瓦托等，都被他视为魔幻现实主义者，他还将卡夫卡作为他们共同的“导师”[1]。不过，当时西班牙语美洲文学研究在美国相当边缘，因此文章并未引起广泛的反响。直到“文学爆炸”兴起后，才有学者回过头来探讨弗洛雷斯所提出的“魔幻现实主义”的问题。1967年，另一位美国学者路易斯·雷阿尔（Luis Leal）发表了《论西班牙语美洲文学中的魔幻现实主义》[2]一文，这篇文章是对弗洛雷斯的《西班牙语美洲小说中的魔幻现实主义》的第一次系统而有力的回应，因此被视为魔幻现实主义理论真正的奠基之作。雷阿尔至少完成了两项重要的工作：首先，他为魔幻现实主义建立了一条历史脉络，即指出它来自弗朗兹·罗（Franz Roh），乌斯拉尔·彼特里（Arturo Uslar Pietri）是西班牙语美洲最早使用这一术语的，[3]而卡彭铁尔将之发扬光

1. 弗洛雷斯本人是研究卡夫卡的专家。

2. Luis Leal, *Magical Realism in Spanish American Literature*, see Lois Parkinson Zamora & Wendy B. Faris(ed.): *Magical Realism: Theory, History, Community*, Durham & London: Duke University Press, 1995, pp.119—124.

3. 一般认为，德国艺术批评家弗朗兹·罗于1925年最早使用了“魔幻现实主义”（Realismo Mágico）一词，那一年他出版了一本著作名为《后表现派，魔幻现实主义。当前欧洲绘画中的若干问题》（*Nach-Expressionismus, Magischer Realismus. Probleme der neuesten europäischen Malerei*）。根据埃瑞克·卡玛伊德－弗雷克萨斯（Erik Camayd-Freixas）的《“魔幻现实主义”批评简史》，20世纪40年代，西班牙语美洲文学首次借用了这一概念的能指，但是却赋予其不同于欧洲绘画的所指。其中，比较重要的是彼特里在1948年批评委内瑞拉短篇小说时对“魔幻现实主义”的借用——“一直在短篇小说中占据主导地位并留下深刻印象的观点是把人看作现实材料中的神秘，一种对现实的诗意的卜测或否定。因为没有别的词，或许可以称之为某种魔幻现实主义”。他从魔幻现实主义中看到了“自然主义的地方主义与艺术的现代主义的融合”。彼特里本人后来也被追认为拉丁美洲最早的魔幻现实主义小说家之一。（Erik Camayd—Freixas: *Realismo mágico y primitivismo Relecturas de Carpentier, Asturias, Rulfo y García Márquez*, University Press of America, 1998, pp.303—325）

4. 1948年，卡彭铁尔为自己的新作《人间王国》撰写的序言刊登在加拉加斯《民族报》上，在这篇文章中他提出了“神奇现实”（Lo real maravilloso）的观念，莫内加尔教授誉之为“整个拉丁美洲新小说的序言”。几乎整个20世纪30年代都在欧洲生活的卡彭铁尔也曾经亲身参与了那里的超现实主义文学运动，但是很快他就发现超现实主义并不适合他，不适合他要表现的美洲大陆。但是，超现实主义使他发现了长久以来一直被拉丁美洲传统现实主义文学所遮蔽的“美洲现实生活的结构及其细部”，使他得以用新鲜的目光重新审视美洲。在这篇序言中，卡彭铁尔指出，与超现实主义的“缺乏信仰的神奇”相比，美洲的神奇就是美洲的现实，不需要什么文学伎俩来想象和虚构它。在卡彭铁尔那里，神奇现实必须来自现实，不存在非现实的神奇、罕见和怪异。而现实的神奇产生于现实所经历的“突变”。从中我们可以看出，卡彭铁尔扬弃了欧洲超现实主义而回归美洲历史与现实。与彼特里的“魔幻现实主义”概念不同，卡彭铁尔的“神奇现实”主张不仅很有说服力，而且以《人间王国》出色的文本实践产生了广泛影响。至于“神奇现实”是否等同于魔幻现实主义，历来争论不休。

大[4]；其次，他强调魔幻现实主义是一种现实主义。他认为，“魔幻现实主义首先是对现实的一种态度”，即“不是回避现实生活而去臆造另一个世界即幻想的世界。魔幻现实主义作家面对现实，并力图深入现实，去发现事物中、生活中和人类活动中的神秘所在……他们不是去创造虚构的人物和环境，而是去发现存在于人类和他们所处的环境之间的神秘关系”。[1]这样，他就使魔幻现实主义区别于卡夫卡或博尔赫斯的幻想小说，成为从拉丁美洲本土历史与文学传统中生长出来的一种文学。雷阿尔重点批驳弗洛雷斯将魔幻现实主义定义为“现实与幻想融为一体”。雷阿尔认为，如果这样定义魔幻现实主义，那么世界文学史中早就有这类作品了。相反，魔幻现实主义的“魔幻”不在于幻想，而在于现实本身的神奇，神奇的现实的客观存在正是魔幻现实主义的文学渊源。但是雷阿尔的观点后来也遭到颇多质疑。[2]

1.Luis Leal, *Magical Realism in Spanish American Literature*, see Lois Parkinson Zamora & Wendy B. Faris(ed.): Magical Realism: Theory, History, Community, Durham & London: Duke University Press, 1995, pp.119—124.

2. 比如1974年西班牙评论家冈萨雷斯·埃切维里亚（Roberto Gonzales Echevería）又发表不同于雷阿尔的观点，他不同意将卡彭铁尔的“神奇现实”归为魔幻现实主义。而阿根廷评论家安德森·因贝特（Emrique Anderson Imbert）及委内瑞拉的马尔克斯·罗德里格斯（Alexis Márquez Rodríguez）虽然不同意埃切维里亚将魔幻现实主义文学当作神话文学，但都坚持认为“神奇现实”不同于魔幻现实主义——魔幻现实主义来自现实，但并非现实；而神奇现实就是现实本身。

胡安·鲁尔福

加西亚·马尔克斯

事实上，在拉丁美洲没有哪一个作家是典型的魔幻现实主义作家，即使是被公认为当之无愧的魔幻现实主义大师胡安·鲁尔福、加西亚·马尔克斯等人，对把他们归属为这一潮流也有些反感，因为他们的作品风格丰富多样。卡彭铁尔更是多次强调自己不是魔幻现实主义者，而是神奇现实的书写者。对于拉丁美洲文学历史而言，魔幻现实主义并非一个不可逾越的关键概念，而只是众多命名方式之一而已。因此，正如段若川教授已经揭示出的，魔幻现实主义在中国的重要性与热度很大程度上只是一种本土文化内部的事实。

二

最早介绍“魔幻现实主义”到中国时，译介者持一种严厉的意识形态批判态度。人民文学出版社于“文化大革命”中创办的内部刊物《外国文学情况》在1975年1月出版了一期拉丁美洲文学专辑，其中首次介绍了“哥伦比亚的新流派小说《一百年的孤独》(后译为《百年孤独》)”[1]。编者在刊前说明中写道：

1.《外国文学情况》是“文化大革命”当中人民文学出版社创办的一本带有搜集外国文学情报性质的内部刊物。后来创办的《外国文学动态》（中国社会科学院外国文学研究所主办）、《外国文学报道》（上海社会科学院情报·文学研究所主办）的性质与之类似。当时拉丁美洲文学情况主要是王央乐编译的，曾署名炜华。

“本世纪三十年代和四十年代曾经在拉丁美洲文学中出现的现实主义倾向，到五十年代已逐步衰退。当时的一些有进步倾向的作家，在近年来国际国内尖锐复杂的阶级斗争和路线斗争中，受到现代修正主义和西方资产阶级意识形态的腐蚀侵袭，有的逃避现实，背离了拉丁美洲文学的进步传统，有的日益堕落，屈从于西方没落资产阶级文化的统治。”

在介绍《一百年的孤独》时，译者称它是一本所谓“幻想文学”或“魔术现实主义”的新流派小说。虽然文章也客观描述了《一百年的孤独》在世界文坛所引起的轰动，但却给予严厉的批判。不过，这种批判主要不是从小说艺术或作品主题出发，而是因为“苏修紧紧跟随于西方之后，吹捧加西亚·马尔盖（克）斯的《一百年的孤独》是‘充满真正的人道主义精神’的小说”，所以文章将主要精力用于揭露前苏联“用卑劣手段拉拢拉丁美洲作家”的目的上。1975年12月出版的《外国文学情况》又发文评介了“资产阶级作家”卡彭铁尔的《方法的根源》。同样由于看到前苏联对它的正面评论，就将其“神奇现实”美学和巴罗克风格贬斥为“脱离现实和歪曲现实的”、“空洞的”、“烦琐、丑陋的漫画”。1976年2月，同一本杂志介绍加西亚·马尔克斯的新作《家长的没落》时，认为小说没有以政治和阶级观点分析拉丁美洲独裁政治的根源，而是用“魔术现实主义”手法将独裁者神奇化了。[2]

2.《一九七五年的拉丁美洲文学》，载《外国文学情况》，1976年2月。

“文化大革命”结束后，陈光孚在1979年发表的《拉丁美洲当代小说一瞥》中再次提到了这种被称之为“魔术现实主义”的新流派及加西亚·马尔克斯的《百年孤独》。[3]文章在名词翻译上沿用王央乐在“文化大革命”中的译法，但批评语调趋于缓和，并强调“魔术现实主义”小说的主题是反映现实的。不过，由于“其离奇荒诞的程度并不亚于西欧和美国的一些现代派”，而当时中国对西方现代派文学评价尚无定论，因此作者在与传统现实主义小说的对比中，流露

3. 陈光孚：《拉丁美洲当代小说一瞥》，载《外国文学动态》，1979年第3期。

出更加认同于后者。[1]”

1. 比如文中有这样的语句：“近年来虽然新小说的潮流冲击了哥伦比亚的文坛，但在老一代的作家当中，仍有不少人坚持现实主义的创作。

不久，《外国文艺动态》又在一期中发表了两篇介绍拉丁美洲当代小说的重要文章：林一安的《哥伦比亚魔幻现实主义作家加西亚·马尔盖斯及其新作〈家长的没落〉》和段若川的《墨西哥作家胡安·鲁尔弗和他的魔幻现实主义小说〈佩德罗·帕拉莫〉》。这是“魔幻现实主义”一词第一次在中文中出现。[2] 前文指出了“魔幻现实主义”文学起源于拉丁美洲 20 世纪 20 年代末期，在这类作品中，“现实主义的场面及情节和完全出于虚构幻想的情境并置共存、相辅相成”，强调其“魔幻”的效果在于“变现实为幻想而又不使其失真”。该文还第一次介绍了西班牙语中“魔幻现实主义”一词的来源，并且列举了一批所谓的“魔幻现实主义”作家，除鲁尔福、多诺索、卡彭铁尔、加西亚·马尔克斯、富恩特斯、阿斯图里亚斯、罗亚·巴斯托斯之外，甚至还包括博尔赫斯和科塔萨尔。同样是评价《家长的没落》，同样是发表在内部刊物上，但事隔三年之后，评价却完全不同。1976 年的文章在引述外界对该书意见分歧的评论时，仅挑选了一种完全否定的观点，称“读完之后脑袋里却什么也没有留下”。而 1979 年的文章则引用了美国《时代》周刊的推荐以及拉丁美洲文学界的众多褒奖之词。同样一件事——加西亚·马尔克斯将 1972 年获得的加列戈斯文学奖金（100 万波利瓦尔）转赠给委内瑞拉国内的左翼政治组织“社会主义运动”——在 1976 年的文章中被用来“揭露苏修”，在 1979 年的文章中则用来赞扬作家的社会批判立场。另外一篇文章《墨西哥作家胡安·鲁尔弗和他的魔幻现实主义小说〈佩德罗·帕拉莫〉》则基本从作品出发，分析魔幻现实主义小说的艺术特色，舍弃了长久以来对拉丁美洲文学的政治意识形态批评方式。

2.《外国文学动态》，1979 年第 8 期。林一安最早将 realismo mágico 译为“魔幻现实主义”，这个译名后来流传开来，但陈光孚似乎对这一译名有保留意见。参见陈光孚《魔幻现实主义》，第 8—9 页，广州：花城出版社，1986 年版。

1980 年，陈光孚撰文专论“魔幻现实主义”，强调魔幻现实主义是在“继承印第安古典文学的基础上，兼收并蓄东西方的古典神话的某些创作方法，以及西方现代派的异化、荒诞、梦魇等手法，借以反映或影射拉丁美洲的现实，达到对社会事态的揶揄、谴责、揭露、讽刺或抨击的目的”[3]。这就赋予“魔幻现实主义”某种接近“批判现实主义”的特质，使之成为借鉴了西方现代派文学手法的、某种深化了的现实主义，从而使它和现代主义划清了界限。

3. 陈光孚：《“魔幻现实主义”评介》，载《文艺研究》，1980 年第 5 期。

此外，1979 年的《译林》、《河北文学》，1981 年的《译海》、《广州文艺》等杂志分别把“魔幻现实主义”当作新名词或艺术流派予以了专门介绍。[4]

4.《译林》1980 年第 1 期的“名词解释”，《河北文学》1980 年第 11 期的“国外艺术流派简介”。王帆：《阿斯图里亚斯与魔幻现实主义》，载《译海》，1981 年第 2 期；翁家喜：《魔幻现实主义》，载《广州文艺》，1981 年第 7 期。

三

由于现实主义在20世纪50—70年代的中国曾经具有空前重要的地位，因此在20世纪80年代的语境中围绕“现实主义”的话题既安全又敏感。具体到“魔幻现实主义”问题上，意味着虽然以“现实主义”为名使得“魔幻现实主义”译介在70和80年代之交仍旧变化莫测的思想潮流中相对具有某种安全性，但围绕“现实主义的广阔道路”的讨论的历史记忆也使人们在试图修订或讨论现实主义的时候仍有所顾忌。于是最初的译介遭遇多重困境：如果不突出魔幻现实主义“现实主义”的面向，在依旧风向多变的70和80年代之交的文坛危险系数仍然不小；即使突出其“现实主义”一面，也仍然可能遭到魔幻修正现实主义的质疑；同时，如果过于强调“现实主义”一极，那么对这一能指所携带的意识形态和历史记忆十分敏感的读者就会拒绝接受“魔幻现实主义”。

直到1982年加西亚·马尔克斯获得诺贝尔文学奖之后，对魔幻现实主义的翻译和接受才逐渐摆脱上述困境。1982—1983年发表的关于加西亚·马尔克斯的近40篇文章几乎无一例外地谈及了“魔幻现实主义”。1983年，中国西班牙、葡萄牙、拉丁美洲文学研究会在西安隆重召开了加西亚·马尔克斯与拉丁美洲魔幻现实主义学术研讨会。在研讨会上，将魔幻现实主义视为拉丁美洲现实主义发展的一个新阶段或一条新的枝脉已是西班牙语界的共识。

在realismo mágico的引入过程中，特别值得注意的是译名的变迁。虽然“魔术现实主义”和“魔幻现实主义”仅一字之差，但意味大不相同。魔术现实主义会使人产生这样一种印象——它是一种对现实进行多种变形的艺术手法。对于魔术，形式或手段的意味更突出。而“幻”是相对“真”而言的，魔幻意味着非真实，远离现实主义；将魔幻同现实主义并置，使这一能指本身立刻呈现出丰富的含混性与悖论性，并会将人们引向对现实主义的本质的追问。其实，无论mágico译作“魔术”还是“魔幻”，都是一种本土演绎。1985年，西班牙语学者远浩一曾经从词源学角度对这些译名进行过辨析，认为无论mágico还是magic(al)，本意就是神奇。他还进一步指出，译为“魔幻”会“阻碍”读者“领会其中的现实主义精神”。[1]然而，如果我们把魔术现实主义、魔幻现实主义、神奇现实主义放在一起，就会发现，显然魔幻现实主义蕴涵着更丰富的想象与阐释空间。试想，如果是其他译法而不是“魔幻现实主义”成为约定俗成，

1. 远浩一：《关于拉丁美洲魔幻现实主义小说》，载《当代文坛》，1985年第12期。

也许 realismo mágico 就不会引起中国文学界如此热烈的关注。

第二节 魔幻现实主义与寻根文学对现代化的反思

随着《百年孤独》中译本的出版，中国读者开始对魔幻现实主义有了更为直观的感受。当代文坛关于魔幻现实主义热闹非凡的讨论，多是作家们根据自己的阅读体验进行的阐释。他们并不关心“魔幻现实主义”的本质是不是现实主义，“魔幻”、“神奇”、“魔术”等诸种译法到底哪个更确切。对 20 世纪 80 年代的小说家而言，拉丁美洲魔幻现实主义毫无疑问是一种现代文学，因此他们几乎不在现实主义深化的意义上去谈论这种文学。魔幻现实主义文学的影响在 1984 年左右开始显现于中国文学作品之中，到 1985—1987 年在寻根与先锋小说的整体辉煌之中达到极盛。尽管寻根与先锋绝非两种对立的文学流派，但它们对魔幻现实主义的吸纳却是出于不同的理想与规划。

对于姑且被称之为“寻根派”的韩少功、阿城、李杭育、郑万隆、郑义等人而言，魔幻现实主义文学“耦合”了他们在那段时期的问题系。对寻根作家而言，魔幻现实主义除了意味着“走向世界”的事实之外，更重要的是指明了“走向世界”之路。作为与中国同属第三世界的拉丁美洲，在 20 世纪六七十年代经历了急剧的现代化过程，但在对这一过程进行再现的时候，拉丁美洲作家却大量借助了本土文化资源（如印第安文化、黑人文化），最终以其独具“民族风味”的现代文学获得了西方世界的承认——这就是《百年孤独》的成功所带来的启示。20 世纪 80 年代的中国亦步入了现代化的进程。如何在现代化的过程中处理本土文化遗产，如何在现代化的过程中避免泛西化，民族化的议题是否一定对立于现代化，这些拉丁美洲作家曾经为之焦虑的重要命题，如今也困扰着中国作家。因此，魔幻现实主义文学与 20 世纪 80 年代的中国情境有着某种内在契合。在我们看来，今天很多对寻根文学的描述有些简单化，正在于它们过于强调寻根文学借鉴拉丁美洲文学时的功利性，比如一位论者以生动的语言描述道：

“我们追着‘寻根文学’的根，还夸张着‘根’的焦虑：我们隔着都市的红尘有

些矫饰地眺望着贫穷的故乡，努力地‘记起’故乡并不贫穷的文化‘积淀’；我们想象着‘寻根文学’辉煌的前景，仿佛看见一个就要领取诺贝尔奖的中国‘寻根’作家，正欢天喜地地走在去斯德哥尔摩的路上。”[1]

1. 尹昌龙：《1985：延伸与转折》，第23—44页，济南：山东教育出版社，1998年版。

还有阿城一句被反复引用的经典表白：

“没有一个强大的、独特的文化限制，大约是不好达到文学先进水平这种自由的，同样也是与世界文化对不起话的。”

寻根意识无疑是在走向世界的诉求下产生的，但却并非是要全面西化，相反，恰在对20世纪80年代前期输入西方现代派文学的潮流的反思中，关于寻根的叙事才得以建立。

20世纪70和80年代之交的小说虽然经常上演一夜之间暴得大名的喜剧，但早有论者指出其在艺术上的粗陋之处，稍有突出者也无非是重拾了屡被政治意识形态抑制的传统或者说规范——因此被称为“补课”。至20世纪80年代初，小说虽仍然承担着不甚沉重的历史反思之使命，叙事能力已有很大提升，但在西方现代派文学的冲击下，中国文学出现了新的必须面对的问题——除了泪水、苦情故事和现实主义之外，新时期小说还能做什么？还能朝哪里去？是进一步深化现实主义，还是全面吸收西方现代派？除此之外有无别的路径可供选择？正是在这样的十字路口处，生发出文学寻根的思考与实践。[2]

2. 洪子诚：《作家的姿态与自我意识》，第54—66页，西安：陕西人民教育出版社，1991年版。

提出所谓“寻根宣言”的韩少功回忆说，他当时既反感以模仿代替创造、把复制当作创造的接受现代派文学的方式——“移植外国样板戏”，又不满某些批判“文革”的文学，认为它们“仍在延续‘文革’式的公式化和概念化，仍是突出政治的一套，作者笔下只有政治的人，没有文化的人；只有政治坐标系，没有文化坐标系”。[3]在这样的语境下，“如何认清中国的国情，如何清理我们的文化遗产，并且在融入世界的过程中利用中西一切文化资源进行创造，走出独特的中国文学发展之路，就成了我和一些作家的关切所在”[4]。积极参与寻根讨论的李陀在1982年同冯骥才、刘心武的通信中，曾经提出现代小说不等于现代派。这一区分的意义在于，他试图拓宽中国小说现代化之路，即我们不见得非要跟在西方现代派之后亦步亦趋才能创造出现代小说。在信中，李陀还明确指出，中国现代小说的发展必须同时吸收两方面的营养——民族文学传统与世界当代文学，二者“缺一不可”。[5]也正是源于这种一贯的思考，李陀才比其他同代的批评家更加关注拉丁美洲文学，并积极地传播拉丁美洲文学

3. 王尧：《1985年“小说革命”前后的时空——以“先锋”与“寻根”等文学话语的缠绕为线索》，载《当代作家评论》，2004年第1期“文学口述史”专栏。

4. 王尧：《1985年“小说革命”前后的时空——以“先锋”与“寻根”等文学话语的缠绕为线索》，载《当代作家评论》，2004年第1期“文学口述史”专栏。

5. 李陀：《“现代小说”不等于“现代派”——李陀给刘心武的信》，载《上海文学》，1982年第8期。

知识。在李陀看来，拉丁美洲魔幻现实主义文学“提供了一个全新的视野”，他们“把现代主义和本土文化很好结合，形成拉丁美洲既是现代小说又不是欧洲现代派小说的再版，是拉丁美洲自己的小说”。[1]李陀的阐释颇具代表性，当时的文学界并不把拉丁美洲魔幻现实主义文学仅仅视为一种文学表现手法，而是将之提升到形而上学的层面，视之为一种文学发展模式。因此，拉丁美洲魔幻现实主义才会在80年代引起持久的热情和讨论。

在后来被视为寻根文学肇始的1984年“杭州会议”上，[2]大家都提到加西亚·马尔克斯的《百年孤独》。会议组织者之一蔡翔认为，“拉丁美洲‘文学爆炸’，尤其是马尔克斯的《百年孤独》对中国当代文学刺激极深”[3]，它“给我们刚刚复兴的文学这样一个启发：要立足本土文化”[4]。他们希望以此反思当时文学对西方的模仿以及因此造成的主题横移的现象。

也许是后来的论者众口一词强调拉丁美洲魔幻现实主义成功走向世界对寻根文学的触动，[5]以致2004年韩少功在接受访谈时断然否认“杭州会议”上有过“拉丁美洲热”，否认会议之前有任何作家看过加西亚·马尔克斯的作品。[6]其实，韩少功否认的不是拉丁美洲魔幻现实主义文学本身的成就，也不是否认寻根文学与之内在的关联，而是反感将“文学寻根”的提出仅仅视作出于走向世界甚至获得诺贝尔文学奖的功利目的，从而忽视他们曾经希望达到的对文学现代化之路的反思深度。“寻根”的提出虽是出于某种现代性的诉求，出于某种与世界对话的渴望，但是寻根作家们强调要以自己的主体身份完成这一诉求，不断整合本土或者外界资源，在锲而不舍的探寻中找到中国文学现代化的道路，而不是完全复制西方现代文学的经验。寻根的意义正在于此，它在义无反顾地学习西方的过程中有些犹疑，在高歌猛进的现代化进程中略有停顿，这使得他们亦保持了戴锦华所说的“前行中的后倾姿态”[7]。他们并非拒绝现代性，但他们以为自己可以拒绝以西方为本原的单一现代性。

1. 王尧：《1985年“小说革命”前后的时空——以“先锋”与“寻根”等文学话语的缠绕为线索》，载《当代作家评论》，2004年第1期“文学口述史”专栏。

2. 1984年由《上海文学》、浙江文艺出版社、《西湖》杂志社联合主办的一次当代小说研讨会。出席的作家、批评家有周介人、蔡翔、季红真、黄子平、李陀、阿城、陈建功、郑万隆、韩少功、李杭育、李庆西、陈村、吴亮、陈思和、南帆、许子东、鲁枢元、宋耀良等人。

3. 蔡翔：《有关“杭州会议”的前后》，见林建法、徐连源主编《中国当代作家面面观：灵魂与灵魂的对话》，第88—93页，杭州：浙江文艺出版社，2004年版。

4. 王尧：《1985年“小说革命”前后的时空——以“先锋”与“寻根”等文学话语的缠绕为线索》，载《当代作家评论》，2004年第1期“文学口述史”专栏。

5. 朱寨、张炯主编的《当代文学新潮》将拉丁美洲魔幻现实主义视作“文化寻根思潮兴起”的“外部动因”；曹文轩的《中国八十年代文学现象研究》断言“寻根热”很显然地受到了拉丁美洲魔幻现实主义的启发。

6. 王尧：《1985年“小说革命”前后的时空——以“先锋”与“寻根”等文学话语的缠绕为线索》，载《当代作家评论》，2004年第1期“文学口述史”专栏。

7. 戴锦华是在批评同期电影中的文化寻根实践——第四代导演1982年以后的第二期创作——时作出这一描述的。见戴锦华《雾中风景》，第16页，北京：北京大学出版社，2000年版。

第三节　走向形式至上

中国的寻根作家没有加西亚·马尔克斯等拉丁美洲“魔幻现实主义”作家那样幸运，在“寻根”

设想遭到质疑之后，寻根文学很快沉寂；“寻根小说”（比如阿城的“三王”系列，韩少功的《爸爸爸》系列）也没有以自己的“另类”创作实践走向世界。大概是寻根文学的“后倾”与存疑姿态在已然开启现代化进程的 20 世纪 80 年代中期很难获得广泛认同，而“寻根”旗号之下过于庞杂的话语表达亦授人口实。由于寻根“宣言”中论及诸多重大问题，因此难免遭到很多指责和追问。[1] 比如，他们中有人提到五四运动造成文化断裂带，表达了对儒释道传统的敬意，崇尚山野民间的原生态文化，于是各种诘责纷至沓来，很多人担心寻根文学遁入人迹罕至的林野、洞穴、沙漠而忽略对现实和人生的探讨。[2] 更严重的是，一些人把“一个响当当的在中国几乎称得上十恶不赦的谴责掷在‘寻根派’作家脸上”[3]，这就是“复古主义”。他们“把寻根派视为原本走在现代化进程中的当代文学的一次历史的、哲学的、审美的倒退”[4]。对于当时的人们来说，历史本身也许就意味着梦魇，“一处死亡的环舞”[5]。因此，任何一种重返历史与寻回传统的企图都会被击破。上下五千年的中国历史只是“超稳定结构”，只是窒息的“铁屋”，是走向现代的最大的阻碍。而在以此种认知为基调的历史文化反思运动语境中兴起的寻根文学，却流露出对传统文化被破坏、被丢弃的惋惜，对新文化运动激进行为的不满，这更加使一向自比为“五四”的 20 世纪 80 年代启蒙知识分子愤怒与警惕。因此，有关“文化寻根”的思考尚未来得及体系化、理论化，就被一片质疑与诘难之声所淹没。人们忘记寻根是在现代性的问题框架之中提出的，因此它实际上仍是在现代性的召唤之下的写作。正如蔡翔所说，“杭州会议”表现出的是中国作家和评论家当时非常复杂的思想状态：一方面接受了西方现代主义的影响，同时又试图对抗“西方中心论”；一方面强调文化乃至民族、地域文化的重要性，同时又拒绝任何的复古主义和保守主义。[6] 而这样复杂矛盾的立场在一个现代性话语极度扩张、说一不二的时代是难以被体察的，因此也就难以找到生长的空间。

李洁非在为“寻根”走入绝境叹惋的同时，也指出他们在理论上走入误区，认为他们本该更多地谈谈中国几千年的叙述智慧、成就、技巧，特别是唐宋以来小说手法、结构、叙述方式等这类对 20 世纪 80 年代小说艺术发展具有理论与实际价值的问题。那样的话，“寻根派”的理论显然会更切合文学的主题，也更有久远的意义。尽管如此，李洁非还是将寻根文学视为“更新的开始”，在他看来，是寻根文学“催发了 80 年代中期的小说文体革命”，换言之，中国当代文学“小说语言、技巧的变革意识是由它提到文坛的议事日程上的”。[7] 而南帆则更为体

1. 指韩少功的《文学的“根”》（《作家》，1985 年第 4 期）、郑万隆的《我的根》（《上海文学》，1985 年第 5 期）、李杭育的《理一理我们的“根”》（《作家》，1985 年第 6 期）、阿城的《文化制约着人类》（《文艺报》，1985 年 7 月 6 日）、郑义的《跨越文化断裂带》（《文艺报》，1985 年 7 月 13 日）等一系列集中在 1985 年下半年发表的文章。

2. 李泽厚：《两点祝愿》，载《文艺报》，1985 年 7 月 27 日。

3. 李洁非：《寻根文学：更新的开始（1984—1985）》，载《当代作家评论》，1995 年第 4 期。

4. 李洁非：《寻根文学：更新的开始（1984—1985）》，载《当代作家评论》，1995 年第 4 期。

5. 戴锦华：《隐形书写——90 年代中国文化研究》，第 48 页，南京：江苏人民出版社，1999 年版。

6. 蔡翔：《有关“杭州会议”的前后》，见林建法、徐连源主编《中国当代作家面面观：灵魂与灵魂的对话》，第 88—93 页，杭州：浙江文艺出版社，2004 年版。

7. 李洁非：《寻根文学：更新的开始（1984—1985）》，载《当代作家评论》，1995 年第 4 期。

谅地说："不论作家是否已经找到了根，不论作家是否准确地描写了传统文化，对于文学来说，一种新的想象力已经被寻根的口号激励起来了——这不是足够了吗？"[1] 对于 20 世纪 80 年代的文学而言，毫无疑问，寻根已经完成了作为一种文学变革的使命。先行者如汪曾祺，以及后来的何立伟、贾平凹、韩少功、阿城、莫言、李杭育、王安忆、扎西达娃等一批作家在各自的文本实践中融会本土文化资源，创造出了独具本土特色的现代小说。尤其是被视为中国最得魔幻现实主义真传的莫言，以其"红高粱"系列张扬的"民族"风格成为 20 世纪 80 年代最早被西方大量翻译出版的中国作家之一，从而真正走向了"世界"。这似乎证明中国文学对拉丁美洲魔幻现实主义的借鉴卓有成效，以自己的实践再次证明了"越是民族的就越是世界的"这一文学国际化道路的可行性。然而，如果我们再来参照一下拉丁美洲文学，就会发现这种看似对位的接受之中又一次深刻的错位。

1. 南帆：《冲突的文学》，第 108 页，上海：上海社会科学出版社，1992 年版。

如前文所述，由于拉丁美洲激烈的民族矛盾、社会矛盾，拉丁美洲当代文学从来不是纯文学，也没有可能成为纯文学。卡彭铁尔说："在拉丁美洲，小说不可能独立于政治环境而存在，因为不论是好是坏、人喜人悲、大起大落，我们的生活和政治因素的关系如此密切，以至于无法摆脱这个史诗性环境。"[2]很多拉丁美洲文学家还不满足于用小说描述现实，甚至直接参与政治，成为拉丁美洲最活跃的一群"有机知识分子"。卡彭铁尔、阿斯图里亚斯、富恩特斯等分别担任过古巴、危地马拉、墨西哥驻欧洲国家的外交官，直接代表拉丁美洲在西方的形象；加西亚·马尔克斯则支持拉丁美洲左翼武装力量，办报纸抨击时政，还为营救左翼政治犯四处奔波；巴尔加斯·略萨甚至直接参加秘鲁总统竞选。从毫不关心政治到坚持承诺主义的科塔萨尔说："在拉丁美洲只有创造一种像手术室里的气氛才能只谈文学不谈其他。"[3]无论是阿斯图里亚斯、巴勃罗·聂鲁达，还是加西亚·马尔克斯，当他们站在诺贝尔文学奖的演讲台上时，不是发表了一番文学艺术的宏论，而是对欧洲人进行了一次关于拉丁美洲历史与现实的政治演说。因《百年孤独》精湛的魔幻现实主义艺术而获奖的加西亚·马尔克斯在致辞时否认了他的小说是虚构、是魔幻，他说拉丁美洲人很少借助想象，对拉丁美洲作家来说，最大的挑战是没法让别人相信这就是他们生活的真实现状。他十分警惕西方人以传奇、神话、故事性来取消他作品的政治性，因此总是强调他是现实主义作家，即使作品中有魔幻成分，那也是因为生活本身是神奇的，而他只不过是尽可能地模仿现实而已。这或许可以解释为什么很少有拉丁美

2.［古巴］卡彭铁尔：《小说是一种需要》，陈众议译，第 9 页，昆明：云南人民出版社，1995 年版。

3.［阿根廷］科塔萨尔：《科塔萨尔论科塔萨尔》，朱景冬译，第 5 页，昆明：云南人民出版社，1994 年版。

洲作家标榜自己是“魔幻现实主义”作家的原因了。

但是，中国却将魔幻现实主义视作拉丁美洲向全世界输出的新的文学表现形式，并将其想象为拉丁美洲文学唯一的面貌。1985年之后出现了许多寻根文学与拉丁美洲魔幻现实主义文学的“比较文学”论文，但多数论者提供的仅仅是技术层面上的对比分析。那时，甚至还出现了一些对屈原的赋，以及《聊斋志异》、《红楼梦》、《西游记》进行魔幻现实主义研究的论文。当时，西藏、云南、广西等少数民族地区由于感到本地区同拉丁美洲大陆具有某种地域相似性，因此非常重视魔幻现实主义。从“寻根”热潮中兴起的广西“花山作家群”提出的“百越境界”口号，从某种意义上说是一种将“魔幻现实主义”本地化的尝试。[1]云南人民出版社更是将出版《拉丁美洲文学丛书》作为重点项目，并申请列入了国家“八五”出版计划。当时很多学者相信，中国同拉丁美洲在文化传统上十分相似，因此“中拉交流起来像血型相同一样，不会发生相斥反应”[2]。一时间模仿拉丁美洲魔幻现实主义的小说也层见叠出。1988年，国内出版了一本中国的《魔幻现实主义小说选》[3]，其中收入莫言的《红高粱》、《狗道》，韩少功的《归去来》，扎西达娃的《西藏：隐秘岁月》、《西藏：系在皮绳扣上的魂》，叶蔚林的《五个女子和一根绳子》等8篇小说。这些小说之所以被视作“魔幻现实主义”，是因为作品运用了诸如夸张、隐喻、象征、荒诞等手法以及神话、传说的插入，从而获得了同拉丁美洲魔幻现实主义的某种相似性，但这种相似性仅仅存在于表象层面，因此为该书作序的孟繁华并不认为中国真的存在一个魔幻现实主义文学流派。[4]当魔幻现实主义在本土越来越成为一个常规批评术语时，它被相当随意地运用。很多小说仅仅因为有“俏姑娘坐床单升天、死人乱在院子里走动”一类情节就被命名为“魔幻现实主义”。正如刘震云所说：“而我们却把这个当作根本，用它来指导我们的创作，马尔克斯知道了会如何想呢？”[5]

1. 梅帅元、杨克：《百越境界——花山文化与我们的创作》，载《广西文学》，1985年第3期；杨克、梅帅元：《再谈“百越境界”》，载《广西日报》，1985年11月12日。

2. 刘蜀鄂、唐兵：《论中国新时期文学对〈百年孤独〉的接受》，载《湖北大学学报·哲学社会科学版》，1993年第3期。

3. 吴亮等编：《魔幻现实主义小说选》，长春：时代文艺出版社，1988年版。

4. 孟繁华：《魔幻现实主义在中国》，见《魔幻现实主义小说选》，第10页，长春：时代文艺出版社，1988年版。

5. 刘震云：《独白》，见林建法、王景涛选编《撕碎·撕碎·撕碎了是拼接：中国当代作家面面观》，第218—219页。长春：时代文艺出版社，1991年版。

其实，在我们看来，拉丁美洲魔幻现实主义文学的意义恰在于它试图取得巴尔加斯·略萨所谓“社会责任感与艺术天性之间的平衡”。拉丁美洲多数作家坚持承诺主义，因为没有人能够回避现实，假如人们天真地关上房门，现实便会很轻松地从窗户钻进来。[6]但承诺绝不意味着放弃艺术和跟在政治之后爬行。萨特曾经坚持认为，在承诺文学里，承诺无论在什么情况下都不应该让人忘记自己的文学性质。毕加索的《格尔尼卡》、聂鲁达的《漫歌》、肖斯塔科维奇的《列宁格勒交响曲》正是以其艺术品质获得了尊严，才使其政治表达被广为接受。加西亚·马

6. [乌拉圭] 马里奥·贝内德蒂：《承诺的康复》，引自赵德明译文手稿。

尔克斯说：“我坚信，作家的革命职责就是很好地写作。”[1] 虽然拉丁美洲当代作家以再现历史与现实为己任，但是拉丁美洲人民从不缺乏对苦难的认识与体验，所以小说必须以新鲜的形式讲述故事。因此，拉丁美洲文学中才会有层出不穷的艺术革新——魔幻现实主义、结构现实主义、心理现实主义等。革命、抗争、殖民、压迫、暴力、掠夺、死亡等这些拉丁美洲当代社会难以回避的问题，当然也就是拉丁美洲当代文学必须面对的。20 世纪 50—70 年代的中国文学，对于革命、历史、现实的书写独尊社会主义现实主义，多样性的表达不被允许。20 世纪 80 年代似乎审美繁荣，文学面貌趋于多元，但却渐渐告别了革命与社会承诺，都没有尝试在两者之间取得平衡。寻根文学本是一种可能，因为提出者显然带有强烈的社会责任感，但同时又不满图解政治、缺乏艺术创新的 70 和 80 年代之交的文学，他们显然想探索以文学来思考社会问题的方式。拉丁美洲魔幻现实主义同现实政治的关联，在 20 世纪 80 年代正经历“非政治化”过程的中国语境中被有意无意地忽视了。

1.［哥伦比亚］加西亚·马尔克斯：《两百年的孤独》，朱景冬译，第 169 页，昆明：云南人民出版社，1997 年版。

时隔近 20 年，这一问题才得到关注，并被重新提出。正如戴锦华所说，这种历史“钩沉”、“补白”的工作，并非补足了原有的历史画面，而是由于以前被遗忘、被禁止记忆的因素的浮现，而改变了整个画面。[2]

2. 戴锦华：《犹在镜中——戴锦华访谈录》，第 32—33 页，北京：知识出版社，1999 年版。

另一个问题在于，拉丁美洲魔幻现实主义并非一种“民族”文学，相反，参照前文对“文学爆炸”由来的分析，它是在西方文化直接介入下生长起来的。拉丁美洲是混血文明，如帕斯笔下的墨西哥，是“强奸之子”[3]。安赫尔·拉马（Angel Rama）甚至认为，拉丁美洲本身就是西方文明的一部分，换言之，对于拉丁美洲来说，西方不是外部，不是彼岸，从语言、文化到人种，西方深深地侵入拉丁美洲的血液之中。在这个意义上说，拉丁美洲“文学爆炸”的经验是非常特殊和个别的，并不具有普遍性，因此在中国照搬这一发展模式必然会遭遇“水土不服”。

3.［墨西哥］帕斯：《玛琳琴的子孙》，段若川译自《孤独的迷宫》，见奥克塔维奥·帕斯著，赵振江等编译《帕斯选集》下卷，第 50 页，北京：作家出版社，2006 年版。

再者，当时文学界对于拉丁美洲魔幻现实主义文学在世界范围内成功这一事件本身缺乏批判分析。事实上，我们必须注意到魔幻现实主义自身的困境，它也是一种文化寻根——通过回归印第安文化、黑人文化，重新确认自己的祖先，从而颠覆殖民者所书写的历史，重建以拉丁美洲人为主体的历史。这一点从聂鲁达创作《漫歌》，阿斯图里亚斯翻译玛雅基切人的“圣经”《波波尔—乌》，以及卡彭铁尔对古巴黑人音乐的整理研究中都可以看出。更具启发性的是杰姆逊对魔幻现实主义所作的理论化，他把魔幻现实主义看作是一种生产方式的概念，认为文本的魔幻源于“前资本主义特征与新生期资本主义特征或技术特征相互重叠或共存”[1]。因此，魔幻现实主义就不是我们所理解的“魔幻＋现实主义”，而是拉丁美洲社会现实本身，是历史回来访问现实的那个时刻——“所有过去层面接合叠加（印第安文化的或前哥伦布的现实、殖民地时代、独立战争、专制制度、美国统治时代）”[2]。它们曾经在其他叙事中缺席，但却在魔幻现实主义文本中得以再现。加西亚·马尔克斯一再申明他的作品不是魔幻而是现实、是历史，其政经脉络上的合法性恰在于此。中国最初的译介虽然强调了魔幻现实主义“现实主义”的一面，但由于“现实主义”所携带的巨大的历史阴影，使得它在20世纪80年代的语境中很难再成为通向社会现实的政治实践。它本来所具有的“革命性”随同对社会主义现实主义的清算而被舍弃。

1.［美］詹明信：《晚期资本主义的文化逻辑》，张旭东等译，第566页，北京：生活·读书·新知三联书店，1997年版。

2.［美］詹明信：《晚期资本主义的文化逻辑》，张旭东等译，第567页，北京：生活·读书·新知三联书店，1997年版。

另一方面，无论怎样申明，《百年孤独》的读者最不关注的就是它与拉丁美洲历史的隐喻性关联。诺贝尔文学奖的颁奖词中将加西亚·马尔克斯的写作概括为：融合了古老的印第安民间文化、西班牙的巴罗克文化、欧洲的超现实主义艺术；福克纳的传人；描写的是永恒的主题——死亡；对全人类具有普遍深远的意义。经过此番翻译，加西亚·马尔克斯才能成为西方认可的文学大师。这同美国的文学批评家、译者共谋，忽视布莱希特的史诗形式，取消他的政治观和马克思主义，而将他变成某种自由人文主义者的翻译与接受策略如出一辙。如果不经过此番“翻译”，布莱希特就不可能进入美国的世界文学经典序列。[3]最终，《百年孤独》并不像加西亚·马尔克斯所希望的那样引起欧洲人对拉丁美洲异乎寻常的社会现实的关注，以及对拉丁美洲变革社会的努力的理解与支持。悲观地说，它最大的效果是在世界范围内产生了一种关于拉丁美洲文化与文学的定型化想象，比如西方人认为似乎只有《百年孤独》是拉丁美洲文学，而《跳房子》这样思辨的作品就不应该出自拉丁美洲作家之手。这种情形恐怕是加西亚·马尔克斯难以预料的。

3.Susan Bassnett & André Lefevere (ed.), *Constructing Cultures: Essays on Literary Translation*, pp.xvii.

一种第三世界文学如何面对“后殖民”的世界？这也许是魔幻现实主义留给我们的又一重要课题。当我们羡慕拉丁美洲文学“成功”走向世界的时候，没有看到“成功”的背后失去的是什么，没有反思获得西方认同将付出的代价是什么。尤其是拉丁美洲文学虽然同时借助本土文化资源与西方现代文学传统完成文学现代化，但最终只是“融入主流”，而没有创造出自己的故事。在社会变革方面，无论是照搬资本主义模式，还是拉丁美洲传统左派僵化的前苏联社会主义理想，还是各种各样的另类社会主义实践，都以失败告终。智利军事政变之后，拉丁美洲革命陷入低潮，右翼军人政权再次成为拉丁美洲政治主潮，资本主义制度中最腐败的寡头统治横行拉丁美洲。在世界性地告别20世纪60年代、告别革命的浪潮中，在新自由主义全球市场即将出现的时候，加西亚·马尔克斯——将社会主义视为拉丁美洲唯一出路的、拉丁美洲最坚定的古巴革命支持者——被授予诺贝尔文学奖。如此反讽的事实，在中国语境中却被不加反思地书写成"同村的张老三变成了万元户"、"丑小鸭变成白天鹅"、"灰姑娘变成公主"的传奇，不仅增强了其反讽性，而且将认同完全建立在他者一方——谁的丑小鸭与灰姑娘？

寻根文学没能在历史反思与富于想象力的现代性探索之路上走得更远，其对拉丁美洲文学的借鉴也仅在文体层面上获得承认。

其实，对文学形式、技巧的关注是与寻根思潮并行的。早在1980年《文艺报》座谈会上，李陀就提出"创新的焦点是形式"，尽管后来受到不点名的批判，但在20世纪80年代李陀一直坚持这一观点。在1982年写给刘心武的信中，他甚至将技巧问题上升到时代高度：

> *"我们生活在一个伟大的转折时代里，这决定我们的文学必定要有一个很大的发展，要有一个新的文学时期。这个文学时期的光辉，也许将能与唐诗、宋词这样中国文学史上最灿烂的阶段相互映照。那怎么能设想出这样一个新的文学时期会不探索、形成自己所特有的文学形式呢？怎么能设想文学形式在这一时期会不发生重大变革呢？能想象吗？反正我不能。因此，我至今坚持，就艺术探索来说，寻找、发现、创造适合表现我们这个独特而伟大时代的特殊内容的文学形式，是我们作家注意力的一个'焦点'。不解决这个问题，我们必定会辜负我们的时代。"*[1]

1.《上海文学》，1982年第8期。

在20世纪80年代前期，对纯文学、对文学形式的强调这一行为本身是革命性的，希望将文学从政治意识形态中解放出来，让文学回归自身。

1985年左右，纯文学的不懈吁求终于得到回报——先锋小说以前所未有的新锐、前卫姿态闪亮登场。他们在文学语言、形式、技巧方面的革命性不仅使老前辈们大惊，也使有"伪现代派"之嫌的前行者黯然。先锋小说家对拉丁美洲当代小说进行了重读，并作出了自己的阐释。在他们看来，《百年孤独》的意义在于一种新的小说时空观的确立。"许多年之后，面对行刑队，奥雷良诺·布恩地亚上校将会回想起他父亲带他去见识冰块的那个遥远的下午"，仅这第一句话，就有数不清的解读，被化用在大量的文本中，比如：

“此后多年祖母蒋氏喜欢对人回味那场百年难遇的大火。……

我设想一九三四年枫杨树女人们都蜕变成母兽，但多年以后她们会不会集结在村头晒太阳，温和而苍老，遥想一九三四年？”（苏童：《一九三四年的逃亡》）

“这些事离我很久很远了，但是当我每次重温许多年前的阳光和空气，我仿佛觉得伸手就可触摸到它。我无法不回忆往事。即使在这样一个平常而宁静的夜晚棋不向我提起它，‘水边’的那些候鸟也会叠映出它们清晰的影子。我在决定如何向棋叙述那些事时，颇费了一点踌躇。因为它不仅涉及到我本人，也涉及到我在‘水边’正在写作中的那部书，以及许多年以前，我的死于脑溢血的妻子。”（格非：《褐色鸟群》）

“东山在那个绵绵阴雨之晨走入这条小巷时，他没有知道已经走入了那个老中医的视线。因此在此后的一段日子里，他也就无法看到命运所暗示的不幸。……

直到很久以后，沙子依然能够清晰地回忆起那天上午东山敲开他房门时的情景。东山当初的形象使躺在被窝里的沙子大吃一惊。”（余华：《难逃劫数》）

“多少年来，岫云一直觉得当年她和尔汉一起返回乡下，是个最大的错误。……

尔勇多少年以后回想起来，都觉得曾经辉煌一时的白脸，实在愚不可及。”（叶兆言：《枣树的故事》）

“许多年以前”、“许多年以后”一度成为先锋小说的标志性句式。与加西亚·马尔克斯用这句话开始讲述拉丁美洲现代化历史的寓言从而完成对现代文明的反思不同，很多先锋小说家带着新历史主义的视角反观现代中国的历史，以民间故事、传说、神话填充历史细节处的空白，完成的是对整个革命历史的颠覆与重写。以《红高粱》为例，在这个人化的英雄传奇中，任何政治力量都是配角，都很渺小，这种非政治化书写中所包含的政治意蕴已然不言自明。这正是莫言像加西亚·马尔克斯却不会成为加西亚·马尔克斯的原因。莫言这一个案充分体现了中国作家对拉丁美洲魔幻现实主义接受中某种意义上的对位、但最终错开的情形。

第六章　　博尔赫斯与中国

第一节 博尔赫斯笔下的中国

豪尔赫·路易斯·博尔赫斯（Jorge Luis Borges，1899—1986）生于布宜诺斯艾利斯，他的家族在阿根廷历史上很有地位。他曾随全家旅居日内瓦，在那里学习了法语和德语，并获日内瓦大学文学学士学位。1919年，他离开瑞士，在西班牙塞维利亚参加了拉法埃尔·坎西诺斯·阿森斯领导的极端主义运动。1921年，他回到布宜诺斯艾利斯，并将这一新的文学流派移植到拉丁美洲。之后，他陆续出版了《布宜诺斯艾利斯的激情》（1923）、《面前的月亮》（1925）、《圣马丁手册》（1929）等诗集，并参与创办先锋派刊物。从20世纪30年代起，他转向小说创作，先后发表了《恶棍列传》（1935）、《交叉小径的花园》（1941）、《杜撰集》（1944）、《阿莱夫》（1949）、《创造者》（1960）、《布罗迪报告》（1970）、《沙之书》（1975）等。他的诗集还有《诗选》（1923—1943）、《自选诗》（1961）、《为六弦琴而作》（1965）、《诗选》（1923—1967）、《影子的赞歌》（1967）等。博尔赫斯曾任国立图书馆馆长、阿根廷作家协会主席，并兼任布宜诺斯艾利斯大学英美文学教授。

豪尔赫·路易斯·博尔赫斯

时间、梦幻、死亡、迷宫等虚实结合、神秘莫测的事物是博尔赫斯诗歌的主题。在他的作品中，既有“一切皆流、一切皆变”的辩证思想，又有“怀疑主义”和“不可知论”的唯心主义成分。与他的诗歌成就相比，他的小说成就可谓有过之而无不及。博尔赫斯于1956年获阿根廷国家文学奖，1961年获西班牙福门托文学奖，1979年获塞万提斯文学奖。他不仅在世界文坛占有重要地位，对我国当代作家也有着广泛的影响。

在博尔赫斯的文学作品中，中国元素集中地体现在《交叉小径的花园》中。小说的故事是围绕一位中国人展开的：在第一次世界大战中，一个名叫余准的中国博士为德国充当间谍，发现了一处英军的炮兵阵地。但英国军官马登上尉也发现了余准的活动，并立刻进行跟踪，余准不得不仓皇出逃。他乘火车来到阿什格罗夫镇，躲进斯蒂芬·艾伯特家中，从而引出“交叉小径的花园”。最后马登上尉赶到，将余准捉拿归案。但军事机密早已被传到柏林，德国派飞机轰炸了英军的炮兵阵地。原来余准为传递情报而杀死了艾伯特，报刊公布了这个消息，德国间谍机关便推测出英军炮兵阵地的位置，因为该地的名字也叫艾伯特。

从小说对余准身世的描述，可以看出博尔赫斯对中国文化的熟悉。众所周知，中国的山东曾是德国的势力范围，余准便是青岛大学的前英语教师。在他进入“交叉小径的花园”之前，书中有一大段内心独白和景物描写：

> *“我不愧是彭最的曾孙，彭最是云南总督，他辞去了高官厚禄，一心想写一部比《红楼梦》人物更多的小说，建造一个谁都走不出来的迷宫。他在这些庞杂的工作上花了十三年工夫，但是一个外来的人刺杀了他，他的小说像部天书，他的迷宫也无人发现。我在英国的树下思索着那个失落的迷宫：我想象它在一个秘密的山峰上原封未动，被稻田埋没或遮淹在水下，我想象它广阔无比，不仅是一些八角凉亭和通幽曲径，而且是由河川、省份和国王组成……我想象一个由迷宫组成的迷宫，一个错综复杂、生生不息的迷宫，包括过去和将来，在某种意义上甚至牵涉到别的星球。我沉浸在这种虚幻的想象中，忘掉了自己被追捕的处境。在一段不明确的时间里，我觉得自己抽象地领悟了这个世界。模糊而生机勃勃的田野、月亮、傍晚的时光，以及轻松的下坡路，这一切使我百感丛生。傍晚显得亲切、无限。道路继续下倾，在模糊的草地里岔开两支。一阵清脆的乐声抑扬顿挫，随风飘荡，或近或远，穿透叶丛和距离。我心想，一个人可以成为别人的仇敌，成为别人一个时期的仇敌，但不能成为一个地区、萤火虫、字句、花园、水流和风的仇敌。我这么想着，来到一扇生锈的大铁门前。从栏杆里，可以望见一条林荫道和一座凉亭似的建筑。我突然明白了两件事，第一件微不足道，第二件难以置信：乐声来自凉亭，是中国音乐。正因为如此，我不用心倾听就全盘接*

受了。我不记得门上是不是有铃，是不是我击掌叫门。像火花迸溅似的乐声没有停止。”

在斯蒂芬·艾伯特家里，余准还见到了从未付印的明朝第三个皇帝下诏编纂的《永乐大典》的佚卷，留声机上的唱片还在旋转，旁边有一只青铜凤凰。原来艾伯特曾在天津当过传教士，后来成了汉学家。

在西方文学作品中，不乏对中国景物的描述，但像博尔赫斯把握得如此准确、如此精细的并不多见，更何况是在一个只有几页的短篇小说中呢。

博尔赫斯将《交叉小径的花园》定义为侦探小说，而实际上却将一座时间的迷宫展现在读者面前。这篇小说的主题是时间。时间是一张正在扩张、变化、分散、集中、平行的网，它的网线互相接近、交叉、隔断，或者几个世纪各不相干，这张网包含了一切可能性。博尔赫斯通过小说主人公余准之口，表明自己对时间的看法，或许正是为了向我们表明，他关于时间的主观性、相对性和可超越性的思想源于神秘的东方哲学和宗教。

在博尔赫斯的文学作品中，有关中国题材的还有短篇小说《金寡妇》，散文《长城和书》、《曹雪芹〈红楼梦〉》等。给我们印象最深的是他编的一本《幻想文学选读》（Lecturas fantásticas），其中包括《红楼梦》中的“贾宝玉神游太虚境”和“贾天祥正照风月鉴”以及《聊斋》中的几个故事。尤其是读了他为该书撰写的序言，更是令人对这位阿根廷作家肃然起敬：

> *“明智的孔夫子在《论语》中劝我们敬鬼神，紧接着却又说最好是敬而远之。道教与佛教的神话已使这千年古训有所减弱。没有哪一个国家比中国更讲迷信。连它所产生的现实主义的长篇巨著——如《红楼梦》，我们将谈到它——都有大量的怪诞成分，而且正因为它们是现实主义的，人们并不认为那怪诞是不可能与不可信的。*
>
> *本书的故事大部分选自《聊斋》，该书作于十七世纪，其作者蒲松龄，字留仙，又称柳泉居士。我们是根据赫伯特·艾伦·翟理思[1]1880 年发表的英文版本翻译的。关于蒲松龄，人们所知甚少，只知他在 1651 年前后应举落第。他的致力于文学创作，乃至这部使他成名的作品，都应归功于这次幸运的失败。《聊斋》在中国的地位，犹如《一千零一夜》之在西方。*
>
> *与埃德加·艾伦·坡和霍夫曼不同，蒲松龄并不以其所叙述的神奇而令人叫绝。他更让人想起斯威夫特，这不仅由于其寓言故事的怪诞，更由于其叙述风格的简洁、*

1. 翟理思（1845—1935），英国汉学家，威妥玛—翟理思汉语罗马字母拼音系统的创制人之一。

客观和他的讽刺意图。蒲松龄笔下的地狱使我们想起克维多笔下的同类境域，它们是昏暗的、受行政管辖的。那里的法庭、侍从、法官、书记在受贿与官僚主义方面比人间任何年代、任何地方的原型都不逊色。读者不应忘记，由于其迷信的性格，中国人是把这些故事当作真实事件来阅读的，因为对他们的想象力来说，按照占卜者的说法，上界是下界的一面镜子。

开始阅读时，行文似显稚气；随后便会感到幽默与讽刺的泼辣以及强大的想象力，用极其普通的素材——准备应试的学子，山间的野餐，自我陶醉的冒失鬼——毫不费力地编织情节，其跌宕起伏如流水，千姿百态似行云。这是梦幻的王国，或更确切地说，是梦魇的画廊和迷宫。死者复活，拜访我们的陌生人顷刻间变成一只老虎，颇为可爱的姑娘竟是一张青面魔鬼的画皮；一架梯子在空中消失，另一架在井中沉没，因为那里是刽子手、可恶的法官以及师爷们的居室。

除了蒲松龄的作品，我们还补充了两篇既令人绝望又令人惊异的故事，这是几乎没有结尾的长篇小说《红楼梦》的一部分。对该书的作者或作者们，人们知道的真实情况极少，因为在中国，小说和戏剧是下等的艺术品种。《红楼梦》是最杰出也是最普及的中国小说。书中有四百二十一个人物，女性一百八十九个，男性二百三十二个，俄国的小说和冰岛的传说都没有超过这个数字，初读时会令读者惊叹不已。尚无人想全译此书，那将需要三千页纸和一百万言。《红楼梦》创作于十八世纪，其作者极可能是曹雪芹。《宝玉之梦》出现在刘易斯·卡罗尔所写的艾丽斯在梦中与红衣国王相会（后者在梦想着她）之前，只是红衣国王的情节纯属玄奥的荒诞，而宝玉的梦却充满了忧伤、无助和内心的不真实感。《风月宝鉴》是一个表示性爱的名字，这或许是文学既哀婉又不无尊严地表现孤独快感的唯一时刻。

一个国家的特征在其想象中表现得最为充分。本书页数不多，却使人依稀看到一个世界上最古老的文化，同时也看到一种与荒诞的虚构异乎寻常的接近。”

在中国，博尔赫斯是最有影响的西班牙语作家之一。他本人对中国文化怀有深厚的感情，直至双目失明以后，还憧憬着来华访问。《博尔赫斯全集》主编、中国社科院外文所研究员林一安先生在该书的序言中写道：

“博尔赫斯虽然早在 1961 年在神州大地一闪身影，然而中国读者真正阅读这位对中国满怀憧憬向往之情的文学大师，却是在 70 年代末 80 年代初。[1] 应该说，我们是渐渐地、但是有步骤地接近博尔赫斯的。先是瞥见作家那稍纵即逝的身影，然后是模糊不清的轮廓，稍后是引人注目的音容笑貌。如今展现在我们面前的，实打实正带着那沉甸甸的五卷雄文，拄着他那心爱的黑漆中国手杖步履蹒跚然而坚定地向我们走来，这不啻是在中国矗立了一座丰碑、一座塑像，或者竟是大师的真身！……

先生曾经多次表示：‘不去访问中国，我死不瞑目。长城我一定要去。我看不见，但是能感受到，我要用手抚摸那些宏伟的砖石。’[2] 先生这一夙愿，生前未能实现，成为憾事。但我们或许可以用一种特殊的方式来告慰先生的在天之灵：将一套厚实精美的《博尔赫斯全集》中译本供奉在长城脚下的文物展示厅，供国人拜读！”

我们也清楚地记得，当年中国西班牙、葡萄牙、拉丁美洲文学研究会曾讨论过邀请博尔赫斯访华事宜，但考虑到他年事已高，又双目失明，最终不了了之。这是一种悲哀，也是一种无奈。

令人欣慰的是，《博尔赫斯全集》于 1999 年出版以后，在阿根廷驻华使馆举行了隆重的首发仪式，并邀请了博尔赫斯夫人尔玉女士来华访问，一代大师实现了遗愿，也算告慰了大师的在天之灵吧。

1.《世界文学》杂志 1961 年第四期曾发表过有关博尔赫斯的一则动态。据估计，这是博尔赫斯（当时译为波尔赫斯）的名字首次见诸中国报刊。

2. 黄志良、刘静言：《出使拉美的岁月》，第 190 页，南京：江苏人民出版社，1996 年版。

第二节 20世纪80年代中国对博尔赫斯的翻译与接受

一

20世纪50年代初，博尔赫斯的《虚构集》和《迷宫》在法国翻译出版，从此这个阿根廷作家开始为欧洲人所知。[1]1961年，博尔赫斯同塞缪尔·贝克特共同获得了该年度的福门托奖(Prix Fermentor)[2]，这是他获得的第一个国际奖项。之后，他的著作几乎“一夜之间风靡西方世界”[3]。然而中国，是那时他的声名无法到达的国度之一。1961年4月号的《世界文学》在“阿根廷作家谈小说问题”的简讯中提到“以描写人物心理见称的波（博）尔赫斯和玛莱亚，他们作品中反映的现实是畸形的、混乱的，那是因为他们那时候的社会是畸形的、混乱的，因此还是真实的”。这大约是本土第一次提到他。“文化大革命”后期出版的内部刊物《外国文学情况》在介绍拉丁美洲文学中偶尔提到博尔赫斯时，没有介绍过他的文学创作及成就，而是依照西班牙文材料称之为“自由主义右派”。[4]

中国真正开始介绍、评论博尔赫斯的作品始于1979年。[5]1979年《外国文艺》第1期（内部发行）发表了《博尔赫斯短篇小说选》以及美

1. 埃米尔·罗德里格斯·莫内加尔在《生活在迷宫——博尔赫斯传》中记述，该法文版本1951年出版（陈舒、李点译，第384页，上海：东方出版中心，1994年版），詹姆斯·伍德尔在《博尔赫斯：书镜中人》中也持此说，并说《迷宫》出版于两年后（见詹姆斯·伍德尔《博尔赫斯：书镜中人》，王纯译，第191页，北京：中央编译出版社，1999年版）。但贝尔沙尼等著的《法国现代文学史》中却记载《虚构集》是1952年翻译的（见贝尔沙尼等《法国现代文学史》，第368页，长沙：湖南人民出版社，1989年版）。

2. 福门托奖由六家国际出版社共同设置，“作家不分国籍，凡是现有作品经评审委员会认定对现代文学的发展有持久影响者均可入选”。见詹姆斯·伍德尔《博尔赫斯：书镜中人》，王纯译，第223页，北京：中央编译出版社，1999年版。

3. [阿根廷] 博尔赫斯：《自传式随笔》，转引自 [美] 埃米尔·罗德里格斯·莫内加尔《生活在迷宫——博尔赫斯传》，陈舒、李点译，第404页，上海：知识出版社，1994年版。

4. 炜华：《阿根廷的一本研究著作〈阿根廷文学中的庇隆主义〉》，载《外国文学情况》，1975年12月，总第23期；《一九七五年的拉丁美洲文学》，载《外国文学情况》，1976年2月第2期。

5. 但是国内已有学者通过英语等渠道知道博尔赫斯其人。比如陈凯先教授回忆，1979年夏天，他的父亲（中国莎士比亚学专家、南京大学的陈嘉教授）跟他进行了长谈，希望他在墨西哥关注在英美非常流行的博尔赫斯。

国人理查 · 依德尔的文章《从诺贝尔奖金谈到博尔赫斯》。[1] 王央乐选译了博尔赫斯 20 世纪 40 年代创作的《交叉小径的花园》、《南方》，60 年代的《马可福音》和 70 年代的《一个无可奈何的奇迹》。1981 年《世界文学》第 6 期推出王永年翻译的“博尔赫斯作品小辑”，包括短篇小说《玫瑰角的汉子》、《刀疤》和《埃玛 · 宗兹》，以及诗歌《别离》、《诗的艺术》、《1966 年的颂歌》、《老虎的金黄》和《盲人》。这是博尔赫斯的诗人面目第一次为本土读者所知晓。众所周知，《外国文艺》与《世界文学》是 20 世纪 80 年代最重要的两份外国文学类期刊，[2] 前者译介的重点在西方现代文学，后者重点译介外国文学名家名著。像川端康成的《伊豆的舞女》、约瑟夫 · 海勒的《第二十二条军规》、罗伯－格里耶的《橡皮》、索尔仁尼琴的《癌病房》、玛格丽特 · 杜拉斯的《琴声如诉》和卡夫卡的《变形记》等一些在当时强烈震撼了中国读者的西方现代文学名著，都是与博尔赫斯的作品一样最早见于这两份杂志。1983 年，上海译文出版社出版了王央乐翻译的《博尔赫斯短篇小说集》，印量 27 000 册。

20 世纪 80 年代对博尔赫斯的评介主要是由西班牙语译者完成的，比如王央乐、陈光孚、陈凯先、王永年等人。而对博尔赫斯的评价则经历了一个不断升调的过程，从下面这个有趣的例子可以管窥其微妙的变化过程，1979 年王央乐在《博尔赫斯短篇小说选 · 前言》结尾处说：

> *“有一位评论家说，读者读了博尔赫斯的小说之后，起先是对博尔赫斯的艺术才能表示赞赏，然后就会感到失望，因为他发现小说的题材和小说中的哲理是自相矛盾的，而且小说把人的生活写得毫无价值，最终将使读者觉得沮丧。这样的评价应当说是比较中肯的。”*[3]

可见，当时译者对博尔赫斯的不可知论、宿命论的悲观主义世界观并不认同，但这一隐晦的批判在那时似乎仍然是必须的。直到 1983 年王央乐翻译的《博尔赫斯短篇小说集》出版时，他才对此文进行了修改。他将最后一句话的句号改为逗号，接着写道：

> “……，*但是只说明了问题的一个方面。现在谁也不否认博尔赫斯的短篇小说具有很强的艺术感染力。……作者对现实的回避是合乎情理的，是能够博得读者的共鸣的。*
>
> *西方当代文学中幻想文学正在日益受到重视，这正是人们对西方社会现实的不满和绝望的一种悲观主义态度的反映。博尔赫斯的作品之所以能获得成功，也许就是由*

1. 叶丹译，原载于《纽约时报 · 图书评论》，1977 年 8 月 7 日。

2. 南京的《译林》也很重要，但它主要译介外国的通俗文学。

3. 王央乐：《博尔赫斯短篇小说选 · 前言》，载《外国文艺》，1979 年第 1 期。

于这个原因。”

此后，对博尔赫斯的评价便很少有批判语气，而对其小说艺术则越来越推崇。这一事例表明了整个中国社会语境的变化。

那一时期西班牙语学者撰写的重要研究文章有陈凯先的《博尔赫斯和他的短篇小说》、《独具一格的艺术特色——谈谈阿根廷作家博尔赫斯和他的短篇小说中几个主要特点》[1]，陈光孚的《对博尔赫斯作品的解析》[2]，远浩一的《有情轮回，犹如车轮——读〈博尔赫斯短篇小说选集〉》[3]等。此外，1982 年的《中国大百科全书 · 外国文学卷》[4]及 1985 年出版的《简明不列颠百科全书》[5]、吴守琳的《拉丁美洲文学简史》[6]中也都有专论“博尔赫斯”的词条或章节。陈凯先是国内较早对博尔赫斯进行专业研究的学者，他发表于 1983 年的两篇文章奠定了此后博尔赫斯研究的主要框架。他将博尔赫斯小说的艺术风格概括为一种哲理、象征、梦幻、东方神秘四位一体，并论述了博尔赫斯的循环时间观与怀疑主义的世界观，分析了他小说中的三个核心意象——镜子、迷宫、图书馆，也论及老虎、刀子、面具、花园等其他主要意象，指出了其小说的梦幻特征与东方的佛教及文学之间的关系。20 世纪 80 年代前期国内的博尔赫斯研究基本上没有超出这些问题。

1986 年 6 月 14 日，博尔赫斯在日内瓦逝世，中国对博尔赫斯的译介在当年的下半年多了一些。

二

1983 年版的《博尔赫斯短篇小说集》对中国当代文学的影响之巨是难以估量的。许多 20 世纪 80 年代在文坛崭露头角的先锋小说家，如马原、孙甘露、洪峰、苏童、格非、余华、残雪、鲁羊、潘军等，都曾论及博尔赫斯的影响。从苏童一段被广泛引用的自白中可见当时的年轻作者对博尔赫斯的印象：

> *“大概在一九八四年，我在北师大图书馆的新书卡片盒里翻书名，我借到了博尔赫斯的小说集，从而深深陷入博尔赫斯的迷宫和陷阱里，一种特殊的立体几何般的小说思维，一种简单而优雅的叙述语言，一种黑洞式的深邃无际的艺术魅力。坦率地说，*

1. 陈凯先 1979 年留学墨西哥，在学习期间对博尔赫斯进行了阅读和研究，并用西班牙语撰写了关于《沙之书》的论文。他是国内最早对博尔赫斯进行专业研究与批评的学者，此处提到的两篇论文见于《当代外国文学》，1983 年第 1 期；《外语教学》，1983 年第 3 期。
2. 陈光孚：《对博尔赫斯作品的解析》，载《外国文学报道》，1986 年第 3 期。
3. 远浩一：《有情轮回，犹如车轮——读〈博尔赫斯短篇小说选集〉》，载《读书》，1983 年第 7 期。
4. 《中国大百科全书 · 外国文学卷》，北京：中国大百科全书出版社，1982 年版。
5. 《简明不列颠百科全书》，北京：中国大百科全书出版社，1985 年版。
6. 吴守琳编著：《拉丁美洲文学简史》，北京：中国人民大学出版社，1985 年版。

我不能理解博尔赫斯，但我感觉到了博尔赫斯。我为此迷惑，我无法忘记博尔赫斯对我的冲击。”[1]

1. 苏童：《阅读》，见《寻找灯绳》，第 145 页，南京：江苏文艺出版社，1995 年版。

被视为 20 世纪 80 年代先锋小说肇始者的马原与博尔赫斯的关系也是被批评家们反复讨论的。而 1993 年，马原在拍摄《中国文学梦》的电视专题片时特意去上海拍摄了王央乐，他说正是因为 1983 年的博尔赫斯译本才去拍摄王先生的。这似乎也印证了批评家们的观点，从某种意义上似乎可以说，这本 20 几万字、定价仅 1.20 元人民币的《博尔赫斯短篇小说集》曾经承载了那个时代的“中国文学梦”。[2]

2. 潘军：《见证时间：凝视博尔赫斯》，载《花城》，2000 年第 3 期。

那么，中国先锋小说到底从博尔赫斯那里习得了什么呢？就马原而言，他关注的是小说的写作技法。他坦率地说：

“每个写作者都密切关注多种技法。最常见的是博尔赫斯和他自己的方法，明确告诉读者，连我们（作者）自己也不能确切认定故事的真实性——这也就在声称故事是假的，不可信。……这样的方法往往是最具效果的方法。另外的方法还有一些，比如故事里套故事的所谓套盒方法，也是博尔赫斯用的比较多的，原理大致相同。”[3]

3. 马原：《小说》，载《文学自由谈》，1989 年第 1 期。

因此，马原在《拉萨河的女神》（1984）、《冈底斯的诱惑》（1985）、《西海的无帆船》（1985）、《虚构》（1986）、《拉萨生活的三种时间》（1986）等文本中“活剥”[4]了他认为属于博尔赫斯的这两大技法：一是叙事行为本身进入叙事之中；二是迷宫叙事，也就是马原俗称的“故事里套故事”。在马原之后，孙甘露的《访问梦境》（1986）、《信使之函》（1987），洪峰的《奔丧》（1986）、《瀚海》（1987）、《极地之侧》（1987），格非的《迷舟》（1987）、《褐色鸟群》（1988）、《青黄》（1988）等一批典型的博尔赫斯式的文本层见叠出。

4. 张新颖：《新空间：中国先锋小说家接受博尔赫斯启悟的意义》，曾以《博尔赫斯与中国当代小说》为题刊于《上海文学》1990 年第 12 期。见《栖居与游牧之地》，第 40 页，上海：学林出版社，1994 年版。

在 20 世纪 80 年代，虽然博尔赫斯的作品被译介、被阅读，但其意义却没有被凸显。曾有人说：“在 80 年代，在中国，博尔赫斯是寂寞的，那时候，谈得最多、学得最多的是加西亚 · 马尔克斯。”[5]对于博尔赫斯曾经的“寂寞”，有这样一种解释：

5. 舒建华：《博尔赫斯和中国》，载《中国青年报》，2000 年 3 月 14 日。

“博尔赫斯来中国太早，彼时中国正在恢复现实主义，连适当汲取现代主义都会引起争议，因而根本不具备接受博尔赫斯的土壤。但博尔赫斯的作品放在那里，却成了中国作家的一块心病。博尔赫斯的作品既不同于现实主义，也不同于现代主义，它的写法对于中国作家来说是不可思议的。怪异的博尔赫斯作品的存在对中国当代作家

构成了潜在的挑战。面对博尔赫斯，他们还不知道如何反应。”[1]

1. 赵稀方：《翻译与新时期话语实践》，第 96 页，北京：中国社会科学出版社，2003 年版。

诚如论者所说，对于 20 世纪 80 年代前期的中国文坛来说，博尔赫斯的确有些突兀，因而显得“怪异”。那时的中国文学其实仍然延续着 20 世纪 50—70 年代的言说方式，仍然是高度政治化的书写，它有效地发挥着控诉与埋葬“文化大革命”意识形态的功用。博尔赫斯式的文体实验、高度形式化以及充满玄想、哲思的知性写作，相对于我们的文学接受习惯和欣赏习惯十分陌生，而且他纯粹个人化的文学观念也迥异于我们带有强烈启蒙主义色彩的文学想象。

同时，博尔赫斯虽然深刻影响了 20 世纪 80 年代的先锋小说，但以叙事革命和文体实验冲击文坛的先锋小说的存在却非常短暂，在形式创新进入一种“耗疲”（约翰·巴斯语）状态之后，先锋小说家群体很快分化。对批评界而言，先锋小说中博尔赫斯的脉络并不清晰，进入 20 世纪 90 年代以后，批评家们才将这一脉络指认出来。张新颖 1990 年发表于《上海文学》的《博尔赫斯与中国当代先锋小说》首次将博尔赫斯与先锋小说的关系作为专门问题提出，认为博尔赫斯的小说为中国当代文学带来了新的可能性。在他之后又出现了许许多多的后续研究，丰富了对这一问题的讨论。[2] 而在“后现代主义”批评兴起之后，它通过指认出先锋小说中的博尔赫斯才得以完成对先锋小说的“后现代”命名。另外，马原、孙甘露、洪峰、苏童、格非、余华、残雪、鲁羊、潘军等许多先锋小说家也纷纷自述创作与博尔赫斯的关系，这也为批评提供了素材和佐证。有人因此提出先锋小说家有“博尔赫斯情结”的说法。[3]

2. 比如，秦立德：《逃避与迎合：俄狄浦斯情结的终极关怀：博尔赫斯与格非两面观的抽样考察》，载《艺术广角》，1992 年第 5 期；王世民：《博尔赫斯小说及其对中国当代文学的影响》，第 49—51 页，第 56 页，载《山西物资流通》，1997 年第 5 期；王璞：《中国先锋派小说家的博尔赫斯情结：重读先锋派》，载《中国比较文学》，1999 年第 1 期；季进：《作家们的作家——博尔赫斯及其在中国的影响》，载《当代作家评论》，2000 年第 3 期。

3. 王璞：《中国先锋派小说家的博尔赫斯情结：重读先锋派》，载《中国比较文学》，1999 年第 1 期。

总之，20 世纪 80 年代博尔赫斯的意义虽然在先锋小说的文本中已经浮现，但由于没有得到有效指认，因而随着先锋小说的“昙花一现”被湮没了。

第三节　20 世纪 90 年代作为“文化英雄”的博尔赫斯

非常有趣的是，较之 20 世纪 80 年代博尔赫斯在中国的翻译与接受，90 年代其在中国本土境遇中的最大变化在于，博尔赫斯突然被指认为一个反极权的知识分子，从而被写入 90 年代的“文化英雄”谱。20 世纪 90 年代的“文化英雄”谱构成相当庞杂，陈寅恪、顾准、储安平、王小波，甚至金庸等都曾经被书写为本土的“文化英雄”。这一书写过程亦相当复杂：从专门研究者的解读开始，然后获得知识界的认同，最后才为一般大众所接受。在这一过程中，“这些形象符号从被压抑的学术权威，变成有独立意志的逃离者，再变成有叛逆精神的反抗者”，最终才被定格成“英雄”。[1] 博尔赫斯这一“文化英雄”的生成，有着与之相似但更为独特和有趣的方式。

1. 杨早：《90 年代文化英雄的符号与象征——以陈寅恪、顾准为中心》，见戴锦华主编《书写文化英雄——世纪之交的文化研究》，第 19 页，南京：江苏人民出版社，2000 年版。

一

博尔赫斯的作家姿态是极端精英主义与个人主义的，他在《沙之书》中曾经写到：

> *“我并非是为少数精选的读者而写作的，这种人对我毫无意义。我也并非是为了那个谄媚的柏拉图式的整体，它被称为‘群众’。我并不相信这两种抽象的东西，它们只被煽动家们所喜欢。我写作，是为了我自己和我的朋友们；我写作，是为了光阴的流逝使我安心。”* [2]

2. [阿根廷] 豪·路·博尔赫斯：《博尔赫斯短篇小说集·前言》，王央乐译，第 5 页，上海：上海译文出版社，1983 年版。

对博尔赫斯而言，文学与政治是截然分开的，文学是文学家的文学，政治是政治家的政治。他相信，文学就是文学——一种不把自己伪装成任何别的东西的虚构故事。一部文学作品就是一种技巧，一个言语的产品。[3] 有时候，他甚至走得更远，直接宣称文学就是游戏。[4] 而在拉丁美洲本土语境中，博尔赫斯的“纯文学”观的确构成对主流的现实主义以及追随前苏联的左派批评家的社会主义现实主义主张的挑战。[5] 但是在高度政治化的六七十年代，在承诺主义文学占主流的拉丁美洲文坛，博尔赫斯的这种作家姿态与立场受到尖锐指责。两个典型的例子可以说明：博尔赫斯的作品对加西亚·马尔克斯影响非同一般，但后者从不承认；巴尔加斯·略萨也提到过，博尔赫斯曾经在他们那代文学青年之间引起无穷无尽的争论，尽管他年轻时就如痴如醉地阅读博尔赫斯，并屈服于后者的文学魅力，但他却“使出浑身解数，以萨特式的刻薄极力要证明：一个按照博尔赫斯那样写作、说话和行事的知识分子，某种程度上应该对世界上种种不公正、不公平和不公道的社会现象负部分责任；他的小说和诗歌只是一些‘响亮但空洞的大话’”[6]。相当长时间之内，博尔赫斯在拉丁美洲文坛都是一个毁誉参半的人物，他的个人主义写作宣言使其在那个文学介入现实、参与变革的年代里颇为落寞。

3. 博尔赫斯 1944 年出版的《杜撰集》，其中 6 篇新作被加上“技巧”的总标题，莫内加尔认为这宣告了他的信仰。见［美］埃米尔·罗德里格斯·莫内加尔《生活在迷宫——博尔赫斯传》，陈舒、李点译，第 358 页，上海：知识出版社，1994 年版。

4. 博尔赫斯在《诗与玄学》中说，文学即游戏，尽管是一种严肃的游戏。转引自《博尔赫斯文集·小说卷》（编者序），王永年、林之木译，第 17 页，杭州：浙江文艺出版社，1999 年版。

5. ［美］埃米尔·罗德里格斯·莫内加尔：《生活在迷宫——博尔赫斯传》，陈舒、李点译，第 358 页，上海：知识出版社，1994 年版。

6. ［秘鲁］巴尔加斯·略萨：《博尔赫斯的虚构》，载《世界文学》，1997 年第 6 期。

博尔赫斯那段煽情的文学告白在20世纪80年代就被翻译成中文。[1] 在积极肃清“文学为政治服务”的时代里，这一“纯文学”的宣言深获人心。而1989年的政治风波所带来的伤痛，迫使知识界痛苦地进行自我检省与重新定位。于是，比起左拉、萨特式的知识分子，或许博尔赫斯“落寞的神色”、“徘徊的身影”[2] 更符合追求“独立之精神，自由之思想”的20世纪90年代中国“学人”的自我想象。[3] 他的“我写作，是为了光阴的流逝使我安心”是20世纪90年代“个人化写作”最富诗意的旗帜之一。先锋作家鲁羊“在口头语言和书面文字不止一次地”表达了“对这段文学独白的偏爱和热情”。[4] 孙甘露则在一篇随笔的结尾处“为某些日子某些场景某些人朗读”了博尔赫斯的这段独白。[5]

1.[阿根廷]豪·路·博尔赫斯：《博尔赫斯短篇小说集·前言》，王央乐译，上海：上海译文出版社，1983年版。

2. 王守常等主编：《学人·发刊词》，南京：江苏文艺出版社，1991年版。

3. 指1991年11月创刊的《学人》杂志，王守常、汪晖、陈平原主编，喻示中国知识界在20世纪90年代学术转型的开始。

4. 吴义勤：《超越世俗——鲁羊论》，载《当代文坛》，1995年第2期。

5. 孙甘露：《写作与沉默》，见林建法、王景涛选编《撕碎·撕碎·撕碎了是拼接：中国作家面面观》，第231页，长春：时代文艺出版社，1991年版。

与中国对博尔赫斯的去政治化形成有趣对照的是，博尔赫斯虽然强调文学应该远离政治、远离社会承诺，但作为一个社会中人，他本人却从来没有不问现实政治，事实上他经常对政治问题畅所欲言。他年轻时在西班牙写了一本书——《红色的旋律》（或名《红色的圣诗》，博尔赫斯自己记不清了），其中有多首歌颂俄国革命的诗篇。[6] 二战期间，他公开支持英国。这不仅源于他对纳粹主义的厌恶，同时源于他的英国血统。[7]1940年12月13日，布宜诺斯艾利斯的《家庭》杂志头版发表了博尔赫斯一篇富有攻击力的文章《亲德派的定义》。后来，他还加入阿根廷保守党并在大选中支持该党。[8] 总之，他并非中国读者所想象的那样远离政治，他一生的政治立场非常鲜明，即他始终是坚定的反庇隆主义者。

6. [阿根廷] 博尔赫斯：《我的生活》，见《博尔赫斯文集·文论自述卷》，王永年译，第115页，海口：海南国际新闻出版中心，1996年版。

7. 莫内加尔甚至说他在学西班牙语之前先学会了英语。见［美］埃米尔·罗德里格斯·莫内加尔《生活在迷宫——博尔赫斯传》，陈舒、李点译，第17页，上海：知识出版社，1994年版。

8.Rita Guilbert, *Seven Voices*, pp.112—113.

关于博尔赫斯，人们一直以来还忽视了另外一个非常重要的方面，就是他非常推崇惠特曼，他曾说惠特曼是对他一生影响最大的诗人。[9] 在一篇谈论政治诗人的短文中他曾经写道：“无论是共产主义，还是纳粹主义，都没有找到它们的沃尔特·惠特曼。”[10] 毫无疑问，他承认惠特曼是政治诗人，但对博尔赫斯来说，惠特曼意味着一种政治与美学平衡的理想，一份再现现实复杂性的雄心。在博尔赫斯的写作中，他试图以自己的方式接近这种理想。博尔赫斯对暴力的关注，以及他的幻想美学，不能说与他对庇隆的十年统治的反感完全无关。庇隆时期，博尔赫斯在乌拉圭一次关于幻想文学的演讲中指出，幻想文学不是对现实的逃避，相反，他认为幻想文学有助于我们更深刻、更复杂地理解现实。这种文学是用隐喻来表达现实。[11] 莫内加尔曾经说，博尔赫斯对庇隆的描述其实是博尔赫斯自己的恶梦，但“博尔赫斯把他的恶梦强加给我，最后我感觉到空气凝滞了，墙壁狰狞恐怖，不断重复的名字像幽灵一般。他的环境在平庸的现

9.Rita Guilbert, *Seven Voices*, p.97.

10. [阿根廷] 博尔赫斯：《两位政治诗人》，见《博尔赫斯全集·散文卷（下）》，王永年、林之木译，第521页，杭州：浙江文艺出版社，1999年版。

11. [美] 埃米尔·罗德里格斯·莫内加尔：《生活在迷宫——博尔赫斯传》，陈舒、李点译，第374—377页，上海：知识出版社，1994年版。

实里创造了一座迷宫，我也迷失在其中”[1]。这正道出博尔赫斯式的叙事的力量所在。因此，卡特·维洛克（Carter Wheelock）说，尽管博尔赫斯明确表示对文学为公众服务问题不感兴趣，但他仍然是一个承诺的作家（committed writer）。[2] 博尔赫斯不仅在文学上是革命的，他同时以自己的方式即文学的方式联系着现实政治。没有博尔赫斯源自斯宾塞的怀疑主义而对历史、知识、信仰进行的解构，就没有加西亚·马尔克斯等20世纪60年代小说家对拉丁美洲的殖民主义、现代民族国家的建立和现代化叙事的颠覆与重写。前文论及20世纪80年代中国对加西亚·马尔克斯等拉丁美洲20世纪60年代小说家的接受经历了一种非政治化的过程，而在20世纪90年代对博尔赫斯的接受中，这种逻辑无疑得到了进一步的延续。

1.［美］埃米尔·罗德里格斯·莫内加尔：《生活在迷宫——博尔赫斯传》，陈舒、李点译，第370页，上海：知识出版社，1994年版。

2.Carter Wheelock, *The Committed Side of Borges*, in *Modern Fiction Studies*, by Purdue Research Foundation, West Lafayette, Indiana, Autumn, 1973, pp.373—379.

二

与20世纪80年代不同的是，90年代语境中的“纯文学”与“纯学术”的倡导，无疑“是在巨大的创伤与失落之后的、一次由广场到书斋的后退动作”，但它不仅是一种在现实面前无可奈何的退守，同时也是“一份固守知识分子的操守的选择”。[3] 正如陈平原后来回首20世纪90年代最初几年的写作心态时所说：“我之所以剖析章太炎‘自立门户与径行独往’的学术风格，标榜‘学者的人间情怀’，谈论‘独上高楼’与‘超越规则’，何尝不是在苦苦挣扎？”[4] 因此，无论是博尔赫斯，还是陈寅恪、顾准，他们之所以能成为20世纪90年代的“文化英雄”，在于他们对“纯文学”或“纯学术”的坚守其实是对现实政治的一种对抗姿态，正是哈维尔所说的“非政治的政治”。在陈寅恪和顾准的个案里，毛泽东时代的社会主义中国被建构为“纯学术”的他者，[5] 而在对博尔赫斯的“文化英雄”书写中，庇隆治下的阿根廷成为“纯文学”的他者。由于博尔赫斯一生都坚定地反庇隆主义，因此他在“反极权主义”这一层面再次获得“文化英雄”的指认。

3.戴锦华：《隐形书写——90年代中国文化研究》，第60页，南京：江苏人民出版社，1999年版。

4.转引自李新宇《走进陈平原》，载《文艺争鸣》，2000年第3期。

5.对“学术”与“政治”的二元对立这一思维模式的反思，参见李杨《“学术”与“政治”的二元对立及其理解“历史”的方式》，载《合肥联合大学学报》，2002年第12卷第4期。

博尔赫斯同庇隆的渊源起始于1945年10月，当时庇隆刚刚在阿根廷升任为将军。那时，正在乌拉圭演讲的博尔赫斯在当地报纸发表声明，认为庇隆将带给阿根廷法西斯主义和纳粹主义，他强调“阿根廷知识分子反对它，同它进行斗争”，同时对国内的民主前景表示悲观。[6] 回国之后，博尔赫斯还在布宜诺斯艾利斯流传的反庇隆宣言上签名。庇隆执政半年后，博尔赫

6.《普拉塔报》，1945年10月31日。转引自［美］埃米尔·罗德里格斯·莫内加尔：《生活在迷宫——博尔赫斯传》，陈舒、李点译，第364页，上海：知识出版社，1994年版。

斯被市政厅告知，政府决定将他调出米格尔·卡内图书馆（他当时是该图书馆的第三助理馆员），升任科尔多瓦国营市场的家禽及家兔稽查员。将一位重要作家提升为鸡兔稽查员，这毫无疑问是一种侮辱。博尔赫斯自己在《我的生活》中的解释是，因为他在二战中站在盟国一边，所以与法西斯主义有渊源关系的庇隆政府选中了他。但博尔赫斯的红颜知己之一、阿根廷小说家埃斯特拉·坎托说，庇隆跟这件事毫无关系，任命博尔赫斯的是庇隆政府中得势的知识分子，也就是说，它可能更多地源于文人相轻。[1] 不管怎样，受此羞辱的博尔赫斯决定辞职，他还公开

1.［美］詹姆斯·伍德尔：《博尔赫斯：书镜中人》，王纯译，第 172 页，北京：中央编译出版社，1999 年版。

发表了辞职声明，声明中说：

“独裁导致残酷，最可恶的是独裁导致愚蠢。刻着标语的徽章、领袖的头像、指定呼喊的‘万岁’与‘打倒’声、用人名装饰的墙壁、统一的仪式，只不过是纪律代替了清醒。同这种可悲的千篇一律作斗争是作家的诸多职责之一。”

从此，博尔赫斯便和庇隆不共戴天。在庇隆统治时期，博尔赫斯多次不惜用最尖刻的语言

2. 在美国接受采访的时候，人们问他对庇隆的看法，他说：“百万富翁们的事我不感兴趣”；人们又问他对埃娃·庇隆的看法，他说：“婊子们的事我也不感兴趣”。

怒骂庇隆与埃娃·庇隆。[2]

参见《博尔赫斯言谈录》，屠孟超译，载《当代外国文学》，第 18 页，1999 年第 1 期。

中国最早讲述博尔赫斯反庇隆事迹的是他的第一个中译者王央乐，他提到博尔赫斯在庇隆执政期间“因在反对庇隆的宣言上签名，被革去市立图书馆馆长职务，当了市场家禽检查员”一事。[3] 后来，很多介绍博尔赫斯生平的文章都要突出叙述此事。比如吴启基在《魔幻文学鼻

3. 王央乐：《博尔赫斯短篇小说选·前言》，载《外国文艺》，1979 年第 1 期。

祖——博尔赫斯》中这样写道：

“当时他为布宜诺斯艾利斯图书馆馆长，却基于自己的政治理想，参加签名请愿运动，并撰文尖刻嘲讽庇隆夫妇，终遭免职，降为市场稽查员，且常常接到匿名恫吓电话。庇隆之后，他官复原职，擢升为国家图书馆馆长，也被邀到美国讲学。”[4]

4. 吴启基：《魔幻的文学鼻祖——博尔赫斯》，载《海外文摘》，1986 年第 11 期。

而亲自拜访过博尔赫斯的胡积康在回忆文章中又有如下描写：

“老作家看上去文质彬彬，一派学者风度，但是他性格刚直不阿，疾恶如仇，一身正气。1946 年，庇隆执政不久，博尔赫斯因在反对庇隆的宣言上签名，被革去图书馆长职务，派为市场家禽稽查员。他拒绝任职，并发表公开信表示抗议，得到知识界的声援。1980 年 3 月，阿根廷各界人士联合发表声明，谴责苏联入侵阿富汗，老作家带头签了名。……博尔赫斯可谓德高望重，且又被称为拉丁美洲的文曲星。”[5]

5. 胡积康：《拉丁美洲文坛巨星博尔赫斯》，载《瞭望》，1986 年第 47 期。

到了 20 世纪 90 年代，博尔赫斯因反对庇隆而被去职已经是一件基本事实，大大小小谈论

他的文章总要提到此事，以突出他作为一个知识分子在专制统治下不畏强权的高贵品格。1999 年博尔赫斯百年诞辰的时候，国内发表的一篇纪念文章标题就是《博尔赫斯怎样受迫害》。[1]在这个意义上，将博尔赫斯同陈寅恪、顾准放置在一起，也就不足为奇。

1. 周树山：《博尔赫斯怎样受迫害》，载《文艺报》，1999 年 1 月 5 日。

三

但是，上述描述却遗漏了另外一些基本事实。首先，博尔赫斯之所以成为著名的反庇隆主义者，是同当时阿根廷国内复杂的政治格局密切相关的。当时，知识界被激烈的意识形态对立一分为二，不是反庇隆主义者就是庇隆主义者，没有中间立场。而阿根廷作家多数是反庇隆主义的，加上博尔赫斯被迫离开图书馆，他选择反庇隆主义的立场不足为奇。但博尔赫斯的反庇隆形象之所以如此突出，是因为他在某种意义上被“选定”来扮演这一角色。一个例证是，阿根廷作家为他的辞职举行集会时，作协主席、共产主义者奥尼达斯·巴尔莱塔高度赞扬了博尔赫斯，称颂他“勇敢地坚持自己的信念，拒不向独裁统治者低头”，他说“从博尔赫斯身上看到了一种真正的反抗精神，每一个阿根廷知识分子都应当表现出这种精神”。[2]博尔赫斯的声明和巴尔莱塔的讲话一同被发表在左翼杂志《自由阿根廷》上。因此，“博尔赫斯陡然变成了阿根廷此后 10 年里反极权主义的象征”[3]。正如莫内加尔所指出的，这也许对于博尔赫斯来说，是一个“意想不到的角色”，但他却“坦诚地担当起这一角色”。[4]1950 年，在庇隆主义高涨的时候，反庇隆的阿根廷作家协会推选博尔赫斯出任主席，因为他是最适合扮演这一角色的阿根廷作家。[5]

2.《自由阿根廷》，1946 年 8 月 15 日。转引自［美］埃米尔·罗德里格斯·莫内加尔《生活在迷宫——博尔赫斯传》，陈舒、李点译，第 366 页，上海：知识出版社，1994 年版。

3.［美］埃米尔·罗德里格斯·莫内加尔：《生活在迷宫——博尔赫斯传》，陈舒、李点译，第 366 页，上海：知识出版社，1994 年版。

4.［美］埃米尔·罗德里格斯·莫内加尔：《生活在迷宫——博尔赫斯传》，陈舒、李点译，第 366 页，上海：知识出版社，1994 年版。

5.［美］詹姆斯·伍德尔：《博尔赫斯：书镜中人》，王纯译，第 187 页，北京：中央编译出版社，1999 年版。

其次，庇隆主义的形成及其影响事实上非常复杂，它的性质至今史学界难以断定。[6]但在博尔赫斯眼里，庇隆主义就是法西斯主义，他将阿根廷工人对庇隆的拥护完全视作群氓的表现，而完全不考虑庇隆首次执政时提出的“政治主权、经济独立、社会正义”的三项原则和“第三立场”理论。[7]莫内加尔曾经和仇恨庇隆的博尔赫斯争论，莫内加尔认为庇隆并不是一个平庸的暴君，在工人和贫民看来，他代表着完全不同的东西，他引进了全新而必要的社会法规，他力图将阿根廷从强权下解放出来。他试图对博尔赫斯说，“他的故事和梦魇里凶险的布宜诺斯艾利斯在现实中是不存在的”[8]，那只是博尔赫斯的幻觉。但是在这个问题上，博尔赫斯不会同

6. 庇隆 1946—1955、1973—1974 年两度执政，但对阿根廷社会影响长达近 40 年——直到 1983 年阿根廷才结束军人专政，逐步恢复民主政治。庇隆主义直到今天都是一段难以盖棺定论的复杂政治思潮。

7. 值得深究的是，中国的拉丁美洲历史研究界对庇隆主义其实一向正面叙述较多，然而文学界却没有人注意到在史学视野中的庇隆和文学家笔下的庇隆可能大相径庭。

8.［美］埃米尔·罗德里格斯·莫内加尔：《生活在迷宫——博尔赫斯传》，陈舒、李点译，第 370 页，上海：知识出版社，1994 年版。

任何人心平气和地对话。博尔赫斯的反庇隆其实更多是以一个文学家相当个人化的方式表现出来的，因此他对任何颠覆了庇隆政权的军事政变都颇为激动，都视作“革命”。第一次将庇隆赶下台的洛纳尔迪将军（Eduardo Lonardi）代理总统没多久，博尔赫斯的朋友就替他谋得国立图书馆馆长之位。1955 年 10 月，他亲自到总统府接受洛纳尔迪的任命。一个月之后，洛纳尔迪被另一个将军阿兰布鲁（Pedro Eugenio Aramburu）取代。阿兰布鲁以“非庇隆主义化”为名实行了新的军事独裁，全面清洗庇隆主义，许多人被捕、被指控、被杀害。但是博尔赫斯却接受了阿兰布鲁政权颁发的全国文学奖，因为政府同样要在文化领域清算庇隆主义，而博尔赫斯是“新宣传的最佳载体”[1]。1976 年 3 月，当庇隆的第二任妻子伊莎贝尔 · 庇隆被推翻时，博尔赫斯公开对军事政变者魏地拉将军表示支持，并和独裁者共进午餐。但是，魏地拉上台之后就对民主进步人士进行系统的迫害和残杀，据国际人权组织估计，至少有 3 万人遇害和失踪，这就是阿根廷历史上黑暗的“肮脏战争”时期。

庇隆政权的性质十分复杂，博尔赫斯只看到他富有煽动性，喜欢个人崇拜，却对庇隆扩大对工人阶级的福利、试图建立阿根廷民族工业等政策视而不见。庇隆之后的军政权以及智利皮诺切特政权的性质，都毫无疑问是右翼法西斯统治，但博尔赫斯却公开表示对他们的支持。也就是说，博尔赫斯在反庇隆极权的同时却和另一些极权者合作。

因此，博尔赫斯在拉丁美洲是一个毁誉参半的人物。在 1972 年的一次访谈中，他为了表达对庇隆有可能重掌政权的激愤，脱口说出“阿根廷的先民用残剩的黑种奴隶充当炮灰是明智之举，清除国内印第安土著是历史性的成就，使人遗憾的只是留下了无知的种子让庇隆主义滋长”[2]，这样的言论激起拉丁美洲知识界的愤慨和公开抗议。1976 年底，博尔赫斯又亲自去智利，从武力推翻阿连德民选政府、杀害了成千上万的智利人的另一个大独裁者皮诺切特的手中接受了贝尔纳多 · 奥希金斯大十字勋章。博尔赫斯连续十几年获得诺贝尔文学奖提名，但没有一次真正当选，原因正在于此。在他接受皮诺切特的勋章之后，瑞典文学院院士阿瑟 · 伦德克维斯特（也是聂鲁达的好友）发表公开声明：这一大十字勋章让博尔赫斯永远失去了获得诺贝尔文学奖的机会。[3] 但是从 1979 年开始，中国就将博尔赫斯没有得奖的批评完全指向斯德哥尔摩的评奖委员会，指责委员会过度政治化，不以文学而以政治的标准决定获奖人，而从来没有检视博尔赫斯本人的问题。[4] 本土知名度最高的两位拉丁美洲文学家加西亚 · 马尔克斯和博尔赫斯，

1. ［美］詹姆斯 · 伍德尔：《博尔赫斯：书镜中人》，王纯译，第 212 页，北京：中央编译出版社，1999 年版。

2. 博尔赫斯在接受《国民报》采访时所说。转引自［美］詹姆斯 · 伍德尔《博尔赫斯：书镜中人》，王纯译，第 293 页，北京：中央编译出版社，1999 年版。

3. 赵德明：《20 世纪拉丁美洲小说》，第 290 页，昆明：云南人民出版社，2003 年版。

4. 中国对博尔赫斯未获得诺贝尔文学奖的种种情形的评论，始于 1979 年一篇美国人写的文章，这便是由叶丹翻译的理查 · 依德尔的《从诺贝尔奖金谈到博尔赫斯》，原文载于 1977 年 8 月 7 日的《纽约时报图书评论》，译文载于《外国文艺》1979 年第 1 期。该文的基调就是完全指责评奖标准的政治化。

一位由于获得了诺贝尔文学奖而声名鹊起，一位由于被诺贝尔文学奖抛弃而备受推崇，可见当时文学话语的斑驳和矛盾。

四

详述这些并不是为了将博尔赫斯逐下圣坛，更不是出于道德理想主义对其进行审判，而是想探究是何种原因造成中国在接受时对上述事实视而不见，从而将博尔赫斯塑造为一个绝世独立的“盲圣”。[1]

1. 李伟：《想“听听”中国的阿根廷盲圣博尔赫斯》，载《传记文学》，2002 年第 4 期。

回想 20 世纪 90 年代以来，对顾准、陈寅恪（曾有人将博尔赫斯同他相提并论）尤其是对周作人的书写文化英雄的过程，似乎可以寻到一些相似的逻辑。从某种意义上说，在对他们的悼念之中，他们已经被抽离出原来的历史情境，而被重新编码为形象符号。

前文曾论及对博尔赫斯的“反极权”，对纯粹的知识、文学的孜孜以求等神话式的书写，其实在很大程度上耦合了 20 世纪 90 年代以来本土知识界对自我的一种想象与建构。“在政治和学术之间，注重学术；在官学和私学之间，张扬私学；在雅文化和俗文化之间，坚持雅文化。”[2]

2. 陈平原：《当代中国人文学者命运及其选择》，载《学人》，1991 年创刊号。

这一系列建立在官方与民间、政治与学术（文学）的绝对二元对立之上的姿态却已然蕴涵某种价值判断。而在中国所谓“自由派”和“新左派”的冲突和论战之中，这一判断被“自由派”推向极端：反官方的、反体制的，坚持纯学术、纯文学的就是英雄。他们依此进行判断，而不追问反的是何种官方，坚持的是什么学术。从“自由主义右派”到“反极权主义”的英雄，在中国对博尔赫斯的英雄化书写中一以贯之的恰是类似的逻辑。贺桂梅曾经指出：

> *“当代学界对自由知识分子传统的重新重视，是 60 年代由海外汉学研究开始的。他们试图赞美那些在“集权专制”下英勇斗争的英雄，并强调自由的知识分子必然在社会主义制度下遭受屈辱。……这些思想在 80 年代后期进入大陆学界。”*[3]

3. 贺桂梅：《世纪末的自我救赎之路——对 1998 年与“反右”相关书籍的文化分析》，见戴锦华主编《书写文化英雄——世纪之交的文化研究》，第 71 页，南京：江苏人民出版社，2000 年版。

事实上，直到 1986 年博尔赫斯去世，他的文学成就才获得公开的至高无上的评价。[4] 拉丁美洲文化界对他逝世的集体悼念表明，被西方奉为大师的博尔赫斯最终被拉丁美洲接受为自己文化的骄傲和象征，没有人再指责他那些曾经掀起轩然大波的言行。巴尔加斯 · 略萨在纪念博尔赫斯的一次讲演中说：“我们这些用西班牙语从事写作的人们欠博尔赫斯的债是巨

4. 何榕：《国际文学界对博尔赫斯逝世的反应》，载《外国文学动态》，1986 年第 9 期。

大的。”[1] 包括巴尔加斯·略萨在内的拉丁美洲文学家对博尔赫斯的重新评价同拉丁美洲革命落潮、介入现实的承诺文学随之衰落、拉丁美洲知识分子重新定位自身密切相关。[2] 而本土恰在那时开始大规模翻译博尔赫斯，之前的历史于是被遗忘。因此对我们来说，博尔赫斯是无历史的，他似乎生而伟大。当博尔赫斯超凡入圣时，对庇隆式的——某种意义上联系着民粹主义、社会主义——另类政治实践的审判宣告完成，而另一类真正的军事独裁和法西斯主义者的罪行却被抹去不见。“书写文化英雄”[3] 的意识形态效果于是昭然，无论是博尔赫斯还是陈寅恪、顾准，他们被赋予的反极权意义都是指向社会主义历史的。由于庇隆政权的性质难以确认，因此赋予博尔赫斯“文化英雄”之名更多地是出于中国本土文化语境的某种一相情愿的解读。于是中国对“文化英雄”的书写重点在于他们如何在历史暴力中诞生，但是“文化英雄”群像的浮现事实上参与的却是“告别革命”的话语建构而不是告别历史暴力自身，因为如“肮脏战争”一样的另外一些历史暴力在这一书写过程中并不可见。20 世纪 90 年代的博尔赫斯式的“文化英雄”书写，不可避免地是一个全球性的文化现象，就像霍布斯鲍姆所说的“新自由主义神学”的一种表征。博尔赫斯反庇隆、反古巴、反社会主义，但并不拒绝全球文化市场将他国际化，在今天的新自由主义时代，这几乎是“完美立场”。

1.［秘鲁］巴尔加斯·略萨：《博尔赫斯的虚构》，载《世界文学》，1997 年第 6 期。

2.20 世纪 90 年代阿根廷的出版社出版了马丁·埃内斯托·拉法格选编的《反博尔赫斯》，辑录了博尔赫斯登上文坛以后，不同时期对他的批评文章，从中可见自 20 世纪 30 年代以来拉丁美洲文学界对博尔赫斯评价的变化。

3. 围绕此现象的文化研究，可以参见戴锦华主编《书写文化英雄——世纪之交的文化研究》，南京：江苏人民出版社，2000 年版。

第四节　“后现代主义”与命名博尔赫斯

20 世纪 90 年代中国对博尔赫斯的命名始终与中国对“后现代主义”的讨论相伴随。围绕“什么是后现代主义”、中国“能不能产生后现代主义”、“有没有后现代主义”等问题的“后学”讨论成为 20 世纪 90 年代中国文化舞台上演的、最引人注目的喧哗剧目。而在“后现代主义者”看来，尽管中国从未进入晚期资本主义社会，但中国的“后现代主义”文学早在 20 世纪 80 年代就悄然诞生，只不过被同“现代主义”混为一谈，中国的“后现代主义”是一种文明情境或文化境遇的超前表征。[4] 博尔赫斯在 20 世纪 90 年代中国的接受中被指认为“开创了后现代主义文学的大师”，对博尔赫斯对中国先锋作家影响的研究成为中国“后现代主义文学”存在的

4. 陈晓明：《无边的挑战——中国先锋文学的后现代性》，第 29 页，桂林：广西师范大学出版社，2004 年版。

一种印证。换句话说，重新命名博尔赫斯对呼唤和构造中国的“后现代主义”文化起到至关重要的作用。正如一位对中国的“后现代主义者”提出批评的学者所指出的，“中国所谓的后现代主义就是从马原模仿博尔赫斯开始的”[1]。

1. 赵稀方：《博尔赫斯 · 马原 · 先锋小说》，载《小说评论》，2000 年第 6 期。

一

大陆的西班牙语译者中最早提到博尔赫斯与后现代主义有关的是陈光孚，他在 1985 年发表的《对博尔赫斯创作的解析》一文中，提到英美评论家将博尔赫斯归于后现代派，但陈光孚并未对此观点表示认同。[2] 在袁可嘉等人选编的《外国现代派作品选》（第四册，1985 年版）中，博尔赫斯与巴斯、托马斯 · 品钦、巴塞尔姆的作品都被收入。袁可嘉当时指出，美国著名的后现代文学理论家伊哈伯 · 哈桑（Ihab Hassan）将品钦等人的黑色幽默小说称为“后现代派”，而他之所以仍把这些作品收入现代派文学作品选，大致是“认为后现代主义是现代主义的一个延续和组成部分”[3]。董鼎山是较早向中国输入“后现代”概念的一位美国学者，1980 年 12 月他在《读书》上发表《所谓“后现代派”小说》，其中将博尔赫斯、纳博科夫、贝克特、罗伯—格里耶等并提为后现代作家。1988 年，董鼎山在《读书》上连发两篇专谈博尔赫斯的文章，其中已经把“博尔赫斯是后现代主义作家”作为一种常识介绍给中国读者。

2. 陈光孚：《对博尔赫斯创作的解析》，载《外国文学》，1985 年第 5 期。

3. 赵稀方：《翻译与新时期话语实践》，第 103—104 页，北京：中国社会科学出版社，2003 年版。

以上是中国关于“博尔赫斯与后现代主义”的最早介绍，从中可以看出一个问题，即在命名博尔赫斯为后现代的过程中，美国文化起到重要的中介作用，这与 20 世纪 80 年代以来中国的世界想象由第三世界转向第一世界的逻辑密切相关。正是美国用“后现代主义”重新“发现”了博尔赫斯，并使他真正风靡世界。博尔赫斯 1962 年在美国出版的短篇小说集《虚构集》、《迷宫》以及 1963 年的《梦虎》受到美国文学界激赏；1968—1972 年，他又与意大利裔美国人诺曼 · 托马斯 · 迪乔瓦尼合作，精选了他自己的作品（包括著名的《阿莱夫》）并译成英文。在 20 世纪六七十年代，像乔治 · 斯坦纳（George Steiner）、哈罗德 · 布鲁姆（Harold Bloom）、约翰 · 厄普代克（John Updike）等许多知名批评家、作家关于博尔赫斯的评论文章遍及《纽约客》（*The New Yorker*）、《纽约书评》（*The New York Review of Books*）、《纽约时报》（*The New York Times*）、《拉丁美洲现代文学》（*Modern Latin American Literature*）、《现代短篇小说研究》（*Modern Fiction Studies*）、《哈德森评论》（*Hudson Review*）、《耶鲁评论》（*The Yale Review*）等著名的大众媒体和学术期刊上。比如厄普代克认为，博尔赫斯连接了后现代与前现代，他寄希望于博尔赫斯的作品能够挽救美国当代小说。[1]1967 年，约翰·巴斯发表了一篇谈当代先锋派文学的重要文章《耗疲的文学》（*The Literature of Exhaustion*），其中把博尔赫斯同乔伊斯、卡夫卡相提并论，尊其为“当代文学大师”。巴斯认为，博尔赫斯的作品不仅融合了智力深奥的远见、洞悉人性的见解、诗人的想象力和技巧精通的手法，而且相信博尔赫斯了解当代创作艺术的美学问题。巴斯说，博尔赫斯的作品表明“小说作为重要艺术方式”的时刻已经来临，即传统的小说形式——依靠因果、性格、平铺直叙的记事等因素——已成过去，博尔赫斯所开辟的创作艺术方向才是未来的正确方向。[2]1980 年，在《添补的文学：后现代主义小说》中，巴斯又明确将博尔赫斯列为后现代主义作家。董鼎山曾经在文章中说，觉得博尔赫斯后来所享盛誉，部分乃出于巴斯的捧场。[3]

1.John Updike, *Picked-Up Pieces*, Alfred. A. Knopf, Inc., 1975, pp.174—175.

2 董鼎山：《阿根廷大师博尔赫斯》，载《读书》，1988 年第 2 期。

3 董鼎山：《阿根廷大师博尔赫斯》，载《读书》，1988 年第 2 期。

二

尽管美国学界对博尔赫斯的后现代命名在中国流传甚广，直接影响到 20 世纪 90 年代中国对博尔赫斯的接受，但作为参照，拉丁美洲本土文学界并未将博尔赫斯指认为后现代主义。尤其需特别指出的一点，“后现代主义”是西班牙语美洲率先用于文学批评的一个术语，[4] 但在西班牙语美洲文学中，“posmodernismo”有其自己的脉络，它一般被用来指鲁文·达里奥的现代主义（modernismo）之后，博尔赫斯等先锋派崛起之前那段过渡时期的诗歌。正如卡林内斯库所说：“这里的‘后现代主义’概念所意指的正是欧美批评中毫无争议地认做‘现代主义’的东西。”[5] 因此，从 20 世纪 70 年代直到今天，在严肃的拉丁美洲文学史和拉丁美洲文学批评著作中，“后现代主义”从未成为研究博尔赫斯的关键词。我们查阅了高登·布罗瑟斯通的《拉丁美洲小说的兴起》（1977）、莫雷诺主编的《文学中的拉丁美洲》（1980）、弗朗西斯科·里科主编的《西班牙语美洲文学批评史》（1988）、阿里尔·道夫曼的《为未来写作——当代拉丁美洲小说研究》（1991 年英译本，关于博尔赫斯的章节写于 1970 年）、瑙密·林德斯庄的《20 世纪西班牙语美洲小说》（1994）、《剑桥拉丁美洲文学史》（1996）、拉菲尔·奥卡希奥的《拉

4.“posmodernismo”（后现代）一词最早出自西班牙语，但所指却完全不同于今天。1934 年西班牙人奥尼斯（Fedrico de Onis）在编纂《西班牙及西语美洲诗选》一书时首次使用了这一术语，1942 年费茨（Dudlty Fitts）编辑《当代拉丁美洲诗选》时再次使用这一术语。奥克塔维奥·科尔瓦兰用“后现代主义”来概括两次世界大战期间的西班牙语美洲文学。

5.［美］马泰·卡林内斯库：《现代性的五副面孔——现代主义、先锋派、颓废、媚俗主义、后现代主义》，顾爱彬、李瑞华译，第 379 页，北京：商务印书馆，2002 年版。

丁美洲文学》（2004）等多种西班牙语、英语中重要的拉丁美洲文学史著作，[1]都没有读到对博尔赫斯的后现代主义艺术特征进行分析的段落。

拉丁美洲对博尔赫斯的评价是在其自身的文学历史与传承脉络之中完成的。在拉丁美洲的文学语境中，博尔赫斯被视为“先锋派”作家（Vanguardista），他是与 20 世纪二三十年代欧洲先锋文学运动紧密相连、但又独具本土特色的拉丁美洲现代文学的代表。尽管博尔赫斯不认为自己是一个现代作家，[2]但是没有他，现代西班牙语美洲文学就不可能为世界所关注，他是拉丁美洲“文学爆炸”的先驱。因此，巴尔加斯 · 略萨毫不犹豫地说：“博尔赫斯的出现是现代西班牙语文学中最重要的事情，他是当代最值得纪念的艺术家之一。”[3]

今天拉丁美洲作家普遍认为，博尔赫斯对西班牙语美洲文学的意义在于：第一，博尔赫斯革新了西班牙语美洲的文学语言。西班牙语被认为是一种“废话多、语汇丰富、善于煽风点火、极具情感表达力的语言”（巴尔加斯·略萨语），而博尔赫斯在年轻的时候就提出一种极端的文学主张——坚持比喻的头等重要

1.Gordon Brotherston, *The Emergence of Latin American Novel*, Cambridge University Press,1977; César Fernández Moreno (ed.), *Latin America in its Literature*, New York: Holmes.& Meier Publishing, INC., 1980; *Historia y Crítica de la Literatura Hispanoamericana*, III –Época Contemporánea, Barcelona: Editorial Crítica, 1988; Ariel Dorfman, *Some Write to the Future*, Durham: Duke University Press, 1991; Naomi Lindstrom, *Twentieth-Century Spanish American Fiction*, Austin: University of Texas Press, 1994; Roberto González Echevarría & Enrique Pupo Walker (ed.), *The Cambridge History of Latin American Literature*, Vol.2: The Twentieth Century, Cambridge: Cambridge University Press, 1996; Rafael Ocasio, *Literature of Latin America*, Westport: Greenwood Press, 2004.

2. 博尔赫斯说：“我是个 19 世纪的作家。……我并不觉得自己与超现实主义，或达达主义，或意向主义，或文学上什么别的受人尊敬的蠢论浅说处于同一个时代。”见［美］巴恩斯通《博尔赫斯八十忆旧》，西川译，第 48 页，北京：作家出版社，2004 年版。

3.［秘鲁］巴尔加斯 · 略萨：《博尔赫斯的虚构》，赵德明译，载《世界文学》，1997 年第 6 期。

性，坚持不要过渡性的和装饰性的形容词，[1] 以期同西班牙语美洲文学的巴洛克之风彻底决裂。[2] 第二，从欧洲归来的博尔赫斯通过主办文学杂志将欧洲的先锋诗歌精神引入阿根廷，因此被称为“阿根廷极端主义之父”。极端主义是西班牙先锋诗歌运动的一个分支，尽管博尔赫斯在西班牙时曾经和极端派来往甚密，但拉丁美洲的极端主义从主张到创作都不同于西班牙极端主义。博尔赫斯认为，后者是未来主义在西班牙的延续，希望诗歌能够表达现代文明——比如飞机、天线和螺旋桨都被写进诗歌。但前者却不为这些当代的新鲜事物所动，他们坚持的是比喻的头等重要性，坚持不要过渡性的和装饰性的形容词，要写高于“此时此地”的、摆脱了地方色彩和当时的环境的诗篇，也就是一种永恒、本质的诗歌。[3] 拉丁美洲先锋派诗歌正是以博尔赫斯的极端主义与智利维多夫罗的创造主义为代表的。[4] 第三，博尔赫斯开创拉丁美洲文学文体实验的先风。帕斯曾经说，博尔赫斯的随笔读起来像小说，小说读起来像诗，诗读起来以为是随笔。[5] 因为对博尔赫斯而言，无论是哪一种文体，都是他用来探索和追问那些关于时间、本体、梦、永恒性、游戏、真实性、双重性的困惑的某种形式而已。[6] 而且，他的文风也并不因文体而改变，永远那样洁净、凝练但又闪动着智慧的光彩。因此，他在各种文体之间自如穿行，但主题、风格却保持一致。第四，博尔赫斯发展了拉丁美洲文学中并不发达的幻想文学。在非浪漫主义即现实主义的拉丁美洲文坛，博尔赫斯因此显

1. 西班牙作家福尔卡达·卡瓦内亚斯在回忆录《文学生涯》中抄录了一段博尔赫斯为极端主义下的定义：仅仅保留了抒情诗中最基本的成分比喻，删去了不偏不倚的句子、连接词语和无用的形容词，去掉了修饰成分，以及自我表白、说教和矫揉造作、含混不清的词句；把两个或更多的形象并为一个，以唤起人们更多的联想。极端派的诗由一连串的比喻构成，而每一个比喻都有自己的魅力，都概括了某一段生活中人所不知的见解。（福尔卡达·卡瓦内亚斯：《文学生涯》，第143页，阿根廷科学出版社，1941年版。转引自阿尔贝托·桑切斯《关于豪尔赫·路易斯·博尔赫斯》，见陈光孚《拉丁美洲当代文学论评》，第176页，桂林：漓江出版社，1988年版）

2. [秘鲁] 阿尔贝托·桑切斯：《关于豪尔赫·路易斯·博尔赫斯》，见陈光孚《拉丁美洲当代文学论评》，第186页，桂林：漓江出版社，1988年版。

3. [阿根廷] 博尔赫斯：《我的生活》，见《博尔赫斯文集·文论自述卷》，王永年译，第117页，海口：海南国际新闻出版中心，1996年版。

4. 赵振江：《西班牙与西班牙语美洲诗歌导论》，第346页，北京：北京大学出版社，2002年版。

5. [墨西哥] 帕斯：《在时间的迷宫中》，黄灿然译，载《天涯》，1999年第6期。

6. 因此博尔赫斯说，他觉得他一生都是在重写一本书。见博尔赫斯《我的生活》，《博尔赫斯文集·文论自述卷》，王永年译，第116页，海口：海南国际新闻出版中心，1996年版。

得与众不同。正是有了博尔赫斯的虚构与玄想式的写作，西班牙语美洲文学才得以获得一种知性的魅力。在博尔赫斯那里，神学、哲学、语言学以及一切知识都变成了文学，其原有的肃穆的本质因此而变得可疑。他那些充满年代错误（anachronism）、真真假假的“知识考古”式的写作，完成的恰恰是对知识系统与历史的挑衅。正是凭借这一点，他开始使欧洲读者着迷，并且成为第一个反过来影响欧洲文学的拉丁美洲小说家。

自从他的作品被译成法文，自从他获得福门托奖之后，他开始享誉世界。1961—1985 年，他获得了 18 项国际文学奖，被 8 个国家授予 10 种勋章或勋位爵士，被 18 所国外大学授予荣誉博士学位；[1]1972—1985 年，他应邀到 21 个国家访问、演讲、领奖，其中 11 次是到美国。但拉丁美洲走出的另一位世界级作家 V.S. 奈保尔却认为，对于懂西班牙语的人来说，博尔赫斯意味着简洁朴素的语言风格，而美国读者却无法感觉到这一点，他们把他当作写了少数神秘、精湛的短篇小说的作家。他在美国的名声过于夸张和虚假，以致遮蔽了他的真正伟大之处。[2]

1.［美］詹姆斯·伍德尔：《博尔赫斯：书镜中人》，王纯译，附录二，北京：中央编译出版社，1999 年版。

2.V.S.Naipaul, *Comprehending Borges*, in *The New York Review of Books*, Oct.19, 1972, pp.3–6.

然而，20 世纪 90 年代中国对博尔赫斯的重新接受却恰恰建立在经美国文化“翻译”过的基础之上。大量转译自美国出版物的博尔赫斯传记、访谈、评论及作品在 20 世纪 90 年代中国的出版为此提供了有效的证据。由此可见，20 世纪 90 年代之后在拉丁美洲文学的译介过程中，美国文化具有先在的筛选作用，而这似乎恰好说明了所谓“文化全球化”不过是美国文化在全球建立霸权的过程，而中国的国际视野的转换也参与了这种霸权的构建。在这个意义上，“文化全球化”有着外在与内在的双重动力。

三

虽然在 20 世纪 90 年代中国对博尔赫斯的接受过程中，美国文化起到关键的中介作用，但如果没有中国“后现代主义”的兴起，博尔赫斯的后现代之名在中国本土就不会如此显赫。金惠敏认为，先锋小说的出现令传统的现实主义批评话语“一夜失语，功能尽废”。因此，在谈到中国后现代主义对中国当代文化发展的三大贡献时，金惠敏提到的第一点就是，后现代主义命名了 1985 年先锋写作出现之后的中国文学。[3]正是引入西方后现代主义理论之后，年轻的批评家们才开始以新的眼光审视中国先锋小说同博尔赫斯之间的关系，并通过将博尔赫斯指认为

3. 金惠敏：《后现代主义在中国的过去和未来》，载《求是学刊》，2001 年第 3 期。

后现代进而完成对先锋小说的后现代命名。比如，以20世纪90年代“博尔赫斯热”切入对彼时后现代主义本土化讨论的一位作者说：

> *“面对先锋小说，批评界开始有点手足无措，但自从发现这些小说与博尔赫斯等后现代主义小说的相似之处，进而找到西方后现代理论的分析框架之后，批评家们就立刻豁然开朗了。”*[1]

1. 赵稀方：《博尔赫斯·马原·先锋小说》，载《小说评论》，2000年第6期。

然而，中国的“后现代主义”批评的兴起仍然是同美国后现代主义理论旅行到中国密切相关的。

1982年，袁可嘉发表论文《关于“后现代主义”思潮》，着重介绍了美国著名的后现代理论家伊哈伯·哈桑的后现代主义理论。1983年，哈桑到山东大学讲学，进一步传播了他的思想。[2]哈桑关于后现代主义的界定主要是不确定性、零乱性、无深度性、卑琐性、反讽、种类混杂等。1985年，美国的弗雷德里克·杰姆逊应邀来北京大学演讲，其演讲稿以《后现代主义与文化理论》为题于1987年出版。他在演讲中将后现代主义的特征概括为平面感、深度模式的消失、雅俗界限的消失以及复制等。1992年，王岳川、尚水编的《后现代主义文化与美学》出版，这是当时比较重要的后现代理论文选，其中囊括了丹尼尔·贝尔、哈贝马斯、利奥塔、罗蒂、杰姆逊、福柯、纽曼、哈桑等西方后现代理论大家的代表作。杨小滨的《意义熵：拼贴术与叙述之舞——马原小说中的后现代主义》（1987）[3]是用后现代主义理论批评当代小说的最早的尝试之一。此后，以王宁、陈晓明、张颐武、王岳川为代表的中国“后现代”批评家生产了一大批文本，如被称为“国内最早系统分析当代先锋派文学、最早探讨了中国当代文学的后现代性问题”[4]的陈晓明，在20世纪80年代末90年代初发表了《拆除深度模式》、《漂浮：后现代主义的主题》、《回到生活与拆解神话：评刘毅然“回首书本”系列及其他》、《颠倒等级与“先锋小说”的叙事策略》、《历史转型与后现代主义的兴起》、《暴力与游戏：无主体的话语——孙甘露与后现代的话语特征》等一系列文章；[5]王岳川对后现代美学特征的总结是“深度模式削平”、“历史意识丧失”、“主体性丧失”、“距离感消失”；[6]王宁为中国当代先锋小说的后现代性归纳的六个特征是“自我的失落和反主流文化”、“反对现存的语言习俗”、“二元对立及其意义的分解”、“返回原始和怀旧取向”、“精英主义与通俗文学之界限的模糊”、“嘲弄模仿和对暴力的反讽式描写”。

2. 王宁：《接受与变形：中国当代先锋小说中的后现代性》，见张国义编《生存游戏的水圈》，第137页，北京：北京大学出版社，1994年版。

3. 杨小滨：《意义熵：拼贴术与叙述之舞——马原小说中的后现代主义》，载《文艺争鸣》，1987年第6期。

4. 陈晓明：《无边的挑战：中国先锋文学的后现代性》，封底广告词，桂林：广西师范大学出版社，2004年版。

5. 分别见于《文艺研究》，1989年第2期；《青年文学》，1990年第3期；《福建文学》，1991年第12期；《中国社会科学院研究生院学报》，1992年第2期；《花城》，1993年第2期；张国义编《生存游戏的水圈》，第274—302页，北京：北京大学出版社，1994年版。

6. 王岳川：《后现代文化策略与审美逻辑》，见张国义编《生存游戏的水圈》，第23—38页，北京：北京大学出版社，1994年版。

如果说中国所谓的后现代主义就是从马原模仿博尔赫斯开始的话，那么中国本土最初的后现代主义批评也基本上只是在照搬翻译过来的杰姆逊、哈桑等人的论述。[1] 而中国的后现代主义文学正是以将马原的小说定义为后现代大师博尔赫斯的本土拟作的方式呼唤和构造出来的。

1. 赵稀方：《翻译与新时期话语实践》，第 106 页，北京：中国社会科学出版社，2003 年版。

陈晓明曾经说："博尔赫斯的影响使马尔克斯式的中国产品更有力度，并且向着形式主义的高度进军——这一高度距离'后现代主义'只有一步之遥。"[2] 在他看来，当博尔赫斯式的中国先锋小说出现的时候，这一步已然跨出，中国的"后现代文学"应运而生。因此，他在运用"后现代"这一命名的时候毫不犹豫，当然也就缺乏必要的反省。事实上，先锋小说与博尔赫斯的后现代性是一个循环的因果论证。因为博尔赫斯是"后现代"大师，受其影响的先锋小说也是"后现代主义"；反过来的逻辑同样被承认，因为先锋小说被命名为"后现代主义"，其导师之一的博尔赫斯也被追认为"后现代"大师。不仅博尔赫斯，而且拉丁美洲魔幻现实主义、结构现实主义、心理现实主义等诸多流派在 20 世纪 90 年代的话语系统中，也变成"后现代主义"的文学流派。

2. 陈晓明：《无边的挑战：中国先锋文学的后现代性》，第 26 页，桂林：广西师范大学出版社，2004 年版。

针对杰姆逊的"后现代主义是晚期资本主义或后工业时候的文化逻辑"、中国"后什么现代还主义"的诘难，陈晓明把产生了魔幻现实主义的拉丁美洲与 20 世纪 80 年代的中国进行对比，来说明中国产生后现代主义的前提与条件。他说：

"所谓'拉丁美洲意识'，就是古旧垂死的文化记忆与反抗帝国主义或屈服于军政府的殖民地意识的混合物。因为混乱、反差强烈、错位、荒诞，它才显出那种'神奇的真实'，它才具有约翰·巴斯等人赞赏的奇妙的后现代性，它与发达资本主义的'后工业社会'制造的文化情境，有着异曲同工之妙。

就其经济水平而言，20 世纪三四十年代的乃至五六十年代的拉丁美洲显然要低于 80 年代的中国，拉丁美洲有可能产生'后现代主义'，何以中国不行呢？"[3]

3. 陈晓明：《无边的挑战：中国先锋文学的后现代性》，第 30 页，桂林：广西师范大学出版社，2004 年版。

其实他对"拉丁美洲意识"的描述缺乏历史感，而且对拉丁美洲的现实也缺乏了解。前文已经提到，20 世纪 60 年代拉丁美洲"文学爆炸"的产生离不开拉丁美洲现代大都市的兴起和大众文化工业的勃兴。尽管拉丁美洲是第三世界，绝对贫困度非常高，但享誉世界的文学家基本是在布宜诺斯艾利斯、墨西哥城、圣地亚哥、波哥大这样一些现代化程度非常高的大都市生活，而且大多数过着国际化的生活。因此，以此来推断拉丁美洲产生"后现代主义"的政治经济条件是没有说服力的。而中国对拉丁美洲一直只有一种想象——由于 20 世纪 50—70 年代不断叙述的受帝国主义压迫的水深火热的悲惨大陆，所以加西亚 · 马尔克斯获得诺贝尔文学奖才会引起“邻村的张老三变成万元户”的疑问。在谈论中国产生后现代的政治经济条件时，又再次重复了这一陈旧的逻辑。更值得注意的是，中国的“后现代主义者”再次将拉丁美洲文学作为中国文学的参照系，其实仍是对 20 世纪 80 年代“与世界接轨”梦想的再度高扬，而并非他们所宣称的那样“将这一整体性的构想放置在一边”。[1] 比如一位“后现代主义者”说：“最值得一提的是拉丁美洲魔幻现实主义，它几乎是第三世界文艺在后现代主义文艺思潮中唯一获得巨大成功的实例，其中哥伦比亚作家加西亚 · 马尔克斯的长篇《百年孤独》，至今是后现代小说的代表作之一。”[2] 陈晓明还在中国先锋小说与美国实验小说之间建立起某种联系：

1. 张颐武：《后新时期小说：转型时刻的表征》，见张国义编《生存游戏的水圈》，第 200 页，北京：北京大学出版社，1994 年版。

2. 史建：《共生 · 多元 · 传统——对后现代主义文艺思潮的思考》，见张国义编《生存游戏的水圈》，第 45 页，北京：北京大学出版社，1994 年版。

“如果考虑到博尔赫斯、马尔克斯等拉丁美洲‘魔幻’作家被美国实验小说（后现代小说）奉为圭臬，那就不难理解中国的先锋派小说和实验小说相比不乏异曲同工之妙。”[3]

3. 陈晓明：《无边的挑战：中国先锋文学的后现代性》，第 26 页，桂林：广西师范大学出版社，2004 年版。

于是，在中国“后现代主义”话语最盛行的时候，拉丁美洲当代文学得以再度以整体短暂回访本土。20 世纪 90 年代推出的一套后现代文学丛书，即敦煌文艺出版社的《当代潮流：后现代主义经典丛书》中大量收入 20 世纪 80 年代翻译的拉丁美洲作家的作品，其中“外国后现代主义小说”总共两卷，而“拉丁美洲当代小说”竟然独占一卷。[4]

4. 彭童林选编：《魔幻仙人掌之女——外国后现代主义小说（二）》，兰州：敦煌文艺出版社，1996 年版。

中国后现代主义话语勃兴于 20 世纪 80 和 90 年代之交，但是在 1989 年之后，竟然孕育出如此乐观与轻飘的“后现代”话语，实在令人困惑。通过对“后现代”文学的呼唤与构造，通过再度以“走向世界”的拉丁美洲为参照，似乎仍然是在重复以往的逻辑。戴锦华教授说：

“这是七八十年代之交同样的政治文化逻辑与策略的复沓重现：前回，‘我们’正是通过成功地遮蔽现、当代中国所经历的、尽管可能是充满差异性的现代化历史，将 1979 年构造为中国现代化进程的肇始，因此对极左路线下的体制的彻底否定和清算，使我们不必再去深究当代中国的历史尤其是‘文革’历史；而此番，则是通过‘后现代时代’的响亮命名，使我们轻松抛开 80 年代的历史尤其是 80 年代终结处的伤口与伤痛，在一脉繁华间从容地‘反身脱开’。‘我们’因此而不必去检讨 80 年代文化的重负，不必去直视伤口和深渊。”[5]

5. 戴锦华：《隐形书写——90 年代中国文化研究》，第 232 页，南京：江苏人民出版社，1999 年版。

在我们看来，这是一种有效的解释。

另外，且不说20世纪90年代中国对后现代主义的介绍与讨论中，“不仅再次轻松地斩断了它在西方思想史、学术史中的理论脉络及其社会语境，而且成功地剔除了与反省、检讨‘现代性’相关的话题”[1]，仅从其理论移植的技术层面上来讲，也多是断章取义式的挪用。中国很

1. 戴锦华：《隐形书写——90年代中国文化研究》，第231—232页，南京：江苏人民出版社，1999年版。

多“后现代”文学的批评文章糅合了哈桑和杰姆逊对后现代特征的概括，但其实二者的后现代理论完全不同。道格拉斯·凯尔纳与斯蒂文·贝斯特在《后现代理论——批判性的质疑》中指出，对文学中的后现代主义颂扬得最多、并使之得到最大普及化的就是哈桑。[2]而杰姆逊则恰恰相反，

2. ［美］道格拉斯·凯尔纳、［美］斯蒂文·贝斯特：《后现代理论——批判性的质疑》，张志斌译，第14页，北京：中央编译出版社，2004年版。

他是后现代文化的批判者。在他看来，最庸俗不过的后现代理论就是对其作正面而积极的道德评估，即以放纵的姿态一窝蜂地拥护这个“美感新世界”的创立，或者在社会和经济层面上，又以同样的热情歌颂“后工业”社会的降临。[3]可以看出，哈桑的理论正是他所批判的对象之一。

3. ［美］詹明信：《晚期资本主义的文化逻辑》，张旭东等译，第500—501页，北京：生活·读书·新知三联书店，1997年版。

杰姆逊的《后现代主义或晚期资本主义的文化逻辑》在当时已经被译成中文，但中国的“后现代主义者”却仅仅从中选择他对后现代主义构成元素的论述，而忽视了他论述这些元素的前提。事实上，他是在强调了这种分析的政治精神之后，才列举了“无深度感”等四种后现代主义特征的。他说：

“我们必须正视后现代主义的文化规范，并尝试去分析及了解其价值系统的生产及再生产过程。有了这样的理解，我们才能在设计积极进步的文化政治策略时，掌握最有效的实践形式。下面的分析就是本着这样的政治精神而提出的。”[4]

4. ［美］詹明信：《晚期资本主义的文化逻辑》，张旭东等译，第432—433页，北京：生活·读书·新知三联书店，1997年版。

杰姆逊的后现代主义理论中烙刻着西方马克思主义的思想。他不同于哈桑，并非要广泛发掘、传播“后现代主义”以建立新的世界总体图景；相反，他是本着掌握“后现代主义的真理”，然后寻找抵抗的策略的文化政治诉求进行后现代主义研究的。[5]但如此不同的立场，却被中国

5. ［美］詹明信：《晚期资本主义的文化逻辑》，张旭东等译，第515页，北京：生活·读书·新知三联书店，1997年版。

的“后现代”理论家们混同，并都被用来“印证”中国后现代之存在，从而制造出中国依然“同步于世界”的乐观想象。

四

对杰姆逊的后现代理论的误读，使得20世纪90年代中国的“后现代”批评变成学院里

的智力游戏。因此，对先锋小说及博尔赫斯的批评常常仅仅局限于对其形式的“后现代”特征的指认，而完全不考虑其“形式革命”中总是包含着内在的“意识形态含义”。[1] 正如戴锦华对王小波、余华的解读所揭示的，[2] 先锋小说对“内容”、“意义”的解构，对于性、死亡、暴力的关注，“归根结蒂，不能与中国现实语境，与对于‘文革’的暴力和精神创伤的记忆无涉”[3]。

1. 洪子诚：《中国当代文学史》，第 338 页，北京：北京大学出版社，2004 年版。

2. 戴锦华：《智者戏谑——阅读王小波》、《裂谷的另一侧畔——初读余华》，见《拼图游戏》，济南：泰山出版社，1999 年版。

3. 洪子诚：《中国当代文学史》，第 339 页，北京：北京大学出版社，2004 年版。

事实上，很多先锋小说家对后现代批评家热衷于搜寻他们的“博尔赫斯情结”、命名他们为“后现代”并不感兴趣。马原曾经抱怨说：“我甚至不敢给任何人推荐博尔赫斯……原因自不待说，对方马上就会认定：你马原终于承认你在模仿博尔赫斯啦！”[4] 而格非在谈到欧美文学对他的影响时，更多地谈到福克纳，几乎没提博尔赫斯。[5] 余华则在 1990 年写给王宁的一封信中，质疑了“后现代主义”的存在。[6] 因为在他们看来，无论是将先锋小说指认为博尔赫斯的仿作，还是指认为“后现代”，都是对其创作的一种简单化的理解。

4. 马原：《作家与书或我的书目》，载《外国文学评论》，1991 年第 1 期。

5. 格非：《欧美作家对我创作的启迪》，载《外国文学评论》，1991 年第 1 期。

6. 王宁：《接受与变形：中国当代先锋小说中的后现代性》，见张国义编《生存游戏的水圈》，第 145—146 页，北京：北京大学出版社，1994 年版。

同样，在 20 世纪 90 年代的中国，当博尔赫斯仅仅指向一系列被极大简化了的所谓“后现代美学特征”的时候，当博尔赫斯成为可以模仿套用的写作范式的时候，他就成为一个被掏空所指物的“空洞的能指”，仅剩下被剥离了意义的形式之壳。在谈到博尔赫斯时，格非曾经有一个非常有意思的比喻：

“在一个原始部落里，有两个‘知识分子’在谈论数字的大小。高个子问，世界上什么数字最大？矮个子想了很久终于回答道，三。你说对了，高个子说。我想，在文学这个原始部落里，博尔赫斯发现了四，他是二十世纪无可争议的大师。”[7]

7. 格非：《一些断想》，见林建法、王景涛选编《撕碎·撕碎·撕碎了是拼接：中国当代作家面面观》，第 227 页，长春：时代文艺出版社，1991 年版。

遗憾的是，中国的“后现代”批评却恰恰将博尔赫斯简化为“一”。

20 世纪 80 年代以精英文学著称的博尔赫斯作品，到了 90 年代末却被充分市场化。多年图书市场化呼唤构造出来的、以文学的纯正趣味而著称的新读者群，实际上作为一个消费群体而存在。也许是偶然，也许是必然，这一群体成为博尔赫斯的支持者。世纪之交，伴随着网络这一新媒体的出现，他们自我命名为“小资”。在文章中引述博尔赫斯、在咖啡厅读博尔赫斯成为小资的标识之一，博尔赫斯因此成为某种文化新时尚。虽然在由王家卫的电影、村上春树的小说、韦伯的现代音乐剧等共同构成的“小资精神食粮”的名单里，博尔赫斯显得有些怪异，但这并未影响他随“小资”话语的勃兴而迅速流行。但正如利奥塔所说：“时尚的知识只是一种口令，交换这些口令的团体通过它们来识别自己人，不是因为它们的意义，而是因为它们的信用价值，它们的辨别能力。”[1] 利奥塔还指出，口令的生命是短暂的。当“小资”被流行遗忘的时候，博尔赫斯也随之淡出时尚潮流。

1. ［法］利奥塔：《知识的时尚》，见《后现代性与公正游戏》，谈瀛洲译，第 113—115 页，上海：上海人民出版社，1997 年版。

附　录

1. 金藏羚羊国际诗歌奖的授奖辞和答辞

授奖辞

经评委会认真评定，我们把首届金藏羚羊国际诗歌奖授予阿根廷诗人胡安·赫尔曼先生。

半个多世纪以来，胡安·赫尔曼先生一直有两个承诺：对诗歌的承诺与对社会的承诺。前者使他几十年如一日，坚持诗歌的写作与创新，因为他认为诗歌能给人类的生存增添美的享受；后者使他成了维护社会正义、反对军事独裁的象征。

胡安·赫尔曼于 1930 年 5 月 3 日出生在阿根廷首都布宜诺斯艾利斯。他 11 岁开始写诗，15 岁加入共青团，1954 年任《我们的话》和共产主义刊物《时刻》编辑，兼中国新华社记者。1956 年，他的处女作《小提琴及其他问题》一出版就受到评论界的赞扬。为了实现自己的人生理想，他参加过共产党、贝隆主义革命党、城市游击队等组织，后来便是流亡、两次被判死刑、平反，直至在儿子、儿媳被害多年后，与孙女团聚。

在几十年艰难坎坷、不屈不挠的人生历程中，诗神缪斯始终陪伴着他。诗歌是他的武器，他的慰藉，他的希望，他的精神寄托。继《小提琴及其他问题》之后，他先后发表了《我们的游戏》（1959）、《戈探》（1962）、《霍乱·牛》（1965）、《关系》（1973）、《向南方》（1982）、《在下》（1985）、《致母亲的信》（1989）、《往还之境》（2004）、《漫游》（2007）等近 40 部诗集。

在长期的创作实践中，胡安·赫尔曼在塞萨尔·巴略霍的诗歌中找到了自己口语化的风格，从法国超现实主义诗歌中汲取了营养，开创了一条对语言和社会具有双重承诺的诗歌创作之路。在赫尔曼的诗人生涯中有两个关键词：执著与创新。执著是对诗歌的痴迷，创新是他持之以恒的追求。对诗歌的痴迷和对创新的追求，是他的灵感滔滔不绝的源泉。

今天我们把首届金藏羚羊国际诗歌奖授予他，因为“他的创作以朴实、精练的语言，丰富、深邃的意象，体现并捍卫了诗歌与人的尊严”。

青海湖国际诗歌节组织委员会主任　吉狄马加

“金藏羚羊国际诗歌奖”评委会主席　吉狄马加

答 辞

胡安·赫尔曼

首先，我要感谢金藏羚羊诗歌奖评委会，感谢诗歌节的主办者，感谢青海省政府和中国诗歌学会，在第二届青海湖国际诗歌节期间，授予我这份殊荣。我特别要感谢诗歌节组委会主席、诗人吉狄马加先生慷慨的致辞。

“现实和物质的超越——诗歌与人类精神世界的重构”是这次诗歌节的宗旨。说实在话，这里的景色不禁让人想起斛律金在公元6世纪高歌过的“天苍苍，野茫茫”的诗句，让人思考这个主题。这并非易事。重构诗歌意味着什么？任何一位诗人都不是凭空产生的，每个人有自己的方式，大家都遵循日本诗人松尾芭蕉（1644—1694）的劝告：不要模仿古人，而要像古人一样探寻。的确，我们生活在这样一个时代：即兴、平庸、轻浮似乎占统治地位。但是为了写好一首诗，诗人在开辟内心的道路，铲除主观的杂念，不听外来的喧嚣。如同俄罗斯伟大的女诗人马林娜·茨维塔耶娃（1892—1941）曾提醒的那样，生命不是为了写作，而写作是为了生命。我想，要重构的是这个世界，是这种生活。明朝诗人李东阳（1447—1516）于五百年前提出的问题依然存在：“怎样做？活着的人们将会变成什么样子？”

我于1960年首次访问中国，第二次是在1964年。当我于今年（2009年）4月再次来华时，已经过了45年。我看到了巨大的变化：当年的中国，革命使她刚刚摆脱了奴隶制、饥饿和贫困；而今天的中国，经济有了超乎寻常的发展，人民的福利有了不断的提高。详细讲述我昔日和今天的见闻，要用很长的时间，而这从表面看起来的离题却和李东阳的问题有关。

在刚刚过去的（2009年）4月13日，中国政府公布了关于保障人权方面的国家行动纲领，保障全民的政治及民事的基本权利，包括妇女、儿童、老年人、少数民族和残疾人。对此，西方媒体是只字不提的。要知道，接受联合国大会于1993年通过的相关议案的国家，包括今天的中国在内，也才26个。

在行动纲领的前言中，中国政府承认“在努力改善人权境况方面，中国还有很长的路要走”。在这个过程中，将会考虑死刑的废除，增强司法的权威性，给媒体和出版界以更大的空间，对不破坏国家安全的政治人物实行宽松的政策，对那些造成人员尤其是儿童失踪的肇事者进行审核并给以正当的惩处，同时还会采取其他相应的措施。

但是，有一件事要切记：美国和其他西方列强在豢养恐怖主义分子和分裂主义分子组成的团伙，他们企图将中国分割成为弱小的领地和辖区，以便控制。西藏和台湾数百年前就属于中国，它们与中国的分离将给全世界造成严重的危机。但是，这对于那些打着民主自由的幌子的人们来说，是无所谓的，因为他们唯一的目的只是为了贪婪和所谓的最高利益。

当然，中国并非尽善尽美，我常想，一个有 13 亿人口的国家，占世界人口的五分之一，聚集着 56 个民族，拥有 3 000 年的文化，这令人尊敬，但同时也因袭着 3 000 年不同积习的负担，如果不用这种方式，又将如何管理呢？从 1949 年至今的历史进程是很短暂的，尽管如此，中国却在不停地进步。

中国在前进，带着过去遗留的障碍和已经闻得到的未来的芳香，正在实现伟大诗人杜甫 1 200 多年前在《茅屋为秋风所破歌》中所表达的愿望：

安得广厦千万间，

大庇天下寒士俱欢颜！

风雨不动安如山。

呜呼！

何时眼前突兀见此屋，

吾庐独破受冻死亦足！

这是世界千百万被剥夺了遗产的人们的共同心愿。

2. 中国与西班牙文学交流大事记[1]

1. 这充其量只是一个“中国与西班牙文学作品互译一览表”，其中有些译本也没发挥什么积极作用，算不上什么“大事”，但为了与丛书体例保持一致，也就姑且称之为“大事记”，供读者参考。

1585

西班牙传教士门多萨编写的《大中华王国最杰出事物及其礼仪、习俗史》（现译为《中华大帝国史》）在罗马出版。该书虽非文学作品，但对中西文化交流产生了很大影响。

1593

西班牙传教士高母羡（胡安·科沃）译的《明心宝鉴》在菲律宾马尼拉出版，1559年由贝纳维德斯带回西班牙并呈献给国王腓力二世。

1614

西班牙传教士庞迪我撰写的《七克》在北京出版，至1910年，该书再版七次。作者将基督教道德与儒家伦理结合起来，当时颇受中国知识分子欢迎，是利玛窦“适应性”传教策略的全面体现。

1922年

塞万提斯著，林纾译的《魔侠传》（即《堂吉诃德》）由上海商务印书馆出版。

1923年

布拉斯科·伊巴涅斯到中国旅行，并将这段经历和他对中国的印象写入游记《一位小说家的世界旅行》中。

1928年

布拉斯科·伊巴涅斯著，戴望舒译的《良夜幽情曲》由上海光华书局出版。

1931年

佩德罗·吉拉奥译的西班牙文版《道德经》（题为《道的福音：圣贤之书——道德经》）在西班牙巴塞罗那出版。

1936年

戴望舒译的《西班牙短篇小说选》由上海商务印书馆出版。

1939 年

塞万提斯著，傅东华译的《吉诃德先生传》由上海商务印书馆出版。

1941 年

马丘 · 克维多译的西班牙文版《中国仙女的故事》在西班牙巴塞罗那出版。

西班牙文版《聊斋志异》在西班牙巴塞罗那出版。

1948 年

西班牙汉学家黄玛赛译的西班牙文版《中国诗歌简集》出版。

1949 年

冰心的《我的自传》被译成西班牙文在西班牙马德里出版，题为《一位中国姑娘的自传》。

1951 年

伍实译的西班牙流浪汉小说《小癞子》由平明出版社出版。

1953 年

巴罗哈著，鲁迅译的《山民牧唱》由人民文学出版社出版。

1954 年

胡安 · 贝尔瓜、何塞 · 贝尔瓜合译的西班牙文版《中国经典》在西班牙马德里出版。

西班牙文版《中国关于政治、哲学、道德的四书》在西班牙巴塞罗那出版。

1956 年

戴望舒译的西班牙流浪汉小说《小癞子》由作家出版社出版。

戴望舒译的《布拉斯科 · 伊巴涅斯短篇小说选》由新文艺出版社出版。

祝融译的《伊巴涅斯短篇小说选》由新文艺出版社出版。

1957 年

西班牙诗人阿尔贝蒂和夫人一起来华访问，并在第二年出版了诗文集《中国在微笑》。

1958 年

西班牙文版《中国短篇小说》和《中国十佳短篇小说》在西班牙巴塞罗那出版。

西班牙汉学家黄玛赛译的西班牙文版《中国戏剧》出版。

塞万提斯著，吕漠野译的《惩恶扬善故事集》由新文艺出版社出版。

布拉斯科·伊巴涅斯著，吕漠野译的《血与沙》由新文艺出版社出版。

1959 年

《阿尔贝蒂诗选》由人民文学出版社出版。

孔丝丹西雅·莫拉著，朱昆译的《自豪的西班牙》由人民文学出版社出版。

亚(阿)拉尔孔著的《三角帽》（无译者署名）由人民文学出版社出版。

塞万提斯著，傅东华译的《吉诃德先生传》（全译本）在人民文学出版社出版。

1960 年

北京外文出版社翻译出版了老舍的三幕话剧《龙须沟》的西班牙文版。

1961 年

培尼托·贝雷斯·迦尔杜斯著，赵清慎译的《悲翡达夫人》由人民文学出版社出版。

卡麦罗·埃洛杜伊译的西班牙文版《道德经》（初版题为《道家箴言》，1996 年再版时题为《道德经》）在西班牙奥尼亚出版社出版。

1962 年

西班牙汉学家黄玛赛译的西班牙文版《中国诗歌续集》出版。

布拉斯科·伊巴涅斯著，庄重译的《茅屋》由人民文学出版社出版。

洛卜（佩）·德·维迦（加）著，朱葆光译的《羊泉村》由人民文学出版社出版。

北京外国语大学西班牙语系教研组译的《小癞子》由人民文学出版社出版。

1968 年

卡门·S. 布朗奇译的西班牙文版《中国短篇小说选》在西班牙巴塞罗那出版，作品主要选自《玄怪录》、《古今奇观》、《聊斋志异》等。

胡安·赫多与海梅·乌亚合作，从不同的西方语言（主要是英文和德文）转译了《东方哲学（孔夫子及其他）》。本书由两部分组成，第一部分包括《大学》、《中庸》和《论语》；第二部分是老子的《道德经》。

杰罗米·陈从英文转译为西班牙文的《毛泽东诗词 37 首》在西班牙巴塞罗那出版。

1969 年

胡安·贝尔瓜翻译的西班牙文版《书经、大学、论语、春秋、孟子：古代中国关于哲学、政治、道德的五本伟大的图书》在西班牙马德里出版。

1971 年

鲁迅的《狂人日记》被译成西班牙文在西班牙巴塞罗那出版。

1973 年

西班牙文版的《中国古代的爱情与传说》在西班牙巴塞罗那出版。

汉学家黄玛赛翻译的西班牙文版《中国诗歌：公元前 22 世纪至“文化大革命”》在西班牙马德里联盟出版社出版。

1974 年

周臣福译的西班牙文版《毛泽东诗词》由西班牙马德里的维索尔出版社出版。

1975 年

汉学家黄玛赛作为西班牙访华团的联络官来华访问。

西班牙诗人何塞 · 克雷多尔—马特奥斯出版了诗集《致李白的信》。

何塞 · 帕拉欧从意大利文转译了中西文对照的《毛泽东》（诗词）。

曼努埃尔 · 塞阿布拉与华金 · 奥尔塔合译出版了毛泽东的《诗词》西班牙文版。

1976 年

西班牙女诗人卡门 · 孔德来华访问。

华金 · 佩雷斯 · 阿罗约译的西班牙文版《四书》在西班牙马德里丰泉出版社出版。

1977 年

为了纪念毛泽东的逝世，西班牙马拉加的《海岸》杂志在三期合刊（64—65—66）中译介了毛泽东的 34 首诗词，书中还包含对中国诗歌的评述和长篇报道《马尔罗眼中的毛泽东》等内容。

卡麦罗 · 埃洛杜伊出版了《道家的两位大师——老子与庄子》，此书包括了《老子》、《庄子》和《道家思想：64 概念》。

1978 年

胡安 · 伊格纳西奥 · 普雷西亚多、米格尔 · 萧在西班牙马德里合作出版了西班牙文版《鲁迅作品选》。

伊格纳西奥 · 普雷西亚多译的《老子》（题为《老子：道之书》）在西班牙马德里丰泉出

版社出版。该版本是根据马王堆汉墓出土的版本翻译的。

塞万提斯著，杨绛译的《堂吉诃德》（全译本）由人民文学出版社出版。

1979年

中国西班牙、葡萄牙、拉丁美洲文学研究会成立。

伊格纳西奥·普雷西亚多译的西班牙文版《道德经》获得西班牙国家翻译奖。

茅盾著，路易斯·恩里克·德拉诺译的西班牙文版《春蚕及其他短篇小说集》由北京外文出版社出版。

1980年

根据《柳毅传》等唐传奇改编的西班牙文版《龙女·唐代传奇》由北京外文出版社出版。

卡尔多纳·卡斯特罗译自法文的《智慧的四书》在西班牙马德里出版。

1981年

华金·佩雷斯·阿罗约从中文直译的《孔子·孟子·四书》在西班牙马德里出版。

巴尔德斯著，蒋宗曹、李德明合译的《修女圣苏尔皮西奥》由上海译文出版社出版。

阿莱格雷西亚著，邓宗煦译的《玛芘》由江苏人民出版社出版。

冈萨莱斯·玛达著，王明元译的《天鹅行动》由湖南人民出版社出版。

1982年

桑切斯·塔巴龙从法文转译的西班牙文版《中国诗歌》在西班牙巴塞罗那出版。

叶圣陶著，拉乌雷亚诺·拉米雷斯·贝叶林译的《倪焕之》在西班牙出版。

安东尼奥—普罗梅特奥·莫亚从英文转译的西班牙文版《中国幻想短篇小说》在西班牙巴塞罗那出版。

洛卜（佩）·德·维迦（加）著，朱葆光译的《园丁之犬》和《塞维利亚之星》由中国戏剧出版社出版。

赵金平译的西班牙英雄史诗《熙德之歌》由上海译文出版社出版。

拉弗雷特著，顾文波、卞双成合译的《一无所获》由江苏人民出版社出版。

阿索林著，徐霞村、戴望舒译的《西班牙小景》由福建人民出版社出版。

加尔多斯著，杨明江译的《玛利亚·奈拉》由湖南人民出版社出版。

巴莱拉著，方予译的《佩比塔 · 希梅尼斯》由上海译文出版社出版。

加尔多斯著，申宝楼、蔡华文合译的《萨拉戈萨》由上海译文出版社出版。

孟复的《西班牙文学简史》由四川人民出版社出版。

1983 年

卡洛斯 · 德尔 · 萨斯—奥罗斯科与他夫人黄宝琳（即保莉娜 · 黄）合译的《唐诗选》在西班牙巴塞罗那出版。

从英文转译为西班牙文的《中国十七世纪经典短篇爱情小说选》在西班牙巴塞罗那出版。

玛利亚 · 克里斯蒂娜 · 达维耶译的西班牙文版《中国古代诗选》在西班牙巴塞罗那出版社出版。

何塞 · 塞拉著，屠孟超、徐尚志、魏民合译的《帕斯库亚尔 · 杜瓦尔特一家》发表在《当代外国文学》杂志上。

朱葆光译的《维加戏剧选》由中国戏剧出版社出版。

加尔多斯著，陈国坚译的《三月十九日与五月二日》由上海译文出版社出版。

布拉斯科 · 伊巴涅斯著，李德明、尹承东合译的《不速之客》由上海译文出版社出版。

加尔多斯著，刘煜译的《慈悲心肠》由四川人民出版社出版。

1984 年

卡麦罗 · 埃洛杜伊译的西班牙文版《诗经》全译本由马德里国家出版社出版，题为《中国谣曲》。

北京外文出版社出版了西班牙文版《优秀短篇小说选》（第一部），选录了 1919 年至 1949 年间鲁迅等中国作家的 17 篇短篇小说。

西班牙文版的《中国魔幻故事集》由西班牙巴塞罗那的奥贝利斯科出版社出版。

希梅内斯著，西班牙作家塔西娅娜 · 菲萨克译成中文的《小银和我》由人民文学出版社出版。

罗德里戈 · 鲁维奥著，毛金里、顾舜芳合译的《尸骨还乡》由外国文学出版社出版。

布拉斯科 · 伊巴涅斯著，蒋宗曹、尹承东、李德明合译的《五月花》由上海译文出版社出版。

阿道弗 · 莫雷诺著，屈瑞译的《百万之家》由陕西人民出版社出版。

松苏内吉著，林之木译的《合同子》由上海译文出版社出版。

巴尔德斯著，尹承东、李德明合译的《玛尔塔与玛丽娅》由湖南人民出版社出版。

桑切斯·费洛西奥著，啸声、问陶合译的《哈拉马河》由外国文学出版社出版。

巴罗哈著，蔡华文、闵明合译的《冒险家萨拉卡因》由上海译文出版社出版。

1985 年

拉乌雷亚诺·拉米雷斯·贝叶林与劳拉·罗维塔合译的西班牙文版的《聊斋的故事》在西班牙马德里联盟出版社出版。

巴金著，西班牙汉学家塔西娅娜·菲萨克译的西班牙文版《家》在西班牙马德里出版。

从英文转译为西班牙文的《中国短篇小说选》在西班牙马德里出版。

西班牙文版《中国幽灵故事集》由西班牙巴塞罗那的奥贝利斯科出版社出版。

卡门·孔德在西班牙马德里出版了她的最后一部诗集《在中国的美好日子》，记述了 1976 年中国之旅给她留下的美好印象。

马德里华人米格尔·萧翻译出版了《道德经》。

门多萨著，恒民译的《一桩疑案》由北方文艺出版社出版。

卢卡·德代纳著，文林、德明合译的《上帝的笔误》由北方文艺出版社出版。

加尔多斯著，邓宗煦译的《特拉法尔加》由上海译文出版社出版。

加尔多斯著，王梦泉、赵绍天合译的《葛罗丽娅》由上海译文出版社出版。

伊巴涅斯著，高长荣译的《碧血黄沙》由山东文艺出版社出版。

1986 年

中国西班牙、葡萄牙、拉丁美洲文学研究会在昆明召开“西班牙文学研讨会暨洛尔卡逝世 50 周年纪念会”。

马里奥·梅里诺从英文转译为西班牙文的《猴王与白骨精》在西班牙马德里出版。

伊梅尔达·黄、恩里克·P. 加童合译的西班牙文版《千年中国短篇小说选》上卷在西班牙马德里的阿纳亚出版社出版。

卡麦罗·埃洛杜伊译的西班牙文版《中国谣曲》（即《诗经》）获西班牙国家翻译奖。

卡梅洛·巴拉提那斯著，杨明江、鲁少宏合译的《大脑里的档案》由北方文艺出版社出版。

克拉林著，唐民权等合译的《庭长夫人》由人民文学出版社出版。

拉弗雷特著，顾文波译的《破镜重圆》由陕西人民出版社出版。

伊巴涅斯著，李德明、蒋宗曹合译的《酒坊（节写）》由上海译文出版社出版。

何塞·塞拉著，孟继成译的《蜂房》由北京十月文艺出版社出版。

何塞·塞拉著，朱景冬译的《蜂房》由青海人民出版社出版。

1987 年

伊梅尔达·黄、恩里克·P. 加童合译的西班牙文版《千年中国短篇小说选》下卷在西班牙马德里的阿纳亚出版社出版。

卡麦罗·埃洛杜伊译的墨子的《兼爱之治》在西班牙马德里出版。

何塞·塞拉著，黄志良、刘静言合译的《蜂巢》由外国文学出版社出版。

巴罗哈著，江禾、林光合译的《种族》由上海译文出版社出版。

阿拉斯著，沈根发译的《独生子》由上海译文出版社出版。

巴莱拉著，顾文波译的《高个儿胡安妮塔》由上海译文出版社出版。

加尔多斯著，孟宪臣、蒋宗曹等合译的《福尔图娜塔和哈辛塔》由上海译文出版社出版。

王央乐译的《西班牙现代诗选》由湖南人民出版社出版。

加西亚·洛尔伽（卡）著，陈光孚译的《洛尔伽诗选》由四川文艺出版社出版。

1988 年

赵振江和何塞·安东尼奥·加西亚·桑切斯共同修订、翻译的西班牙文版《红楼梦》第一卷（前 40 回）在格拉纳达大学问世。

西班牙汉学家黄玛赛译的西班牙文版《古镜记及其他中国故事》由马德里的埃斯帕萨—卡尔佩出版社出版。

安娜·艾莱娜·苏亚雷斯译的西班牙文版《李白诗 50 首》在西班牙马德里出版。

溥仪的《我的前半生》西班牙文版在西班牙巴塞罗那出版。

由上海作家魏金枝选编的《古代中国的寓言故事》西班牙文版在西班牙巴塞罗那出版。

巴罗哈著，朱景冬译的《布恩雷蒂罗之夜》由上海译文出版社出版。

阿索林著，徐曾惠、樊瑞华合译的《卡斯蒂利亚的花园》由作家出版社出版。

科林·特莉亚多著，肖昆华译的《让我崇拜你》由黑龙江人民出版社出版。

科林·特莉亚多著，尹承东、朱景冬、李德明合译的《君走我不留》由黑龙江人民出版社出版。

戈伊蒂索洛著，屠孟超、陈凯先合译的《变戏法》由外国文学出版社出版。

乌纳穆诺著，方予译的《迷雾》由上海译文出版社出版。

德雷拉著，赵淑奇、刘健敏合译的《爱的圈套》由黑龙江人民出版社出版。

菲格罗亚著，姜浩银译的《喋血胶林》由江苏人民出版社出版。

1989 年

赵振江和何塞·安东尼奥·加西亚·桑切斯共同修订、翻译的西班牙文版《红楼梦》第二卷（第 41 回至第 80 回）在西班牙格拉纳达大学出版社出版。

北京外文出版社出版了西班牙文版《优秀短篇小说选》（第二部），选录了 1949 年至 1983 年间峻青等中国作家的 14 篇短篇小说。

从法文转译的古华的《芙蓉镇》西班牙文版在西班牙巴塞罗那出版。

赵振江等人合译的希梅内斯和阿莱克桑德雷的诗选《悲哀的咏叹调》由漓江出版社出版。

林之木译的《贝克凯尔抒情诗集》由上海译文出版社出版。

塞万提斯著，张云义译的《慷慨的情人》由漓江出版社出版。

巴莱拉著，蒋宗曹译的《露丝小姐》由上海译文出版社出版。

1990 年

北京外文出版社翻译的茹志鹃等 8 人的选集《八位中国女作家》西班牙文版在西班牙巴塞罗那出版。

西班牙文版《龙的足迹：中国民间故事》在西班牙北部城市莱昂出版。

卡尔德隆·德·拉·巴拉卡著，吕臣重译的《人生是梦》由人民文学出版社出版。

阿拉尔孔著，尹承东译的《三角帽》由黑龙江人民出版社出版。

王央乐译的《布努艾尔电影剧本选》由中国电影出版社出版。

林林译的《小拉萨路》由重庆出版社出版。

加尔多斯著，王治权、蒋宗曹合译的《纳萨林神父》由上海译文出版社出版。

巴桑著，李德明译的《侯爵府内外》由黑龙江人民出版社出版。

克拉林著，许铎译的《独生子》由中国对外翻译出版公司出版。

克维多著，吴健恒译的《骗子外传》由重庆出版社出版。

罗哈斯著，王央乐译的《塞莱斯蒂娜》由人民文学出版社出版。

1991年

拉乌雷亚诺·拉米雷斯·贝叶林翻译并注释的西班牙文版《儒林外史》由西班牙巴塞罗那的塞伊斯·巴拉尔出版社出版。

博赫尔曼译的西班牙文版《易经》在西班牙巴塞罗那出版。

鲁迅的《阿Q正传》西班牙文版在西班牙马德里出版。

巴尔卡著，屠孟超译的《人生如梦》由译林出版社出版。

阿拉尔孔著，张扬译的《三角帽》由重庆出版社出版。

维利亚隆加著，江山、锦康合译的《比恩庄（玩偶厅）》由人民文学出版社出版。

塞万提斯著，李庭玉译的《王子王后历险记》由北岳文艺出版社出版。

贝纳文特著，陈凯先、屠孟超合译的《不吉利的姑娘》由漓江出版社出版。

戈伊蒂索洛编选，王央乐译的《卡塔兰现代诗选》由人民文学出版社出版。

冈萨雷斯著，徐鹤林、魏民合译的《血与情》由漓江出版社出版。

萨尔萨内达斯著，康阿江译的《奇谭》由人民文学出版社出版。

伊巴涅斯著，李德明译的《春尽梦残》由上海译文出版社出版。

罗多雷达著，吴守琳译的《钻石广场》由人民文学出版社出版。

萨利纳斯著，叶茂根译的《爱总是需要的》由上海译文出版社出版。

卡瓦耶罗著，李德明译的《海鸥》由黑龙江人民出版社出版。

曼努埃尔著，屠孟超译的《鲁卡诺尔伯爵》由译林出版社出版。

何塞·塞拉著，顾文波等合译的《罪恶下的恋情——帕斯库亚尔·杜阿尔特一家》由南海出版公司出版。

张清瑶译的《西班牙诗选（至17世纪末）》由重庆出版社出版。

1992年

拉乌雷亚诺·拉米雷斯·贝叶林因为翻译《儒林外史》而获西班牙国家翻译奖。

安娜·艾莱娜·苏亚雷斯将苏轼的《赤壁怀古及其他诗作》译成西班牙文出版。

北京外文出版社和西班牙米拉瓜诺出版社合作出版了西班牙文版《中国古代神话故事》。

西班牙文版《水浒传》由北京外文出版社出版。

钱锺书著，西班牙汉学家塔西娅娜·菲萨克译的西班牙文版《围城》在西班牙巴塞罗那出版。

陈国坚翻译、编选的西班牙文版《唐诗：中国诗歌的黄金时代》在西班牙马德里的卡特德拉出版社出版。

加尔多斯著，李德明译的《乞丐之爱》由上海译文出版社出版。

塞拉著，李德明等译的《为亡灵弹奏》由漓江出版社出版。

伊巴涅斯著，黄育馥、文平合译的《卢娜·贝纳莫尔——伊巴涅斯短篇小说选》由重庆出版社出版。

米罗著，朱凯译的《西古恩萨游记》由重庆出版社出版。

加尔多斯著，孟宪臣等合译的《两个女人的命运》由重庆出版社出版。

乌纳穆诺著，余幼宁、赵京生合译的《殉教者圣曼努埃尔·布埃诺》由重庆出版社出版。

索里利亚著，何培忠译的《堂胡安·特诺里奥》由重庆出版社出版。

乌纳穆诺著，朱景冬译的《雾》由黑龙江人民出版社出版。

塞万提斯著，陈凯先等译的《塞万提斯训诫小说集》由重庆出版社出版。

曾文凤、李德明合译的中西文对照的《西班牙诗选》由今日中国出版社出版。

1993年

伊梅尔达·黄、恩里克·P. 加童合译的西班牙文版《西游记》由西班牙马德里的西鲁埃拉出版社出版。

贝克尔著，尹承东译的《抒情诗与传说》由黑龙江人民出版社出版。

加尔多斯著，尹承东译的《阿尔玛伯爵夫人》由黑龙江人民出版社出版。

乌纳穆诺著，朱景冬译的《图拉姨妈》由黑龙江人民出版社出版。

佩雷达著，李德明译的《高山情》由黑龙江人民出版社出版。

皮孔著，李德明译的《甜蜜女郎》由黑龙江人民出版社出版。

赫苏斯·托瓦多著，李德恩译的《堕落天使》由漓江出版社出版。

马托雷尔·加尔巴著，王央乐译的《骑士蒂朗》由人民文学出版社出版。

费尔南多·德·罗哈斯著，蔡润国译的《塞莱斯蒂娜》由中国对外翻译出版公司出版。

索洛沙诺著，李德明译的《塞维利亚的石貂女》由黑龙江人民出版社出版。

1994 年

安东尼奥·梅德拉诺翻译的西班牙文版《老子的道德经：道与永恒》（1996 年再版时题为《道之光》）出版。

洛贝（佩）·德·维加著，徐曾惠译的《爱情与荣誉》由漓江出版社出版。

赵振江译的《血的婚礼：加西亚·洛尔卡诗歌戏剧精选》由外国文学出版社出版。

贝克尔著，朱凯译的《诗歌·传说·故事》由重庆出版社出版。

赵金平译的《熙德之歌》由上海译文出版社出版。

塞万提斯著，张云义译的《吉卜赛姑娘》由漓江出版社出版。

伊巴涅斯著，王宏等合译的《死者为王》由重庆出版社出版。

佩雷达著，唐民权译的《渔女情》由人民文学出版社出版。

1995 年

国际诗歌杂志《对等》推出一期西、英、汉三种语言对照的中国当代诗歌专刊，书中收录了从苏金伞、蔡其矫、郑敏、李瑛、牛汉、公刘、邵燕祥至舒婷、芒克、李小雨、欧阳江河、西川、翟永明等 20 位诗人的作品。以西班牙当代诗人何塞·耶罗为首的访问团，出席了中国对外友好协会为该书举行的发行仪式。

西班牙女诗人昌达尔·麦亚德的《中国美学智慧：儒教、道教与佛教》在西班牙马德里出版。

埃迪特·兹里翻译的西班牙文版《易经》出版。

西班牙汉学家雷爱玲（阿丽霞·雷林克）将刘勰的《文心雕龙》译成西班牙文出版。

西班牙文版《中国佛教的故事与传说》在西班牙巴塞罗那出版。

段继承译的西班牙英雄史诗《熙德之歌》由中国文联出版公司出版。

埃切加赖著，沈石岩译的《伟大的牵线人》由漓江出版社出版。

塞万提斯著，董燕生译的《堂吉诃德》由浙江文艺出版社出版。

塞万提斯著，刘京胜译的《堂吉诃德》由漓江出版社出版。

伊巴涅斯著，赵伐、王宏合译的《茅屋》由重庆出版社出版伊巴涅斯著，高峰译的《血溅斗兽场》由重庆出版社出版。

法那那斯著，钱建平、马红彦合译的《杀人的水库》由吉林人民出版社出版。

莫利娜著，冯思刚译的《画童奇遇》由重庆出版社出版。

1996 年

伊格纳西奥·普雷西亚多·伊多埃塔翻译的西班牙文版《庄子》在西班牙巴塞罗那凯洛斯出版社出版。

哈维尔·亚古埃译的西班牙文版《唐朝离别诗 10 首》出版。

段若川翻译的《洛佩·德·维加戏剧选》由春风文艺出版社出版。

董燕生等合译的《塞万提斯全集》由人民文学出版社出版。

陈文翻译的《加西亚·洛尔卡戏剧选集》由中国文联出版公司出版。

加尔多斯著，王永达等译的《悲翡达夫人》由人民文学出版社出版。

伊巴涅斯著，屠孟超译的《芦苇和泥淖》由译林出版社出版。

罗多雷达著，李德明译的《茶花大街》由黑龙江人民出版社出版。

阿亚拉著，李德明译的《歌妓与舞女》由黑龙江人民出版社出版。

曼努埃尔著，申宝楼译的《卢卡诺伯爵》由黑龙江人民出版社出版。

克维多著，李德明译的《梦》由黑龙江人民出版社出版。

阿拉尔孔著，朱景冬译的《民族纪事》由黑龙江人民出版社出版。

加尔多斯著，李德明译的《佩菲塔夫人》由黑龙江人民出版社出版。

格瓦拉著，尹承东译的《瘸腿魔鬼》由黑龙江人民出版社出版。

克拉林著，朱景冬译的《堂娜贝尔塔和其他故事》由黑龙江人民出版社出版。

洛依克著，李德明译的《樱桃时节》由黑龙江人民出版社出版。

贡戈拉等著，赵振江译的《西班牙黄金世纪诗选》由春风文艺出版社出版。

1997 年

胡安·W. 贝克的《超现实主义与佛教禅宗·融合与区别·中、日、朝禅宗诗歌选评与比较研究》在西班牙马德里出版。

安娜·艾莱娜·苏亚雷斯译的《论语：思考与教育》在西班牙巴塞罗那出版。

常世儒和西班牙拉米罗·卡略霍合译的西班牙文版《中国经典短篇小说 101 篇》在西班牙马德里出版。

莫拉尔编译的西班牙文版《唐诗选》在西班牙马德里的维索尔出版社出版。

赵振江等人合译的西班牙作家希梅内斯的个人选集《悲哀的咏叹调》在漓江出版社出版。

洛佩·德·维加著，尹承东译的《羊泉村》由重庆出版社出版。

费尔南多·德·罗哈斯著，屠孟超译的《塞莱斯蒂娜》由译林出版社出版。

周访渔译的《卡尔德隆戏剧选》由上海译文出版社出版。

克维多等著，杨绛等合译的《西班牙流浪汉小说选》由人民文学出版社出版。

伊巴涅斯著，蒋宗曹译的《芦苇和泥塘》由重庆出版社出版。

刘家海译的西班牙流浪汉小说《小癞子》由漓江出版社出版。

卡瓦耶罗著，许鑫华译的《海鸥》由中国电影出版社出版。

张绪华著《20 世纪西班牙文学》在上海外语教育出版社出版。

1998 年

安娜·艾莱娜·苏亚雷斯翻译的西班牙文版《道德经》（题为《道与德之书》）在西班牙马德里出版。

伊格纳西奥·普雷西亚多译的西班牙文版《列子》在西班牙巴塞罗那凯洛斯出版社出版。

北京大学西班牙语系在西班牙驻华使馆的协助下，举办了“纪念加西亚·洛尔卡百年诞辰国际学术研讨会”。

巴尔卡著，王宏译的《坚贞不屈的亲王》由重庆出版社出版。

胡真才、吕臣重合译的《维加戏剧选》由人民文学出版社出版。

巴莱拉著，屠孟超译的《贝比塔·希梅纳斯》由译林出版社出版。

伊巴涅斯著，吕漠野译的《碧血黄沙》由上海译文出版社出版。

加尔多斯著，李德明译的《莱昂·罗奇一家》由上海译文出版社出版。

加尔多斯著，蒋宗曹译的《曼索朋友》由上海译文出版社出版。

加尔多斯著，李德明译的《一颗慈善的心》由上海译文出版社出版。

迈耶著，梅哲译的《神秘的失踪》由河北少年儿童出版社出版。

贝鲁丘著，廖燕平译的《吸血蝙蝠追捕记》由中国文联出版公司出版。

董燕生著《西班牙文学》在外语教学与研究出版社出版。

1999 年

陈光孚、戈麦斯·希尔合译的《唐诗选：第一个黄金时代》在西班牙马德里出版。

克拉拉·哈内斯与胡安·伊格纳西奥·普雷西亚多合作，翻译、出版了王维的诗选，题为《辋川诗抄》。

西班牙文版《唐朝短篇小说》在西班牙巴塞罗那出版。

奥诺里奥·费雷罗译的西班牙文版《道德经》在西班牙巴塞罗那出版。

屠孟超译的西班牙英雄史诗《熙德之歌》由译林出版社出版。

赵振江译的《洛尔卡诗选》由漓江出版社出版。

塞万提斯著，刘君娜译的《唐·吉诃德》由中国戏剧出版社出版。

克拉林著，屠孟超译的《庭长夫人》由译林出版社出版。

普埃尔托拉斯著，刘晓眉译的《长夜犹在》由华夏出版社出版。

加尔多斯著，尹承东译的《特里斯塔娜》由上海译文出版社出版。

阿帕里西奥著，黄志良、刘静言合译的《夜色苍茫》由华夏出版社出版。

曼努埃尔著，刘建译的《鲁卡诺尔伯爵》由重庆出版社出版。

利亚马萨雷斯著，李红琴、毛金里合译的《月色狼影：黄雨》由华夏出版社出版。

尹承东翻译的西班牙英雄史诗《熙德之歌》由重庆出版社出版。

2000 年

安娜·艾莱娜·苏亚雷斯翻译出版了西班牙文版《王维及其友人绝句 99 首》。

波利·德拉诺、路易斯·恩里克从英文、法文转译的《中国十大短篇小说》在西班牙巴塞罗那出版。

卡斯蒂耶霍等著，赵振江译的《西班牙黄金世纪诗选》由昆仑出版社出版。

鲁伊斯著，屠孟超译的《真爱诗集》由昆仑出版社出版。

洛佩·德·维加著，李德明译的《傻女菲妮娅》由重庆出版社出版。

加尔德隆著，汤柏生译的《世间最大恶魔》由重庆出版社出版。

吕臣重译的《卡尔德隆戏剧选》由解放军文艺出版社出版。

段若川、胡真才合译的《维加戏剧选》由昆仑出版社出版。

蒙特马约尔著，李德明译的《狄亚娜》由重庆出版社出版。

波罗著，李德明译的《多情的狄亚娜》由重庆出版社出版。

塞万提斯著，刘刚译的《堂吉诃德》由光明日报出版社出版。

塞万提斯著，唐民权译的《唐吉诃德》由陕西人民出版社出版。

加尔多斯著，王晓理等合译的《福尔图娜塔和哈辛塔》由上海译文出版社出版。

马努埃尔著，刘玉树译的《卢卡诺尔伯爵》由昆仑出版社出版。

巴莱拉著，屠孟超译的《高个子姑娘小胡安娜》由译林出版社出版。

克维多等著，盛力、吴健恒、余晓虎合译的《西班牙流浪汉小说选》由昆仑出版社出版。

2001 年

鲁迅著，拉乌雷亚诺·拉米雷斯·贝叶林译的西班牙文版《故事新编》出版。

克拉拉·哈内斯与胡安·伊格纳西奥·普雷西亚多合作，翻译、出版了中西文对照的杜甫诗集《燕子斜飞》。

贡恰·门德斯等著，赵振江等译的《西班牙当代女性诗选》由作家出版社出版。

尹承东译的《贝克尔诗文集》由重庆出版社出版。

塞万提斯著，李德明译的《管离婚案件的法官》由重庆出版社出版。

佛·德利加多著，李德明译的《安达卢西亚姑娘在罗马》由重庆出版社出版。

加尔多斯著，李德明译的《托尔门多》由上海译文出版社出版。

埃斯皮内尔著，李德明译的《侍从历险记》由外文出版社出版。

塞万提斯著，宿春礼译的《堂吉诃德》由时代文艺出版社出版。

塞万提斯著，陈建凯译的《堂吉诃德》由延边人民出版社出版。

塞万提斯著，孙家孟译的《堂吉诃德》由北京十月文艺出版社出版。

塞万提斯著，董燕生译的《堂吉诃德》由浙江文艺出版社出版。

朱景冬译的《小癞子》由人民日报出版社出版。

克拉林著，尹承东译的《独生子》由重庆出版社出版。

巴莱拉著，蒋宗曹译的《露丝小姐》由辽宁教育出版社出版。

克拉林著，毛卓亮、关慎果合译的《庭长夫人》由延边人民出版社出版。

伊巴涅斯著，汤柏生译的《茅屋》由春风文艺出版社出版。

2002年

北京大学外国语学院西班牙语系、北京大学西班牙语文化研究中心举办了“纪念西班牙诗人阿尔贝蒂与塞尔努达百年诞辰暨国际学术研讨会”，著名彝族诗人吉狄马加、西班牙公使爱德华多·阿斯纳尔先生、西班牙著名诗人路易斯·加西亚·蒙特罗、中国诗人王家新等出席开幕式并致辞。西班牙穆尔西亚大学的迪耶斯·德·雷本卡教授、格拉纳达大学的安赫拉·奥拉亚教授、著名诗人路易斯·加西亚·蒙特罗、著名小说家阿尔穆德纳·格兰德斯、苏黎士大学的玛利亚·帕斯·亚涅斯教授、墨西哥驻华使馆文化参赞贝尔梅赫先生等在研讨会上作了相关学术报告。

克维多著，李德明译的《最后审判之梦》由重庆出版社出版。

董继平译的《安东尼奥·马查多诗选》由河北教育出版社出版。

塞万提斯著，张昌宋等合译的《堂吉诃德》由海峡文艺出版社出版。

马查多著，赵美惠编译的《学校故事》由河北教育出版社出版。

伊巴涅斯著，崔维本译的《被判了刑的女人》由春风文艺出版社出版。

伊巴涅斯著，林光译的《碧血黄沙》由春风文艺出版社出版。

伊巴涅斯著，汤柏生、吕臣重合译的《大教堂》由春风文艺出版社出版。

伊巴涅斯著，徐钟麟译的《稻谷与马车》由春风文艺出版社出版。

加尔多斯著，李德明译的《她被剥夺了一切》由上海译文出版社出版。

加尔多斯著，叶茂根译的《堂娜裴菲克塔》由上海译文出版社出版。

圣地亚哥·贝约奇著，汪奕峰、归溢合译的《永无止境》由译林出版社出版。

朱景冬译的《西班牙语经典诗歌100首》由人民日报出版社出版。

赵振江编著的《西班牙与西班牙语美洲诗歌导论》由北京大学出版社出版。

2003年

碧拉尔·贡萨雷斯·埃斯帕尼亚翻译、出版了西班牙文版的《李清照诗选》。

安娜 · 艾莱娜 · 苏亚雷斯翻译、出版了西班牙文版《白居易绝句 11 首》。

塞万提斯著，张广森译的《堂吉诃德》由译文出版社出版。

桑塔耶纳著，邱艺鸿、萧萍合译的《英伦独语》由生活 · 读书 · 新知三联书店出版。

2004 年

西班牙汉学家雷爱玲与安娜 · 艾莱娜 · 苏亚雷斯合作发表了专著《中国文学》。

碧拉尔 · 贡萨雷斯 · 埃斯帕尼亚将王维的《辋川集》译成西班牙文出版。

加尔多斯著，李德明译的《安赫尔 · 格拉》由上海译文出版社出版。

马岱良、董继平合译的《洛尔迦诗歌精选》由重庆出版社出版。

2005 年

由赵振江和何塞 · 安东尼奥 · 加西亚 · 桑切斯共同修订、翻译的西班牙文版《红楼梦》第三卷（后 40 回）在西班牙格拉纳达大学出版。赵振江应邀出席首发式并致词。

埃米莉娅 · 帕尔多 · 巴桑著，崔燕译的《侯爵府纪事》由花山文艺出版社出版。

加尔多斯著，王永达译的《悲翡达夫人》由花山文艺出版社出版。

加尔多斯著，王治权、赵德明合译的《葛罗丽娅》由上海译文出版社出版。

加尔多斯著，卞双成译的《曼索朋友》由人民文学出版社出版。

胡安 · 拉蒙 · 希梅内斯著，林为正译的《小毛驴与我》由团结出版社出版。

安德烈斯 · 特拉别略著，李德明译的《完美罪行之友》由人民文学出版社出版。

2006 年

希梅内斯著，孟宪臣译的《小毛驴之歌》由北京十月文艺出版社出版。

蒙特罗著，屠孟超译的《地狱中心》由南海出版公司出版。

卡洛斯 · 鲁依斯 · 萨丰著，范湲译的《风之影》由人民文学出版社出版。

莫里斯著，何玉洁译的《圣殿指环：最后一个圣殿骑士的遗物》由辽宁教育出版社出版。

阿图罗 · 佩雷 · 雷维特著，吴佳绮译的《步步杀机》由重庆出版社出版。

陈众议、王留栓合著的《西班牙文学简史》在上海外语教育出版社出版。

沈石岩著的《西班牙文学史》在北京大学出版社出版。

2007 年

西班牙胡安·卡洛斯国王和费利佩王储先后访华，并接见了董燕生、赵振江等一批西班牙语学者。

北京塞万提斯学院举行了《安东尼奥·马查多诗选》发行仪式。

西班牙政府通过其文化部图书档案局赞助人民文学出版社与河北教育出版社翻译出版一批图书。人民文学出版社出版了《融融暖意》（托雷斯著，张广森译）、《年年夏日那片海》（埃斯特·图斯盖兹著，卜珊译）、《多罗泰娅之歌》（罗莎·雷加斯著，赵德明译）、《空盼》（拉弗雷特著，卞双成、郭有鸿译）、《天赐之年》（库巴斯著，朱凯译）、《沉睡的声音》（杜尔塞·恰孔著，徐蕾译）、《塞壬的沉默》（阿德拉伊达·加西亚·莫拉莱斯著，郑书九译）；河北教育出版社出版了《安东尼奥·马查多诗选》（赵振江等译），《希梅内斯诗选》（赵振江译），《加西亚·洛尔卡戏剧选》（赵振江译）。

乌纳穆诺著，段继承译的《生命的悲剧意识》由花城出版社出版。

费尔南多·德里亚斯迪贝斯著，石小竹译的《时间推销员——一部商业讽刺寓言》由天津教育出版社出版。

赵振江编译的《加西亚·洛尔卡诗选》由华夏出版社出版。

莫言的《丰乳肥臀》被译成西班牙文。

陈众议编著的《西班牙文学大花园》在湖北教育出版社出版。

王军编著的《20 世纪西班牙小说》在北京大学出版社出版。

2008 年

诗人何塞·克雷多尔—马特奥斯应邀来华出席了青海湖国际诗歌节。

比森特·布拉斯科·伊巴涅斯著，林光译的《血染黄沙》由河北教育出版社出版。

胡真才译的《维加戏剧选》由河北教育出版社出版。

范晔编的《纸上的伊比利亚》由中国华侨出版社出版。

陆京生主编的《西班牙文学名著便览》由上海外语教育出版社出版。

费尔南多·德·罗哈斯著，丁文林译的《塞莱斯蒂娜》由花山文艺出版社出版。

埃米利·罗萨莱斯著，尹承东译的《看不见的城市》由人民文学出版社出版。

马努埃尔·维森特著，赵德明译的《马蒂斯的新娘》由译林出版社出版。

安德烈斯·特拉彼略著，白凤森译的《堂吉诃德后传》由河北教育出版社出版。

巴斯克斯·蒙塔尔万著，李静译的《南方的海》由人民文学出版社出版。

埃米利奥·卡尔德隆著，王岩、唐雯、杨明合译的《造物主的地图》由人民文学出版社出版。

贝伦·利佩吉著，崔燕译的《清冷枕畔》由人民文学出版社出版。

埃尔维拉·林多著，李婕译的《你的一句话》由人民文学出版社出版。

玛丽娜·马约拉尔著，杨玲译的《隐秘的和谐》由人民文学出版社出版。

帕乌拉·伊斯凯尔多著，詹玲译的《你身体的印痕》由人民文学出版社出版。

阿·帕·巴尔德斯著，贾永生译的《一位小说家的小说》由黑龙江人民出版社出版。

埃米莉亚·帕尔多·巴桑著，孟宪臣、张惠玲合译的《卷烟女工》由黑龙江人民出版社出版。

佩德罗·安东尼奥·德·阿拉尔孔著，李德明译的《宽厚的女人》由黑龙江人民出版社出版。

阿·帕·巴尔德斯著，李德明译的《偏僻的山村》由黑龙江人民出版社出版。

2009 年

加西亚·洛尔卡的头像和诗句镌刻在新落成的青海湖国际诗歌墙上。

路易斯·莱安特著，丁文林译的《情系撒哈拉》由人民文学出版社出版。

阿图洛·贝雷兹—雷维特著，张雯媛译的《战争画师》由陕西师大出版社出版。

荷西·路易·桑贝德罗著，林立仁译的《爷爷的微笑》由南海出版公司出版。

埃斯特万·马丁、安德鲁·卡兰萨合著，林志都译的《高迪密码》由春风文艺出版社出版。

马丁·盖特著，刘京胜译的《离家出走》由人民文学出版社出版。

桑切斯·皮尼奥尔著，戴毓芬译的《冷皮》由译林出版社出版。

孟坦涅斯著，谢雅桦译的《哥伦布之墓》由江苏人民出版社出版。

鲁依斯·萨丰著，范湲译的《风之影》由人民文学出版社出版。

拉斐尔·阿巴洛斯著，谢惠心译的《最后一个炼金术士》由南海出版公司出版。

何塞·卡洛斯·索摩萨著，李继宏译的《洞穴》由上海人民出版社出版。

赫苏斯·费雷罗著，周诚慧、奚晓清合译的《阴差阳错》由北京十月文艺出版社出版。

胡安·马德里著，赵英译的《来日无多》由北京十月文艺出版社出版。

恩里克 · 维拉—马塔斯著，杨玲译的《垂直之旅》由北京十月文艺出版社出版。

胡安 · 何塞 · 米利亚斯著，周钦译的《对镜成三人》由北京十月文艺出版社出版。

波萨达斯著，胡真才译的《名厨之死》由人民文学出版社出版。

梅尔赛 · 罗多雷达著，马琴译的《钻石广场》由人民文学出版社出版。

安德烈斯 · 特拉彼略著，崔维本译的《塞万提斯传》由河北教育出版社出版。

2010 年

伊德方索 · 法孔内斯著，范湲译的《海上大教堂》由人民文学出版社出版。

胡莉娅 · 纳瓦罗著，刘冬花、程弋洋合译的《圣血传奇》由金城出版社出版。

鲁依斯 · 萨丰著，魏然译的《天使游戏》由南海出版公司出版。

纳瓦罗著，何玉洁译的《耶稣裹尸布之谜》由金城出版公司出版。

安赫莱斯 · 卡索著，刘京胜译的《逆风》由人民文学出版社出版。

亚历克斯 · 罗维拉著，邱奇琦译的《你就是王子》由南海出版公司出版。

2011 年

西班牙汉学家雷爱玲（阿丽霞 · 雷林克）翻译的西班牙语版全本《金瓶梅》由西班牙亚特兰大出版社出版。

赵振江译的《人民的风——米格尔 · 埃尔南德斯诗选》（双语）在作家出版社出版。

2012 年

加西亚 · 洛尔卡著，赵振江译的《深歌与谣曲》和《诗人在纽约》在上海译文出版社出版。

2013 年

中国著名彝族诗人吉狄马加率领青海省文化团赴西班牙访问，并举办了“青海文化艺术展”和“中国诗人书写毛泽东诗词”书法展。

3. 中国与西班牙语拉丁美洲国家文学交流大事记[1]

1. 正如前文对《中国与西班牙文学交流大事记》所作的注释，这也只是一个对中国和拉丁美洲文学互译的统计而已。需要说明的是，本书的内容其实只涉及西班牙语美洲，这里把巴西、海地文学的一些相关内容也包括在内，供读者参考。

1921 年

鲁文·达里奥的名作《女王马勃的面绸》被译成中文在茅盾主编的《译文》上发表。

茅盾撰写的《巴西文学家的一本小说》在《小说月报》上发表。这是最早专门介绍拉美文学的文章之一。

1922 年

智利巴僚斯的独幕剧《爸爸和妈妈》在《小说月报》上发表。

1934 年

秘鲁洛佩斯·阿尔布哈尔的小说《催命太岁》（余声译）、巴西阿丰索·阿利诺斯的小说《光脚爪的野兽》（胡仲持译）和阿根廷卢贡内斯的小说《惩罚》（伍蠡甫译）在郑振铎、傅东华主编的《文学》杂志"弱小民族专号"上发表。

1945 年

西班牙文版《儒家的政治社会哲学》在阿根廷布宜诺斯艾利斯出版。

1947 年

汉学家黄玛赛译的《中国短篇小说选》在阿根廷布宜诺斯艾利斯的埃斯帕萨—卡尔佩出版社出版，我国学者罗大冈为之作序。

1950 年

袁水拍译的聂鲁达名诗《让那伐木者醒来》由上海新群出版社出版。这是聂鲁达诗歌的第一个中文译本。

袁水拍在华沙保卫世界和平大会期间见到了聂鲁达，并出席了世界和平理事会给聂鲁达颁发国际和平奖金的仪式。

1951 年

智利作家聂鲁达访华，他是第一位来华访问的拉丁美洲诗人。

袁水拍为迎接聂鲁达访华，选译了《聂鲁达诗文集》，由人民文学出版社出版。

1954 年

以艾青、萧三为首的代表团赴智利，祝贺聂鲁达 50 寿辰。

1956 年

中国艺术代表团接受智利诗人聂鲁达的邀请，到智利访问演出。

墨西哥作家何塞 · 曼西西多尔著，袁湘生译的《风向所趋》由新文艺出版社出版。

巴西作家乔治 · 亚马多著，郑永慧、金满成合译的《黄金果的土地》由作家出版社出版。

巴西作家乔治 · 亚马多著，郑永慧译的《饥饿的道路》由新文艺出版社出版。

1957 年

智利诗人聂鲁达和巴西左翼作家若热 · 亚马多夫妇等一行访华，同艾青、丁玲等中国作家见面交谈。

为迎接聂鲁达访华，作家出版社翻译、出版了库杰西科娃与施契因合著的《巴勃罗 · 聂鲁达传》。

墨西哥作家特雷文著，邹绿芷译的《伐木工的反叛》由新文艺出版社出版。

哥伦比亚作家列维拉著，吴岩译的《草原林莽恶旋风》由新文艺出版社出版。

1958 年

墨西哥作家特雷文著，王仲年译的《草莽将军》由新文艺出版社出版。

哥斯达黎加作家法拉斯著，侯浚吉译的《绿地狱》由新文艺出版社出版。

巴西作家阿莲娜 · 巴伊姆著，秦水译的《时候就要到了》由人民文学出版社出版。

《拉丁美洲现代短篇小说选》由中国青年出版社出版。

1959 年

古巴作家尼古拉斯 · 纪廉著，亦潜译的《纪廉诗选》由人民文学出版社出版。

古巴作家尼古拉斯 · 纪廉著，亦潜译的《汗和鞭子》由人民文学出版社出版。

古巴作家何塞 · 马蒂著，南开大学外文系翻译的《马蒂诗选》由人民文学出版社出版。

巴西作家卡斯特罗 · 阿尔维斯著，亦潜译的《卡斯特罗 · 阿尔维斯诗选》由人民文学出版社出版。

智利作家聂鲁达著，袁水拍译的《伐木者，醒来吧！》由人民文学出版社出版。

智利作家聂鲁达著，邹绛等译的《葡萄园和风》由上海文艺出版社出版。

墨西哥作家何塞·曼西西多尔著，贝金译的《深渊上的黎明》由人民文学出版社出版。

危地马拉作家阿斯杜（图）里亚斯著，南开大学外文系译的《危地马拉的周末》由人民文学出版社出版。

海地作家阿列克西斯著，刘煜、张昭民合译的《太阳老爷》由人民文学出版社出版。

海地作家雅各·鲁曼著，孟安译的《统治泉水的人》由上海文艺出版社出版。

巴西作家 E. D. 库尼亚著，贝金译的《腹地》由人民文学出版社出版。

阿根廷作家阿尔佛雷多·伐莱拉著，柯青译的《阴暗的河流》由人民文学出版社出版。

阿根廷作家拉乌利·劳拉著，费贤译的《一个阿根廷的报贩》（原名《他叫翘头发》）由江苏文艺出版社出版。

1960 年

阿根廷诗人胡安·赫尔曼来华访问。

古巴作家尼古拉斯·纪廉著，王洪勋等译的《我们的怒吼（拉丁美洲诗集之一）》由上海文艺出版社出版。

巴西作家斯密特著，吴玉莲、陈绵合译的《远征圣保罗的秘密》由人民文学出版社出版。

墨西哥作家玛丽埃罗·阿苏埃拉著，杨万译的《财阀》由上海文艺出版社出版。

1961 年

古巴作家卡斯蒂里亚耶诺斯等著，维益等译的《旗帜集》（古巴短篇小说）由上海文艺出版社出版。

洪都拉斯作家拉蒙·阿马亚·阿马多尔著，王克澄、韩世钟合译的《绿色的监狱》由上海文艺出版社出版。

阿根廷作家劳尔·拉腊著，王科一译的《大厦谷》由上海文艺出版社出版。

智利作家巴尔多迈罗·利约著，梅仁译的《利约短篇小说集》由作家出版社出版。

阿根廷作家奥古斯丁·库塞尼著，陈军译的《中锋在黎明前死去》由中国戏剧出版社出版。

智利作家聂鲁达著，王央乐译的《英雄事业的赞歌》由作家出版社出版。

王仲年等合译的《要古巴，不要美国佬！（拉丁美洲诗集之二）》由上海文艺出版社出版。

王仲年等合译的《我们必胜（拉丁美洲诗集之三）》由上海文艺出版社出版。

古巴作家何塞·安东尼奥·波尔图翁多著，王央乐译的《古巴文学史》由作家出版社出版。

1962 年

古巴作家巴格·阿尔丰索著，英若诚译的三幕剧《甘蔗田》由中国戏剧出版社出版。

阿根廷作家安德莱·利萨拉伽著，章仁鉴译的三幕历史剧《美洲的圣胡安娜》由中国戏剧出版社出版。

古巴作家索莱尔·普依格著，于之汾译的《贝尔蒂雄 166》由作家出版社出版。

乌拉圭作家阿尔佛雷托·丹特·格拉维娜著，河北大学俄语教研室译的《风暴中的庄园》由作家出版社出版。

1963 年

马丁内斯·阿里亚纳里从英文转译的《中国戏曲·梨园弟子》西班牙文版在布宜诺斯艾利斯南美出版社出版。

古巴作家拉·贡·卡斯柯洛著，郑小榕译的《吉隆滩的人们》由中国青年出版社出版。

秘鲁作家塞萨·瓦叶霍著，梅仁译的《钨矿》由作家出版社出版。

1964 年

阿根廷诗人胡安·赫尔曼再次来华访问。

智利作家巴勃罗·德·罗卡应邀来华访问，其间创作了许多歌颂中国社会主义建设的诗。

古巴作家奥内略·豪尔赫·卡尔多索著，赵清慎等合译的《幸运之轮》由作家出版社出版。

古巴作家菲利克斯·哈米斯著，赵金平译的《中国人民的手》由作家出版社出版。

古巴作家法雅德·哈米斯著，赵金平译的《为了这样的自由》由作家出版社出版。

巴拉圭作家埃尔维奥·罗梅罗著，赵金平译的《黎明的战士》由作家出版社出版。

危地马拉作家曼努埃尔·加利奇著，章仁鉴译的《难消化的鱼》由作家出版社上海编辑所出版。

阿根廷作家奥古斯丁·库塞尼著，陈国坚、姜学贵合译的《一碗肉》由作家出版社上海编辑所出版。

阿根廷作家奥斯瓦尔多·德腊贡著，林光、徐培吉合译的《美洛斯来的瘟疫》由中国戏剧出版社出版。

1965 年

智利作家聂鲁达著，赵金平译的《献给北京的颂歌》由作家出版社出版。

1966 年

阿尔瓦罗 · 永克从法文译为西班牙文的《中国诗人：透过双重迷雾的风景》在阿根廷布宜诺斯艾利斯出版发行。

1972 年

费尔南德斯 · 阿尔塞译的西班牙文版《东风：毛泽东与中国诗歌》在秘鲁的特鲁希略出版。

1973 年

墨西哥学院的李阔等翻译、出版了老舍的《柳家大院及其他故事集》西班牙文版。

1975 年

《外国文学情况》（内部刊物）出版了一期拉丁美洲文学专辑，首次介绍“哥伦比亚的新流派小说《一百年的孤独》”。

1976 年

玻利维亚作家阿尔西德斯 · 阿格达斯著，吴健恒译的《青铜的种族》由人民文学出版社出版。

1978 年

墨西哥作家何塞 · 洛佩斯 · 波蒂略著，宁希译的《羽蛇》由人民文学出版社出版。

王央乐译的《拉丁美洲现代独幕剧选》由人民文学出版社出版。

智利作家托雷斯—里奥塞科著，吴健恒译的《拉丁美洲文学简史》由人民文学出版社出版。

1979 年

《外国文学动态》第 3 期刊登了陈光孚的《拉丁美洲当代小说一瞥》；第 8 期刊登了林一安的《哥伦比亚魔幻现实主义作家加西亚 · 马尔盖斯及其新作〈家长的没落〉》和段若川的《墨西哥作家胡安 · 鲁尔弗和他的魔幻现实主义小说〈佩德罗 · 帕拉莫〉》。

委内瑞拉作家罗慕罗 · 加列戈斯著，白婴、王相合译的《堂娜芭芭拉》由人民文学出版社出版。

1980 年

奚皎译的《墨西哥中短篇小说集》由人民文学出版社出版。

《胡安·鲁尔福中短篇小说集》由外国文学出版社出版。

墨西哥作家曼西西多尔著，吴丽卿、徐彦文合译的《一位西班牙母亲》由外语教学与研究出版社出版。

危地马拉作家米格尔·安赫尔·阿斯图里亚斯著，黄志良、刘静言合译的《总统先生》由外国文学出版社出版。

厄瓜多尔作家阿·鲁玛索·冈萨雷斯著，齐毅译的《西蒙·博利瓦尔》由新华出版社出版。

玻利维亚作家奥古斯托·塞斯佩德斯著，啸声、问陶合译的《魔鬼的金属》由外国文学出版社出版。

陈光孚的《“魔幻现实主义”评价》发表在《文艺研究》第5期上。

1981年

墨西哥作家马里亚诺·阿苏埃拉著，吴广孝译的《在底层的人们》由外国文学出版社出版。

哥伦比亚作家里维拉著，吴岩译的《漩涡》由上海译文出版社出版。

秘鲁作家马里奥·巴尔加斯·略萨著，赵绍天译的《城市与狗》由外国文学出版社出版。

智利作家布莱斯特·加纳著，赵德明译的《马丁·里瓦斯》由北京大学出版社出版。

智利作家赫纳罗·普列托著，徐玉明译的《合伙人》由江苏人民出版社出版。

《拉丁美洲短篇小说选》由人民文学出版社出版。

1982年

墨西哥作家何塞·霍阿金·费尔南德斯·德·利萨尔迪著，王央乐译的《堂卡特林——著名骑士堂卡特林·德·拉·法钦达的生平和业绩》由上海译文出版社出版。

秘鲁作家西罗·阿莱格里亚著，贺晓译的《饥饿的狗》由外国文学出版社出版。

秘鲁作家西罗·阿莱格里亚著，赵淑奇译的《饿狗》由花山文艺出版社出版。

秘鲁作家巴尔加斯·略萨著，韦平、韦拓合译的《青楼》由云南人民出版社出版。

秘鲁作家何塞·马里亚·阿哥达斯著，章仁鉴译的《深沉的河流》由外国文学出版社出版。

赵德明等合译的《加西亚·马尔克斯中短篇小说集》由上海译文出版社出版。

玻利维亚作家赫·拉腊著，李德明等合译的《我们的血》由湖南人民出版社出版。

阿根廷作家罗德里格斯·拉雷塔著，倪润浩、徐忠义合译的《唐·拉米罗的荣耀》由新华出版社出版。

《世界文学》编辑部编的《当代拉丁美洲短篇小说集》由中国社会科学出版社出版。

朱景冬、沈根发选编的《拉丁美洲名作家短篇小说选》由长江文艺出版社出版。

1983 年

中国西班牙、葡萄牙、拉丁美洲文学研究会在西安召开“加西亚 · 马尔克斯与拉美魔幻现实主义”学术研讨会。

赵德明、宋云清合编的《书念处女：拉美著名作家短篇小说选》由黑龙江人民出版社出版。

墨西哥作家卡洛斯 · 富恩特斯著，亦潜译的《阿尔特米奥 · 克罗斯之死》由外国文学出版社出版。

巴西作家埃里克 · 维利希莫著，范维信、陈风吾合译的《安塔列斯时间》由花城出版社出版。

巴西作家若热 · 亚马多著，郑永慧译的《拳王的觉醒》由湖南人民出版社出版。

秘鲁作家马里奥 · 巴尔加斯 · 略萨著，赵德明、段玉然、赵振江合译的《世界末日之战》由江苏人民出版社出版。

秘鲁作家马里奥 · 巴尔加斯 · 略萨著，孙家孟、马林春合译的《绿房子》由外国文学出版社出版。

邹绛等译的《聂鲁达诗选》由四川人民出版社出版。

《拉丁美洲短篇小说选》由中国青年出版社出版。

《译林》编辑部编的《静思姑娘》由江苏人民出版社出版。

王央乐译的《博尔赫斯短篇小说集》由上海译文出版社出版。

1984 年

哥伦比亚作家加西亚 · 马尔克斯著，高长荣译的《百年孤独》由北京十月文艺出版社出版。

哥伦比亚作家加西亚 · 马尔克斯著，黄锦言、沈国政、陈全合译的《百年孤独》由上海译文出版社出版。

墨西哥作家马丁 · 路易斯 · 古斯曼著，赵德明、韩水军合译的《元首的阴影》由北方文艺出版社出版。

墨西哥作家布兰卡 · 勃 · 毛雷斯著，李双玉译的《多难丽人》由北方文艺出版社出版。

墨西哥作家伊·马·阿尔塔米拉诺著，屠孟超译的《蓝眼人》由上海外语教育出版社出版。

哥伦比亚作家阿帕里西奥著，蒋宗曹、尹承东合译的《尘世艰难》由黑龙江人民出版社出版。

巴西作家贝纳多·吉马朗斯著，翁怡兰、李淑廉合译的《女奴》由江苏人民出版社出版。

巴西作家若热·亚马多著，徐曾惠等译的《加布里埃拉》由长江文艺出版社出版。

巴拉圭作家奥古斯托·罗亚·巴斯托斯著，吕晨译的《人子》由外国文学出版社出版。

阿根廷作家何塞·埃尔南德斯著，赵振江译的《马丁·菲耶罗》由湖南人民出版社出版。该书由文化部赞助出版，赴阿根廷参展受到广泛好评。

阿根廷作家贝尔纳多·科尔顿著，丁于译的《科尔顿中短篇小说选》由外国文学出版社出版。

阿根廷作家里卡多·吉拉尔德斯著，王央乐译的《堂塞贡多·松布拉》由上海译文出版社出版。

智利作家巴勃罗·聂鲁达著，王央乐译的《诗歌总集》由上海译文出版社出版。

仇新年、张文英合译的《拉丁美洲民间故事》由世界知识出版社出版。

1985 年

维克多·加西亚所著《东方智慧：道教、佛教与儒教》在哥伦比亚首都波哥大出版。

委内瑞拉作家鲁菲诺·布兰科·丰博纳著，江山译的《人杰》由外国文学出版社出版。

哥伦比亚作家戴维·桑切斯·胡里奥著，王治权译的《老子仍是王》由北方文艺出版社出版。

哥伦比亚作家伊萨克斯著，朱景冬、沈根发合译的《玛丽亚》由人民文学出版社出版。

哥伦比亚作家加西亚·马尔克斯著，伊信译的《族长的没落》由山东文艺出版社出版。

巴西作家贝纳多·吉马朗斯著，范维信译的《女奴伊佐拉》由浙江文艺出版社出版。

巴西作家若热·亚马多著，孙成敖译的《加布里埃拉》由上海译文出版社出版。

秘鲁作家西罗·阿莱格里亚著，吴健恒译的《广漠的世界》由外国文学出版社出版。

阿根廷作家塞·马莫尔著，江禾等译的《阿玛莉娅》由漓江出版社出版。

智利作家费尔南多·阿雷格里亚著，沈家松译的《英雄劳塔罗》由新华出版社出版。

陈实翻译的《聂鲁达诗选》由湖南人民出版社出版。

1986 年

由云南人民出版社出资，中国西班牙、葡萄牙、拉丁美洲文学研究会在昆明召开了纪念西班牙诗人加西亚·洛尔卡遇害五十周年的学术研讨会，会上双方共同签订了出版《拉丁美洲文学丛书》的协议书，由此拉开了在中国有计划、有步骤地出版《拉丁美洲文学丛书》的序幕。

墨西哥作家胡安 · 鲁尔福著，屠孟超译的《人鬼之间》由人民文学出版社出版。

墨西哥作家拉斐尔 · 德尔加多著，段玉然、张瑞合译的《云雀姑娘》由湖南人民出版社出版。

墨西哥作家利萨尔迪著，周末、怡友译的《癞皮鹦鹉》由人民文学出版社出版。

危地马拉作家阿斯图里亚斯著，刘习良、笋季英合译的《玉米人》由漓江出版社出版。

古巴作家米格尔 · 德 · 卡里翁著，江禾译的《不体面的女人》由山东文艺出版社出版。

古巴作家比利亚维德著，潘楚基、管彦忠合译的《塞西莉亚姑娘》由人民文学出版社出版。

古巴作家比利亚维德著，毛金里、顾舜芳合译的《塞西莉亚 · 巴尔德斯》由上海外语教育出版社出版。

智利作家米斯特拉尔著，赵振江、陈孟合译的《柔情》由漓江出版社出版。

智利作家何塞 · 多诺索著，若川、水军译的《周末逸事》由北方文艺出版社出版。

厄瓜多尔作家伊卡萨著，林之木译的《养身地》由上海译文出版社出版。

巴西作家若热 · 亚马多著，陈敬詠译的《浪女回归》由长江文艺出版社出版。

秘鲁作家巴尔加斯 · 略萨著，孙家孟译的《潘达雷昂上尉与劳军女郎》由北京十月文艺出版社出版。

1987 年

冯友兰的《中国哲学史》在墨西哥经济文化基金出版社出版。

林一安译的哥伦比亚作家加西亚 · 马尔克斯访谈录《番石榴飘香》由生活 · 读书 · 新知三联书店出版。

哥伦比亚作家加西亚 · 马尔克斯著，徐鹤林、魏民合译的《霍乱时期的爱情》由漓江出版社出版。

哥伦比亚作家加西亚 · 马尔克斯著，蒋宗曹、姜风光合译的《霍乱时期的爱情》由黑龙江人民出版社出版。

巴西作家若热 · 亚马多著，范维信译的《费洛尔和她的两个丈夫》由黑龙江人民出版社出版。

巴西作家若热 · 亚马多著，范维信译的《死海》由黑龙江人民出版社出版。

智利作家何塞 · 多诺索著，段若川、罗海燕合译的《加冕礼》由北岳文艺出版社出版。

智利何塞·多诺索著，周义琴、李红琴合译的《奇异的女人》由文化艺术出版社出版。

智利作家聂鲁达著，袁水拍、王央乐译的《诗与颂歌》由人民文学出版社出版。

江志方等译的《聂鲁达散文选》由百花文艺出版社出版。

徐玉明编著的《拉丁美洲的“爆炸”文学》由复旦大学出版社出版。

朱景冬编选的《绿色舞会之前——巴西短篇小说选》由北京出版社出版。

1988 年

乌拉圭作家胡·卡·奥内蒂著，李德明、刘文波译的《球星在情网中死去》由湖南人民出版社出版。

墨西哥作家伊奈斯·罗德那著，戈文改编的《卞卡》由华岳文艺出版社出版。

墨西哥作家霍尔赫·伊瓦衮果蒂亚著，蒋宗曹译的《死去的女人·双罪记》由黑龙江人民出版社出版。

墨西哥作家伊·玛·埃塔米拉诺著，段玉然译的《爱河迷茫》由湖南人民出版社出版。

哥伦比亚作家加夫列尔·加西亚·马尔克斯著，蔺家群译的《电影导演历险记》由文汇出版社出版。

哥伦比亚作家贝赛拉著，刘习良译的《窝囊废》由北京十月文艺出版社出版。

巴西作家维利希莫著，范维信译的《大使先生》由云南人民出版社出版。

巴西作家萨尔内著，张宇译的《水之北》由人民文学出版社出版。

巴西作家若热·亚马多著，文华译的《厌倦了妓女生活的特雷莎·巴蒂斯塔》由北方文艺出版社出版。

巴西作家卡洛利娜·纳布科著，范维信、克宁合译的《庄园之梦》由花山文艺出版社出版。

秘鲁作家巴尔加斯·略萨著，孟宪臣、王成家合译的《狂人玛伊塔》由云南人民出版社出版。

阿根廷作家荣凯著，段若川译的《“南方的孩子”足球队》由广西人民出版社出版。

阿根廷作家曼努埃尔·普伊格著，屠孟超译的《蜘蛛女之吻》由中国工人出版社出版。

智利作家多诺索著，段若川、罗海燕合译的《旁边的花园》由云南人民出版社出版。

智利作家米斯特拉尔著，王永年译的《露珠：米斯特拉尔诗歌散文集》由上海译文出版社出版。

赵振江编译的《拉丁美洲历代名家诗选》由云南人民出版社出版。

陈光孚编的《拉丁美洲微型小说选》由云南人民出版社出版。

1989 年

赵德明、赵振江、孙承敖合编的《拉丁美洲文学史》在北京大学出版社出版。

哥伦比亚作家费尔南多 · 索托 · 阿巴里西奥著，李春雷译的《吞噬少女的魔窟》由哈尔滨出版社出版。

巴西作家莉吉娅 · 法贡德斯 · 特莱斯著，喻慧敏译的《石人圈》由北京十月文艺出版社出版。

古巴作家特拉乌格特编，张福生译的《古巴民间故事》由湖南少年儿童出版社出版。

巴西作家亚马多著，范维信译的《老船长外传》由花山文艺出版社出版。

巴西作家亚马多著，陈凤吾译的《军人 · 女人 · 文人》由中国文联出版公司出版。

巴西作家阿伦卡尔著，翁怡兰、李淑廉合译的《富家女郎和她的情人》由世界知识出版社出版。

1990 年

哥伦比亚作家加西亚 · 马尔克斯著，杨威译的《劫持》由中国电影出版社出版。

哥伦比亚作家加西亚 · 马尔克斯著，申宝楼译的《将军和他的情妇——迷宫中的将军》由南海出版公司出版。

乌拉圭作家贝内德蒂著，刘瑛译的《情断》由中国国际广播出版社出版。

智利作家阿连德著，柴玉玲译的《月亮部落的夏娃》由中国国际广播出版社出版。

智利作家何塞 · 多诺索著，沈根发、张永泰合译的《污秽的夜鸟》由时代文艺出版社出版。

阿平译的《印第安神话精选》由中国少年儿童出版社出版。

林方仁编选的《拉丁美洲散文选》由云南人民出版社出版。

1991 年

《世界文学》第 3 期推出诺贝尔文学奖得主（1990）、墨西哥诗人帕斯的《太阳石》（赵振江译）。

墨西哥作家思波达著，丁文林译的《近乎天堂》由云南人民出版社出版。

墨西哥作家斯波塔著，刘玉树译的《咫尺天堂》由外国文学出版社出版。

委内瑞拉作家彼特里著，屠孟超译的《独裁者的葬礼》由云南人民出版社出版。

哥伦比亚作家加西亚·马尔克斯著，王银福译的《一个遇难者的故事》由云南人民出版社出版。

哥伦比亚作家卡尔德隆著，姜风光译的《老兵与寡妇》由上海译文出版社出版。

巴西作家若热·亚马多著，孙成敖、范维信合译的《大埋伏》由云南人民出版社出版。

巴西作家萨莱斯著，薛玲译的《钻石梦》由花山文艺出版社出版。

玻利维亚作家阿尔法罗著，张继馨译的《神奇的魔袍》由少年儿童出版社出版。

阿根廷作家普伊格著，徐尚志、张志良合译的《红红的小嘴巴》由云南人民出版社出版。

智利作家布德赫著，童欣译的《一个少女的日记》由四川民族出版社出版。

智利作家伊萨贝尔·阿连德著，刘习良、笋季英合译的《幽灵之家》由北京十月文艺出版社出版。

智利作家伊萨贝尔·阿连德著，陈凯先译的《爱情与阴影》由云南人民出版社出版。

1992 年

哥伦比亚作家胡利奥著，王治权、丁艳玲合译的《“狼群”酒吧·血色之鸽》由云南人民出版社出版。

哥伦比亚作家贝莱斯著，叶茂根译的《流浪的河马》由上海译文出版社出版。

墨西哥作家帕斯著，朱景冬译的《太阳石》由漓江出版社出版。

巴西作家若热·亚马多著，吴劳译的《无边的土地》由上海译文出版社出版。

巴西作家阿西斯著，翁怡兰译的《幻灭三部曲》由漓江出版社出版。

巴西作家克罗斯著，孙成敖译的《会变魔术的小男孩》由上海译文出版社出版。

智利作家何塞·多诺索著，段若川、罗海燕合译的《别墅》由时代文艺出版社出版。

邹铎译的《聂鲁达抒情诗选》由四川文艺出版社出版。

1993 年

哥伦比亚作家加西亚·马尔克斯著，吴健恒译的《百年孤独》由云南人民出版社出版。

赵振江编选的《帕斯作品选》由云南人民出版社出版。

屠孟超、赵振江译的《胡安·鲁尔福全集》由云南人民出版社出版。

墨西哥作家富恩特斯著，徐少军、王小芳合译的《最明净的地区》由云南人民出版社出版。

刘玉树、贺晓翻译的《卡彭铁尔作品集》由云南人民出版社出版。

委内瑞拉作家米盖尔·奥特罗·西尔瓦著，王之、胡真才、李疾风合译的《死屋·一号办公室》由云南人民出版社出版。

巴西作家蒙特罗著，喻慧敏译的《默默的招供》由云南人民出版社出版。

秘鲁作家巴尔加斯·略萨著，孙家孟译的《酒吧长谈》由云南人民出版社出版。

乌拉圭作家基罗加著，非琴译的《火烈鸟的长袜》由浙江少年儿童出版社出版。

阿根廷作家胡利奥·科塔萨尔著，胡真才译的《中奖彩票》由云南人民出版社出版。

阿根廷作家博尔赫斯著，王永年译的《巴比伦彩票：博尔赫斯小说诗文选》由云南人民出版社出版。

阿根廷作家埃内斯托·萨瓦托著，申宝楼、边彦耀合译的《英雄与坟墓》由云南人民出版社出版。

段若川译的《"文学爆炸"亲历记：何塞·多诺索谈创作》由云南人民出版社出版。

智利作家斯卡尔梅达著，李红琴、刘佳民合译的《叛乱》由云南人民出版社出版。

《委内瑞拉当代诗选》中西文对照版由今日中国出版社出版。

1994 年

墨西哥作家费尔南多·德尔·帕索著，林之木、贺晓合译的《帝国轶闻》由云南人民出版社出版。

危地马拉作家阿斯图里亚斯著，董燕生译的《总统先生》由云南人民出版社出版。

尼加拉瓜作家拉米雷斯著，刘习良、笋季英合译的《天谴》由云南人民出版社出版。

哥伦比亚作家加尔德阿萨瓦尔著，申宝楼译的《白痴市场》由云南人民出版社出版。

乌拉圭作家桑切斯著，吴健恒译的《外国姑娘》由上海译文出版社出版。

阿根廷作家比奥伊·卡萨雷斯著，毛金里译的《英雄梦：比奥伊·卡萨雷斯小说集》由云南人民出版社出版。

阿根廷作家科塔萨尔著，朱景冬译的《科塔萨尔论科塔萨尔》由云南人民出版社出版。

1995 年

古巴作家何塞·马蒂著，毛金里、徐世澄编译的《长笛与利剑：何塞·马蒂诗文选》由云南人民出版社出版。

委内瑞拉作家彼特里著，屠孟超译的《独裁者的葬礼》由云南人民出版社出版。

哥伦比亚作家加西亚·马尔克斯著，王银福译的《一个遇难者的故事》由云南人民出版社出版。

巴西作家若热·亚马多著，孙成敖、范维信译的《大埋伏》由云南人民出版社出版。

秘鲁作家巴尔加斯·略萨著，孟宪臣、王成家合译的《狂人玛伊塔》由云南人民出版社出版。

乌拉圭作家奥内蒂著，徐鹤林译的《请听清风倾诉》由云南人民出版社出版。

阿根廷作家普依格著，徐尚志、张志良合译的《红唇》由云南人民出版社出版。

智利作家聂鲁达著，江之水、林之木合译的《漫歌》由云南人民出版社出版。

智利作家何塞·多诺索著，段若川、罗海燕合译的《旁边的花园》由云南人民出版社出版。

智利作家何塞·多诺索著，沈根发、张永泰合译的《污秽的夜鸟》由时代文艺出版社出版。

1996 年

《略萨全集》由时代文艺出版社出版。

墨西哥作家戈麦斯编，梅哲译的《波波尔·乌》由漓江出版社出版。

秘鲁作家巴尔加斯·略萨著，孙家孟译的《绿房子》由云南人民出版社出版。

阿根廷作家博尔赫斯著，王永年等合译的《博尔赫斯文集》由海南国际新闻出版中心出版。

阿根廷作家科塔萨尔著，孙家孟译的《跳房子》由云南人民出版社出版。

赵振江编译的《拉丁美洲诗选》由云南人民出版社出版。

陈光孚、刘存沛编的《拉丁美洲短篇小说选》由云南人民出版社出版。

赵德明编的《拉丁美洲中篇小说选》由云南人民出版社出版。

林光编的《拉丁美洲散文选》由云南人民出版社出版。

1997 年

墨西哥作家派诺著，卞双成等译的《寒水岭匪帮》由上海译文出版社出版。

尼加拉瓜作家鲁文·达里奥著，赵振江、吴健恒译的《生命与希望之歌》由云南人民出版社出版。

刘玉树译的《达里奥散文选》由百花文艺出版社出版。

哥伦比亚作家穆蒂斯著，李德明译的《阿劳卡依玛山庄》由云南人民出版社出版。

厄瓜多尔作家阿斯图迪略著，张广森译的《瞬息颂》由世界知识出版社出版。

乌拉圭作家基罗加著，林光译的《基罗加作品选》由云南人民出版社出版。

智利作家米斯特拉尔著，孙铂昌译的《米斯特拉尔散文选》由百花文艺出版社出版。

1998 年

墨西哥作家卡洛斯·富恩特斯著，徐少军、王小芳合译的《最明净的地区》由译林出版社出版。

古巴作家比利亚特著，刘真理译的《华人在蔗糖之国》由复旦大学出版社出版。

厄瓜多尔作家阿特亚加著，刘玉树译的《赫罗尼莫，我的小天使》由人民文学出版社出版。

陈众议著的《20 世纪墨西哥文学史》在青岛出版社出版。

1999 年

阿根廷共和国总统梅内姆向赵振江颁发了“五月勋章”，以表彰其为文学交流所作的贡献。

王永年等译的《博尔赫斯全集》由浙江文艺出版社出版，在阿根廷驻华使馆举行首发仪式。

哥伦比亚作家加西亚·马尔克斯著，朱景冬等译的《爱情和其他魔鬼》由山东文艺出版社出版。

巴西作家弗·德·儒尼奥著，李长森、喻慧娟合译的《蒂埃特河历险记》由少年儿童出版社出版。

墨西哥作家卡洛斯·富恩特斯著，亦潜译的《阿尔特米奥·克罗斯之死》由译林出版社出版。

阿根廷作家博尔赫斯著，王永年译的《小径分岔的花园：博尔赫斯小说集》由浙江文艺出版社出版。

阿根廷作家何塞·埃尔南德斯著，赵振江译的《马丁·菲耶罗》由译林出版社出版。

墨西哥作家卡洛斯·富恩特斯著，屠孟超译的《狄安娜，孤寂的女猎手》由译林出版社出版。

朱景冬译的《马尔克斯散文精选》由人民日报出版社出版。

巴西作家阿西斯著，孙成敖译的《金卡斯·博尔巴》由上海译文出版社出版。

秘鲁作家巴尔加斯·略萨著，赵德明译的《情爱笔记》由百花文艺出版社出版。

秘鲁作家德拉塞格尼斯著，竹碧、腊梅合译的《沙国之梦：一位旅秘华人的命运》由世界知识出版社出版。

乌拉圭作家贝内德蒂著，朱景冬译的《让我们坠入诱惑》由云南人民出版社出版。

智利作家弗朗茨著，尹承东译的《曾是天堂的地方》由译林出版社出版。

徐玉明选编的《幽香的番石榴：拉美书话》由江西教育出版社出版。

刘晓眉著《秘鲁文学》、盛力著《阿根廷文学》、李德恩著《墨西哥文学》和孙成敖著《巴西文学》在外语教学与研究出版社出版。

2000年

巴西作家科略特著，孙成敖译的《韦罗尼卡决定去死》由上海译文出版社出版。

巴西作家科略特著，周汉军译的《我坐在彼德拉河畔哭泣》由上海译文出版社出版。

秘鲁作家巴尔加斯·略萨著，赵德明译的《中国套盒：致一位青年小说家》由百花文艺出版社出版。

阿根廷作家博尔赫斯著，王永年译的《杜撰集》由浙江文艺出版社出版。

2001年

巴西作家科略特著，孙成敖译的《牧羊少年奇幻之旅》由上海译文出版社出版。

阿根廷作家比希尔著，段若川等译的《交易所里没有诗人》由上海文艺出版社出版。

阿根廷作家博尔赫斯著，王永年译的《博尔赫斯散文》由浙江文艺出版社出版。

智利作家苏里达著，赵德明编译的《渴望自由》由云南人民出版社出版。

智利作家塞普尔维达著，宋尽冬译的《教海鸥飞翔的猫》由译林出版社出版。

2002年

墨西哥作家甘博亚著，周义琴、孟宪臣合译的《圣女桑塔》由人民文学出版社出版。

墨西哥作家波尼亚托夫斯卡著，张广森译的《天空的皮肤》由人民文学出版社出版。

巴西作家科埃略著，周汉军译的《魔鬼与普里姆小姐》由上海译文出版社出版。

巴西作家阿林卡尔著，刘焕卿译的《伊拉塞玛》由人民文学出版社出版。

巴西作家伯茹加著，薛玲译的《黄书包》由河北少年儿童出版社出版。

乌拉圭作家基罗加著，刘玉树译的《独立钻石》由外国文学出版社出版。

阿根廷作家阿吉尼斯著，赵德明译的《亵渎爱情》由外国文学出版社出版。

智利作家塞普尔维达著，伍代什译的《读爱情故事的老人》由译林出版社出版。

西班牙作家昆卡选编，朱景冬译的《西班牙语经典诗歌 100 首》由人民日报出版社出版。

2003 年

《帕斯全集》由读者俱乐部和经济文化基金联合出版，其中第 2 卷和第 12 卷中有《中国》和《中国杂论》两部分，前者是帕斯翻译的中国作品，后者是关于中国诗歌翻译的论述。

朱景冬译的《奥克塔维奥 · 帕斯诗选》由河北教育出版社出版。

墨西哥作家玛斯特尔塔著，詹玲译的《大眼睛的女人们》由北京十月文艺出版社出版。

赵振江译的《鲁文 · 达里奥诗选》由河北教育出版社出版。

巴西作家科埃略著，周汉军译的《朝圣》由上海译文出版社出版。

陈东飚译的《博尔赫斯诗选》由河北教育出版社出版。

阿根廷作家马丁内斯著，赵德明译的《蜂王飞翔》由人民文学出版社出版。

智利作家聂鲁达著，李宗荣译的《二十首情诗与绝望的歌》由中国社会科学出版社出版。

黄灿然译的《聂鲁达诗选》由河北教育出版社出版。

赵德明著《20 世纪拉丁美洲小说》在云南人民出版社出版。

2004 年

智利总统为世界范围内 140 名学者、翻译家颁发了“聂鲁达百年诞辰勋章”。我国李肇星、赵振江、张广森和朱景冬获此荣誉。

赵振江、滕威编著的《山岩上的肖像：聂鲁达的爱情 · 诗 · 革命》由上海人民出版社出版。

墨西哥作家博尔皮著，王莹、宋尽冬译的《追寻克林索尔》由译林出版社出版。

阿根廷作家普伊格著，屠孟超译的《蜘蛛女之吻》由译林出版社出版。

智利作家卡夫列拉 · 米斯特拉尔著，赵振江译的《卡夫列拉 · 米斯特拉尔诗选》由河北教育出版社出版。

朱景冬、孙承敖合著的《拉丁美洲小说史》在百花文艺出版社出版。

2005 年

墨西哥作家富恩特斯著，裴达仁译的《与劳拉 · 迪亚斯共度的岁月》由译林出版社出版。

智利作家安布埃罗著，赵德明译的《斯德哥尔摩情人》由长江文艺出版社出版。

王永年等译的《博尔赫斯谈艺录》由浙江文艺出版社出版。

王永年、陈泉译的《博尔赫斯小说集》由浙江文艺出版社出版。

2006 年

墨西哥作家塞尔西奥·皮托尔著，赵德明译的《逃亡的艺术》由南海出版公司出版。

赵振江等编译的《帕斯选集》（两卷）由作家出版社出版。

智利作家伊萨贝尔·阿连德著，赵德明译的《佐罗》由译林出版社出版。

巴西作家保罗·科埃略著，周汉军译的《查希尔》由上海译文出版社出版。

委内瑞拉作家塔雷克·威廉·萨阿布著，严美华、徐宜林合译的《不幸的孩子们》由中央编译出版社出版。

2007 年

委内瑞拉诗人何塞·曼努埃尔·布里塞尼奥·格雷罗、墨西哥诗人豪尔赫·费尔南德斯·格拉纳多斯、巴西诗人恩里克·斯耶维耶斯基应邀来华参加第一届青海湖国际诗歌节。何塞·曼努埃尔·布里塞尼奥·格雷罗还参加了中国帕米尔文化研究院主办的首届帕米尔诗歌之旅和珠江诗歌节等一系列活动。

黄灿然译的《巴列霍诗选》由华夏出版社出版。

赵振江等编著的《拉丁美洲文学大花园》由湖北教育出版集团出版。

陈重仁译的《博尔赫斯谈诗论艺》由上海译文出版社出版。

2008 年

西班牙语、英语、汉语三语版的《马丁·菲耶罗》在阿根廷布宜诺斯艾利斯出版。

秘鲁作家巴尔加斯·略萨著，赵德明译的《天堂在另外那个街角》由上海译文出版社出版。

赵振江主编的《聂鲁达集》由花城出版社出版。

2009 年

阿根廷诗人胡安·赫尔曼应邀参加第二届青海湖国际诗歌节，并且获首届金藏羚羊国际诗歌奖。

青海湖国际诗歌墙落成，聂鲁达、鲁文·达里奥和胡安·赫尔曼的头像镌刻在墙上。

委内瑞拉作家巴里奥斯著，赵德明译的《阿米——爱的文明》由天津教育出版社出版。

墨西哥作家帕斯著，高黎平译的《印度札记》由南京大学出版社出版。

赵振江等译的《胡安·赫尔曼诗选》由青海人民出版社出版。

阿根廷作家科塔萨尔著，范晔译的《万火归一》由人民文学出版社出版。

李德恩、孙承敖合著的《插图本拉美文学史》在北京大学出版社出版。

2011 年

巴尔加斯·略萨来华访问，与中国作家、翻译家交流座谈。

秘鲁里卡多·帕尔玛大学校长伊万·罗德里格斯·查韦斯向赵振江颁发了“名誉博士”证书和证章。

赵振江应阿根廷作家协会邀请，访问了阿根廷，并举办了关于文学翻译的讲座。阿根廷作家协会主席为赵振江颁发了荣誉奖章。

哥伦比亚作家加西亚·马尔克斯著，范晔译的《百年孤独》由南海出版公司出版。

阿根廷作家科塔萨尔著，李静译的《动物寓言集》由人民文学出版社出版。

谢大光主编的《拉美散文经典》在学林出版社出版。

2012 年

著名彝族诗人吉狄马加率青海省文化代表团访问秘鲁、古巴、阿根廷。

阿根廷作家科塔萨尔著，莫娅妮译的《游戏的终结》由人民文学出版社出版。

阿根廷作家科塔萨尔著，范晔译的《克罗诺皮奥与法玛的故事》由南京大学出版社出版。

2014 年

哥伦比亚麦德林国际诗歌节主席费尔南多·任东·梅里诺来华参加青海湖国际帐篷诗歌圆桌研讨会，青海湖国际诗歌节组委会为他颁发诗歌贡献奖。青海人民出版社出版了他的诗集《漂浮》。

赵振江编译的《人类的诗篇——塞萨尔·巴略霍诗选》在作家出版社出版。

黄怒波的诗集《阿空加瓜》（*Aconcagua*）西汉双语版在布宜诺斯艾利斯出版。

为纪念墨西哥诗人帕斯的百年诞辰，燕山出版社出版了赵振江主编的“天下大师·帕斯作品”共计四卷：诗歌卷《太阳石》、文论卷《弓与琴》、杂文卷《孤独的迷宫》和访谈录《批评的激情》。在北京国际图书节期间，与墨西哥驻华使馆合作，在国贸展厅举办了《太阳石》

首发式。此前，墨西哥驻上海总领事馆邀请帕斯译介者赵振江、诗评家唐晓渡赴上海举办讲座，并与上海人民对外友好协会、上海地铁合作，举办了“帕斯诗歌——主题文化列车”活动。

参考文献

西班牙文著作

1. Arbillaga, I., *La literature china traducida en España*, Universidad de Alicante, Publicaciones, 2003.

2. *La biblioteca Ideal*, *Enciclopedias Planeta*, Barcelona, Editorial Planeta, 1993.

3. Cao Xueqin y Gao E, *Sueño en el pabellón rojo* (I), trducción de Tu Xi, revisada, corregida y anotada por Zhao Zhenjiang y José Antonio García Sánchez, Servicio de Publicacines de la Universidad de Granada, 1988.

4. Liu Xie, *El corazón de la literatura y el cincerado de dragones*, edición de Alicia Relínque Eleta, Granada, Comares, 1995.

5. Arbillaga, I., *Los orígenes de la poética china: Lu—Chi y liu Xie*, Madrid, Cuadernos de la Eslavística, Traductología y Comparatismo, 1999.

6. Colinas A., *Lao Zi*, *El libro del curso y de la virtud*, Madrid, Siruela, 1998.

7. Du Fu, *El vuelo oblicuo de las golondrinas*, edición de Clara Janés y Juan Ignacio Preciado Idoeta, Ediciones del Oriente y del Medierráneo, Madrid, 2000.

8. *Equivalencias* (Revista Internacional de Poesía), Sevilla, Editorial Fundación Fernando Rielo, 1995.

9. Paz, Octavio, *Obra poética* II, Círculo de Lectores y Fondo de Cultura Económica, Barcelona y Ciudad de México, 2003.

10. García, V., *La sabiduría oriental: taoísmo, budismo, confucianismo*, prólogo de C. Santos Escudero, Bogotá, Cincel, 1988.

11. Lin Yutang, *Lasabiduría china*, Buenos Aires, Biblioteca Nueva, 1959.

12. Rosa M. Cabrera, *Julián del Casal, vida y obra poética*, Las Américas Publishing Company,

Madrid, 1970.

13. José Martí, *Cuentos completos*, *La Edad de Oro y otros relatos*, edición de Ángel Esteban, Anthropos, Barcelona, 1995. Fue comentario del escritor mexicano Manuel Gutiérrez Nájera sobre La Edad de Oro, publicado en El Partido Liberal (México), 23 de septiembre de 1889.

14. Guillermo Valencia, *Obras completas poéticas*, prólogo de B. Sanín Cano, Aguilar, Madrid, 1955.

15. Yonghu Dai, *La presencia china en las obras de Rubén Darío*, 发表信息不详。

16. Haiqing Sun, *China of Labyrinth: A Referential Reading of "El jardín de senderos que se bifurcan"*, published in Variaciones, 2008.

17. Cobo, Juan. *Espejo rico del claro corazón (Beng Sim Po Cam)*, Edición, estudio y notas de Li—mei Liu. Ediciones Letrúmero S. L. Madrid. 2005.

18. Neruda, Pablo, *Confieso que he vivido*, Editorial Seix Barral, S.A. Barcelona, 1974.

19. Alberti, Rafael. *Obra completa (Poesía)*, Seix Barral, Barcelona, 2003.

20. Garcia Lorca, Federico. *Poesía*, 1 y 2, edición de Miguel García—Posada, Akal, Madrid, 1980.

21. Marcela de Juan, *Segunda antología de la poesía china*, Alianza Editorial, Madrid, 2007.

22. Blair & Robertson, *The Philippine Islands*, 1493—1898, Cleveland, 1903—1909.

23. Cortázar y Vesga, *Breve Historia de España*, Madrid, 1994.

24. Lach, *Asia in the Making of Europe*, Chicago & London, 1965—1993.

25. Mendoza, *Historia del Gran Reino de la China*, Madrid, 1990.

26. Mendoza, *The History of the Great and Mighty Kingdom of China and the Situation Thereof*, R. Parke trans., Staunton ed., London, 1583.

27. Valignano, *Relación del Grande Reyno de la China*, 1584, Archivo de la Real Academia de la Historia.

中文著作（含译著）

1.[法] 安田朴 . 中国文化西传欧洲史 . 耿昇译 . 北京：商务印书馆，2000

2.[葡萄牙] 费尔南 · 门德斯 · 平托 . 葡萄牙人在华见闻录 . 王锁英等译 . 海口：海南出版社，1998

3.（澳门）《文化杂志》编 . 十六和十七世纪伊比利亚文学视野里的中国景观 . 郑州：大象出版社，2003

4.[意] 白佐良，[意] 马西尼 . 意大利与中国 . 萧晓玲，白玉崑译 . 北京：商务印书馆，2002

5.[法] 维吉尔 · 毕诺 . 中国对法国哲学思想形成的影响 . 耿昇译 . 北京：商务印书馆，2000

6.[英]C.R. 博克舍编注 . 十六世纪中国南部行纪 . 何高济译 . 北京：中华书局，1990

7.[英]G.R. 波特编 . 新编剑桥世界近代史（第 1—3 卷）. 中国社会科学院世界历史研究所组译 . 北京：中国社会科学出版社，1999

8.[法] 费尔南 · 布罗代尔 . 菲利普二世时代的地中海和地中海世界（全 2 卷）. 吴模信译 . 北京：商务印书馆，1996

9.[法] 费尔南 · 布罗代尔 .15 至 18 世纪的物质文明、经济和资本主义（全 3 册）. 施康强，顾良译 . 北京：生活 · 读书 · 新知三联书店，1992—1993

10.[美] 邓恩 . 从利玛窦到汤若望——晚明的耶稣会传教士 . 余三乐，石蓉译 . 上海：上海古籍出版社，2003

11.[德] 里夏德 · 范迪尔门 . 欧洲近代生活 . 王亚平译 . 北京：东方出版社，2003

12.[法] 费赖之 . 在华耶稣会士列传及书目 . 冯承钧译 . 北京：中华书局，1995

13.[德] 彼得 · 克劳斯 · 哈特曼 . 耶稣会简史 . 谷裕译 . 北京：宗教文化出版社，2003

14.[英] 赫德逊 . 欧洲与中国 . 李申等译 . 北京：中华书局，2004

15. 何寅，许光华 . 国外汉学史 . 上海：上海外语教育出版社，2000

16.[葡萄牙] 雅依梅 · 科尔特桑 . 葡萄牙的发现（1—6 卷）. 刘玉珍译 . 北京：中国对外翻译出版公司，1996—1997

17.[意] 柯毅霖 . 晚明基督论 . 王志成等译 . 成都：四川人民出版社，1995

18.[意] 利玛窦，[比] 金尼阁 . 利玛窦中国札记 . 何高济等译 . 桂林：广西师范大学出版社，2001

19.[西班牙] 门多萨 . 中华大帝国史 . 何高济译 . 北京：中华书局，1998

20. 孟华 . 比较文学形象学 . 北京：北京大学出版社，2001

21.[英] 崔瑞德，[美] 牟复礼编 . 剑桥中国明代史 . 张书生等译 . 北京：中国社会科学出版社，1992

22.[法] 裴化行 . 利玛窦神父传 . 管震湖译 . 北京：商务印书馆，1998

23.[法] 裴化行 . 天主教十六世纪在华传教志 . 萧濬华译 . 北京：商务印书馆，1936

24.[意] 卡洛 · M. 奇波拉 . 欧洲经济史（第二卷）. 贝昱，张菁译 . 北京：商务印书馆，1988

25.[法] 荣振华 . 在华耶稣会士列传及书目补编 . 耿昇译 . 北京：中华书局，1995

26.[美] 汤普逊 . 中世纪社会经济史（全 2 册）. 耿淡如译 . 北京：商务印书馆，1997

27.[美] 汤普逊 . 中世纪晚期欧洲经济社会史 . 徐家玲等译 . 北京：商务印书馆，1998

28.[英]H. 裕尔撰，[法]H. 考迪埃修订 . 东域纪程录丛 . 张绪山译 . 昆明：云南人民出版社，2002

29. 方豪 . 中西交通史（全 2 册）. 长沙：岳麓书社，1987

30. 顾卫民 . 中国天主教编年史 . 上海：上海书店出版社，2003

31. 计翔翔 . 十七世纪中期汉学著作研究 . 上海：上海古籍出版社，2002

32. 沈定平 . 明清之际中西文化交流史——明代：调适与会通 . 北京：商务印书馆，2001

33. 申友良 . 马可 · 波罗时代 . 北京：中国社会科学出版社，2001

34. 孙尚扬，钟鸣旦 .1840 年前的中国基督教 . 北京：学苑出版社，2004

35. 忻剑飞 . 世界的中国观 . 上海：学林出版社，1998

36. 许明龙 . 欧洲 18 世纪“中国热”. 太原：山西教育出版社，1999

37. 万明 . 中葡早期关系史 . 北京：社会科学文献出版社，2001

38. 吴孟雪，曾丽雅 . 明代欧洲汉学史 . 北京：东方出版社，2000

39. 吴孟雪．明清时期——欧洲人眼中的中国．北京：中华书局，2000

40. 张国刚．明清传教士与欧洲汉学．北京：中国社会科学出版社，2001

41. 张国刚．从中西初识到礼仪之争——明清传教士与中西文化交流．北京：人民出版社，2003

42. 张铠．庞迪我与中国．北京：北京图书馆出版社，1997

43. 张铠．中国与西班牙关系史．郑州：大象出版社，2003

44. 张星烺．中西交通史料汇编（全 4 册）．北京：中华书局，2003

45. 周一良，吴于廑．世界通史（上古部分、中古部分）．北京：人民出版社，1973

46. 朱维铮．利玛窦中文著译集．上海：复旦大学出版社，2007

后记（一）

本书是《中外文学交流史丛书》中的一卷，属比较文学范畴。笔者一直从事西班牙语文学的教学、翻译与研究工作，对于比较文学，是个“槛外人”。意大利文学专家吕同六先生生前是我的好友，他将我推荐给这套丛书的主编钱林森先生，要我撰写中国西班牙文学交流史。钱先生和我是校友，他于 1958 年进北京大学中文系，我于 1959 年进北京大学西班牙语系。这位师兄的拼搏和敬业精神着实令我感动，我无法拒绝他的要求。说实在话，从接受任务那天起，我一直有畏难情绪。这既有主观原因，也有客观原因。主观上是我本人没有这方面的理论基础和知识储备，客观上是前人也没有留下多少可供参考的资料，而我手头上又有许多要做的事情。再说，中国和西班牙在文学方面的交流不过是近几十年的事情，根本写不成一部“史”。就是把西班牙语美洲也包括进来，也只能叫“中国与西班牙语国家的文学交流”。

本书的另两位作者滕威和高岩都曾是我的学生。滕威是北大中文系的本科生、北大世界文学研究所的硕士生、北大中文系比较文学与比较文化研究所的博士生，目前是华南师范大学的教授，我曾是她的硕士生导师。书中关于《堂吉诃德》与塞万提斯，以及关于西班牙语美洲文学在中国的接受与传播的文字是她写的（第二部分第二章第一节，第三章第一、三、四节，第三部分第一章以及第四部分第三、五、六章）。高岩也曾是我在世界文学研究所的硕士生，他虽然未直接参与本书的写作，但书中关于西班牙传教士部分的文字（第一部分第二章、第三章）多取自他的硕士论文。此外，戴永沪、孙海青和范晔都为本书的写作提供了宝贵的资料。前两位曾是北京大学西班牙语系的本科生和硕士生，后又在美国获得了博士学位，目前在美国任教；范晔是我指导的学士、硕士和博士，毕业后留校任教，目前在西班牙格拉纳达大学孔子学院任中方院长。还有目前在读的研究生于施洋、袁家涛等人，也帮助我搜集了很多有用的资料。在此，对他们表示由衷的感谢。可以说，这本书是我们师生情谊与合作的结晶。这是我国第一本关于中国与西班牙语国家文学交流方面的著作，疏漏和错误在所难免，敬请专家、同行和读者们批评指正。

赵振江

2014 年 2 月

后记（二）

中国与西班牙语国家文学的交流历史并不长，但要细致梳理也还是一项大工程。本书是由三位作者合力完成的，因此各部分会体现出三位作者在知识背景、研究方法、问题意识、语言风格等方面的差异，我们并未刻意弥合这些，是因为这种差异本身再现了西班牙语文学研究的历史发展轨迹。全书由赵振江老师统稿。

本书写作过程中还得到了许多师友、学生的支持。感谢我在写作博士论文期间，热情接受我访谈的中央党校的吴健恒先生、中国社会科学院外国文学研究所的林一安先生、对外经济贸易大学的朱凯教授、云南人民出版社的刘存沛先生。同时，也向何晶等同学的辛勤工作表示感谢。

最后想说的是，此书是振江师与我合作的第四本书，从我们第一次合作编写《山岩上的肖像——聂鲁达的爱情 · 诗 · 革命》，至今已经五年过去了。五年里，发生了很多事。我已不再是青涩学子，并在南方的一所大学开始了自己的教书生涯。常听说，“不养儿不知父母恩”，为人师之后，我才更深地体会到我们师生之间的这份情谊是多么值得珍惜！

滕威

2014 年 3 月，于广州小谷围岛

编后记

随师兄去府上拜访钱林森教授，满怀激动与期望，已是九年前的事了。那天讨论的出版项目，占去此后我编辑生涯的主要时光，筹划项目、联系作者、一次又一次的编写会，断断续续地收稿、改稿，九年就这样在焦急的等待、繁忙的工作中过去了，而九年，是一位寿者生命时光的十分之一，是我编辑生涯中最美好的日子……每每想到这里，心中总难免暗惊。人一生有多长，能做多少事，什么是值得投入一生最好时光的事业？付诸漫长时光与巨大努力的工作，一旦完成，最好的报偿是什么呢？这些问题困扰着我，只是到了最后这段日子，我才平静下来。或许这些困惑都是矫情，尽心尽力、无怨无悔地做完一件事，就足够了。不求有功，但求告慰自己。

《中外文学交流史》17卷终于完成，钱老师、周老师和各卷作者们付出了巨大的努力，我心怀感激。在这九年里，有的作者不幸故去，有的作者中途退出，但更多的朋友加入进来。吕同六先生原来负责主持意大利卷，工作开始不久不幸去世。我们深深地怀念吕同六先生，他的故去不仅是中国学术界的巨大损失，也是我们这套丛书的损失。张西平先生慷慨地接替了吕先生的工作，意大利卷终于圆满完成。朝韩卷也颇多波折，起初是北大韩振乾先生承担此卷的著述，后来韩先生不幸故去，刘顺利先生加入我们。刘顺利先生按自己的学术思路，一切从头开始，多年的积累使他举重若轻，如期完成这本皇皇巨著。还有北欧卷，我们请来了瑞典的陈迈平（万之）先生，后来陈先生因为心脏手术等原因而无力承担此卷撰著。叶隽先生知难而上。期间种种，像叶隽所说，“使我们更加坚信道义的力量、人的情感和高山流水的声音”。李明滨、赵振江、郅溥浩、郁龙余、王晓平、梁丽芳、朱徽先生都是学养深厚的前辈，他们加入这个团队并完成自己的著作，为这套丛书奠定了坚实的学术基础，也提高了丛书的品位。卫茂平、丁超、宋炳辉、姚风、查晓燕、葛桂录、马佳、郭惠芬、贺昌盛先生正值盛年，且身当要职，还在百忙之中坚持写作，使这套丛书在研究的问题与方法上具备了最前沿的学术品质。齐宏伟、杜心源、周云龙都是风头正健的学界新秀，在他们的著述中，我们看到了中外文学关系史研究的美好前景。

这套书是个集体项目，具有一般集体项目的优势与劣势，成就固然令人欣喜，缺憾也引人羞愧。当然，最让人感到骄傲与欣慰的是，这套书自始至终得到比较文学界前辈的关心与指导，乐黛云教授、严绍璗教授、饶芃子教授在丛书启动时便致信编委会，提出中肯的指导意见，以后仍不断关心丛书的进展。2005 年丛书启动即被列入“十一五”国家重点图书出版规划项目，2012 年，本套丛书获得国家出版基金资助，这既为丛书的出版提供了保障，我们更认为这是对我们这个项目出版价值的高度肯定，是一种极高的荣誉，因此我们由衷地喜悦，并充满感激。

丛书是一个浩大的学术工程，也得到了我们历任领导的高度重视和大力支持。2005 年策划启动时，还没有现今各种文化资助的政策，出版这套丛书需要胆识和气魄。社领导参与了我们的数次编写会，他们的睿智敬业以及作为山东人的豪爽诚挚给我们的作者留下了深刻的印象。丛书编校任务繁琐而沉重，周红心、钱锋、于增强、孙金栋、王金洲、杜聪、刘丛、尹攀登、左娜诸位编辑同仁投入了巨大热情和精力，承担了部分卷次的编校工作，周红心协助我做了许多细致的工作，保证了丛书项目如期完成。

感谢书籍装帧设计师王承利老师，将他的书籍装帧理念倾注到这套丛书上。王老师精心打磨每一个细节，从封面到版式，从工艺到纸张，认真研究反复比较，最终将传统与现代、中国与世界、文学与学术和书籍之美完美地融合在一起。丛书设计独具匠心而又恰如其分。

《中外文学交流史》17 卷在历经艰辛与坎坷之后，终得圆满，为此钱老师、周老师付出了巨大的努力。钱老师作为项目的发起人、主持人，自然功德无量，仅他为此项目给各位老师作者发的电子邮件，连缀起来，就快成一本书了。2007 年在济南会议上，钱老师邀请周老师与他联袂主编，从此周老师分担了许多审稿、统稿的事务性工作。师兄葛桂录教授的贡献是独特而不可替代的，没有他的牵线，便没有我们与钱老师、周老师的合作，这套丛书便无缘发生。

大家都是有缘人，聚在一起做一件事，缘起而聚、缘尽而散，聚散之间，留下这套书，作为事业与友情的纪念，亦算作人生一大幸事。在中国比较文学学术史上，在中国出版史上，这套书可能无足轻重，但在我自己的职业生涯中，它至关重要。它寄托着我的职业理想，甚至让我怀念起 20 多年前我在山东大学的学业，那时候我对比较文学的憧憬仍是纯粹而美好的，甚至有些敬畏。能够从事自己志业的人是幸福的，我虽然没有从事比较文学研究，但有幸从事比较文学著作的出版，也算是自己的志业。此刻，我庆幸自己是个有福的人！

祝 丽

图书在版编目（CIP）数据

中外文学交流史．中国 - 西班牙语国家卷 / 赵振江等著．-- 济南 ：山东教育出版社，2014
ISBN 978－7－5328－8499－5

Ⅰ．①中… Ⅱ．①赵… Ⅲ．①文学—文化交流—文化史—中国、西班牙语地区 Ⅳ．①I109

中国版本图书馆 CIP 数据核字 (2014) 第 152859 号

中外文学交流史　中国 - 西班牙语国家卷
钱林森　周　宁　主编
赵振江　滕　威　著

总 策 划：祝　丽
责任编辑：王金洲
装帧设计：王承利

主　管：山东出版传媒股份有限公司
出版者：山东教育出版社
（济南市纬一路 321 号　邮编：250001）
电　话：（0531）82092664　传真：（0531）82092625
网　址：http://www.sjs.com.cn
发行者：山东教育出版社
印　刷：济南大邦印务有限公司
版　次：2015 年 12 月第 1 版第 1 次印刷
规　格：787mm×1092mm　16 开本
印　张：22.75 印张
字　数：441 千字
书　号：ISBN　978-7-5328-8499-5
定　价：81.00 元

（如印装质量有问题，请与印刷厂联系调换）　印厂电话：400－0531－118